大家人生

你是穷人还是富人

蒋子龙◎著

時代文藝出版社

图书在版编目（CIP）数据

你是穷人还是富人 / 蒋子龙著．—长春：时代文艺出版社，2019.11

ISBN 978-7-5387-6106-1

Ⅰ.①你… Ⅱ.①蒋… Ⅲ.①散文集－中国－现代 Ⅳ.①I267

中国版本图书馆CIP数据核字（2019）第084343号

出 品 人　陈　琛
产品总监　邓淑杰
选题策划　李天卿
责任编辑　李天卿
装帧设计　孙　利
排版制作　毛倩雯

你是穷人还是富人

蒋子龙 著

出版发行 / 时代文艺出版社
地址 / 长春市福祉大路5788号　龙腾国际大厦A座15层　邮编 / 130118
总编办 / 0431-81629751　发行部 / 0431-81629755　北京开发部 / 010-63108163
官方微博 / weibo.com / tlapress　天猫旗舰店 / sdwycbsgf.tmall.com
印刷 / 三河市万龙印装有限公司
开本 / 710mm × 1000mm　1 / 16　字数 / 356千字　印张 / 24
版次 / 2019年11月第1版　印次 / 2019年11月第1次印刷　定价 / 68.00元

图书如有印装错误　请寄回印厂调换

目录 CONTENTS

上卷　人生脚步

目录 CONTENTS

中卷　人生思考

下卷　人生追求

目录 CONTENTS

甲子人传（代序）

毋庸讳言，一般人都不愿意老。不然为什么有相当多的人怕退休？甚至为延缓退休而涂改年龄，所谓“五十九岁现象”即是“退休恐惧症”的一种反应。所以，国人把正常退休形容为“安全着陆”，退休居然成了很不安全的事情，就如同有一架老掉牙的飞机，能够平安降落就是万幸。这时候就看出来，还是当作家好。退休不仅不会影响写作，还意味着有更充裕的时间用于写作。

话说我也终于熬到了该退休的日子，就觉呼啦一下，全身心即刻轻松下来。从此作家协会的是是非非，吵吵闹闹，文人们相轻也罢，相亲也好，谁去告状，谁又造谣，如何平衡，经费多少，药费能否报销，职称有无指标……全跟我没有关系了，感到从未有过的自由和惬意。人到六十岁就有了拒绝的权利，对有些人和事可以说“不”了，不想参加的活动就不去，不想开的会就不开，不想见的人就不见，不想听的话就不听……眼不见心不烦，耳根清净心就清净。哎呀，妙，人到了六十岁真好！

人一般会越老越宿命。我就越来越相信造物主的公平：年轻时得的多，上了年纪就失去的多；年轻时缺的，到老了还会补上。我在年轻的时候就没有很好地享受青春，到老了反而开始体验自己的青春……那么，我在青春年少的时候干什么去了？这要说起来话可就长了。年届花甲，倒也不妨小结一番。

我出生于日本侵华的战乱年代，在逃难中因奶水吃不饱经常哭闹，乡亲们都藏在庄稼地里，最怕的就是有人出声。于是我成了大家的拖累，家人无奈一咬牙便把我遗弃在高粱地。但跑出去老远还能听得到我的哭声，心实不忍，大姐又折回把我抱上，算是拣回了一条小命。也是我命不该绝。俗云："大难不死，必有后福。"我虽然自小喜欢练武，沧州以练武闻名于世，我们村上就有南北两个练武的场子。可上学以后功课还不错，曾经在全区会考中拿过第一名，这下就调动起父亲的野心了。他因"识文断字"，在村上做先生，也算是活得明白的那种农民。于是就想把我"培养成材"，要成材就不能耍刀弄棍玩拳脚，严禁我再到练武场上去。我眼馋就常常偷着去练，为此不知道挨过多少打。

后来稍大一些了才明白父亲的用心：我们弟兄四个，老大继承祖业，在家里守着父母；老二在天津学买卖，前（钱）途无量；老三多才多艺，成了手艺人，在天津靠技术吃饭；我是老四，留给我的只有一条路可走："万般皆下品，唯有读书高"。十四岁从沧州一下子考到天津上中学，还算可以。谁知十六岁赶上了"反右派"，因说了一句话成为全校唯一的一个被批判的学生，并被撤掉班主席职务，受严重警告处分。

那句惹祸的话是："孟主任够倒霉的。"孟是学校教导主任，昨天还给我们上大课，今天就被打成了"右派"，让班干部们列席批判会。在散会后回班的道上我嘟囔了那句话，不过是年轻多嘴。想不到班委中有个好朋友一直跟我暗中较劲，学习成绩也跟我不相上下，老想取我而代之。这个机会岂肯错过，跑到学校"反右运动办公室"告了我一状。当时好像有说法中学生不打右派，但没完没了的狠批臭骂却躲不过去，一直折腾了我半年多。作为回报，将我拉下来以后，那位朋友顶替我当了班主席。这是我平生第一次知道了什么是小人，体验了奸诈和被出卖的滋味。沧州人气性大，开始大口吐血……

从那时起，我对城市失去了好感，总感到堆积的楼群和拥挤的车流中隐藏着无法预知的险恶。我隐约觉得城市不适合自己，但命运又让我无法摆脱城市。后来考入铸锻技术中心学校，一接触机器便心气大畅。它冰凉梆硬，不会说话，也不会在背后打你的黑枪。但它有感情，你对它下的功夫大，它就会对你百依百顺。我也格外喜欢那种大企业的气势，在那种新奇的令人振奋的环境里，我吐血的毛病很快就不治自愈。

当时我还不可能意识得到，以后我小说中的气韵、风格很可能就来自这座现代大型企业，正是这种工业生活养育了我后来的文学筋骨。我如果就此平平稳稳地学技术，在工厂待下去，我的生活也许就会容易和安定得多。偏偏赶上1960年海军要招考一批测绘员，我们国家以前没有领海权，刚刚确立十二海里领海，急需海洋测绘人员。我那时已经拿到了第一个月的工资——四十一点六四元。那感觉恐怕比现在拿到一千四百元还要兴奋，实在是无意再去当什么兵了。况且还知道自己档案里有黑点儿，何必再一次去揭那块伤疤。可那个时候适龄的青年不报名是不行的，我也就跟着大家一起报了名。随后就是身体检查，政治审核，文化考试……一关关地过下来，在全市几万名应征青年中挑选出了三十名合格者，根据考试的成绩排位我竟名列第一。因此负责来招兵的海军上尉让我当了这三十名新兵的临时排长。

命运可真会捉弄人，挨批挨斗受处分的疙瘩还在心里堵着，怎么转眼又成了“红色青年”，又穿军装又当排长，生活的戏剧性跟闹着玩儿一样。而且我还吐过血，为什么体检没有查出来？我受过处分且家庭出身不好，政审又是怎么通过的？想来想去只能有一种解释：当国家急需的时候，枝节就变得不重要了，一切都要服从急需。谁让你赶上了这一拨儿呢？就像江心的一片树叶，水流的方向就是你的方向，想挡都挡不住。

我在部队里干得也不错，并从1960年冬天开始公开发表散文、故事，为部队文艺演出队编写各种节目，1965年发表第一篇小说。正当我做着升官梦的时候，升官的政审却没有合格，问题还是卡在富农出身上。既有现在，何必当初？此一时，彼一时，当初是国家急需，现在国家不急需了——这个玩笑可开得有些过分。

我心灰意冷，对自己的前途和未来的生活不再抱任何希望，觉得一而再，再而三地被生活所戏弄、所欺骗。于是也就不想再回到大城市天津，便带着部队发给的复员费和全部证件坐上了西去的列车。想当然地认为凭我的制图技术，到新疆勘测大队当一名测绘员绰绰有余。在兰州倒车的时候，躺在凳子上睡着了，小偷偷走了我装着全部证件和钱的背包，还相中了我脚上的一双新球鞋，已经脱下了一只，在脱第二只的时候我醒了。可想而知，我一只脚光着，一只脚上的鞋带已经松开，是不可能追得上小偷的。最后走投无路，找到了甘肃的“光荣复转退军人安置办公室”，他们给海军打电话核实确有我这么一号，就给我买了回北京的车票，还找来一双半旧的球鞋让我换上。就这样我狼狈不堪地又回到海军部队，部队重新为我补发了所有证件，怕我自己再去乱找职业，就直接把我送回原来的工厂了。

转了一大圈儿又回来了，跟我一起进厂的老同学们，有的当了中层干部，有的当了工段长，在专业技术上我已经不能跟他们比了，工资也比他们低一到两级。而且，他们大都结婚成家，有了孩子，每天一进家门就有人叫好听的。阴差阳错，我把什么都耽误了，只获得了一个带有贬义的称号：“大兵”。有人在喊我“大兵”的时候还在前面加个“傻”字。意思很明确，老大不小了，什么都不是，整个傻到家了！

傻就傻呗，比起那些什么好事都没耽误的精明人，我的阅历丰富，见的世面多，这恰好对创作有帮助。写作本来就是想把自己变成一个与自己不同的人，寻找另一个自我，这需要调动自己的全部生活，当然生活越丰富就越好。古人讲，从来无所羡慕者不做书，无所怨恨者不做书，非亲身经历做书也不能感人。我像着了魔，把所有业余时间都用上了还不够，就经常下班后一干一个通宵。不幸的是“文革”很快开始了，仿佛一夜之间全国的文学期刊都撤销了，有好心的编辑把原来准备发表的我的小说校样都寄给了我，有近十篇之多……这份打击也不轻，它狠狠地掐断了我想在创作上搞出点儿名堂的念头。再加上我当过厂长的秘书，在“四清工作队”帮过忙，理所当然地被打成“保皇派”和“反革命修正主义黑笔杆子”，在接受了一场万人（当时厂里有一万五千名职工）批判的大会之后，被押到生产第一线监督劳动。由此，我的脑子里也变得单纯了，什么好高骛远的想法都没有了，只剩下一个念头：活着。像其他人一样干活吃饭，接受家里的安排，结婚成家。

这实际上再一次成全了我，从最低一级的工人干起，一干就是十年。后来完全凭借自己的技术实力当上了生产工段长，不久又成了一个拥有一千三百多名员工的大车间的主任。生存环境稍一改善，文学的神经又痒痒了，1976年在复刊的《人民文学》第一期上发表了短篇小说《机电局长的一天》。不想这篇小说很快就被打成大毒草，在全国批倒批臭，常有造反斗士打上门来，天天折腾得我心慌意乱。而且批判没完没了，还不断升级，我精神乃至生活上的压力越来越大，暗自揣摩自己的命运可能和写作犯顶，只要不放弃手里的笔，命途就会老是多灾多难。于是，我又沉寂下来。渴望，忧虑，写作会遭罪，不写又难受。但总的说，不写的痛苦更大于写的痛苦。此时我得了慢性肠炎。说来也怪，挨批挨斗是神经紧张，神经系统没有出事，处于消化系统下梢的结肠倒出了毛病。

三年后，发表了《乔厂长上任记》。我所生活的城市市委机关报对它连续发表了十四块版的批判文章，当时的市委一位领导在全市最大的剧场——第一工人文化宫，动员计划生育和植树造林，却把大部分时间用来批判这篇小说。这自然又闹成了一个事件，工会主席回厂传达的时候说："蒋子龙不光自己种毒草，还干扰破坏全市的植树造林和计划生育……"偏巧在全国短篇小说评选中它又得票最高，这使评委会为难了：是该批判呢，还是该得奖？后来我看到一份《文化简报》，上面摘录了一段胡耀邦对这个小说的评价。我想这可能是那场风波表面上平息下去的原因。

但，第二年的《一个工厂秘书的日记》，又有人对号入座告到了北京。然后是中篇小说《燕赵悲歌》，惹得当时的一位高层领导当着美国作家的面批评我。那是我到北京参加第二次中美作家会议，其中有项活动是跟美国作家一起到人民大会堂接受中央领导同志的接见，当这位领导同志跟我握手的时候，就不失时机地指出了《燕赵悲歌》在倾向上的问题……以后还有《收审记》《蛇神》，甚至一篇两三千字的短文也会惹起一场麻烦。到2000年春天，我的长篇小说《人气》在报纸上连载的时候还被腰斩……

粗粗一算，自"文革"结束后的二十多年时间里，有五届市里的领导人物点名批判或批评过我。在我们这样一个体制下，上面五级风，到下面就会变成八级风，可想而知我的滋味了……多亏我命硬，不然也许就真的不能"平安着陆"了。这都怪我笔下的人物往往都处在生活尖锐矛盾的中心，害得我自己也常处于社会上错综复杂的旋涡中心。

但据实以告，就是《机电局长的一天》挨批的时候我是真正紧张过，对以后的诸多“治病救人”之技，已经有了“抗药性”。说一点儿不生气是假的，说精神上有多大压力也是假的。后来批得我性起，每当看到报刊上又发表了批我的文章，在下班的路上就买一瓶啤酒、五角钱火腿肠，当夜必须要拉出一个短篇小说，放几天再改一遍，然后抄清楚寄走。

所以那个时期的东西写得特别多，连续几夜不睡觉是经常的事。自己写得沉重，别人看得也沉重。尽管正处在壮年，长期这样折腾，身体再好也受不了，生活没有规律，肠炎的发作也没有规律，时好时坏，总也不能根除，几十年下来也真把我缠得够呛。到后来，我很自信的腰身和四肢也开始捣乱，具体摸哪儿都不疼，虽不疼可浑身又不舒服；觉得很累，躺到床上并不感到解乏；已经很困了，想睡又睡不香甜。有时还腹胀，胃疼，食欲减退，经查是有胆结石并患上了萎缩性胃炎。据医生讲：这种病只要得上就不能逆转——这可真是黄鼠狼偏咬病鸭子！我的命再硬，招惹上这么多毛病也使生命失去了本该有的活趣，活着没趣，就说明活的方式出了问题。要反省活的方式，就不能不反省自己的创作，我的生活倒霉都倒在了写作上！创作是对生活也是对自身的感悟、况味和内省，是一种刻骨铭心的诉说。所以说作家的作品和生活其实是同样的东西，都是在追求一种生存的意义。创作的重压直逼身心，还要在重压下构建自我，怎能不累？

有一天我骑着自行车路过海河沿，看到有几个老头在河里游泳，心生一问：为什么敢下河戏水的都是老年人？一群青年男女倒站在岸上瞧新鲜，我脑袋一热，没脱衣服就跳了下去。河水清凉，四面水波涌动，我却感到非常舒服、安逸，全部身心好像都被清洗得无比洁净。就在那一刻，如同修禅者开悟一般，我的脑子似乎也开窍了：心是人生最大的战场，无论谁想折腾你，无论折腾得多么厉害，只要你自己的心不动，平静如常，就能守住自己不被伤害。以后海河禁止游泳，我就跟着几个老顽童游进了水上公园的东湖，入冬后又转移到游泳馆，一直就这么游下来了。人的心态一变，世界也随之变了。人原本就是在通向衰老的过程中领悟人生，学会一切。逐渐地我感受到了生命本身的快乐：饿了能吃，困了能睡，累了躺下能觉得浑身舒坦，所谓在医学上不能逆转的萎缩性胃炎竟自己好了，连纠缠了我二十多年的慢性肠炎也有三年没有发作了——我想三年没有犯的病今后恐怕也不会再犯了吧?

在创作上自然也进入一个随意的阶段，已经放下了一切重负，写自己喜欢写的，每天往电脑前一坐，成了一种享受。今天写得美了，可以接连痛快两三天。写作变成对生命的营养和愉悦。其实愉悦是写作必须达到的目的，不能给人以愉悦感，又谈何能给人以启迪呢？但，生命的核心——对生活的热情并没有变。有了这份热情就有写不完的东西和读不完的书。文学的全部奥秘说穿了无非就是求真，生活的真实和心灵的真实相契合，于是就产生了有价值的美，也叫艺术感染力。随着年龄越大，就越能更深刻地感受人生的丰富。

六十岁的最大感觉就是心里的空间大了。心里空间一大，精神就舒展强健，更容易和人相处，和生活相处。空间是一种境界，许多不切实际的渴望没有了，心自然也就能静得下来。看看周围的青年人，为了挣钱，为了职位，不遗余力地打拼，真是同情他们。即使有奇迹发生能让我再倒回去，我也不干了!

——竟然会说出这样的话，也许这就是老糊涂的表现。赶紧打住!

上卷　人生脚步

笑，更多的是一种技巧，笑是给别人看的，或是被别人逗笑。如果一个人经常独自发笑，那叫傻笑，或者精神有毛病。笑可以装出来，所以才有冷笑、奸笑、阴笑、假笑、苦笑、皮笑肉不笑。

真实的人生，真实的世界，并不以笑为主。相反，人一生下来就哭，死的时候还要哭。中间这段哭哭笑笑，不哭不笑，以不哭不笑为主。笑可以装出来，哭是做不出来的，不动真情难以落泪。所以中国词典里不设“冷哭”“奸哭”“假哭”“皮哭肉不哭”这样的条目。也许有人说，生活里有假哭，比如农村的吊孝，光“哈哈”没有眼泪。那不叫哭，那叫“干号”，或者叫“哭唱”。

一个人的脸和心有不一致的时候，比如脸丑心不一定恶毒，脸美人不一定善良。也有一致的时候，当他不需要做表情给别人看，最真实自然的时候，脸就是“心灵的肖像”。

河的经典

历史是在河边长大的，是水养育了人类文明。现在人们喜欢谈梦，而梦的源头是童年的快乐，童年的快乐又多半与水有关。倘若生命中有一条河能陪伴终生，那便是人生一大幸运。我至今如果做了一个让自己能笑醒的梦，一定与家乡有关。但凡梦到家乡就少不了运河。

运河——是水的经典。

南运河的主要河段在沧州境内，有关它的各种神奇的传说与现实，强烈占据着我童年的记忆。比如凡是沧州人都知道，离运河近的村庄就富，离运河远的地方就相对要贫穷一些。运河边的地肥沃，庄稼长得水灵、饱满，萝卜又脆又甜，掉在地上摔八瓣儿。西瓜就更别提了，个头大，脆沙瓤像灌了蜜。有一回趁着下小雨，我跟着大一点儿的孩子过河偷瓜，那时乡间有句话："青瓜绿枣，吃了就跑。"好像摘枣吃瓜不算偷。本事大的孩子，一次可以摘两三个，每个都带一截瓜秧，到河里一只手抓着瓜秧，一只手划水，西瓜浮在水面上像救生圈。

我的水性没有他们好，只能拉着一个瓜过河，还不敢摘太大的。那次恰巧被看瓜人发现了，奇怪的是他只大声吆喝，并不追赶，他要真下河抢回那些西瓜是很容易的，却只站在河岸上看着我们，一直看我们抱着瓜爬上对岸，他才回瓜窝棚。比我大几岁的堂哥说，人家是怕一追咱们，咱们一害怕再呛了水，出事，河边的人厚道。自那天起，我们就再没有过河偷过瓜。

百姓都把运河叫作"御河"。相传明朝第九代皇帝朱祐樘，派人到沧州选美，闹得鸡飞狗跳。一个长着满头癞疮的傻丫头骑着墙头看热闹，顺手还把惊飞了的花公鸡揽在怀里，这时恰恰被选美的钦差一眼搭上，认为她就是“踏破铁鞋无觅处”的“骑龙抱凤”的贵人。傻丫头进宫前总要洗洗头，打扮一番，便提来“御河”水，从头到脚洗了个痛快，不想第二天满头癞疮竟不治而愈，长出浓密的黑发。“御河”里流淌的自然不是凡水，否则运河两岸就不会有那么多名闻天下的好东西：青县大白菜、沙窝萝卜、小站稻米（引运河水浇灌）、泊头鸭梨、金丝小枣等等，可见一方物产与繁荣，跟水土好坏有很大的关系。

1960年，上等兵

还有一句老话：“一方水土养一方人。”运河边上的人厚道仗义、见多识广，素有“燕赵之地多慷慨悲歌之士”的称誉，这里有荆轲的遗风，有林冲的庙宇，绿林好汉、侠客武师常云集此地，留下一代代尚武的风俗。击败沙俄大力士、受康熙嘉奖的丁发祥，宣统的武术教官、八极拳师霍殿阁，大枪一抖能点落窗纸上的苍蝇而窗纸无损的神枪李书文，张学良的武术教练、燕青拳拳师李雨三，双刀李凤岗，大刀王五，神弹子李五，饮誉中外的“神力千斤王”、多次打败美英俄法的所谓“万国竞武场”上王牌武士的王子平……他们都是运河边上的沧州人。过去有“镖不喊沧州”一说，不论何方来的镖车镖船，不论货主是富户豪门，还是势力浩大的官家，路过沧州都必须卷起镖旗，不得显武逞强。我曾见过一个统计数字，当今的沧州一带还有百分之七十四的农民习武，城里人口二十万，习武的倒有四万多，有十七个武术社、六十多个拳房。人称“沧州十虎”的通臂拳拳师韩俊元父子，全家二十四口，个个习武。老三、老八是连续三届的全国武术比赛的金牌得主，真可谓“武健泱泱乎有表海雄风”！

这就像运河的另一副面孔一样，赶上涝年发大水，运河似突然增宽好几倍，水流浑浊，高出地面一丈多，恶浪排空，吼声震天，像一头脱缰的红眼莽牛。人们在堤岸上搭起帐篷，日夜守护着变得像皇帝老子一样暴躁、瞬间就决口翻脸不认人的“御河”。如果有谁看见一条水蛇或一只乌龟，立刻大呼小叫，敲锣报警，大家一齐冲着水蛇、乌龟烧香磕头。水蛇自然就是“小白龙”，可以率领着惊涛恶浪淹没任何一个对它礼待不周的地方。至于乌龟嘛，据说它的头指向哪里，哪里就会决口。而河堤决口以后非得请来王八精才能堵上。当时我还小，不懂得替大人分忧，只觉得热闹、好看，看护河堤比过年、比春天赶庙会还有劲儿。特别是到了晚上，河两岸马灯点点，如银河落地，很像刘备的七百里连营大寨，田野一片安静，间或有蛐蛐、虫子之类的小东西们啾啾唧唧一阵。唯有那瘆人的涛声，一传十几里，令人毛骨悚然。每“哗啦”一声，人们就把心提到了嗓子眼儿，我依偎在那些心宽胆壮的汉子们身边，听他们讲那神魔鬼怪的故事，更增添了恐怖气氛。

我当然还是最喜欢春秋季节的运河，恬静、温柔，特别是傍晚，在西天一片火烧云的映照中，或坐在岸边的石墩子上，或爬到河边的大树杈子上，看着运河里的船队来来往往。顺风顺水时一排排白帆，仿佛是运河的翅膀，带着整条河的清水飞了起来。也有逆水行舟的，一排排纤夫弯腰弓步，肩上扛着同一根大绳，嘴里哼着号子，竟也将船拉得飞快……在津浦铁路修筑以前，大运河是沟通我国南北的大动脉，而南运河是贯穿河北省的主要航道，流域近五千平方公里，不仅养育着沧州市周围的众多百姓，每年还向天津市提供优质水十亿立方米以上，运货百万吨之多。那时我还没有见过黄河、长江，“御河”就是心目中最壮观的河。

运河陪伴着我长大，我陪着运河变老——我曾经以为千年运河是永远不会老的。1955年我考到天津上中学，但一放寒暑假就回到家乡，有时贪玩，到了开学的日子却没有赶上最方便的火车“沧州短”，只好沿着运河岸边遮天蔽日的大树林向北走一站路，到兴剂镇乘快车。1958年“大跃进”之后，运河两岸的森林被砍光了，大运河赤裸裸摊晒在华北平原上，我站在天津西站的站台上仿佛能看到沧州。1963年北半个中国开始了一场“根治海河”的运动，人们一心想驯服洪水，根治涝灾，唯独没有想到千百年来有涝有旱、涝略多于旱的情况，竟从此变得只旱不涝。“根治”后的第三年，即1965年夏天，南运河干涸。真是“立竿见影”，修挖了许多朝代、流淌了一千多年的滔滔大运河，这么快就滴水皆无。有些河段很快就长了草、种上庄稼，甚至能在上面跑拖拉机。

连“曾经看百战，唯有一狻猊”的沧州铁狮子，都感到奇怪，沧州城外那一大片摇曳的芦苇地也可以见证，这里曾是老黄河的故道，洪荒遍野，古漠苍凉，每逢洪水涌来，一片汪洋，沧州历来多涝，何曾缺过水？一千多年以前之所以要建造这尊铁狮，就是为了镇住对沧州百姓危害极深的洪水海潮，所以又名“震海吼”！它“吼”了千余年，大海是不是被“震”住了不得而知，怎么把运河的水倒给“吼”没了呢？人们倒真希望铁狮冲着龙王振鬣长吼，请它来为南运河注满清水，或者也应该对着现代文明大吼……

运河是生命之水，是兴旺之河，人们要想活得好，生活发达，就不能让运河这么死去。近几年来开始一段段地修复、蓄水，但目前还只是一种景观，用来改善周围环境，提供观赏，提供回忆或者怀念，或许还有思考和警醒——这就是运河为什么称“大运河”！它绝不同于一般河流，它是独一无二的，是历史的一部分，是文化的象征，运河不能干涸。虽然它辉煌不再，大难不死之后也确实显出老态，但老成了经典，就像有些老书、老物、老人一样。半个多世纪以来，兴师动众在全国搞了多少浩大的水利工程，将来有几个能像运河这样成为水的经典呢？

无论南运河现在的状态以及未来的命运如何，它都以最美好的姿态永远流淌在我的记忆里，也永远滋养着我对家乡的情感。我现在居住的地方离运河的距离，跟老家距运河远近差不多，可以说我大半生都没有离开运河。离运河近，就是离家乡近，无论什么时候只要一提起运河，就千般感念，万般祝福！

关于我这张脸

中央电视台《正大综艺》的主持人曾问过我："作家的脸都像你这样没有笑容，严肃得令人可畏吗？"

提出这问题的已经不止一个人了。当我不足二十岁，还是海军制图学校学员的时候，有些上尉、中尉军官，尤其是女教员，对我都有点儿发怵。我的功课好，又是班主席，没有多少可指责的地方，但他们又不肯放过我这张不喜欢笑的脸，期末做鉴定的时候便给我写上："自信趋于骄傲"。

沉 思

这算很客气了。

我每到一地，给人的第一印象总是："不好接近""骄傲自满""很可能是个杠头"。

这就是我的悲哀，都是由于这张脸造成的。

这张脸吓退了一些人，无声地拒绝了一些，丢失了一些，也招来了一些不必要的非议甚至麻烦。但也得到一些，比如：清静。

其实，我自认为还是谦虚的，至少不缺自知之明，也时时厚道，心地怎么也得说是善良的，而且并非全无温柔。

因此，长时间以来，我对别人的“以脸取我”甚不以为然。相反我对自己的脸倒相当满意。这是父母给的，如果另外再换一张脸，我肯定不要。它虽然不能说很漂亮，但也不丑，无非线条硬了一点儿，脂肪少了一点儿，却是一张名副其实的男人脸。

尽管在有些人看来这张脸有点儿冷涩，难读，不潇洒，不畅销，似乎能拒人于千里之外。或者还让人觉得活得累，活得苦，活得沉郁。甚至是“玩深沉”“玩痛苦”。可我的心里并不缺少阳光。感受过痛苦，也感受过温暖。其喜欢快乐和得到的快乐，也不比一般人差。

因此，我觉得自己这张脸证明了我活得真实，活得自然，脸是自己的，并不是专为别人生的。

笑，更多的是一种技巧，笑是给别人看的，或是被别人逗笑。如果一个人经常独自发笑，那叫傻笑，或者精神有毛病。笑可以装出来，所以才有冷笑、奸笑、阴笑、假笑、苦笑、皮笑肉不笑。

真实的人生，真实的世界，并不以笑为主。相反人一生下来就哭，死的时候还要哭。中间这段哭哭笑笑，不哭不笑，以不哭不笑为主。笑可以装出来，哭是做不出来的，不动真情难以落泪。所以中国词典里不设“冷哭”“奸哭”“假哭”“皮哭肉不哭”这样的条目。也许有人说，生活里有假哭，比如农村的吊孝，光“哈哈”没有眼泪。那不叫哭，那叫“干号”，或者叫“哭唱”。

一个人的脸和心有不一致的时候，比如脸丑心不一定恶毒，脸美人不一定善良。也有一致的时候，当他不需要做表情给别人看，最真实自然的时候，脸就是“心灵的肖像”。

如此说来，我这张脸倒成了“初级阶段”的标准表情，也符合“后天下之乐而乐”的古训。

其实不是脸的问题，是我这个人在生活中缺乏舞台感。半个世纪坎坷阅历居然没有把这张脸雕刻成见人三分笑的模样，我没有什么好抱怨的了，为自己的脸感到欣慰。

要脸还是要这样的脸。

小龙也是龙

我名子龙，怎么可能属蛇呢？一定是某个环节出了什么差错，总觉得自己应该属龙。因为我自小就敬畏龙，此瑞兽是民族的图腾，上天行宫，足踏祥云，呼风唤雨，神秘莫测，被人们夸奖不尽，却不让任何人见到真面容。蛇则太具体了，而且凉森森，软乎乎，滑溜溜，站没站相，坐没坐相，“坐也卧，行也卧，立也卧，卧也卧”。隐伏潜行，不声不响，惯于偷袭，我无法容忍将自己跟这样一个爬虫联系起来。小时候只有在犯了错的时候才会用属相来安慰自己：我是属蛇的！

十四岁之前我生活在农村，有年暑期下洼打草，有条大青蛇钻进了我的筐头子，不知不觉地把它背回了家，在向外掏草的时候它呲溜一下子钻了出来，着实吓了我一大跳。一气之下决定见蛇就打，当下便找出一根一米多长的八号盘条，将顶端砸扁，磨出尖刺。第二天就带着这武器下洼了，塌下腰还没有打上几把草，就碰见了一条花蛇，抡起盘条三下五除二将其打死。这下可不要紧，以后三步一条蛇，五步一条蛇，有大有小，花花绿绿，我还从来没有见过那么多的蛇，几乎无法打草了。只觉得头皮发紧，毛发直立。它们不知为什么不像往常那样见人就逃，而是呆呆地看着我不动弹，好像专门等着受死。我打到后来感到一低头就是蛇，有时还两条三条地挤在一起，打不胜打，越打越怕，最后丢掉盘条背着空筐跑回家去了。我至今不解那是怎么一回事，平时下洼只是偶尔才能碰上一两条蛇，怎么一决定打蛇就仿佛全洼里的蛇都凑到我跟前来找死！自那以后我不敢再打蛇。说来也怪，心里不想打蛇了，下洼就再也见不到那么多的蛇了。

1941年的蛇，披着熊熊火光，顶着隆隆轰炸，搅得天翻地覆。日本人像蛇一样偷袭了珍珠港，美国人宣布参战，全世界变成了大战场。我一生下来就被家人抱着逃难，今天听到信儿日本人到了东乡，村民们就往西跑。明天又听说日本人过了铁道，大家又掉头向东逃。由于我老是哭个不停，不仅搅得人心烦，还危及乡亲们的安全，家人估计也养不活我，便狠狠心把我丢在了高粱地里。是大姐跑出了半里多地似乎还能听到我的哭声，就又跑回来把我抱上。于是今天就多了一个姓蒋的在谈本命年。

这一年里香港还出了一条蛇，也同样取名叫龙：李小龙。大概跟我怀着差不多的心态，羡慕龙，却不得不属蛇。其实龙蛇原本一体，龙的形象很有可能就是先民以蛇为基干，复合其他动物的某些特征幻化出来的。神话中的人类始祖伏羲、女娲夫妇，不就是人面蛇身之神吗？所以中国人把蛇年又称为小龙年。凡有人问我的属相，我连小字都去掉，就取一个龙字。

随着年龄的增大，属相不是越来越淡化，而是越来越强烈了，它就趴在你户口簿里和身份证上，时刻在提醒着你和组织部门。光你自己说属龙不行，龙年我想退休人家就不给办手续，今年想不退也不行。拉来十二种动物和地支相配本来是古人的一个玩笑，人和这些动物没有任何遗传或血缘上的关系。今天，属相却不是无关紧要的了——我一直口称属龙，却一辈子被蛇管着。

童年就是天堂

天堂往往被神话故事描绘得云遮雾绕、虚无缥缈，没有绿色和人间烟火。我所经历过的天堂恰恰相反，那里是一片绿色，而且是一种生机勃发的翠绿，富有神奇的诱惑力和征服性……差不多人人都有过这样的天堂——那就是童年。

童年的色彩就是天堂的颜色，它为人的一生打上底色，培育了命运的根基。因此随着年纪的增大，会更加向往能再次躲进童年的天堂。

我儿时的冬季是真正的冰天雪地，没有被冰雪覆盖的土地冻得裂开一道道很深的大口子。即使如此，农村的小子除去睡觉也很少待在屋里，整天在雪地里摸爬滚打。因此，棉靴头和袜子永远是湿漉漉的，手脚年年都冻得像胡萝卜，却仍然喜欢一边啃着冻得梆硬的胡萝卜一边在外面玩耍：撞拐、弹球、打嘎嘎……

母亲为防备我直接用棉袄袖子抹鼻涕，却又不肯浪费布做两只套袖，就把旧线袜子筒缝在我的袄袖上，像两只毛烘烘的螃蟹爪，太难看了。这样，我抹鼻涕就成"官"的了，不必嘀嘀咕咕、偷偷摸摸，可以大大方方的随有随抹、左右开弓。半个冬天下来，我的两只袄袖便锃光瓦亮，像包着铁板一样光滑钢硬。一直要到过年的时候老娘才会给我摘掉两块"铁板"，终于能看见并享受到真实而柔软的两只棉袄袖子。

春节过后，待到地上的大雪渐渐消融，最先感知到春天讯息的反倒是地下的虫子。在场院的边边角角比较松软的土面上，出现了一些绿豆般大小的孔眼，我到阳坡挖一根细嫩的草根伸到孔眼里，就能钓出一条条白色的麦芽虫，然后再用麦芽虫去捉鸟或破冰钓鱼。鸟和鱼并不是那么容易捉到，作为一种游戏却很刺激，极富诱惑力，年年玩儿，年年玩儿不够。

二月二“龙抬头”之后，大地开始泛绿，农村就活起来了。我最盼望的是榆树开花，枝头挂满一串串青白色的榆钱儿，清香、微甜，可生吃，可熬粥，可掺到粮食面子里贴饽饽，无论怎么吃都是美味。农村的饭食天天老一套，能换个花样就是过节。这个时候又正是农村最难过的时候，俗称“青黄不接”——黄的（粮食）已经吃光，新粮食尚未下来。而农民却不能不下地干活了，正需要肚子里有食，好转换成力气……

一提到童年的天堂，就先说了这么多关于玩儿和吃，难道天堂就是吃和玩儿？这标准未免太低，也忒没出息了，让现在的孩子无法理解。现代商品社会物质过剩，食品极其丰富，孩子们吃饭成了家长们的一大难题，家家的“小皇帝”们常常需哄着吓着才肯吃一点儿。在我小的时候，感觉肚了老是空的，早晨喝上三大碗红薯粥，小肚子鼓鼓的，走上五里路一进学校，就又感到肚子瘪了。可能是那个时候农村的孩子活动量大，平时的饭食又少荤腥多粗粮，消化得快，肚子就容易饿。容易饿的人，

教孙女滑冰

吃什么都是享受，便觉得天堂不在天上，生活就是天堂。而脑满肠肥经常没有饥饿感的人，饥饿也可能成为他们的天堂，或是通向天堂的阶梯。我记得童年时候每次从外面一回到家里，无论是放学回来，还是干活或玩耍回来，第一个动作就是踅摸吃的，好像进家就是为了吃。俗云："半大小子，吃死老子！"会过日子的人家都是将放干粮的篮子高高悬于房顶，一是防儿，二是防狗。这也没关系，在家里找不到吃的，就到外面去打野食，农村小子总会想出办法犒赏自己的肚子——这就是按着季节吃，与时俱进。

春小麦一灌浆就可以在地里烧着吃，那种香、那种美、那种富有野趣的欢乐，是现在的孩子吃任何东西都无法比拟的。进入夏、秋两季，地里的庄稼开始陆续成熟，场院里的瓜果梨桃逐渐饱满，农村小子天天都可以大饱口福。青豆、玉米在地里现掰现烧，就比拿回家再放到灶坑里烧出来的香。这时候我放学回到家不再直奔放饽饽的篮子，而是将书包一丢就往园子里跑，我们家的麦场和菜园子连在一起，被一条小河围绕，四周长满果树，或者上树摘一口袋红枣，或者找一棵已经熟了的转莲（向日葵），掰一口袋转莲籽，然后才去找同伴玩儿，或按大人的指派去干活，无论是玩儿或干活，嘴是不会闲着的。

甚至在闹灾的时候，农村小子也不会忘记大吃。比如闹蝗灾，蝗虫像飓风搅动着飞沙走石，铺天盖地，自天而降。没有人能明白它们是从哪里来，怎么会有那么多，为什么没有从小到大的成长过程，一露面个个都是凶猛的大蚂蚱，就仿佛是乌云所变，随风而来，无数张黄豆般大的圆嘴织成一张摧枯拉朽的绝户网，大网过后庄稼只剩下了光杆，一望无际的绿色变成一片白秃秃。大人们像疯了一样，明知无济于事，仍然不吃不喝、没日没夜地扑打和烟熏火燎……而孩子们对蝗虫的愤怒，则表现在大吃烧蚂蚱上，用铁锹把蚂蚱铲到火堆上，专吃被烧熟的大蚂蚱那一肚子黄子，好香！一个个都吃得小嘴漆黑。

当然，农村的孩子不能光是会吃，还要帮着家里干活。农村的孩子恐怕没有不干活的，可能从会走路开始就得帮着家里干活，比如晒粮食的时候负责轰鸡赶鸟、大人干活时在地头守着水罐等等。农村的活儿太多太杂了，什么人都能派上用场，孩子们不知不觉就能顶事了，能顶事就是长大了。但，男孩子第一次下地，还是有一种荣誉感，类似西方有些民族的“成人节”。我第一次被正式通知要像个大人一样下地干活，大概是五六岁的时候，我记得还没有上学嘛，提一个小板凳跟母亲到胡萝卜地间苗。母亲则挎一个竹篮，篮里放一罐清水，另一只手里提着马扎。我们家的胡萝卜种在一片玉米地的中间，方方正正有五亩地，绿茵茵、齐刷刷，长得像蓑草一样密实。我们间苗从地边上开始，母亲坐在马扎上一边给我做样子，一边讲解，先问我胡萝卜最大的有多粗，我举起自己的胳膊，说最粗的像我的拳头。母亲就说两棵苗之间至少要留出一个拳头的空当，空当要留的均匀，但不能太死板，间苗要拔小的留大的……

许多年以后我参军当了海军制图员，用针头在图板上点沙滩的时候，经常会想起母亲给我讲的间苗课，点沙滩就跟给胡萝卜间苗差不多，要像筛子眼儿一样点出规则的菱形。当时我最大的问题是坐不住屁股，新鲜劲一过就没有耐性了，一会儿蹲着，一会儿站起来，一会儿喝水，喝得肚子圆鼓鼓的又不停地撒尿……母亲后来降低条件，我可以不干活但不能乱跑，以免踏坏胡萝卜苗。于是就不停地给我讲故事，以吸引我坐在她身边，从天上的星星直讲到地上的狗熊……那真是个幸福的下午。自从我能下地野跑了，就很少跟母亲这样亲近了。

小时候我干得最多的活是打草，我们家有一挂大车，驾辕的是牛或者骡子，还有一头黑驴，每到夏、秋两季这些大家伙们要吃的青草大部分得由我供应。那时候的学校也很有意思，每到天热，地里和家里活儿最忙的时候，也是我最愿意上学的时候，学校偏偏放假，想不干活都不行。夏天青草茂盛，打草并不难，难的是到秋天……

秋后遍地金黄，金黄的后面是干枯的白色，这时候的绿色就变得格外珍贵了。我背着筐，提着镰刀，满洼里寻找绿色——在长得非常好的豆子地里兴许还保留着一些绿色。因为豆了长高以后就不能再锄草了，好的黑豆能长到一人高，枝叶繁茂，如棚如盖。豆子变黄了，在它遮盖下的草却还是绿的，鲜嫩而干净。秋后的嫩草，又正是牲口最爱吃的。在豆子地里打草最苦最累，要在豆秧下面半蹲半爬地寻找，找到后跪着割掉或拔下。

嫩草塞满了一把，再爬到地外边放进筐里，然后又一头钻进汪洋大海般的豆子地。

我只要找到好草，就会不顾命地割满自己的筐。当我弯着腰，背着像草垛般的一筐嫩草，迎着辉煌的落日进村时，心里满足而又骄傲。乡亲们惊奇，羡慕，纷纷问我嫩草是从哪儿打来的？还有的会夸我“干活欺”（沧州话就是不要命的意思）！我不怎么搭腔，像个凯旋的英雄一样走进家门，通常都能得到母亲的奖励。这奖励一般分两种：一种是允许我拿个玉米饼子用菜刀切开，抹上香油，再撒上细盐末；另一种是如果她老人家更高兴，还会给我三分钱，带上一个焦黄的大饼子到街里去喝豆腐脑。你看，又是吃……但现在想起那玉米饼子泡热豆腐脑，还香得不行。

我最怵头的活儿是拔麦子、打高粱叶子和掰棒子。每当我钻进庄稼地，都会感到自己是那样的弱小和孤单。地垄很长，好像比赤道还长，老也看不到头。我不断地鼓励自己，再直一次腰就到头了。但，腰直过十次了，还没有到头。庄稼叶子在身上脸上划出许多印子，汗水黏住了飞虫，又搅和着蛛蛛网，弄得浑身黏糊糊、紧绷绷。就盼着快点儿干完活，跳进大水坑里洗个痛快……令我真正感到自己长大了，家里人也开始把我当大人用，是在一次闹大水的时候。眼看庄稼就要熟了，突然大雨不停，大道成了河，地里的水也有半人深，倘若河堤再出毛病，一年的收获将顷刻间就化为乌有。家里决定冒雨下地，往家里抢粮食，男女一齐出动，头上顶着大雨，脚下踩着齐腰深的水，把半熟的或已经成熟的玉米棒、高粱头和谷子穗等所有能抢到手的粮食，掰下来放进直径近两米的大笸箩。我在每个笸箩上都拴根绳子，将绳子的另一端系在自己腰上，浮着水一趟趟把粮食运回家。后来全身被水泡得像白萝卜，夜里我睡得像死人一样，母亲用细盐在我身上轻轻地搓……

至今我还喜欢游泳，大概就是在那个时候练的。在我十四岁的时候，母亲去世，随后我便考到城里上中学，于是童年结束，从天堂走进人间……但童年的经历却营养了我的整个生命，深刻地影响了我一生的生活。我不知别人是不是也这样，我从离开老家的那一天就经常会想家，怀念童年的生活……

打和被打

幸福的童年稍纵即逝，就像一只小鸟飞向远方时，留下的只是一些梦幻的影子。

现在想起来，我的童年似乎是和打架分不开的。小伙伴们在一起玩着玩着，不知为了一点儿什么屁大的事就动起手来了，较量一番之后仍然是好伙伴，仍然在一起玩耍。极少成为仇人，即使成了仇人也坚持不了一两天，又会滚到了一块。

有一个年纪比我大一点儿却跟我在同一个年级上学的本家哥哥，长得比我粗壮，他本人和我都觉得他的力气要比我大，因此处处想占我的上风，我害怕跟他动手，能让的就让他一点儿。人似乎就是这样，你越软，他就越硬。有一天他玩耍一根铁棍，把我的右眼眶打破了，倘若棍头再往下偏一点儿，我就成独眼龙了。我恼了，扑上去和他交起手来，结果我和他都发现，我的力气和身手倒略胜他一筹。自那以后，他变得怕我了，处处让着我。我也长了见识，不经过比试不要轻易地惧怕什么，你怕的东西也许还没有你强大。

那时候的农村，没有电影，没有电视，没有能吸引孩子们的娱乐活动，大人们也顾不得管孩子，功课又轻松，作业都是在课堂上就做完了。在我的印象里除去睡觉、吃饭，就不在屋里待着——有很多时候连吃饭也不在屋里。在外边就是小伙伴们凑在一起乱跑乱闹，自已哄着自己玩。农村少年的游戏大多是对抗性的，在游戏中必然有输赢，有冲突，免不了就会争吵、打架。打架也是游戏的一部分。

同村有个小名叫老小的，虽然跟我同岁，但个子长得矮小，相貌不够周正，同学们给他起了个外号叫“瘪犊”。“瘪犊”自小没有爹，他的寡母是个泼妇，能吵能闹，什么事都敢拉下脸，护犊子更是在全村出了名。也许一个女人带领几个孩子过日子，不泼一点儿不行。家里经常叮嘱我，不得招惹“瘪犊”。可“瘪犊”是个讨人嫌的家伙，仗着有他娘护着，你不惹他，他会惹你。有一天傍黑的时候，他要玩我的“大头狼”——一种较为凶猛的鸟。我不给他，他上前来抢，我用手一推，没有觉得使多大劲他却跌倒了，起来后不是跟我算账，而是哭着回家向他娘告状。他娘领着他就站到我们家的门前骂街，这时候村里下地干活的人都回来了，在我们家门前围了一大帮人看热闹——孩子的游戏升级为大人们的游戏，这是农村常有的娱乐项目。

我父亲在村里是受人尊敬的先生，写约、立契、撰对，能说会道，却无法跟一对孤儿寡母理论，被“瘪犊”的娘数落得脸色煞白。我惹的祸我就得冲进去给我父亲解围，我对“瘪犊”的娘讲述事情的经过，是她的儿子抢我的鸟，我不过推了他一下，又没磕着，又没碰着，跑到我们家里撒的哪门子泼……我理直气壮地正讲着大道理，父亲解下黑布腰带，搂头盖脸地就抽过来了，我一抱脑袋，被抽得在地上打了两个滚儿，爬起来就跑。跑到一个高土堆上，捡起一块砖头，大叫一声：“好人躲开！”砖头紧跟着就出手了——夏天我在坑边用砖头打死过鸟，可以说是训练有素的。再加上被父亲打急了，气坏了，那砖头就真的不偏不倚地正落到“瘪犊”的头上，他哇的一声捂着脑袋就躺到了地上。我一看不好，撒腿就跑，跑到十三里地以外的老舅家躲了三天，到母亲让人带信儿说父亲已经消气了才敢回家。

我想起童年的这些事就只觉得对不起父亲，惹祸太多了。还惹过一次大祸，是过年放鞭炮把一个外姓人家的柴火垛给点着了……母亲曾嘲笑我是“记吃不记打”——吃了一种好东西能记得住，一有机会还想要；挨了打却记不住，老伤疤未好又犯新错。在我的记忆里，父亲难得对我有过笑脸，甚至我在全区会考时得了第一名，也听不到父亲一句夸奖的话。父亲对我唯一的一次表扬，是看到语文课本外面包的封皮上写的“语文”两个字，问我是谁写的？我说是我写的。父亲说这两个字写得还不错。父亲就那么不经意地夸了我一句，我终生难忘，足够我受用一生。

我的保护神是母亲，平时对我呵护备至，疼爱有加，我若表现得好，总能从母亲那里得到点儿奖赏。比如割草割得多，母亲会塞给我三分钱和一张棒子面饼子，到街上去美美地吃上一大碗豆腐脑。尽管每一次我挨父亲打的时候母亲从不出面阻拦，那时候想拦也是拦不住的，只会火上浇油。但我时刻都感觉得到母亲是我最强大的靠山，哪怕是在我挨打的时候。在我十四岁的那年母亲病逝，我的欢乐的童年就结束了。自那以后，我再没有打过架，也再没有挨过父亲的打——我曾渴望过他还能像以前那样打我，那说明我是个幸福快乐的孩子。他不再打我是因为我变成一个可怜的没有娘呵护的孩子了。当一个父亲不得不同时还要承担母亲责任的时候，他就会以当母亲为主了。

童年像一朵田野上的蒲公英，被一阵轻风就吹得无影无踪了，当我学会思考，开始沉默和忧伤的时候，那还不太沉稳的脚步已踏进青春的门槛了。

悲情与自豪

人一上了点儿年岁，就容易被人在姓氏前边或头衔前面加个“老”字。我现在常常集“三老”于一身：“老工人”“老兵”“老作家”。唯“老作家”担不起，我以为作家能称“老”，不是光靠熬岁数，成就才是最主要的。“老兵”我可以认领，1960年的兵，还不算老吗？至于“老工人”一衔，我领之泰然，且欣欣然。

当年“工人阶级领导一切”的时候，我头上戴着“保皇派”“修正主义黑笔杆子”两顶帽子，我若说当过工人，那就是往自己脸上贴金，不怀好意地想混入革命队伍。今天我自称是“老工人”，恐怕就没有人跟我争了，也不会再怀疑我别有用心。

那我就以一个老工人的身份，实实在在地回想一下作为工人的经历和命运。我珍惜那段岁月，万千感慨于命运被涂抹上的工人色彩。

1958年我成为一名实习热处理工，住工厂的单身宿舍，宿舍就是一张床，床下塞着一些极其简单的日常用品，那个时候所有人都活得简单，就是到睡觉的时候回宿舍，其他时间都长在车间里。车间就是家，家就是车间。后来有人把“以厂为家”，当成说大话、喊口号，那是没有经历过20世纪50年代那个特殊的时期。我周围的师傅们也都喜欢车间，喜欢自己的工作。经典哲学家有个观点，工作就是目的，有明确的工作目标，能享受工作的乐趣，人生就是天堂。我第一次赶上抢修二十四米热处理炉，那真叫长见识、学本事。天车在吊装一根大轴时把炉内壁撞坏了一大块，连同几个烧嘴都毁掉了，工长下令立刻关闭所有烧嘴，打开炉门，将所有处理件都吊出来。按常规检修程序，要等炉温降到能进去人的时候再修理，可那批正在保温等待处理的锻件就得报废了。当班的崔师傅指挥人准备好检修工具和器材，到库房领来几条厚麻袋，用刀子裁开，放到水龙头下浇透。等着掌管温度表的郁良报出炉内温度已降到二百七十度的时候，崔师傅将湿淋淋的麻袋片往自己脑袋上一披，就钻进了炉膛。

1982年在工厂大门口

外面有人掐着表，到二十多分钟的时候第二个工人披着新的湿麻袋进去，把崔师傅换出来……每个人在炉膛里不得超过半小时。就这样一个一个地轮换着，我也想进去试试，被崔师傅一把扒拉开了，人家不信任我，到里边干不了活别再惹出点儿事故。我只知道一百度的开水浇到身上会烫坏皮肤，二百七十度的高温人怎么受得了？我仔细观察每个人的脸，因为他们在炉膛里只露着脸，除去有点儿红，还有有点儿干了一件漂亮活之后的兴奋，谁也没有被烤伤。没用半天时间就把炉子修好了，装好锻件重新点火升温。许多年之后我当了工段长、车间主任，不止一次地用此法抢修过热处理炉或大型加热炉。

有句老话叫“一步赶不上，步步赶不上”。像天重这样高水准的国家大型骨干企业，在“文革”后缺了一课：就像部队打完一场恶仗之后，总要休整一个时期，进行战斗和思想总结，补充给养和弹药，扩充编制或按编制配备齐人员。工厂也一样，至少要恢复正常的工厂理念、生产理念、技术理念，乃至树立起工人对国家、对企业的信仰和信心。“积重难返”尚未“返”，就匆匆“转型”“改制”。到底该怎样“转”，怎样“改”，没有调查，没有论证，更没有征求工人们的意见，企业不行了就频繁换头头，头头换了一茬又一茬，却是黄鼠狼下耗子——一拨不如一拨。腐败开始滋生，让工人们真正感到了危机，感到了看不到希望。最让他们犯愁的还不是没活干、领不到工资，而是精神上被冷落、被蔑视，没有人告诉他们这一切是怎么发生的，未来的出路在哪里？工厂已经变得很少正式开会了，工人在下面能听到的都是传言和小道消息，上边一会儿这么个主意，一会儿那么个想法……让曾经是“国家的领导阶级”“工厂的主人”，真真切切地感受到工人已经成了工厂的负担，群众成了领导的包袱。

许多产业工人怎么也想不明白，国家的大形势是以经济为重心，农村甚至用“大跃进”的办法在大搞工业，原本不懂工业的农民搞起了次等的乃至不入流的工厂，重复生产一些粗制滥造的产品，却能挣大钱。而城里的正规工厂却被荒弃、亏损，一些高、精、尖的机器设备闲置着锈蚀损坏。有些头脑灵活又有点儿门路的工人，开始改换门庭下乡投奔农民兄弟，靠卖手艺混口饭吃。我的车间也有那么十几个“自寻出路”的人，这些人后来都没有真正在农村扎下根，他们在农村没有得到真正的尊重，一旦人家能够应付生产了，就会把他们打发走。反过来，许多年后农民工进城，倒能扎下根。这是个很有意思的社会现象，中国的农村那么广阔，其包容性却不如城市。

后来市里下令，以主持“常务工作”为由，强行将我调入作家协会。为什么说是“强行”？市委宣传部的领导征求我的意见时我拒绝了，但市委还是下了调令，当时主管天重的第一机械工业局的老领导张华国，立刻下令将我的人事关系全部由工厂转走。后来他对我说，我知道你留恋工厂，尤其对天重有份特殊的感情，但此时不走，将来你会后悔。

我确是留恋天重，这里有我的根，是我的生活基地，不知为什么待在工厂里我心中就踏实。还有就是在我最困难的时候，是天重保护了我。“文革”中武斗最厉害的时候，来自内蒙古的三个穿军装的“造反派”，要“揭开天津市文艺界阶级斗争的盖子”，想把我揪到内蒙古去批斗。但他们在市里折腾了一个多星期，竟始终不敢进天重的大门，天重的“造反派”可以编成一个步兵师，还不等他们“砸烂”我的狗头，自己的人头可能先被拍扁了。我被“监督劳动”，实际上是对我最好的保护。工人在关键的时候还是重义气的：“我们的‘黑笔杆子’，要砸烂也由我们自己砸，用不着你们来多管闲事”。

我调走后又过了两三年，天重开始有大批工人下岗，好端端的一个大企业被大卸八块，变卖的变卖，破产的破产。为什么说它是“好端端的”？如果不好，就不会有那么多私人老板，有些还是农民企业家，像饿虎扑食一般将天重膘肥肉厚的地方全买走了，而且一到他们的手里就发了大财。他们虽然发了财，但生产水准、产品质量，却无法跟过去的老天重同日而语，甚至在生产和技术上也大大地倒退了。现在的私人老板们还怎么能出现王义礼式的人物呢？那个时候车间的同事来找我的最多，大都是让我想办法找点儿活干，有个进厂比我晚几年的锻工，还想出家。我劝他说，出家不是坏事，那是为了信仰，追求一种修为，你为了什么？正拉家

与老同事李忠详交谈

带口，却想一走了之，心里能清静得了吗？社会上的事在社会上解决，工厂的事在工厂解决，别再去给佛添麻烦了。后来听同事说，他还真去当了和尚。我在心里祝福他，默念阿弥陀佛大慈大悲，中国的庙宇再多，也盛不下这么多的下岗工人啊！

人们都习惯性地认为，城市里的农民工处于社会的最底层，有些我的老同事却觉得自己还不如农民工。他们至少在城里有活干、有钱挣，堂堂正正地卖力气吃饭，现在的城市是有求于农民工，甚至是离不开他们的，因此他们心里踏实，晚上睡觉安稳。而我们这些过去所谓的正牌工人，如今变成了“下岗的”，人家能可怜你、不拿斜眼夹你就不错了。但过去当工人的烙印一时很难去掉，不要以为只有当官的有架子，过去当工人也是尊严的，现在变得还没有打工的有尊严，就总觉得这一辈子算白混了，很失败，心里老是酸不溜丢的不得劲。

对产业工人来说，生活中最为重要的就是自己正从事的工作，工作是心灵的营养。难以计数的国有企业的工人下岗后，心灵备受煎熬，他们丢失的不仅仅是一份职业，还有对国家的信赖和忠诚。以前他们总以为自己是在为国家劳动，忽然国家和工人之间冒出一个老板，一切都由老板说了算。于是有一种被抛弃、被欺骗的感觉。在工人的心里，国家的失信、国家形象的毁坏，所付出的代价是无法估量的，不知还要影响多少代人？

梦游国庆节

“游行”这个词不知从什么时候起有点儿变味了，一提起它就让人敏感，神经兮兮。从前一说到游行，那可是让人立刻就想到解放军进城、开国大典……恢宏、壮观、热烈、振奋、荣耀……

1959年10月1日，天津市要在海河东侧的中心广场举行建国十周年大游行。市里提前好几个月就下通知，有头有脸的大单位为了能够争取到参加游行的资格，抢破了脑袋。我们厂是全市重型机械行业的老大，最后争取到出一辆彩车参加游行，彩车上要载着我们厂最拿手的产品，除司机以外还可以再跟一个人。于是，在我们厂内又展开了激烈竞争，各车间都希望拿自己的产品去参加游行……

那时我刚从中技校毕业不久，学的是热处理，分配到水压车间，业余爱好是写小说。但对什么是小说却又搞不太清楚，唯一的特点是胆子大，敢写。当时全国重工业的热点是造万吨轮和大型内燃机车，无论是巨轮或内燃机车，其心脏是发动机，发动机的脊梁是一根大型的七拐曲轴。锻造这种曲轴的任务就交给了我们车间，在当时这可是尖端产品，几次试锻都没有成功……

产品的实验失败却给了我写作的“灵感”，便根据曲轴试锻的情况写了一篇自认为是小说的东西。由于不懂投稿的规矩，没有寄给文艺部，信封上只写了《天津日报》。到9月下旬的一天，市委机关报居然在头版头条把我的小说当通讯给登了出来，那是我的名字第一次印成铅字，却着实地把我给害惨了。稿子里提到的厂名、车间名以及曲轴的名称都是真的，而车间主任、工程师、厂长的名字都是虚构的，我在小说里还“颠倒黑白”地大写特写曲轴试锻取得了多么辉煌的成功……

可想而知这篇东西在工厂引起大哗，友好一点儿的说我“真能写”，刻薄一点儿的说我是“吃铁丝尿笊篱——瞎编！”我尽等着领导找我谈话呢，岂料厂长冯文彬，竟将错就错地决定到国庆节的时候让我跟着彩车去参加游行，彩车上就要放六拐曲轴，如果实验还不成功，宁可放弃参加游行的机会。

这下更惹得全厂的人都在骂我，外车间的人出于妒忌大说怪话：光是在厂里低头干活没有用，要想出头还得会到报纸上乱吹。本车间的人也怪我瞎吹招祸，到国庆那一天若拿不出曲轴怎么办？这时候有厂部的人告诉我，那篇稿子的发表并不像我想象的那么简单，我可以乱投稿，报纸却不会乱发表，报社将稿子打出清样后寄给工厂审核，是冯厂长签了同意并让办公室盖上工厂的大印。

冯文彬毕竟是参加过长征的人物，指挥攻坚战确有一套，离国庆节还有三天的时候，他来到我们车间的二千五百吨水压机跟前，搬了把椅子一坐。很快，厂部分管生产的副厂长、生产科长、设备科长、总工程师……凡跟曲轴有关的各路人马都跑到现场来了，曲轴试锻真是要风得风，要雨有雨。在此后的三天三夜里，冯厂长一步也没有离开过水压机，他说话不多，就在那儿稳稳地坐着，我没见他吃过东西，更没见他打过哈欠，老是那么精气神十足。其他人却忙得脚丫子朝天，到10月1日凌晨两点多钟，六拐曲轴锻造成功，放凉以后吊上彩车，用铁丝固定好，参加试锻的全体人员站在车间大门口送我护着曲轴出发。

一个刚进厂不久的年轻人享此殊荣，可算出足了风头。我坐在驾驶楼子里兴奋异常，是第一次尝受虚构带来的荣誉，可谓因祸得福……我们赶到游行的集合地点才刚刚五点钟，司机叫郭启厚，人称“郭傻子”，其实他能说会道，比谁都精。他说我编瞎话露了脸，应该请客给他买早点。我心里高兴，还答应中午回厂后送给他一个高温车间的保健菜条。我下车按郭傻子的要求给他买了两个馒头、一包炒花生仁，我给自己买了四两大饼夹炸糕。回到车上香香甜甜地吞下去之后，眼皮可就睁不开了，我告诉郭傻子，游行开始的时候喊醒我，脑袋舒舒服服地往后一靠就没有意识了……

到我被喊醒的时候，已经是中午回到厂子里了。我想郭傻子如果不是惦记着我答应给他一个高温菜，说不定他还不会喊醒我。这时候轮上我犯傻了，用当时的话说，能参加国庆游行是极大的荣誉，押彩车的任务本应该是厂级干部的事，顶不济也得是车间主任去，歪打正着地轮上了我，全厂职工都盯着哪，我却既没“游”也没“行”，整整睡了一上午，什么都没看到。自己遗憾不用说，怎么跟厂部和车间交代？

心里恼怒就怪罪郭傻子，他说：我喊你了，喊不醒你能怪谁？不信我有证据，每喊你一次就用钢笔在你脸上画一道……他把我拉到镜子跟前一照，左脸颊上果然被画了好几条蓝道道儿。我仍旧埋怨他：这怎么向厂部汇报呢？郭傻子幸实乐祸：你不是能胡编吗？

被他这一骂我又有了灵感：你把游行的全过程跟我说一遍，否则我就不给你买菜。

最后我还是如实向厂部汇报了游行睡觉的事，冯厂长哈哈大笑，一摆手给了我三天假。到底是大人物，处理问题的方式就是不一般。

国家的投影

国家不是一个空洞的概念，每个人一想起自己国家，脑子里就自然会出现一个形状——这是地图告诉你的。你将终生熟记这个形状，热爱这个形状，保卫这个形状，因为这个形状就是祖国的投影。

我此生有幸，曾把自己最美好的一段青春岁月贡献出来，绘制祖国的投影……

那是1960年，经过一场严格的考试，我舍弃了在工厂很有前途的一份工作，穿上了海军军服。几个月的新兵训练结束以后又经历了一次考试，被送到海军制图学校上学。这时候我才明白，别人当兵一次次地检查身体，为什么我当兵要一次次地考数学。我国刚刚发布了十二海里领海的规定，国家急需要一批海军绘图员，把祖国海洋的形状画出来，让中国人、让全世界认识我们国家的投影，并尊重这个投影。

一个人一生总是要做过一些事后会后悔和永不会后悔的事情。我当过兵，这是我做过的最不后悔的事情。你想，二十岁上下，正是生命的黄金时期，将最美好的青春年华给了部队，完全可以说是对祖国的初恋。能不珍惜、能不怀念吗？只有当过兵的人才相信这样一句话："一个男人没有当过兵，他的人生就不能算是完满的。"

我从制图学校毕业后成为海军制图员，当时的世界正处于冷战时期，唯我国沿海边疆"热战"的火星不断，且不断升级，大有一触即发之势。首先是美国不承认我们的十二海里领海权，三天两头派军舰侵犯我们的领

前排右为作者

海，我国政府便一次次地向美国政府提出严重警告，并出动军舰一次次地把美国人从我国的领海逼出去。摩擦时有发生，从小规模的海战到空战……战斗英雄麦贤得就是我们海军的骄傲。

有时一天可以发生几次摩擦，只几年的工夫我们就向美国政府提出两百多次严重警告，打落他们几十架高空侦察机。到以后，美国的军舰干脆就要二皮脸了，你一个没看到，他就闯进来了，你追过去，他就又退回到十二海里以外，等你一个不留神，他就又溜回来了……紧张的时候我一连几个月出不了绘图室。

在中华人民共和国成立之前我们没有像样的海图，那时的中国人并不了解自己的海洋，只有一些外国海军丢弃的当初为侵略中国绘制的港口资料，既不精确，又不系统。中国人民海军如果没有自己的海图，在海上就一动也不敢动。我们的任务就是根据自己的测量成果，精确地绘制出完整的各种比例尺的中国海洋图。也许可以说是美国人激发了我的爱国热情，强化了我关于祖国的概念。

其实，兵的意识就是国的意识，当兵的不能没有祖国而存在。以前在学校里培养的国家概念空洞而美好，一进部队，国家概念就变得具体、严酷、神圣，与自己息息相关，且责任重大。那时候我们的吃喝拉撒睡一言一行都和国家的利益连在一起，充分体验到关系国家的安危就是最高命令，没有国家的力量就没有个人的存在。

爱国是一种高贵的情感，“胸怀祖国”不再是一句口号。至少是祖国的海洋，从南到北，哪儿有港，哪儿有湾，哪儿有岛，哪儿是石，哪儿是泥，都烂熟于胸，分毫不差。那时，不管夜里是否能回宿舍躺一会儿，或趴在图板上打个盹儿，每天早晨都格外警醒，先要知道我国政府有没有向美国提出新的警告，在什么海域？然后收听广播，中央和“苏修”论战的文章……

现在五十多岁的人都能记得那个年代的氛围。天上、海上、北边、南边、思想、物质，我们受到来自四面八方的逼迫和侵犯，但却培养起一种昂扬的情感。爱国是人类最高的道德。当时我把自己生命的热力和理想全都凝注到海图上了，海图上有我，我心里有海，有海才有国家。

有一次我随测量小组登上虎口礁，天地不同方觉远，共天无别始知宽，周流乾坤混茫，远眺海天无垠。那是中国黄海最外面的一块陆地，从虎口礁再向外量十二海里都是中国领海，站在礁石的高处能亲眼看得到中美军舰剑拔弩张的对峙局面。领海不仅仅是水，除去国家的尊严还有海洋资源，海权之争是政治之争，更是资源之争。只要拥有了岛屿(包括礁石)，就有了海域，有了海域就有海洋资源。哪个国家拥有范围更大的海洋面积，哪个国家就拥有更多的海洋资源所有权。海洋意识既是生命意识，又是国土意识。因之，争夺海洋成了现代战争的根源和动力。一个国家只有海军强大，海权牢固，国家才会兴盛。海军弱，则海权弱，国家衰。美国远在太平洋对岸，为什么要跑到我们的家门口捣乱？它不是吃饱撑得没事干才这样的……

然而，拿破仑有言：“一切帝国皆因吞噬过多，无法消化而告崩溃。”罗马帝国、拿破仑王朝、大英帝国以及希特勒无不如此。可没有一个后来的帝国会吸取前面帝国崩溃的教训，一旦强盛起来就会遏制不住地要向外扩充，贪得无厌地吞噬……

落日惊涛，浮天骇浪，我在远离大陆的孤礁上待了几天，看日月吞吐，受大风围困，越孤单就越想念亲友，越远离祖国心里就越有祖国。连茫茫海面上奔腾的波涛也都是翘首向大陆张望，然后一排接一排锲而不舍地向岸边涌扑，直至回到祖国的怀抱，发出一阵阵兴奋的喧哗。那时真希望自己能变成一片海浪，不屈不挠地扑回营房、扑回战友身边，一种对家对国的向往便立刻像大雾一样在我四周弥漫开来。

大风一停，我被急急地接回大队，原来，美国人把对我们没有发出来的邪火撒到了越南人的头上，发动了北部湾战争。我们要援助越南，又要加班加点了……我在绘图室里除去了绘制中国海图，还要绘制世界海图，感到一种自豪、一种信心。你只有有国家，才有世界。一个没有强大国家的人，世界也不属于你。

至今，我一想到中国军舰的舰长们使用的海图中有一些就是我绘的，心里还格外滋润和欣慰，这种感觉是出版几本著作甚或受到读者好评都无法替代的。已活到知天命的年纪，人前人后从心里敢大大方方为之骄傲的，就是曾经当过海军制图员——心里永远印下了祖国的投影。

父亲这个角色

当父亲很容易，这几乎可以说是天性使然，凡世上正常的男人，只要想当，就都能当得上父亲。生下孩子就是父亲，这是人人皆知的大实话。还有一句大实话，那就是只要有了孩子，怎么样当都是父亲，好也罢坏也罢，高兴也罢生气也罢，永远都是你自己孩子的父亲。古云："只愁不养，不愁不长。"

当父亲还有另外一面：很难，很难！难到让现代社会出现了许多"丁克"家庭，他们畏惧生育和做父母，不敢要孩子。任何一个生命的诞生，有人为的努力，也有神意，不然在成千上万的精子中只有一个能进入卵子孕育成胎，这未免太巧了，偶然性太大了，谁能保证这个孩子生下来身体是健康的，智商是健全的，在激烈竞争的商品世界能争得一席生存之地？倘若先天有缺陷、中途夭折、后来学坏，总之是不能成功地建立起自己的生活，当父亲的该怎么办？那时就会觉得对不起自己，对不起孩子，对不起祖宗，对不起神，对不起社会……如此说来还不如干脆不当父亲。

都不想当父亲，人类岂不要绝种？那是不会的，让那些不想当父亲的人去"无子一身轻"吧，世界上还是想当父亲的人多，而且会当上瘾、越当越当不够的也大有人在。我在这里要说的是，不管出于什么原因，不管有没有神助，都已经成了父亲的人，差别也很大。有的能教子成材，有的教子无方，有的甚至管生而不管教……

对许多男人来说，当父亲是一种"遗憾的艺术"。天下所有由处男

1980年的全家福

变为父亲的人，无不是在毫无实际经验的情况下开始履行做父亲的责任，待到有了经验，知道该怎样针对自己孩子的具体特点而尽职尽责的时候，孩子差不多已经长大，性格定型了，空留下许多遗憾。以前生孩子没有限制，还可以通过实践不断地摸索和总结当父亲的经验，不断地改进和提高做父亲的水平。在实行计划生育的今天，好坏只能当一次，像押宝一样，遗憾就变得不可避免。

所以，现在格外盛行离婚和男大女小的“老少配”。离婚的男子大多都当过父亲了，再婚后第二次或第三、第四次再当起父亲来，自然就会驾轻就熟。而“老少配”则更厉害了，现在有一种很时髦的理论，专门鼓励老男娶少女。

据说现代人类学家开出了一张让世界引以为骄傲的人物名单，其中有爱因斯坦、弗洛伊德、莎士比亚、贝多芬等，这些人类的巨星有个共同的特点：他们的父亲和母亲的年龄都相差悬殊，母亲年轻、身体好；父亲年纪大，富有经验，智慧成熟。这就是说，男女的年龄越不般配，越能生个麒麟儿。

怪了，为什么老女配小男就不能生出天才？我怀疑这个理论是花心老男人创造出来的，借以诱惑那些存有夫贵妻荣、母以子贵念头的年轻女子。但，怀疑只是怀疑，等我有了闲工夫，把世界上的天才人物的传记搜罗起来，将他们的祖宗八代查一遍，就会一目了然。现在，还是回到普通的父亲话题上来，这种普通的父亲占人间父亲中的绝大多数，因为天下的婚姻大多数还是讲究年龄般配。过去中国民间倒有“女大三，抱金砖”的说法，也只是大“三”，而不是大“三十”。

最能体现人间普通父亲心态的，当数前辈作家萧军的一首诗，其中两句是：“无病即是福，有子万事足。”这是一种超脱功利的父亲胸怀，能够重视和欣赏纯天然的父子关系，首先就是个快乐的父亲，而且也未必就不是好父亲。古训也有类似的教导，“儿孙自有儿孙福，莫为儿孙作远忧。”过去生儿子的意义本来就非常单纯，为了“传宗接代”，或是出于尽孝，只要有儿子就行。至于他将来是个什么样的人物，那是后事。

是现代社会的“竞争机制”，使父亲这个角色复杂化了。想当年我读到萧军诗的时候，正巧刚做了父亲，所以印象非常深刻。当时社会上对复员军人通称“大兵”，许多人在背后使用这个词汇的时候还要特意在“大兵”前面再加上一个“傻”字。我当兵前的老同学、老同事，在就某一件事情开导我的时候总是先铺垫上一句：“你当兵都当傻了”，然后才开始说正文。我复员不久又赶上“文革”，在“制造疯狂”的同时，那也是一场“制造傻子”的运动，“傻大兵”被再造一番，堪称傻上加傻。越是傻了活得越自然，没有许多宏伟的计划和目标，只知道顺应生命本身的程序，结婚、生孩子、当父亲……可想而知，这样当上了父亲肯定是个糊里糊涂的傻父亲。

再傻的父亲，也知道“孩子是自己的好”。大胖小子的漂亮可爱，使初为人父的生活充满巨大的欢乐，我享受这份快乐多于思考对儿子的培养和教育，那个时候好像对子女的教育也不像现在这般重视。一有空就把他扛在肩膀头上到处游逛，傻呵呵地随处散发一个父亲的骄傲和快乐。儿子读中学的时候，也正是我写作最忙的时候，爷俩各忙各的，正好他也不希望我多管他，表现出男孩子一种独立自主的精神。我便洋洋自得地以为儿子已经是个小男子汉了，甚至在他面临高考的时候也大撒把，终因丢了准考证而被挡在考场外面半个多小时，这当然影响他的考试成绩，最终还凑凑合合地上了大学。到他大学毕业的时候，我正兴头很高地沉浸在一部长篇小说的写作之中，未能认真帮助他选择个合适的工作单位，干了几年他便自作主张地辞职南下，独自去“闯世界”。

至今想起来，我当父亲的经历，除去充分享受了儿子带给我的快乐，就是我欠儿子的，在儿子成长的重要关头都没能尽到做父亲的责任，为此常怀愧疚之感。儿子却显得很大度，他说这叫“歪打正着”，正好让他对自己的未来有了选择的自由，可任他由着自己的天性自然发展。他庆幸我没有用自己的观念塑造他，没有把他限制在我的知识范围里——“父子站得太近，阴影会扼杀孩子的成长。”

也正因为在给儿子当父亲的时候有诸多失误，之后在给他妹妹当父亲时就做了修正，自己感到的遗憾也就少一些。一个男人有几个孩子就要当几回父亲，每一回的责任会有所差别，感觉也不尽相同。就像一个好的演员，扮演一个角色可以演出许多场，每演出一场都会有新的创造，新的体会。

儿子长大以后

一个男人，应该感谢儿女。没有儿女他就当不了父亲，而不当父亲就不能算是一个真正的完全的男人。

我初为人父的时候是在工厂里，有位车间副主任五十来岁了，他经常以抱怨的口吻向我炫耀：今天裤子被儿子穿走了，明天新买的上衣又被儿子换走了，他的一身行头几乎都是捡儿子穿破的或不要的。当时我真的非常羡慕他，有一个和自己一般高大的儿子多么有趣，多么幸运，爷儿俩可以争穿一条裤子，衣服鞋袜可以换着穿，这才叫天伦之乐。

什么时候我的儿子也长到那样大？自己当时也很年轻，就觉得要把一个小毛孩子养成大小伙子是很遥远很不容易的事情。虽然觉得儿子小也有小的乐趣，很好玩，极可爱，却仍恨不得他第二天就长成大人。

现在已年过花甲，就觉得当初的那些想法很可笑。人能长大或许不容易，但是很快，转眼就是百年。当儿子真正长大以后，又会常常想起并留恋他的童年时期，如有可能宁愿自己多吃点儿苦，多受点儿累，也希望将儿子的童年时代多留住几年。

像我这个年龄的人也许有太多的不幸，赶上了太多的动荡、灾难和政治运动。但也有一大幸，童年是在农村度过的，充满色彩和刺激，培养了我的性格，为我的一生提供营养。同时又拥有许多童年时代美好甜蜜的记忆。

我有个偏见，总以为在现代城市长大的人是没有童年的，至少他们不会对童年有深刻美好的记忆。因为他们大都走过一个相同的路线：从托儿所到幼儿园，从幼儿园到学校，生活大同小异，色彩千篇一律，大部分时间在房子里度过，跟玩具动物相处，没见过或很少见过活的牛马羊猪，不知何为原野，何为蓝天和星空。

他们的童年只给父亲提供了巨大的快乐和幸福，当然也有辛苦和责任，上学后就要催他好好读书，催他考重点中学，催他考大学……可谓操碎了心。

我几乎是在毫无准备的情况下，猛然发觉儿子长得跟老子一般高大了，不能说不高兴，但有点儿生疏。不可避免地也享受到了十几年前我那位副手经常向我炫耀的那种快乐，只是我的感觉比那时候要复杂得多。开始是他穿我的衣服，我的衣服自然要比他的“高级”一些，有些在当时来说算比较好的衣服，穿在我身上显不出有多么好，穿在儿子身上效果则大不一样了，人配衣服，衣服抬人，相得益彰。我还有什么好说的，凡是他能穿的，他喜欢穿的，都先让他穿。

渐渐地他有了自己的着装风格，不再抢穿我的衣服，而是轮到我捡他的衣服穿。他不要的，我穿在身上，还让人觉得挺新潮。

现在似乎是进入了第三个阶段，儿子开始为我置办行头，偶尔还会购买一些名牌，似乎是有意识

父子情深

地为我设计形象。前几年他刚参加工作的时候，花九十元为我买了一双美国皮鞋，当时穿这个价格的皮鞋已经算相当奢侈了，在此之前我还从未穿过超过三十元一双的皮鞋。穿在脚上果然舒服、轻便，心里也轻飘飘的，终于享受到有儿子的好处了，以前的投资开始见效益，开始回收……

那双鞋还没有穿坏，有年春天儿子突然又给我买来一双“老人头”，内部价格还花了二百八十元。我不敢不高兴，可在心里却打了折扣，甜甜的又带点儿苦味儿。我对名牌可没有太大的热情，只觉得不实惠，而且这是什么鬼名字，明明是脚，为什么说成“头”？当时我还在中年阶段，不愿意被提前打入老人行列，心里难免有些警惕。

刚进入夏天，一个偶然的机会听到儿子在向他母亲打听我的腿长，腰围，我赶紧放下笔，问他想干什么？他说要为我买一套真丝的衣服，光一条裤子就二百多元。打住，我这两条腿值不了那么多钱！

什么话，您这两条腿给二十万咱也不换。

妻子也在旁边奚落我，真是土得够劲了，现在穿真丝衣服很普通。过去给儿女买衣服花多少钱也不心疼，现在轮到儿子给你买衣服反倒心疼了。

心疼倒也不假，更主要的还是不习惯儿子为我设计的那身行头：底下是“老人头”，上边是一身真丝裤褂……那还得再添三样东西：左胸口袋里放一只金怀表，表链要露出来挂到扣眼上，右手举着鸟笼子，左手牵着狗……还是等以后养了狗和鸟再说吧。

儿子这份心意，还是让我感到骄傲，感到欣慰。他想用名牌武装自己老子的心情，跟他小的时候我想用最漂亮的衣服打扮他，不是一样的吗？我还没有觉得自己老，可是儿子突然间长成大人了，要来关心照顾我。我对这种来自儿子的关心和照顾，却还不太习惯。

儿子怎么会是突然长大的呢？难道这是很容易的事吗？他小的时候像一个活跃的水银球，到处乱滚乱撞，不知从床上摔下过多少次。当时“一间屋子半间炕”，为了让床底下多放东西，便把床腿垫得很高，又是水泥地面，居然没有被摔成重伤，可算他命大。至于脸上青一块，头上起个包，对他来讲不算什么。有时我在干活的时候，不得不把他拴在床架上，让他有多半个床铺的活动范围，却又不会掉下去。我称这为“床牢”，也算是对他的惩罚。

倘是把他放在地上，那屋里就会大乱。他什么地方都要踢一脚，都要伸一手。你越不让他摸的东西，他越要摸。有一次竟把手伸到刚从炉子上端下来的稀饭锅里。我至今不明白，他自己也记不得了，当时是出于一种什么心态，非要把手伸到那个热气腾腾、糨糨糊糊的粥锅里去搅一搅。害得我每天抱着他从城西到城东一个专治烫伤的卫生院去换药。夜里他疼得哭，我就抱着他在地上转……折腾了一个多月，幸好治疗及时，遍求名医，治疗护理中没有一点儿失误，才没落下伤疤。

当时我不感到累，只觉得睡眠不足。有时在哄他睡觉的时候，自己便也睡着了。有那么两次我睡得正香。突然被大雨浇醒，以为是梦，明明在屋里睡觉怎会有雨？可脸是湿的，身上是湿的，大雨还在下，原来儿子不知在什么时候身体转了九十度，跟我成丁字形，小鸡鸡直冲着我，其尿如注，全撒到我的脸上。即使这样，我都舍不得把他打醒，赶紧用抹布擦凉席，边擦边发牢骚：好小子，你欠了老子一笔，有朝一日我很老了，需要你端屎端尿的时候，看你有何话说。二十年以后，日本、中国台湾以及东南亚一些国家的有识之士，才开始盛行“喝尿疗法”。我才知当年儿子是对我的孝敬。我喝的是童子尿，质量更高。

儿子的事多了，那是一部长篇小说的材料，连他当年闯的祸都成了我现在一种甜蜜的回忆。他非常漂亮，逗人喜爱，我一有空就把他扛在肩膀上，招摇过市，喜欢听邻居、熟人对儿子说一些赞美的话，喜欢看到不认识的人们都用一种艳羡的、愉悦的眼光望着高高骑在我脖子上的儿子。孩子的漂亮和幸福，使我感到极大的欢乐。

苦还没有吃够，累还没有受够，急还没有着够，快乐还没有享受够，他一下子就跟我平起平坐了……今后似乎要轮到他来纠正我的错误了。

我的一位老同事为他介绍了一个女朋友，刚毕业的医学院高才生，聪明，娴静，我和妻子非常满意。姑娘的父母似乎对我的儿子也很满意。几个月后，我便急不可耐地请姑娘一家人吃饭，意思就是给两个年轻人施加压力，按习俗未来的亲家见了面等于订婚。然后我就高高兴兴地去新疆了。

在新疆接待我们的是同行沈玉斌，为人极宽厚平和，且机智过人，人称“神算”。看手相、批八字、相面、算命，甚灵验。我请他为儿子择结婚吉期，他经过认真推算，告诉我，儿子要到二十八岁结婚最好，也只有到那时才能结婚，眼下尚无对象。我大笑，到我儿子二十八岁的时候，我的孙子都三四岁了。对这位所谓“神算”立刻失去了信任。把他的推算玩笑话，随即就忘掉了。

一个多月后，我回到家听到的第一个消息，就是儿子和女朋友分手了。他就是趁我不在家的时候迈出这一步的。其理由是：你是个很好的姑娘，如果是我们自己相识的，也许将来会很幸福，现在则非分手不可。介绍人是我父亲的朋友，我们相互还没有多少了解，我的父母率先相中了你，态度明确。你的父母和我的父母一见面又很谈得来。我似乎别无选择，成也得成，不成也得成，每次我们约会，我都觉得是替父母在谈恋爱，我们之间有一点儿风吹草动，通过介绍人传到我父母的耳朵里，就对我进行一番审问和教导。假若将来结了婚，有一点儿不愉快，让双方父母知道了就会担心，就会干预，我们还能有自己的生活吗？

这是什么狗屁理由！然而就是这些似通非通的理由，把一个也许是很好的儿媳妇给放走了。我在写文章或开导别人的时候，老觉得自己挺现代，挺开通。通过这件事我感到自己是多么迂腐，多么可笑。

儿子的确是成年人了，我时刻都不应该忘记这一点。记不得是前辈哪个老家伙说过这样的意思：父子之间不尽是爱的法则，而是革命的法则，解放的法则，是有才能的青年压服精疲力竭的老人的法则。天哪，父子倒个儿也不该是这种倒法。

女儿的琴声

1

“我们学校进行民意测验的结果表明，有百分之八十的现代中学生不愿做父母那样的人。您对这个结果有何感想？”

“您对中学里组织各种社团、搞勤工俭学怎么看？”

“您是不是认为中学生的学习成绩非常重要？您心目中完美的中学生形象应该是什么样的？”

“现在的中学生比您上中学的时候显得更成熟，思想更复杂，更有主见，更富有竞争性，您以为如何？您认为现代中学生的主要特点是什么？他们有什么长处和短处？”

……

南开大学附中高中部记者采访团的郑梅同学和她的一个伙伴，轮流向我提出关于中学生的各种问题。这些问题尖锐而又敏感，十分钟前她们突然推门而入，把我从稿纸堆里拉出来，声称只占我半小时，可光听她们提问就过去了十分钟，问题还没有提完。我毫无思想准备，觉得这些学生记者比成年记者更厉害，她们没有顾虑，咄咄逼人。我的一双儿女也坐在旁边听我怎样回答……

和女儿在一起

2

正像郑梅说的，现代的中学生比我当中学生的时候“更有主见”。我的儿子也在读高中二年级，身高已经超过了一米七，跟我穿一样长的裤子，一样大的鞋袜，在家庭里占据着一块不容忽视的空间。家里一些应该由男子汉承担的体力活儿，大部分归他负责了。不知不觉，连一些琐事似乎也进行了心照不宣但又十分明确的分工。早晨，儿子把他母亲的自行车搬到楼下去，母亲下班回来他再把车子扛上来。几年来，可谓“百扛不厌”，责无旁贷，已成习惯。妻子在下班的路上负责采购，大包小包，青菜萝卜，在楼下一声呼唤，儿女急忙奔下楼去，儿子扛车，女儿提篮，如众星捧月，簇拥而上，邻里羡慕，妻子脸上的疲劳一扫而光，颇感得意。中午在儿女放学之前，我须赶回家中把饭菜加热，儿子负责刷锅洗碗，女儿负责桌子和收拾厨房。晚上，妻子负责做饭，儿女的分工不变。至于我嘛，碗筷一放就可以坐到沙发上去看电视新闻。偶有朋友来访，看到这场面甚感不满，说我茶来张口，饭来伸手，吆三喝四，大有老太爷的派头。

而我儿女并无怨言，各人干自己应该干的事情，这只能说我们教子有方，养儿育女一场，开始回收“经济效益”。

每个人都为家庭尽自己的责任，因此每个人在家庭里都有发言权，可惜我并不是很自觉地认识到这一点，也不是很心甘情愿地接受了这个事实。我自知不是个十分民主的家长，脾气暴躁，上来邪火地动山摇，家人惧怕。但是，儿女各自用不同的方式争取到了他们的发言权。

女儿嘴巧，看书也多，虽然只有十岁，却是家里唯一能跟我唇枪舌剑、针锋相对的人物，也是唯一敢取笑我、对我进行正面批评的人。每天放学回来要凑到我的写字台前，看看稿纸上的页码，再问一句：“今天写了多少字？”我若写作顺利，自然会高高兴兴地跟她亲热一番。若文思受阻或来访者太多耽误了写作时间，就会心烦地把她赶开：“躲开，别搅和，快去练琴！”

这时女儿就会向她的母亲和哥哥努努嘴，挤挤眼，阴阳怪气地故意大声说给我听：“走走，咱们快点儿躲他远远的，他今儿个写的字少，窝着一肚子火想拿咱们出气！”

经女儿一点破，我肚里的火气自消了。以前常因写作不畅无缘无故地发火破坏家庭的和谐气氛。经女儿发现了这个规律，我就不好意思再借题发挥，“嫁祸于人”了。

当然，她有时也是很讲策略的。比如要批评我的脾气不好，就说她的某某同学的父亲“长得特别喜相”，愿意跟小孩儿在一块玩，还爱装傻样儿逗得大伙哈哈笑。她还会借别人的嘴挖苦我：“凡是到咱家来过的同学，都对我说：‘我们不怕你妈妈，怕你爸爸。’”

我心里难受，觉得这不是小事情，就说：“我是个坏爸爸，让你在同学中丢脸了。”

她完全一副大人口吻，“咳，脾气是小事，还有主要方面啦，你当然是我的好爸爸。”

“呀，你还懂辩证法？你说，你的同学来了，我把咱家的好东西都拿给他们吃，他们为什么还怕我？”

“你身上长着瘆人毛。”

我摸摸自己额前老爱支起来的那一绺头发，自嘲地说："是不是这撮毛？"

"不对，这是学问毛。"

"什么叫学问毛？"

"有学问的毛！"

又气你又哄你，令人哭笑不得。现在女儿有更好的办法对付我，她起着调节家庭气氛的重要作用，这到后面再说。

3

儿子则是蔫的。

他一直喜欢理科，升到高二分班时理所当然地上了理科班。半年之后由于化学考试受挫，对理科失去信心和兴趣，突然提出转科。老师多次耐心地劝导，我也再三向他陈述中途转科的弊端：高中的功课那么多，负担那么重，落下半年的课程追赶起来绝非易事；更重要的是，学理科升学就业的机会多，选择的余地很大，学文科升学就业的机会相对来说就小得多了！还有一种说不出的原因，我不愿自己的儿女学文。

任我和老师磨破嘴皮，每次都谈一两个小时，最后儿子还是那句话，"我就是想学文科。"

他从来没有这样有主意过。我发觉他长大了，尽管还不到十七岁，却像个男子汉一样有自己的主见了。我欣赏有主意的孩子，男孩子表现出应有的男子汉气概，应该得到鼓励。既然别人把利害关系都跟他讲清楚了，他仍坚持改科，我就不应该再加阻拦。他愿意为自己的命运负责，本是件好事。我心里却说不清是轻松了，还是更加沉重了。这次倘若决策失误，影响他明年考大学，将关系到他一生的前途……

有家长的签字，学校才给转科。我签上了"同意"两个字。

儿子一开始上学就是班里的尖子，上到二年级的时候老师想让他跳级。当时我的一篇小说正遭到大规模的批判，舆论汹汹，社会上谣言纷传。老子挨批，儿子跳级，使我颇感得意。觉得儿子为自己争了气，虚荣心促使我做出了错误的决定，同意儿子跳级。当时的小学还是五年制，他再跳一年，实际只上了四年。到了重点中学，他的基础知识就显得差了，由尖子生降为中等生，自尊心受到打击，功课时好时坏。但愿我在儿子身上不要再犯第二次错误！

应该说我对儿子的管教是相当严厉的，甚至可以说是粗暴和武断的。一旦发起脾气来，越说声音越高，火气越大，越打越不解气，一动手就收不住，自己火上浇油，打了第一次就想打第二次，打了一下还想打第二下。事后冷静下来，自己也觉得太过分了，埋怨自己脾气太坏，于事无补。当然也不是全无结果，偶尔一门功课考试不及格，狠打一顿就可以拿个八九十分。不知是体罚真起作用，还是碰巧了。这是以前的事情，以后我觉察到了自己的坏脾气，一旦发作就不可收拾，最好的办法就是自己用理智控制住，不让坏脾气爆发。那时女儿还小，家里没有灭火器。

尽管如此，儿子的老师还是婉转地对我提出了批评。

语文课讲了《反对自由主义》，老师留出二十分钟给学生们出一道作文题：《反对……》。我的儿子不假思索，一挥而就。题目是：《反对父亲的粗暴管教方法》，文中有这样一段话——

“……他规定我必须六点钟起床，晚上十点钟睡觉，我要晚起五分钟，他就要批评我一刻钟。他浪费的时间三倍于我自己耽误的时间。我只要规规矩矩地坐在桌子跟前，不论我干什么、想什么，他都很高兴，不再管我，放心地去干他自己的事。作为作家，父亲也许是聪明的；作为父亲，他可真够笨的！”

老师说：“就作文本身而论，文字通顺，真情实感，学生讨厌打小报告，我可不想在家长面前告自己学生的状。你的孩子没有错，你的管教方法确实有问题……”

看来我得多给孩子一些自主权，增加一点儿家庭里的民主空气。

去年年底，我写了一篇反映女武生生活的小说，题目定为《以男人形象闻名于世的女人》。儿子看后居然敢给我提意见了：“这个题目不好。”

他说得那么肯定，我问：“为什么？”

“现在都写什么女人呀，男人呀，靠这个来吸引人，你怎么也学这一套？你不是说写作要新鲜，不走别人的路吗？”

真是一针见血，我立刻接受，把题目改成《长发男儿》。还是有个“男”字，想了半天去不掉，只好先凑合着交了卷儿。

我和妻子要一块外出，临行前女儿在饭桌上甩闲腔：“你们光顾自己出去美吧！”

她那张十分讨人喜爱的小脸儿绷得紧紧的，连眼睛也不抬起来，语调更是不酸不凉。妻子心里不安。使我想起去年，我们两人去云南，钻大山、看边界，在保山宾馆的时候给家里打了个电话。儿子像个男人，声音镇定，话语不多，轮到女儿说话，那就大不一样了，一股亲女的感情热流，隔着几千公里通过声音送到我们心里。我把话筒交给妻子，女儿那张小嘴倒有说不完的话，什么安全啦，身体啦，吃呀，住呀，说着说着娘俩呜呜地哭起来了！女儿举着话筒在天津哭，妻子拿着话筒在保山哭，把宾馆服务员都闹蒙了。真是最亲不过娘闺女，最近不过闺女娘……

我对女儿说：“你妈妈上班干革命，下班做家务，出去散散心难道不应该？”

女儿还是不抬眼皮，“去吧，谁不让你们去了？反正你们一走我就倒霉了。”

“你倒的什么霉呢？”

她认真地叹了口气，“唉，不说了。我要是说了，等你们一走更得把我打熟了！”

儿子一声不吭，闷头吃自己的饭。

我瞪着他，感到恼怒，心里也掠过一阵寒战。儿子莫非学到了我的坏脾气，当我们不在家的时候对他妹妹粗暴无礼？

我和妻子从外边回来以后就向请来看家的姥姥打听两个孩子的情况，儿子没有打过他妹妹，大概也是因为找不到理由。平时像刺儿头一样的女儿，我们一走就对她哥哥绝对服从，他说什么她就听什么，他支使她干什么，她就老老实实地去干什么。

不管怎么说，当我不在家的时候，儿子能担负起一个男子汉的责任，令我感到欣慰。

4

有位朋友用玩笑的语气为我们家排了一下座次，女儿第一，儿子排在第四。

从外表看似乎是这样的，女儿在家里比较受宠。节假日和每个星期六的晚上儿女们可以看电视，我坐正面的沙发，女儿则坐在我的腿上，自称我的大腿和胸怀是她的“软席包厢”，顽皮劲儿上来，还要骑到我的脖子上去。

去年她因体育课的成绩没有达到八十分，班里评上“三好”又被学校拉了下来。回到家就让我做她的体育教员，摁着她的膝盖做仰卧起坐，我给数数，保护她做前滚翻、弯腰、抬腿等等。每逢我被女儿支使得团团转的时候，妻子就在旁边幸灾乐祸地说：“这回可有治你的啦，你的脾气呢？”

从心里对儿女不能一视同仁，甚至有意歧视自己某个孩子的父母，我想是没有的，要父母绝对一碗水端平也是不可能的，碗太平孩子就吃不到嘴里去，要想吃得省劲儿就要把碗端得斜一点儿。每个儿女的情况都不一样，在小事上有点儿偏向是正常的。

儿子出生的时候正赶上我在车间里上三班，在家里的时间很多，大部分家务活由我来干。如果赶上“停产闹革命”，我就可以一连几天在家里哄儿子。他出生的那天晚上就具有一种喜剧气氛。妻子怀孕期间，热心的邻里老太太，时间充裕的工厂女同事，为她算日子，看手相，测妊娠反应，都断定她会生个女儿。而我对她们的测算结果嗤之以鼻，坚信自己会得个儿子。我没有任何根据，只是一种感应，或者叫一种希望。10月30日的晚上，南卄医院的产房接收了十二个孕妇，前十个生的都是女孩儿，我已经失望了，偏偏从我妻子开始，最后两胎全是男孩儿。妻子奶水充足，儿子吃得白胖喜人，长到五岁时，馋虫上来还要扎到母亲怀里咬住奶头嘬半天。尽管我的工资很低，仍然在工厂附近专门雇请一个老太太照看他。

接他送他也常常是我的事情，路上要穿过一个坑坑洼洼的胡同，放在竹子推车里怕把儿子的脑袋颠傻，索性将他放在我的肩膀上，两条小腿夹住我的脖子，高人一头，招摇过市，优哉游哉……

女儿的命运就不一样了，她选了个最不吉祥的时刻来到我的家。

1976年复刊后的《人民文学》第一期上，发表了我的一篇小说《机电局长的一天》。随着“反击右倾翻案风运动”的不断高涨，这篇小说被上了七条纲，“四上桃峰”“宣扬阶级斗争熄灭论和唯生产力论”等。5月9日，北京来人，带着当时文化部长于会泳的信找到天津市当时的文教书记王曼恬，责令我公开做检查，否则在全国范围内展开批判！

就在这时候女儿来到人间，好像是为我壮胆来的。我的妻子正希望再来个女儿，当我在产房外得到天遂人愿的消息后，就急急忙忙奔回家去为劳苦功高的妻子熬小米粥。小米粥熬好灌进暖水瓶，将儿子锁在屋里，急急忙忙再返回医院。一个朋友正在医院门口等我，向我这个喜气洋洋的父亲通报了坏消息，市里派来的汽车就停在路边，要我马上去市委，王曼恬亲自跟我谈话。

在我的日子最不好过的时候，儿子持枪为我壮胆

我表示不能坐这个车去，除非公安局派警车来，让警察向我出示逮捕证，我才能丢下妻子儿女不管，任由你们发落。更可怕的是另有一女同志到产房里去做我妻子的“思想工作”，真是赶尽杀

绝！那女同志是好意，想安抚我妻子，但这消息本身就足使她精神上过度紧张，奶水顿失，点滴皆无。女儿没有吃上一口娘奶，乃我之过！

两个多月以后发生大地震，我每天早上从黄河道跑到西站，排上几个小时的队，抢购上一斤牛奶，再兑些稀粥，以维持女儿的生命。尽管如此，在给她过百天的时候，朋友们还是建议为她取名“一巍”。我已经狼狈至此，仍然自吹《机电局长的一天》，岿然不动，多亏鲁迅先生创造了“阿Q精神”。

女儿到了说话的年龄，吐字不清，经检查是“腭裂”。天哪，真是祸不单行。

她五岁半的时候住进了口腔医院。此病不算小，手术更复杂，难度很高。由于手术的部位在嗓子眼儿，医生需有极大的细心和耐性。

病房里，病人家属们成天议论纷纷。某人的孩子也患此病，通过后门找到大关系，重托了手术医生。医生感到责任重大，精神紧张，负担过沉，手术时间拉长，唯恐出差错反倒出了大差错，当天夜里病孩儿因伤口破裂，出血过多而亡。走后门把孩子送给了无常，真是写小说的材料。还有一些病孩儿，虽然手术本身没有出危险，但效果不理想，恢复一年半载之后还要做第二次乃至第三次手术，重吃二遭苦，再受三茬罪！

我女儿的命运会怎样呢？

不知为什么我相信她是大命的。她诞生在大转折的1976年，她是在我最困难的时候来投奔我，给我的命运带来转机。她自己也一定会否极泰来。

可是，当女儿被推进手术室以后，妻子首先呜咽起来。许多亲戚都来了，妻子一哭使女眷们眼角都挂着泪珠。我感到不妙，用不近人情的口吻把她们都赶走了，只剩下我一个人守候在手术室外面。

三个半小时以后女儿才被推了出来，我那个漂亮的活蹦乱跳的女儿已不复存在，脸色煞白，双眼紧闭，下半个脸缠着绷带，只露着鼻孔和一张小嘴，我心里一阵绞痛，几乎放纵了做父亲的感情抱女痛哭。掌刀的主任医生王永秀告诉我手术进展顺利，他自我感觉不错，没有出现任何意外的情况。我心里稍安，等待那最危险时刻的到来。

夜半，女儿身上的麻药已失去效力，她苏醒以后的第一个感觉就是疼痛，就是想冲着父母大哭大闹。五岁半，又懂事又不懂事。即便是个大人，处于这种状态，靠讲道理能止住难熬的疼痛吗？妻子咬住手绢，双手抓住女儿的右手，把脸埋下去，只见肩膀抽动。她的意志已经垮了，能否帮助女儿闯过这最危险的前三天，就看我有没有足够的精神力量了。我扶着女儿正在输液的左臂，不管大道理止痛不止痛，现在只有求助于讲道理，不管女儿听得懂听不懂，只能当她听得懂来对待——

“好巍巍，千万不能哭，嗓子眼不能使劲。王大夫告诉爸爸你的手术做得非常好，很快就能出院，出院后跟其他小朋友一样，可以唱歌，可以朗诵，现在要是一哭，嗓子一用劲药线就会崩开，刀口裂开，造成大出血，你的手术就白做了。还得推回手术室，再打麻药，做更危险的手术！王大夫和护士阿姨都在值班室守着呢。”

女儿眼泪哗哗，不能说话只是轻轻摇头，眼睛里露出乞求的神色。我懂她的意思，一边替她擦泪，一边决断地说：“巍巍是爸爸的好闺女，我的巍巍不哭，决不再做第二次手术，我看谁敢再把我巍巍推进手术室！叫妈妈去告诉王大夫，就说巍巍最听话，不哭不闹，叫他放心地回家去睡觉吧。”

妻子忍不住要哭出声，我借故把她支开了。

让女儿相信王大夫已回家，不再给她做第二次抢救手术，她精神就不会太紧张，心情平稳对她的伤口有好处。

不能停嘴，要不断地说，分散她的精神，也能转移她的一部分痛苦。

“巍巍，爸爸知道你嗓子里很痛，也知道我的巍巍扛得住。只要不出声，可以流眼泪。爸爸也可以替你哭，爸爸一哭我闺女就不痛了……”

说着说着，我控制了许久的眼泪突然奔流而下，女儿大概是头一次看见我哭，看见我会流这么多眼泪，父亲的眼泪大概是非常沉重的，对女儿有着不同一般的感染力。女儿似乎忘记了自己的疼痛，抬起右手为我抹眼泪。

好在这间特护病房里只有我们父女俩。当时如果有一种医术能把女儿的痛苦转嫁到我的身上，将是我最大的幸福。正因为痛苦不能转嫁，我和妻子心里的痛苦要比女儿所受的罪更深！本来只是一份痛苦，有多少亲人就增加了多少份，而且比最早的那份痛苦又膨胀了好几倍……

我的巍巍是世界上最懂事的女儿，她果真一声没哭，熬过了七天危险期，熬过了连续几天不退的高烧。搬回大病房之后，又以连我都感到惊异的力量通过了吃饭关。人类自身蕴蓄着巨大的生存力量，连小孩子也不例外，这是与生俱有的。

女儿的手术一次成功。王永秀医生很满意，是他给了我女儿一个正常人的嗓子。我也很得意，为女儿感到骄傲。

5

郑梅说有百分之八十的现代中学生不愿做父母那样的人，这些学生是讨厌父母的职业呢，还是不喜欢父母的为人？

这真是个意味深长的现象。

我的儿子希望将来能进入经济界谋个职业，猜不透他动的是什么脑子。

女儿呢，也许是那次手术给她的印象太深刻了，从上一年级的时候开始，谁要问她将来长大了干什么，她就毫不犹豫地回答："当个医生。"这志愿至今还没有变化。

然而根据我平常的观察，她有两个爱好。一是看杂书，比如：童话、科幻作品、小说、幽默故事等。二是喜欢音乐。

以前她是这样写作业的：先打开收录机，听着音乐或故事，零食、水壶放在眼前，课本、作业本、闲书也都在桌子上摊开。听着，吃着，喝着，写会儿作业，看会儿小说。每天晚上我或者妻子都要端着计算器检查她的作业，常有错漏，有时磨蹭到很晚。功课平平，多在中游晃荡。主要毛病是粗心，精神不集中，丢三落四。

我曾试图控制她别看太多的闲书，那么她就跟着录音机瞎哼哼一些自己也不解其意的歌曲，令我管也不好，不管也不好。音乐是管不住的，流行歌曲也是管不住的，我也无法向她说清楚哪一首歌词是什么意思，为什么不适合她唱。再说她的嗓子动过手术，我老觉得她不适合过多地说说唱唱，这种担心仍然是多余的。父母嘛，父母对子女的担心有多少不是多余的呢？我想把她的音乐兴趣引导到器乐上来，于是就买了一架钢琴。

我绝不是想入非非地想把女儿培养成钢琴演奏家。幸运的是朋友为她介绍了一位好老师，大名张文生。此人是七十四中的音乐老师，离我的家不远。张老师毕业于天津音乐学院钢琴系，也精于手风琴的演奏，颇有音乐才能。他本可以参加各种演出团体，走南闯北，轻而易举地挣点儿钱。此人有点儿为世人所不解的怪劲，偏爱音乐教育，尤其热心于对儿童进行音乐启蒙教育。这项工作在中国几乎不被重视，然而又是极为重要、功德无量的。他每周五个晚上再加一个星期天，全部用在自己醉心的事业上，他教的学生小到三岁的电子琴班、五岁的手风琴班，大到中专生、中小学音乐教师、手风琴独奏演员及大学本科的学生。层次很多，什么年龄的都有。通过多次交谈和一年来的观察，我对这位音乐“怪才”极感兴趣，若不是避嫌我早就把他写进小说了。因为他是我女儿的老师，我不愿让多事的人误解他和我。他教我女儿分文不取，我当然也不敢用俗物去惹恼雅士。张老师教学的动力好像来自他的学生，学生进步，是那么块材料，他就得到了满意的奖赏。

女儿跟着这样一位老师学琴，家长不仅完全可以放心，而且进步的速度也令我惊异。

一开始，每到星期日的下午我跟女儿一块去上课。我也想学琴，何不趁陪着女儿学琴的机会自己也长点儿本事啊！况且我以前也曾酷爱过音乐，当过文艺宣传队的队长，拉过手风琴、二胡，吹过笛子，尽管技术拙劣、滥竽充数，总还算有基础吧。自信会比女儿学得快，学得好，平时也可对她进行辅导。

谁知一个月后我便跟不上了，左手不听指挥，大脑不能同时指挥两个手。女儿则很容易就通过了这一关，把我甩在了后边。我失去了学琴的信心，只能满足于当她的观众和“精神指导老师”。凭我这双喜欢音乐的耳朵，能听得出她把哪儿弹错了。任何一部音乐作品，不论多么复杂，都是一个完整的形象，哪儿出现错音，都格外刺耳。至于那是个什么音，应该怎么弹，我说不上来，反正知道那儿出了毛病。我还懂得一些诸如强弱、情绪变化、跳音、连线、拍节等最简单的乐理知识，至今女儿还“唬”不住我，我却能“唬”住她。她说我“不会弹光会说！”能说得让她服气也不那么容易……

三个月后，张老师终止了他的较为简单的《拜厄钢琴基本教程》的练习，教学相当于中专课程的“车尔尼作品599”。其间根据课程的需要穿插加进哈农的指法练习和布格缪勒的进阶练习曲。

老师量人施教，很有章法。一年来，女儿已经把“车尔尼599”弹会了少半本，还学会其他一些小练习曲。所以去年电视台一位记者在报道了张老师和他的学生的时候，听了巍巍的演奏不相信她只学了半年琴，以为我这个写小说的父亲在替女儿夸张。其实，拍电视分散了孩子注意力，那天她弹得很糟糕。

这的确是不小的收获，但更让我满意的是女儿身上的其他变化和她的琴声给家庭带来的意想不到的“艺术效果”……

6

女儿争强好胜，脸皮薄，自尊心强。连跟我打羽毛球都愿赢不愿输，而且要赢得光明正大、实实在在。有时因我把球打得过高过低，她没有接到，便跺脚、流泪、发脾气。我不能吊儿郎当，不能让得叫人看出来，需认真拼搏，严肃争夺，最后输掉，口服心服。

弹钢琴首先会熏陶她自己的气质，培养和锻炼她的性格。自尊、自信、自立的能力增强了。

为了照顾邻里关系，我规定她早晨七点钟以后才可以练琴。晚上到七点钟，楼上楼下的邻居开始看电视的时候要停止练琴。偶尔要在晚上练琴，需摁下消音器。如果有一天没练琴，邻居还会关心地询问：“巍巍怎么没弹琴？”楼下的吴大爷更是女儿的忠实听众：“巍巍的琴越弹越有味儿了！”这当然都是大人对小孩子随口而出的鼓励话。问题是我做出这样的规定，就把她放学后写作业的“黄金时间”给占了，作业改到晚上写，不论留多少作业必须在一个半到两个小时里写完。父母不管检查，自己也尽量一次写对，不要依靠检查。

这个制度首先把我和妻子解脱了。但我的心里却藏着一句话没有说出来：练琴会不会影响女儿的学习？

听琴很美，练琴可是一件很刻苦的事情，前半年我主要督促她练琴，对她的学习只是偶尔问问，再也不用端着计算器替她一道题一道题地验算了。甚至到期末复习的时候，我和妻子也感到帮不上她多大忙，考试成绩公布了，女儿由期中考试的第十九名升到第三名。

简直是不可思议，我们不管她怎么学习反倒进步了？学钢琴莫非能增强孩子的智力？即使如此也不会有这般立竿见影的效果。一定是碰巧了，瞎猫撞上个死耗子！

今年的期中考试，女儿的平均分数九十九点五留在了前三名。我开始觉得这个现象很有意思了，至少不能算是偶然碰上的。当然还要再看两年才能下结论。

女儿上学的路上要穿过一个自由市场，自由市场上有家青年商店，商店的主人除去在生意上喜欢竞争以外，在音响效果上也进行竞争。把录音机的音量开到最大，从早到晚不停地播放一些奇奇怪怪的歌曲，吱呀怪叫或嘶哑造作，女儿每逢路过那个商店总是把耳朵堵起来，紧跑几步躲过那刺耳的噪音。她跟我说过多次：“那音乐难听死了！”我去听了两回，果然不雅。

我举这个例子不是想证明女儿讨厌流行歌曲，有的歌曲她还是愿意跟着哼几句。包括迪斯科音乐她也是喜欢的，有时还可以自由发挥地跟着跳几下。我是说——她的审美趣味确实在慢慢发生变化，连她自己也未必觉察。

每天下午五点钟左右，女儿的琴声便从隔壁房间里传来。这琴声把我一天的疲劳全融解了，吃掉了，把屋里的空气打扫得干干净净，给我的大脑重新注入新鲜血液。轻揉慢抚，激发我的想象力，使脑子里充满幻想。

从前，孩子一放学我的工作便收摊儿。现在，从五点到七点是我一天中写作效率最高的时候，一是这段时间没客人，二是有女儿的钢琴声为我伴奏。已成毛病，当女儿不在家，我对自己的创作不满意时，便播放李斯特或肖邦的钢琴曲，以代替女儿那幼稚的演奏，帮助振奋精神，燃起创作的激情。

我称女儿的琴声为“精神按摩器”。

女儿的琴声一响，我精神上就有一种稳定感、和谐感。如果时间到了，而女儿的钢琴不响，我便无法工作，心里有种莫名其妙的失落感。

有一次进城开会，回来晚了，但未过七点。走到楼下听不见琴声，心里不悦，上楼后见妻子儿女守在桌旁等我回来开饭。三个人全部望着我，我绷着脸大声说："巍巍，你练琴了吗？"

他们娘仨突然哄堂大笑。我虽然被他们笑得摸不着头脑，仍摆出一副户主的尊严，很不高兴地说："你还笑呢，我不在家就不好好练琴！"

他们笑得越发厉害。妻子说："行啦，别出洋相啦！楼梯一响你闺女就说了：'我爸爸回来了，他进门准绷着脸，头一句话就问我练琴没有，第二句就得说他不在家，我就不好好练琴！闺女、儿子全把你吃透了。"

我也笑了，笑得像他们一样开心。

我是凡人，也有精神不愉快，情绪烦躁的时候，每逢这种心境恶劣的时候就坐到女儿身边听她弹琴。当然赶上高兴而又清闲的时候也愿意去给她捧场。女儿是个小"人精"，她在心里似乎跟我达成了某种默契。见我脸色好看，就按她自己的计划练琴或进行基本功训练，出了错漏我也不会发脾气。倘若见我脸色难看，她就弹得格外认真，专挑些完整的小独奏曲弹给我听。有时还要讲解几句："我给您弹《叙事曲》吧，您注意听，那神秘的大森林，一个小孩子迷了路，恶魔向他扑去……"

她的左手飞出一串低沉恐怖的和弦。

然后就会给我弹《坦诉》，大概是希望我的心能和着她的琴音，跟她那颗稚嫩的心交流。如果我的气色还不能平和下来，她就会弹轻松欢快的《清澈的溪水》《天真烂漫》……反正她会什么曲子我都知道。

其实，用不着她把"家底"全抖搂净了我就会高兴起来。她的头轻轻晃动，身子也随着音乐的节奏而起伏摇摆，神色天真而又庄严，十个手指在键盘上灵巧地跳跃……

哦，我的宝贝女儿！

当个父亲是幸福的。

家有升学女

做父亲，真正是一门“做到老学到老”的学问。

做父亲很容易，很简单，一般男人都有这个权利，这个资格。有时想不做还不行。二十多岁的时候初为人父，充满自豪，充满自信，觉得自己是天下最快乐、最幸福、最负责任，总之是最好的父亲；也觉得儿子是天下最漂亮、最聪明、最可爱，总之是最好的儿子。

如果早婚早育，在这种自信的年轻中完成做父亲的责任，的确是一种幸福。即便是趁着年轻气盛，糊里糊涂地把孩子抚养大，也不失为一种幸运。最惨的是像我这样，年近知天命了，女儿才刚要考高中，对如何做父亲突然没有把握了。

当她到夜里十二点多还不休息的时候，我一方面感到欣慰：她自己知道用功，我就可以省点儿心了。同时又感到心疼：小小年纪没黑没白，没有周末也没有节假日，一熬多半年，怎么受得了！

我有自己的生活规律，不可能陪着她天天熬夜。说实话也熬不住，除非写作，而写作一过十二点还不放笔，就睡不着了，第二天则昏昏沉沉。即使我能熬夜也不能天天陪她，要让她自觉地为自己负责。

尽管这样说，这样想，只要我先她而睡，总是很不好意思，有点儿偷偷摸摸睡懒觉的感觉。深更半夜丢下女儿一个人孤立奋斗，我还敢说自己是个负责任的好父亲吗？

她进入初三下半学期，我和妻子联合跟女儿进行了一次长谈。共同分

1986年，我和妻子、女儿在草原上

析了她面临的形势和任务，初中毕业后有三种选择：考高中、考中专、考技校。她选择了第一种，上高中。好，我们继续分析：上高中的目的是为了考大学，非常单纯。高中有两种，一般的高中和重点高中。考上重点高中就有希望上大学，进入一般的高中，上大学的希望就渺茫了，考不上大学就得被打入街道等待分配工作。

路，就是这么窄。女儿的目标当然是选择重点高中。要实现这目标就只有两个字：拼命。我们让她明明白白地、独立自主地决定自己的未来，让她成熟一点儿，懂得承担属于自己应该承担的压力和责任。

虽然把该说的道理说得非常清楚了，女儿的命运交由她自己掌握，我们再管得过多只会干扰她，惹她厌烦。但她的一言一行，情绪的细微变化，都受到我密切的注视。我想女儿的心里也很清楚，父母嘴上说多照顾她的生活，不再过多地过问她学习上的事，其实父母真正关心的还是她的功课。所谓关心她的生活还不是为了让她把学习搞好。她每时每刻都能感受到父亲监视的目光。

她经常洗头，有时放学回来就洗头，有时做一会儿功课再洗，一周要洗两三次，头发不长，每次都要耗费半小时左右。开始我以为她用洗头驱赶睡意，清醒头脑。后来发现每天晚上例行公事的洗脸漱口，她有时要磨蹭四十分钟。每个动作都是那么慢条斯理，有板有眼，毛巾挂在绳上还要把四角拉平，像营房里战士的毛巾一样整齐好看。看似很认真，又像是心不在焉。

这是得了什么病？时间这么紧，一方面天天熬夜，一方面又把许多很好的时光浪费掉。我很着急，却又不能为此批评她，连女儿洗头用多少时间，洗脸用多少时间，都看表，都想加以限制，这样的父亲未免太刻板，太冷酷无情了！

渐渐我似乎猜到了女儿为什么要借助于玩水而消磨时间。她自己也未必意识到，与水的接触使她放松了，暂时可以忘记课本，忘记那日益迫近的升学考试，排解各种压力和紧张。洗脸漱口谁也不能干涉，多亏每天还有一段自由自在的洗漱时间。也许她还以为当自己走进卫生间以后连父母监视的眼光也被挡住了。

让她保留一点儿能够让自己轻松惬意的生活习惯吧。钢琴不弹了，羽毛球不打了，为了这该死的升学考试，一切业余爱好和能够给她带来欢乐的活动全停止了。现在的学生活得太沉重，太劳累，太单调了。尽管她从小就被太多的爱包裹着，为了让她长见识，长身体，我们每年几乎都要带她外出旅游，让她看山，下海，走草原，钻森林，她和同龄孩子相比应该说是幸福的。不知她将来怎样回忆自己的童年？我总觉得现在的孩子也许不会有终生难忘的童年记忆。他们一出生，最晚从上小学一年级起，竞争就开始了。社会的压力、家庭的压力，都会转嫁到他们身上。他们还能保留下多少童稚？稍一懂事便不能再无忧无虑了……

我在一个穷苦落后的农村长到十几岁，但那是我至今亲眼所见、亲身所感受到的唯一无比怀恋的天堂。摸鱼、捉鸟、打弹、游泳、上树摘枣、井水泡瓜，干能够干的农活，捅不该捅的马蜂窝……现在想起来连挨打都是甜蜜的，是真正的“吃饱不问大铁勺”。对时代背景、政治运动、人间险恶，以及社会疾病等，一无所知，一点儿没记住。记住的全是美好的，快乐的。没有童年就不会有现在，童年的色彩至今还养育着我的人生。

现在的孩子活得像大人一样累，甚至比大人还要累，连未来也成了一团灰暗的沉重，没有色彩，没有欢乐的诱惑，更不光辉灿烂，只是各种负担和压力的集合——但愿这只是我这个做父亲的感觉，她本身或许并没有这种沉重感。

想想三年后还有一场考大学的恶战，我就感到厌烦，感到累得慌。也许这又是做父亲的多虑，是一种渐入老境的心态。女儿本身或许并不觉得这有什么累的烦的。她常会趴在写字台上睡着了，我就很不高兴地将她喊醒，或者听任她继续用功，或者索性逼她上床睡觉。有时我睡不踏实，在半夜会突然醒来，女儿又趴在桌上睡着了，灯亮着，门窗开着。父女之间好像有某种感应。

有时星期天下午不去学校，她会整整睡上半天。有时刚吃过晚饭就上床大睡了。似乎在表示一种反抗，一种愤怒。我心中不快，却也不去管她，隔一段时间不让她大睡一次，她的身体会吃不消的。我是经过开夜车锻炼的尚且熬不住，她一个十五岁的孩子又怎么能熬得住呢？越紧张她越能大睡，说明她心理素质不错，颇有点儿大将风度。有时还听音乐，听相声，嘴里哼着流行曲，兴致上来还要跟我开玩笑。我却笑不出来，感到困惑：她心里到底有没有压力？是她升学还是我升学？

这一点像她的母亲。在这篇短文里我老是说“我”对女儿怎样，“我”对女儿如何，很少提到妻子对女儿如何，妻子对女儿怎样。她主张顺其自然，让孩子吃好穿好，感受到家庭的温暖和父母的关怀，至于学习，女儿已经懂事了，别管得太多，别瞎操心。她厚道心宽，没有我那么多“思想活动”，也很少跟儿女们进行长篇大论的谈话，她的疼爱多体现在行动上。所以，儿女们对她亲近，而对我就有点儿“敬而远之”。如果我们夫妻俩对某一件事情意见不一致，儿女们很自然地全站到她一边。我在家里经常是少数，处于孤立无援的境地。

有时候我真希望自己是孩子们的朋友，而不是他们的父亲。做父亲就要这也担心，那也负责。而这种担心和负责却未必是孩子们所需要的。当初跟儿子的关系就足以让我深思许多东西，从他上初中到进大学这段时间里，父子关系老是跟着他的分数线起伏不定，时紧时松。直到他参加工作才恢复自然和谐。现在跟女儿的关系又有点儿紧张，除去跟她谈她的学习，似乎没有让我更感兴趣的话题。而谈学习正是她最厌恶的话题，常常一言不发，我问三句她最多答一句。而且非常简练，答一句顶我问十句。相反，跟我的一位朋友(也恰巧是她的校长)倒是无话不谈。我有时不得不间接地从朋友那里了解一点儿自己女儿的思想动态。那位朋友不愧是优秀的教育家，严格信守对自己学生的诺言，不该告诉我的决不讲一个字，宁让我尴尬也不辜负自己学生的信赖。

我把“父亲”这两个字理解的太神圣、太沉重了，因而潇洒不起来。好在我还有自知之明，在不断观察，不断思考，不断修正自己。

享受高考

1994年夏天漫长而奇热，我想跟社会爆炒高考有关。

离高考还有一个多月呢，社会就已经把高考的气氛造得十足了，学校召开家长会，报纸、电视、广播等各种传媒天天是高考、高考，开讲座，设专栏，讲学生该怎样复习，怎样应考，怎样调节自己的心理。对考生家长讲的就更多了，大家都出于好心，人人都可以出主意，要照顾好考生，给他们做好吃的，增加营养，又不要让孩子感到是专为他们做的，以免增加他们的心理负担。千万不要给考生施加压力，家长不得老谈高考的事，要劝孩子多休息，多陪他们外出散步，缓解紧张情绪。

社会把高考锣鼓敲得惊天动地，家长却要装得跟没事人一样，岂不让孩子觉得反常，心理压力反而会更大?

今年我们家是“高考户”。对种种“高考指南”虽心存疑虑，还是照办为妙，多加一分小心总没有坏处。谁料我的女儿颇有点儿大将风度，原来心理负担就不重，见我不问她的功课只督促她休息，一下子彻底轻松了。中午要午睡两个小时，晚上不到十点钟就上床，一直睡到第二天早晨八点钟，剩下的时间是看电视、听音乐，跟我聊天，好像高考与她无关，把功课扔在了九霄云外。

我也装出一副大将风度，像没事人一样看着她享受青春的轻松和快乐，她找我聊时我也尽力克制着情绪陪她说笑。这样过了几天，我就坚持不住了，推翻了所有“高考指南”上的教导，还是按自己的主意办吧。严肃地跟女儿谈了一次话，对心理素质较差的孩子，家长要尽力减轻孩子的心理压力，对你这种心理素质不错的孩子，家长施加点儿压力也没有关系。我给她制订了作息时间表，晚上十时前不得上床，早上六时必须起床，中午只能睡一个小时。我自知风度全失，恢复了一个地道的火烧火燎的考生家长的面目。

女儿听完我的要求笑了。

我问她笑什么？她说早知道我让她休息是言不由衷的，不过轻松了这几天也休息过来了。

这真是，高考不只考学生，还考家长、考学校、考社会。人们说高考、怕高考、盼高考、吃高考、发高考财，连商品广告也不放过高考。太阳神口服液的广告是几个学生喝了这种液体就考上了北大、清华。我立刻叫妻去买，如果女儿喝了这种东西又未考上北大、清华，就可以起诉太阳神公司。

儿子在长大

还有一种叫“清脑助学器”的玩意儿，广告上说得很神，能提高记忆力多少倍，能提高效率多少倍，我赶紧花一百五十八元买了一个，即使它一点儿效用都没有，将来也可免得后悔。别的家长都给孩子买了这种玩意儿，如果我们不给女儿买，万一她在高考中有什么闪失，我们就会自责，就会后悔没有给孩子买个“清脑助学器”。如今学生的竞争，不仅靠自身，还要借助现代科技的力量。那玩意儿买来后我先戴上试试，是一条铁片上焊着五个金属疙瘩，勒在眉心眉骨上，骨头对铁，硬碰硬，极不舒服，戴了二十分钟我就受不了了，如戴紧箍咒，脑子没有清，反而又痛又沉。我嘴上却极力夸赞这玩意儿，不然任性的女儿怎肯戴它。

即便是看在我们一片苦心的份儿上，我想女儿也没有戴几次。买不买在我，戴不戴由她了。只要有人说家长该买什么，该让考生吃什么好，我们就买，就让女儿吃，无论如何不能让高考先把我们考倒。有一天从报纸上看到消息，药店的生意火爆起来了。家长们为考生大量购买防暑降温和驱蚊防蚊的药品。我后悔怎么就没想到这一点，老是跟着别人学，我的傻闺女也不知道要……

很快就到了7月7日，真正意义上的高考开始了，考生们必须自己上阵，别人无法替代。

老天可怜，从前一天晚上开始变阴，稍微凉快一些了。学校嘱咐过，不能让考生吃得太饱，喝水太多，以免考试中途去厕所。早饭要精致，营养丰富，水分还要少，这并不难做到。在临去考场之前，我又让女儿喝了两口加奶的浓咖啡，这是提神的。喝了一袋西洋参冲剂，吞下两粒西洋参胶囊，临走时嘴里再含上几片西洋参片。有这么多西洋参保驾，营养和精力当不成问题了。女儿不愿意含，提出或者咽下，或者吐掉，是我去考试还是西洋参去考试？如果这西洋参是假的呢？

我给她讲了一个故事，一个年近七十岁的老干部，几个月前刚做完切除癌瘤的大手术，嘴里含着四片西洋参，做了四个小时的大报告，气力充沛。可想而知你这十几岁的年轻人含上几片西洋参会有怎样的效力！即便西洋参不是真的，至少也是萝卜，萝卜通气，无毒无害。女儿不再争辩，至于参片放到嘴里是含着还是咽下，我也没有再多问。

考场离我的家甚远，骑自行车大约要半小时。我提出要送女儿去考场，在家长会上她的老师也是这样要求家长的，怕自行车万一出点儿问题，耽误考试。女儿起初不同意，我平时上学比去考场更远，您为什么不送？为什么不担心我的自行车出问题？现在这样就不怕增加我的心理负担？

我说，你心里无负担，我给增加一点儿也无妨。她笑了，笑得很甜，很可爱。我检查了她的准考证、文具盒。没有准考证是不准入考场的，几年前儿子参加高考，他不让我管得太多，为了维护他的自尊心，我也就真的没有多管多问，谁知第二天他就把准考证弄丢了，在考场外站了四十分钟，结果没有达到本科录取分数线。儿子可能会后悔一辈子，我为此也很自责，感觉没有尽到一个做父亲的责任。现在在女儿身上决不能再发生这样的事了。

我和女儿穿好雨衣，用塑料袋把她的准考证和文具盒裹好，刚出家门天上就开始掉雨点。好像我们的脚蹬子连接着播雨机，越往前蹬，雨点越大，越蹬得快，雨点越密。行至中途，已是倾盆一般，雨水从头顶直浇下来，幸好没有风，没有雷电，蹬车虽然有点儿费劲，仍然能够前进。路面上是积水，前后左右都是雨帘，许多骑自行车的人都下车躲到商店廊下去避雨。我和女儿仍旧骑在车上，且有点儿兴致勃勃。

我问她感觉怎么样?

她说棒极了!

对，的确棒极了，你属龙，我也属龙，两条龙一起出动奔考场，就该有大雨相随。这叫雨从龙，好兆头！预示着你的高考必定顺利，旗开得胜。你敢不敢大声说三句：我一定能够考好!

女儿说这有什么不敢，说完果然就在大雨中大喊三声。

我哈哈大笑，周围一片哗哗的雨声。我觉得心里轻松多了，我想女儿也是如此。

这大雨还真有点儿专门护送我们爷俩的意思，到了考场雨就变得小些了。我原以为我们来得够早的，想不到考场外已经站满了家长，我估计里面有多少学生，外面就有多少家长。虽然有的学生没有让家长送，但有的学生却是由一家人送来的，七姑八姨，哥哥姐姐，所以送学生的人的总数，不会低于考生的总数。

学生进了考场，大部分家长并不离去，还站在雨里等着，他们担心自己的孩子在考试中出问题，比如：晕场了、生病了、忘记带什么东西了。我对女儿有信心，就说："我先回家，两个小时以后再来接你。你放心大胆地考，考砸了也没有关系！"

话虽这么说，我并未马上离开，想观察一下这些可怜可敬的家长们。

一位五十岁左右的夫妻，焦急地在检查考场外的每一辆自行车。原来他们是在寻找儿子的自行车，儿子不让他们护送来考场，急匆匆自己先出来了，他们不知儿子到底来没来？

一官员带着十几个随员和记者来到考场，被监考老师挡在了门外。我非常赞赏这位敢于挡驾的老师。这一大群人冲进考场，名为关心考生，慰问考生，报纸上可以发一篇消息，配一幅照片，××领导到考场看望考生，实际是搅扰考试，分散考生的注意力，浪费宝贵的考试时间。家长们也都愤愤不平，但官员坚持要进考场，最后只好让他一个人进去，随员们留在门外，记者隔着门上的玻璃为他拍了几张照片。

上午的考试快结束的时候，我从冰箱里拿了一瓶矿泉水，又回到考场外面等候女儿。在考场的大门外，家长们排成两行长长的厚厚的人墙，等待着自己的孩子从考场内出来。家长们此时的心情格外敏感，看到最前面出来的考生脸色沉重，有位家长禁不住说，看来题够难的，孩子们没有考好。其实每个人心里都在紧张地根据考生的脸色猜测试题的难易程度，猜测自己的孩子能考得怎么样。有个女孩儿阴沉着脸，来接她的可能是她姐姐，一出考场她就对姐姐说，你安慰安慰我吧……没等另一个姑娘说出安慰的话，她竟呜呜地哭起来了。

我的女儿出来了，她也看见了我，远远地向我招了招手，笑了。女儿的笑容清纯而灿烂，令我们夫妻百看不厌，她平时的一笑都能解我的心头百愁，此时这一笑，不管她实际考得怎么样，我的心里立刻也阳光灿烂起来。竞争是激烈而残酷的，哭和闹都没有用，就应该咬牙坚持下去。我的女儿在考后能有这样美丽的笑容，即使她考不上大学，我也是满意的。我拧开矿泉水的瓶塞，让她喝个够，她此时需要补充水分。看着她喝水的样子，我有一种幸福感。

在回家的路上她向我讲述了作文是怎么写的，还问了几个她拿不准的问题。比如《唐璜》是不是拜伦的代表作？我告诉她，她答对了，作文写得也可以。但不论上午考好了，还是考得不太理想，都忘记它，不能沉浸在上午考试的兴奋里，赶紧让脑子进入下一门要考的课目。

就这样我每天往返考场四次，把女儿送进考场，她出考场后把她接回家。她不再拒绝，反而觉得这样很方便，我成了她的同伴，她的管家，她的保镖。平时我们各忙各的，虽然父女关系也算亲密，但不像这样同甘苦共患难，有一种父女加战友的情谊。再加上口试，三天半的时间很快就过去了，一切又恢复了正常，女儿在家里不再享受特殊照顾，每天开始由她洗锅刷碗，西洋参制品之类的东西当然也没有了。女儿故意大喊大叫，你们怎么可以这样，高考刚结束一切优惠政策就都撤销了，还不如继续考下去呢。她把满是尘土的清脑器和只喝了一小瓶的太阳神口服液都扔还给我。

我也有同感，很怀恋女儿高考的这段时间，大家目标一致，团结紧张，互相体贴，每个人的脾气都格外好，说话轻声细语。我也不用写作，只扮演老勤务员的角色，忠心耿耿，心细周到就行，享受了平时享受不到的许多快乐。

空啊，想啊……

“空”——是现代家庭中的一种时髦。

空巢、空房、空心、空荡荡……而许多人竟都喜欢炫耀这种空。比如“空巢”，一跟人谈起自己的子女在国外，脸上就难免放光，甚至别人不谈自己也要把话题往这上面引，唯恐别人不知道自己的家是空巢。好像中国的年轻人在外面都混得人五人六，让空巢家庭的虚荣心得到极大的满足。

但，凡是有人向我老伴询问我们女儿的情况，哪怕是由衷地称赞，只要我在场就急忙使眼色制止，如果来得及就偷偷地狠捅对方一指头，急令他闭嘴或转移话题。因为不论是在什么场合，家里、大街上、超市里、会桌旁，也不论旁边有没有外人，只要一提起女儿，老伴眼窝里的水龙头立马打开，咸水紧跟着就哗哗地流出来了……

我忽然一下子发现妻子老了，就是在几年前女儿决定要出国的时候。女儿原本有一份非常好的工作，和她在大学所学的专业对口，一个人的收入等于我们老两口子的工资总和，做父母的似乎再也没有什么好操心的了，就等着抱外孙子了！谁料她工作两年后，偷偷地通过了全部考试，等办好了所有出国手续才通知我们。

老伴一下子慌了，她想到的第一件事就是把她能搞得到的中国好吃的东西做给女儿吃，我自然也跟着沾光，却还是提醒她说：“你只顾让女儿闹一肚子好杂碎，实际是害了她，出国后不是会更想家吗？”老伴已没

父女情深

有心思或没有工夫听我斗嘴磨牙了，她完全陷入事物性的忙乱之中，做吃做喝，买这买那，将母亲的疼爱全部化为物质。到女儿要起程的前一天夜里，妻子几乎哭了多半宿，一开始我百般解劝，将我能想到的现代年轻人出国留洋的种种好处全跟她讲了，为人父母不能天天盼着儿女翅膀长硬，却又害怕他们飞走，更不可将我们的关爱变成女儿的负担，永远将他们局限在我们的知识范围之内……岂料我说得越多，她就哭得越厉害！我索性不劝了，干脆鼓励她大哭特哭哭个透，把眼眶子里的咸水全部流干净，省得明天到机场再哭，那会害得让女儿也红着眼泡儿上飞机！

哪有那么好的事？这都是我一厢情愿想得美，机场一分手一时半会再想见女儿可就没那么容易了，还舍得不哭？我费尽心机，磨破了嘴皮子，用一个又一个的事物性的细节问题纠缠住她们娘俩的大脑，不让她们有时间想那种难舍难分的事，可随着过关时间的迫近，妻子嘴里叮嘱着一些事物性的问题，眼泪却无声无息地汩汩而下，这比痛痛快快地哭更难受。原来俗话所说的“眼泪哭干”是完全不符合事实，母亲眼窝里的咸水是无穷无尽的……哎呀，这哪里是去留洋啊，纯粹是遭罪！

古人说，女儿身上系着母亲的性命。女儿一起飞，我们不是松了一口气，而是心也跟着一块悬起来了，哪里还睡得着觉，一点点计算着女儿到达英国的时间。我也曾多次出国，相信没有一次能让妻子的心如此悬挂。开着电视，开着大灯，没有心思干别的，却又不能不干点儿别的，心里清清楚楚有一架小飞机在慢慢地向西飞。以前不愿意女儿走，现在又恨不得她快点儿平安到达。父母的心啊，真是操瞎了，横竖就没有放下的时候！凌晨两点多钟，电话铃终于响了，女儿声音响亮，透着一种兴奋，完全没有我们还沉浸在离别中的那种情绪。她已经到了英国，从机场花八英镑乘出租车直到大学，也找到了自己的宿舍，先报个平安，等会管理员给了房间的钥匙，把行李搬进房间再跟我们细说。不想这行李一搬就没有结果了，电话铃再也不响了，这时候当父母的就不往好处想了，女儿那里必定是出了麻烦，她提前预订的宿舍搞错了？出租车司机把行李弄错了，甚或他不是个好东西……这个急呀，如果她只报个平安，不说等一会儿再来电话我们就可以睡觉了。她留了个悬念，可把老爹老妈的心给吊起来了！直到凌晨四点多钟她的电话才来，原来人家孩子看见校园非常幽静，古树很多，草地洁净，湖水湛蓝……就抑制不住先兜了一圈，然后好向我们讲得更详细一些，同时她也为自己的选择感到庆幸。

可我们还一夜未睡哪！我当时没有怪女儿，只是从骨子里恨英国。一个中国重点大学毕业的女孩子，并不是没有见过大学的校园，她舍弃家庭的亲情，男朋友的爱情，还有一份很好的工作，这代价不能说不大。可她刚刚踏进英国大学的校园，就感到自己的选择没有错！到底是什么偷走了她的心？中国，还有家庭以及我们这些做父母的，怎么就留不住儿女的心？可见家庭并不具有完满的幸福，注定是有人要出去，也有人要进来……

如此说来家里年纪最大的女人，也就是当母亲的，就只剩下哭的份了。心头肉远走高飞哪能不想，哪能不哭？不哭干什么去呢？退休了，又没有什么别的事情好干，思念好歹也算是一件事呀！但不能老想，不能老哭，她的眼泪也太方便了，说来就来，足见是人老了。但老归老，身体又很好，这也得益于经常哭。现代科学证实，流泪是一种很好的清毒方式，哭得多体内因消化食物而产生的毒素就被清理得干净。我曾经在给女儿的信里说：“你出国最大的好处是能经常让你母亲服用免费的养颜排毒丸！”

光是默默地流泪还不行，还得要跟女儿说话。只要她想起女儿来就如百爪挠心，必须得立刻知道女儿在干什么，是安全的健康的，而不是出了什么事，怎么办呢？那就得立马听到女儿的声音，通不上话简直就可以发疯。经常在国际长途上煲电话粥她又心疼钱，就在网上装了电话，安上扩音器，价格便宜得让她可以不想价格了。这下可好了，我们家经常开国际电话会议，老伴对着话筒像领导做报告，家长里短，天气冷暖，亲朋变化，国际形势，物价指数……最长可以说上一个小时四十五分钟。我是旁观者清，经常听到是老伴在说，女儿被问到非回答不可的问题就说几句。于是我就劝老伴，你有时间，女儿可没有这么多时间陪着你聊家常。老伴说，女儿可以把音量放大，听着我说就行了，她在房子里愿意干什么就干什么，这不跟在家里一边干活一边说话一样吗？

哎哟，我算服了。但话太多也有误事的时候，零七碎八只顾着扯闲白儿，丢了主题。那一年女儿的生日，当娘的自然要打电话祝贺。但电话打

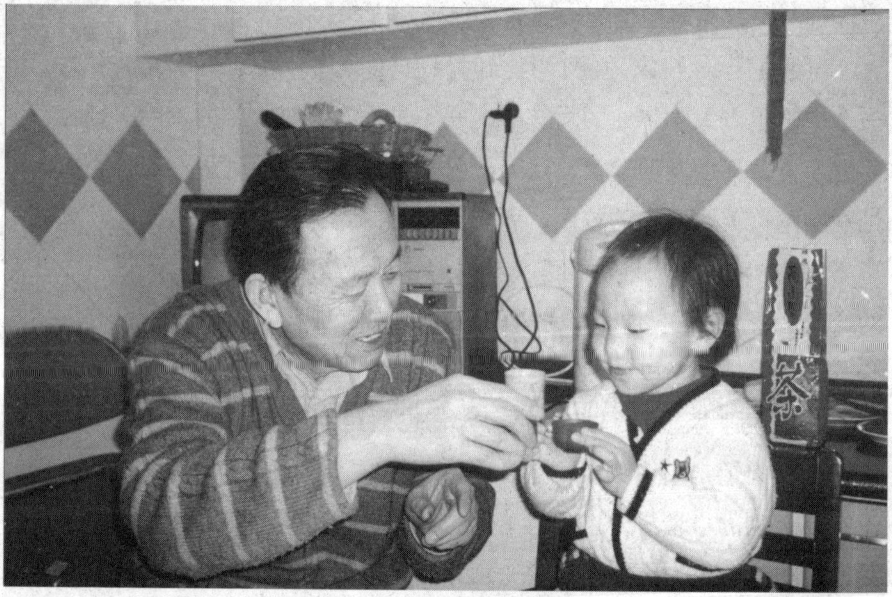

与孙女干杯

通以后不知怎么就把话题扯开了，从嘱咐春天要多喝败火的苦丁茶，到出门别忘了带雨伞，因为英国的气候阴晴无定……几十分钟过去了，倒把祝贺女儿生日的事给忘了，眼看要说“拜拜”了，女儿忍不住自己先提了：“今天是我的生日，你们不祝我生日快乐吗？”女儿说着说着竟然在电话里哭了，当时我也在电话旁边，心里一阵刺痛，随即老泪也跟着下来了，悔得真想抽自己的嘴巴！

女儿从来都没有这么在意过她的生日和父母的祝福，她这是想家啊，想她的老妈老爹啊！我一直以为她很适应国外的生活，她的独立性很强，喜欢吃西餐，学习的压力又大，不会太想家，也没有时间想家。她这一哭让我明白了，不光是她带走了我们的心，正像闻一多先生所说，家也是个贼，同样也偷走了女儿的心。她这是第一次在异国他乡过生日，她想家，她怀念以往父母给她过生日的情景……平时她给我们传递的信息是她已经习惯了英国的生活，在那里很快乐，其实她是怕我们惦记她，她的全部成熟和历练都是表演给父母看的。女儿大了，无论她多么的需要出国深造或已经适应了国外的生活，她都不可能不想家，家在她的心里，走到哪带到哪。

好在英国的研究生教育也类似填鸭，专精博涉，生吞活剥，功课压力很大，学生不许打工。女儿只用了一年多的时间就拿到了法学硕士的学位证书，往后是继续读博士呢，还是找工作？自然要听听我和她母亲的意见。我迫不及待地先表态，不能再往上读了，女孩子还有好多人生的功课要做，光读书就读傻了，读废了，女孩子的学历越高在生活中的选择和被选择的概率就越小。女儿在电话的那头哧哧笑，我知道她笑什么，却也顾不得了，此时我这个当爸爸的眼光短浅而又实际。而且希望她把求职的眼光转向国内，她是学商业法的，恰巧赶上中国刚加入世界贸易组织，一定有不少机会。有位英国朋友把她推荐给一家英国公司，英国人很精，现在他们跟中国的贸易往来很多，正需要雇佣懂中国商业又受过英国教育的人为他们工作，在商业谈判中代表英国公司的利益跟中国的公司讨价还价。我明确地告诉女儿，这份工作让我心里感到不舒服，如果是倒过来就好了。这不能简单地硬往爱国或不爱国上拉，更多的恐怕还是自爱、自重的问题。

其实我心里还有没说出来的潜台词，一个女孩子挣那么高的薪水干什么？不是说钱多了烫手，在商品社会收入太低不能算是好事，但要看付出怎么的代价去得到高收入，生活中还有比薪水更重要的东西，比如结婚，建立自己的新家庭……光靠电话交谈我总觉得不牢靠，几个月后正好剑桥大学请我去参加一个活动，我在剑桥的任务完成以后就和妻子住到女儿那里去了。由女儿带着在国外到处跑，会见外国朋友时由女儿做翻译，那感觉真是可以用甜蜜、用陶醉来形容！但，女儿再亲，国外再好，却不是我的久留之地，该跟女儿说的话都说了，就把妻子留下一个人先回国了。一是考虑妻子跟女儿还没有亲近够；二是算计当妻子想回国时，女儿或许不放心让老娘一个人乘机，就娘俩一块回来了。

一朋友说我老谋深算，他哪知我是谋算了自己。什么叫家？家就是人，有人才是家。现在家里就剩下我一个人了，里外空空荡荡，脏脏乎乎的，我才真正体会到什么是空巢。一个人的空跟有老婆的空又不一样，两个人的空巢还可以拿对方找乐儿、逗闷子，有时甚至觉得想念也是一种可以享受的境界，色彩丰富，苦中有甘，让人充实有盼。一个人的空就有了冷的感觉，清冷、孤绝，空的凄苦，空的心痛，越想越空，越空越想，少了活趣，多了死寂。每当上来那股劲儿，思念像犯了毒瘾的时候，就坐到女儿的房间里，不开灯，不吃不喝……想吧，愿意怎么想就怎么想……一直到渴得受不了或饿得受不了啦，生物性的具体需求占了上风，一场“精神危机”就算过去了。

我得出结论，在这种空巢的牵挂中岂止是妻子老了，我也老了。幸好那是“黎明前的黑暗”，后来女儿在北京找到工作，飞走了又飞回来，等于又白捡了个闺女。我这个美啊，有时真的做梦会笑醒了！

喜　丧

1 罪

我接到大哥去世的消息好半天没有缓过神来。倒不完全是悲伤，还有震惊。一个多月前我回老家看他，他的状态还非常好，赶集、下地噔噔的，中午吃捞面比我吃得还多。三天前侄女打电话来，还说她父亲的身板儿忒好了，整个麦秋没闲着，刚帮着老儿子收完场。怎么会说没就没了呢？

生死的转换难道可以如此迅捷、突兀？平时听到什么人猝死的消息，虽然也要惋惜一番，但跟自己的亲兄弟突然故去大不一样。骨肉连心，疼到深处，于是生出许多疑问……

一个人可以毫无缘由地就出生到这个世界上来，要死去则必须有原因。如果没有原因、没有预兆就撒手走了，会把亲属坑一下。但那也许正是几辈子才能修来的福，叫“善终”。“善终”比“善始”更难得。

“善终”是有条件的，要活到了一定的年龄。就是俗话说的已经“活够了本儿”。死的时候要干净利索，没有受罪。

对许多人来说，死可不是简单的事，更不容易。按现代医学的解释，人的死亡“不是一个自然的过程，要忍受极大的痛苦才能最后告别这个世界”。“善终”就是没有这种痛苦，或极大地缩短了这种痛苦的过程。

于是人们把活到古稀之年再去世称为“喜丧”——把“丧”和“喜”联系起来，是中国文化的高明。办“喜丧”和一般的治丧感情的投入不一样，表面上是办丧事，心里却把它当喜事来办。明明是死了人，又喜从何来呢？喜的是生命已经不亏，到该结束的时候就结束，自己不再受罪，也不会给活着的人添罪了。

这几年我可真是见过几位受够了大罪之后才闭眼的人，他们被病痛折磨得生不如死，家属的亲情、孝心也被折腾得到了最后的临界点，嘴里不说，心里恨不得快点儿解脱，病人解脱，别人也跟着解脱。人人都希望能健康长寿，但肉体凡胎是由碳水化合物构成，活的年头太长了，怎么能够健康？最常见的是没有力气控制屎尿，干净了一辈子最后却陷于屎尿阵之中，失去了排泄的快感和做人的尊严。让人很容易联想到有些宗教里关于“原罪”的理论——死是对一个人所有罪愆的总惩罚。

所以能够预测自己圆寂日期的高僧，提前许多天就不吃饭了，或者喝一点儿能清理肠胃、让肉身不坏的草药，让自己干干净净地脱离尘俗。

大哥走得这么干脆利落，自然不会受罪。他活了七十七岁，不算长，也不算短。我们的祖父活了七十四岁，父亲是七十七岁，他们临离开这个世界的时候都很清醒，走得干干净净。看来我们蒋家的男人大体都是这样的寿命了——正因为寿命不是很长，所以受的罪也少。我算了一下，自己还有二十多年的阳寿。突然间对自己最后的结局看得清清楚楚，心里一阵轻松，感到欣慰，竟没有丝毫的恐惧或遗憾。这要感谢大哥，是他的去世提示了我……

有生必有死，人从一出生开始就被死亡追赶，或者说是追赶死亡。人应惧生，而不是惧死。村里蒋姓一族，长一辈的人已经没有了，我想大哥对死早有准备，也许等待好几年了。特别是一年多以前大嫂去世后，对大哥来说，死就变得真切和迫近了……感到意外的只是我们。意外的理由就是他的身体还很好，这其实是很盲目的。

在身体很好的时候离世是不失尊严地自己走，身体被彻底拖垮后再去世是被动无奈地被拉走。

在岚山周恩来总理的诗碑前

2 礼

我们共有弟兄四个，二哥死得最早。天津还有一个七十岁的三哥，他对家乡对大哥乃至对乡亲们的感情是我这个最小的弟弟所无法比的，他坚持要回沧州亲自为大哥送行，让我暗松一口气。我原来还担心，三嫂或侄子们怕他年纪大吃不住奔丧的辛苦，不让他回去。那样我就成了家中唯一的长辈，一个长辈在丧礼上应该怎么做我可是一窍不通。

老家治丧有严格的程式，极尽烦琐和铺陈，一切都得按规矩和乡俗进行。你说你有真情，很悲痛，但乱哭乱闹也不行，那叫“闹丧”；“闹丧”所表达的意思是对丧事办得不满意，对帮忙的人或侄子侄女们有意见，想找茬闹事。会说你在天津待了几年，故意狗长犄角——羊(洋)式的。我可不想叫本家的晚辈和村里的乡亲们说闲话，最好是一切都做得中规中矩。哭要会哭，说要会说，站要会站，跪要会跪，走要会走……在治丧的全过程中，每一项程序都有许多人在围着观看，你做错一点儿就会惹得议论纷纷或被指指戳戳。举个最简单的例子，奔到兄长的灵堂前，是该跪着哭呢，还是弯着腰哭？

有三哥在，我就省心了，一切按着他的样子做就行。偏我有个毛病，性情急躁，说话快，动作快，走路快。到了大哥生前居住的门口，一大群乡亲在盯着我们，不说话，不打招呼，连做棺材的也停了手直瞪瞪地看我们怎样哭，有人扭头跑进院子，想必是给侄子们送信儿，院子里立刻传出爆炸性的哭声。这一紧张我就忘记等三哥了，也许是急于想见到大哥的遗容，自己腿长脚快地先进了院子，这时候侄子们哭着迎了出来，我的眼泪控制不住，先于哭声而流出来了。奔到堂屋，见大哥的身上罩着黄布，躺在一个玻璃棺材里。心里"咯噔"一下，难道是水晶棺材？没听说哪个侄子发了大财能给大哥买得起水晶棺材？门外边不是正在赶做木头棺材吗？怎么不让我们见大哥最后一面就入殓了？就在我走神发愣，手足无措的时候，两个侄子扶架着三哥号啕着进了屋，我赶紧小声请示：

"要不要跪下哭？"

"不要。"

"咱得见见大哥的面儿吧？"

"得见，"三哥发了令，"打开冰柜。"

原来那是冰柜，为了镇着大哥的遗体不会变坏。麦收季节，正是五黄六月天上下火的日子，没有生命的肉体很快就会腐烂。我怎么就没想到呢？一碰上事就犯傻，常常露出一股呆气。

冰柜是两半儿的，有人开始撕揭封住连接处的胶布。要和大哥见面了，屋子里掀起一个痛哭的高潮，极富感染力，当时即便是木头人也会随着掉泪。侄女婿大声提醒哭泣者，他的声音高出所有的哭声："不要把眼泪掉在死人身上！"这小子就这么称他岳父为"死人"……我又赶紧提醒自己，这种时候你就别挑字眼儿了。

冰柜掀开了，黄布拿掉了，我见到了大哥的脸。我对这张脸是非常熟悉的，现在却失去了生气，显得发黄，僵硬，怪异。嘴张着，眼也半睁着……莫非因走得匆忙，有些心事未了？小侄子用手掌帮着他父亲合眼、闭嘴，口中还念叨着："爸爸，我三伯伯、老伯伯都回来了，你老牵挂着的人都在这儿守着哪，放心地走吧。把眼闭上吧，把嘴闭上吧，别吓着你的小孙女……"

小侄子的话又把满屋子的哭声催动得更为悲切凄厉。但大哥的眼和嘴仍不肯痛快地紧闭上，小侄子的手掌仍然极有耐心地在大哥脸上摩挲。人死了就该闭眼，所以人们把死亡又通称“闭眼”。死而不闭眼，是死得不安，也让生者不安。这时候哭已经不是主要的了，每个人都希望大哥快点儿把眼和嘴闭上。于是知道大哥心思的人，或者边哭边加以解劝，或者在心里默默地跟大哥对话，就仿佛大哥还能听得到大家的话一样。

我在清明节回来的时候，知道大哥有两件心事，一件是大侄子的儿子买房缺一点儿钱，另一件是二侄子的大小子还没有说上媳妇。其实这都不是大事，大侄子全家在天津，他是铸造业的能人，兼职很多，收入颇丰，他们既然想买房就一定会有办法弄到钱。二侄子的大小子才二十岁出头，长得精精神神，身体健壮，尽管读书不多，在农村还能打一辈子光棍吗？我也暗暗地劝慰大哥，该闭眼时就得闭眼，该撒手的就得撒手。儿女都已长大成人，儿女的儿女就更用不着你操心了。

人死是高潮，所有的人都围着你转，哭你，想着你，念叨你，在三天的治丧期里你是全村人关注的中心，一个普通人不就是到死的时候才被人发现你是多么的重要、多么的不可缺少吗？是死成就了一生的辉煌，你已问心无愧，赶快高高兴兴地去找祖宗们和大嫂团聚去吧。

大哥的双眼终于慢慢地闭上了，嘴还微微地有点儿张着，似乎还想说点儿什么……主事的人张罗着又用黄布把大哥盖上，把冰柜合拢，重新粘好胶布。我们从天津赶回来为大哥治丧的第一个程序就算完成了，大侄子把三哥和我让进里屋，要进行第二步：全家人商议丧事应该怎么办？

大侄子说：“我爸爸不在了，三伯伯、老伯伯就是我们的老人，丧事该怎么办得听您二老的。”这话说得我鼻子又有点儿发酸，大哥的丧事该怎么办，主要得看大哥儿女们的意思，我相信在我和三哥回来之前他们兄弟姐妹肯定已经商议过了。尽管大侄子说得很动情，很客气，表现了对还活着的长辈的尊重，但我和三哥却不该轻易发号施令。我让大侄子先说说他们的想法，他说：“我和三伯伯、老伯伯在天津生活，丧事怎么办都好说，村里还有三个兄弟，丧事要办得合他们的心意，该有的程序一样也不能少。”

大侄子说得合情合理，他的情绪也很冷静，到底是喜丧，哭归哭，哭过就算了。我请三哥表态，他对侄子们的想法表示赞成，我也觉得我们没有理由反对或另外再提出一些要求——除非我们是想挑刺儿。

三哥提了个我也很想知道的问题：“你们的爸爸到底是怎么没的？”

在老家的侄子们必须对他们父亲的两个亲弟弟有个交代。大哥和三侄子住在一起，就由老三来说：“昨天晚上，我爸爸到二哥家吃面条，前些日子有人给二哥的大小子介绍了个对象，媒人回信儿说，基本就算成了，大后天正式定亲。我爸爸高兴，吃了快两大碗，九点多钟回来先去了茅房，大概是想解完手就上炕睡觉。隔了一会儿狗叫起来了，我以为有外人来串门，出去看了看没有人，等我一回到屋里，狗就又叫个没完，我第二次出去把它嘿儿唬了几嗓子。等我一回到屋，它叫得更凶了，我突然意识到不好，赶紧往外跑，我爸爸已经堆碎在茅房外边的墙根底下了。我喊您侄媳妇把我爸爸抬到屋里，赶紧叫孩子去把我二哥和老兄弟叫来，我去请大夫。大夫来了又打针又灌药，我爸爸就始终没有醒过来，到凌晨四点咽的气。”

如此说来大哥真的是“喜丧”——因喜而丧。成了他一块心病的孙子谈成了对象，一高兴就吃了那么多面条，老家的那种大碗，有一碗就够他那已经工作了七十七年的老胃对付的……大哥应该是死而瞑目的了！

3 吃

亲属治丧的大原则一经确定，帮忙的人就开始忙乎了。其实就在我们一大家子人还在东屋商量的时候，治丧的领导核心已经自然形成并开始工作了。以我本家的一位兄弟为首，他在村里是个说说道道的人物，还有一位负责记账的，一位守着一个黑人造革提兜专管钱的出纳，一位掌握治丧进程、指挥和调度一切的“总理”，另外还有两个侄子辈的人当跑腿的，负责采买。他们占据了三侄子家最好的一间屋子，那间屋子就成了“治丧大队”的队部，治丧工作也就热火朝天地开展起来了。

在当街一拉溜儿搭起了三个大棚，都是租来的，铁管一支一架，用

与缅甸小和尚

印了治丧图案的白布一罩，里面摆上了几十张饭桌，大出殡的架势就出来了。这几十张饭桌非常重要，它标志着丧事的规格。主家想办多大场面，就看有多少张饭桌，将饭桌摆多少天。

治丧过程中的一个重要内容就是吃，根据你的家底儿，你想把丧事办到什么规模，桌上的菜应该上几个碟几个碗，约定俗成是有惯例的，你太寒碜了就让村里人和亲戚们笑话，甚至会怪罪。大哥的两个兄弟和长子都在天津卫做事，侄子们又想把丧事办得好看，那就得豁得出去让人吃。再说人家来吊唁都不会空着手来，烧纸是必带的，同时还要随礼，少则十元，多则几十元不等，不交钱的也会送一块幛子（布料）。

在民间深入人心的“吃绝户”最早就是由治丧引起的：没有儿子的人死了，在办丧事的时候人们就会拼命地吃，主家如果不大大方方地让村里人张开肚皮大吃几天，就会犯众怒，遭到唾骂。因为他继承了绝户的家产，也是白捡来的。以后演变成凡是丧事都要吃，从吃的规模看丧事办得排场不排场。吃是给死者减罪，到阴间少受苦，也是给死者的后人免灾。

兵马未动粮草先行，随着“治丧大队”的成立，火头军立刻行动，在院子里和大门口两边垒灶埋锅，一笸箩一笸箩的馒头蒸出来了，一大盆一大盆的菜炒出来了，一箱箱的白酒、啤酒从供销社搬来了……本家兄弟以及为丧事帮忙的人，理所当然要在丧事上吃，外村来吊唁的人随到随吃，流水的筵席就算开张了。所谓“流水席”就是指吃饭的人像流水一样哗哗流不断，前边的人刚吃完，后边的人又接上来。或者前边的人还没有吃完，后来的人已经在等着了。

但是孝子们——也就是我的侄子、侄女、侄孙子、侄孙女、外侄孙子、外侄孙女们以及我们从天津去的一帮人，吃饭要自己想办法，或者见缝插针地从灶上摸个馒头盛碗菜。找个地方三下五除二地划拉到肚子里去，或者到哪个侄子的家里让侄媳妇抽空给做碗汤喝。所有参与办丧事的人都是在帮我们家的忙，从情理上说我们应该照顾人家，人家没有义务还要照顾我们。可是整个丧事有自己的领导机构，一切活动安排都是听从“治丧大队部”的号令，我们倒成了局外人。

“治丧大队部”的几位核心人物，他们坐在炕上天南地北，家长里短，说得开心，笑得痛快。三天里他们很少下炕，更难得出屋，灶上炒出了菜先端给大队部的领导，他们喝的酒也比外面那几十桌上的酒高一个档次，丧事操办过程中的大事小事都得请示他们以后才能办——办丧事尚且如此，可以想见平时农村干部的权威性了。

其实，大哥也被冷落在一边了。这些人并不悲伤，无非是想借他的死热闹一下，大吃大喝，猜拳斗嘴，过过酒瘾，而且吃喝完了还不会感谢他。因为谁都知道，很会过日子的大哥，在他活着的时候是绝不会请这么多人到家里来十个碟八个碗地吃喝一通的。如此看来，与其死后被动地挨吃，真不如活着的时候主动请人来吃……

三天里我大部分时间都坐在寂寞的大哥的棺材旁边，和认识的乡亲说话，回想我在村里度过的童年生活，好奇地看着丧事乱糟糟的以吃为中心地在向前推进。

4 烧

第二天的主要程序是火化——这令我大为不解，已经拉开架势要把丧事办得热闹、堂皇，还做成了那么结实壮观的棺材，为什么还要火化呢？“治丧大队部”的头头向我解释：现在农村不许土葬，谁家死了人偷着埋了，让村委会知道后不仅要把人挖出来，照样送到炉子里去烧，还要罚款。没有人敢惹那个麻烦，于是农民们想出了这么一招儿，死一次葬两回，先火化，后土葬。只要火化完了，你再折腾多热闹政府也不管了。

这才是农民的幽默，是无数“你有政策我有对策”中的一“策”。

人们之所以惧怕火化，是因为火化完了人就彻底地消失了。因此有些老人临死前只留下一句话：“千万不要把我烧了！”现在先把人烧了，还要埋什么呢？

外面阳光很毒，热风烫人。孝子们哭着把大哥抬出来放到灵车上。沧州火化场的这种灵车却令人难以忍受，它是在普通的面包车底盘下面开了个长抽屉，把死人往里面一塞，然后让孝子们坐到上面，把死了的老人踩在脚下……这时候已经没有人顾及这些了，好像火化就是这种规矩，既然不得不火化也就不得不遵守火化的规矩。

火化场在沧州市的西南角，离村子很远，正好可以让一群半大小子尽情地耍一把。他们坐着一辆拖拉机在前面开道，喀嘟嘟开得很快，鞭炮挂在拖拉机的后尾巴上，一路上噼里啪啦炸得烟尘滚滚，同时趁风把纸钱撒得漫天飘舞。

在烈阳下，这支奇怪的车队把气温搅得更加燥热了，引得路两旁的行人都捂着口鼻看热闹。好像走了近一个小时才到达火葬场。火葬场空旷而简陋。但生意不错，在大哥的前面还有两个人，大哥排在了上午的最后一炉。空荡荡的大院子里没有阴凉处，人家挤在火化炉外面的墙根下，有一位老太太在卖汽水，身边还跟着一个五六岁的小姑娘，小姑娘可以自由进入到火化炉跟前，在停放于炉口外面的死人跟前走来走去，不躲不怕，熟视无睹。这个姑娘长大了若分配当火化工，一定不需要别人再给她做思想工作……

在漫长的等待中，孝子们都躲到凉快的墙根底下去聊天，只有大哥自己孤单单地躺在火化炉前，排队等着化为灰烬的时刻快点儿到来。一送进火化炉，大哥就彻底消失了，这一刻应该是孝子们痛哭的时候，生离死别嘛。对死者多看一眼是一眼，多留一会儿是一会儿，希望尽量延缓把亲人送进火化炉的时间。可是，这时候所有的人都希望快一点儿烧，烧完了快一点儿回去。天也实在太热，年轻人的肚子大概早就饿了。

我默默地对大哥说：你不要怪哟，现代年轻人的孝心做做表面文章还可以，却经不住大的考验。为你的死这样大操大办，看似奔着你来的，吃的是你，花的是你，折腾的也是你。其实是你的死折腾了活着的人，吃的是活着的人，花的也是活着的人，这些花样一概与你无关，是为了活人的面子，是折腾给活人看的，归根到底还是活人折腾活人。

5 唱

三哥还是发了脾气。不是闹丧，是冲着乐队。

三哥年轻的时候是村里的吹笙高手，逢年过节或赶上庙会，为唱戏的伴奏，谁家有了红白事儿，少不了也会被请去吹奏一番。那个时候他们在丧事上吹奏的是《无量佛》《坐经曲》《行经曲》，还有几支哀怨伤痛的悲调，乐器一响，沉痛悲伤的沮丧气氛立刻笼罩了治丧现场，也笼罩了全村。亲的热的会悲从中来，想起诸多死者的优点和好处，即使是八竿子打不着的人，也会被音乐感染，心生同情，悲怜人世，都变得宽和友善了。

在那种乐队的伴奏下，孝子哭得格外悲痛，来吊孝的人也哭得自然。特别是到夜晚，《无量佛》的乐曲还让人生出一种庄严沉静的感觉，梵音圣号，送死者的魂灵升天。

谁料今天花钱请来的吹鼓手们，竟在大哥的棺材旁边吹奏起现代流行歌曲，一首接一首，《纤夫的爱》《九妹》《大花轿》……

乐曲一响，年轻人就跟着唱，其实是一种喊叫："妹妹她不说话只看着我来笑啊，我知道她等我的大花轿……"叽叽嘎嘎，打打闹闹。叫孝子们还怎么哭？叫来吊孝的人想做个哭的样子都困难。乐曲与治丧的气氛格格不入，让人感到极不舒服，难怪三哥会发火。

他老人家是我们这一支蒋姓人家的权威，吹鼓手们怎敢不听，立刻改奏治丧的曲子，围观的老老少少也都跟着散了。二侄子找到我，悄悄地说："别人不敢张嘴，您得劝劝我三伯，不能管这种事。"

"为什么？这是办丧事，还是办喜事？"

"现在办丧事都是这个样，光吹丧曲子大家不爱听，不爱听来的人就少。咱花钱请乐队不就是图个热闹吗？就得多吹人们喜欢听的，等一会儿还要点歌儿，还要跳舞呐……"

"还要跳舞？在你爹的棺材旁边？"

"对啊，怎么啦？改革开放嘛，怎么城里人倒成了'老赶'？既然想大办，就要求来的人越多越好，也显得我爹一家人缘好。"

"不，你爹现在需要的是鬼缘，这样瞎折腾把丧事办成狂欢节，叫你爹的灵魂怎么安息？倒好像是活着的人在庆祝他的死，就不怕他的惩罚吗？"话可以这样说，但侄子们想把他们父亲的丧事办得漂亮、圆满，我和三哥只能成事不能搅事。我对侄子说："你三伯管得对，你的道理也不错，我把你三伯拉到一个地方去休息，我们一走你就去告诉乐队，随他们的便！"

我把三哥安顿到距治丧现场还有老远的小侄子家歇着，把侄子的话去掉棱角向他学了一遍，劝他眼不见不心烦，耳不听不生气，随他们爱怎么折腾就怎么折腾吧，有大事需要他出面的时候我会来叫他。

等我再回到大哥身边的时候，乐队前面又围了不少人。围观者这回不是要求乐队吹奏什么歌曲，而是让一个手拿竹板，像女人一样忸怩作态、飞眼儿吊膀的男人在表演节目。直到有人从"治丧大队部"领来十元钱交到那人手里，他才给自己报幕：

"那我就给老少爷们儿唱一段《奴家十八恨》……"

四周响起了嘻嘻的笑声和拍掌叫好声。我心里骂了一句，这叫什么玩意儿，带色儿的也开始上了。

6 哭

在办丧事的整个过程中，最不可缺少的就是哭，无哭不为丧。

现在的农村虽然爱赶时髦，把丧事办成了喜怒哀乐的大杂烩，唯独还缺一项——花钱雇人哭丧。因此大哥的丧事自始至终都得靠大哥的亲属们自己哭。

死了亲人要哭，这是很正常的。在亲人刚刚咽气的时候，你怎样哭都不要紧，却不外乎古人在《方言》里所归纳出来的三种方式：哭泣不止、无泪之哭和泣极无声。私人的悲哭一旦有别人介入，有了解劝者和观看者，或者进入正式的治丧程序，哭就变成一种责任，一种必不可少的形式，更多的是一种艺术、一种表演。

记得1977年春天，一向身体很好的父亲突然无疾而终。从天津回家奔丧的人一下火车就开始哭，从火车站到村子还有七里地，中途被接站的人劝住了一会儿，到了村边上又开始哭。那是真哭，是大哭，因为心疼——父亲活得厚道，死得仁义，没有给儿女们添一点儿麻烦，自己悄没声儿地、干干净净地走了，让儿女们觉得像欠了老人什么。哭起来就动真情，眼泪止不住，见到父亲的遗容会哭，想起跟父亲有关的事情会哭，听任何一个人谈起父亲也会哭……

到了第二天，我和妻子的嗓子都哑了，无论再怎样用力也哭不出声音来。但丧事要办好几天，孝子们无论白天黑夜都要跪在父亲灵前，一有来吊孝的就要陪着大哭，每天早、中、晚，要三次从村北头哭到村南头去报庙。

是孝子们的哭声支撑着治丧的全过程，治丧的悲哀氛围也要靠孝子们的哭声来营造，眼泪流干了还可以遮掩，没有声音可是非常难堪的事，甚至会被乡亲们误会为不孝。如果都像我和妻子，干流泪，干张嘴，不出声，那丧礼就变成了一幕幕哑剧，难免会被外人讥笑。

幸好大哥大嫂，三哥三嫂，侄子侄女，还有一大帮叔伯的兄弟姐妹、孙男嫡女，他们能哭会哭，哭声沉重动情，哭词滔滔不绝。直到治丧的最后高潮，出殡、下葬，他们仍能哭得撕心裂肺，惊天动地，让帮忙的人和村里看热闹的人无不动容。哭声是一种宣告，宣告死者生前有人疼，死后有人想，生得体面，死得也体面，生得功德圆满，死得无愧无悔。

转眼间就轮到哭我的同辈人了，一年多以前刚哭完了大嫂，现在又哭大哥。第一天哭得挺好，尤其是大哥的两个女儿，“焦肺枯肝，抽肠裂膈”，哭的时间长，且伴有形体动作，或扑天抢地，或捶胸撞头。她们的哭不是干号，是有内容的，一边哭一边说，诸如“我那苦命的爸爸”“不会享福的爸爸”“不知道疼自己的爸爸”等等。总之是将大哥的种种长处缺点来抱怨，即便是不相干的人听到两个侄女的哭也会鼻子发酸，陪着掉泪。人要死得风光，就得有女儿。丧事要想办得感人，不能少了女人的哭。

或许由于先火化的缘故，再加上吹鼓手们制造的嘻嘻哈哈的气氛冲淡了应有的哀恸，到第三天出殡的时候，正需要大哭特哭了，孝子们却哭不上去了。或有声无泪，或只摆摆架势走个过场。

现代人是越来越不会哭了。特别是城里人，有些死者儿女一大帮，到需要高潮的时候，却哭不出效果。效果又是给谁看的呢？把内心的悲痛表演给外人看，这悲痛的味道就变了。哭是个人的事情，应该是动于衷发乎情，自然放声。

但是，既生而为人，还要讲究“做人”。“做”——就有了表演给别人看的意思，哭也不能不讲究技巧了。

梦里乡关

故乡是每一个人的伊甸园，给了你生命的源头，知道自己是从哪儿来的。故乡滋养着一个人的精神，留有童年的全部欢乐和记忆。故乡也只属于童年，人稍一长大，就开始苦恋天涯，梦想远走高飞做舍家游，如同鸟儿翅膀一硬就要离窝。青年人满脑子都是“好男儿志在四方”“读万卷书，行万里路”“天涯何处无芳草，青山处处埋忠骨”……在我的家乡甚至形成这样一种风气，能闯出去才叫有出息，无论上（北）京下（天津）卫，都是本事。而一旦上了年纪，就开始恭敬桑梓，“露从今夜白，月是故乡明”。

于是也就有了“乡心”——“思心昼夜起”。离乡越久，思乡越切，万般滋味，尽作思归鸣。

我是1955年夏天，考到天津读中学。离开了家，才知道什么叫想家。出门在外反把家乡的千般好万般妙都想起来了，却已没有退路，半途而废，将无颜见家乡父老。特别是后来的“遣送回乡”，变成一种严酷的政治惩罚。久而久之，一般人跟故乡的感情被异化，或严重扭曲，一旦离开就很难再回去了。正由于此，至今已六十多年来，我做梦大都还是故乡的情景，特别是做好梦的时候，当然那背景和色彩是我童年时故乡的样子。不仅故乡的形貌像刀刻般印在我脑子里，就连我们家那几块好地的形状和方位，也还记得清清楚楚……

我的老家是个大村子，南北狭长，村子中间有一条贯穿南北的主街，东西两侧各有一条辅街，每隔五天有集。即便不是赶集的日子，一到晚上，羊杂碎汤、烤烧饼、豆腐脑、煎焖子的香味便从主街弥散开来，犒劳着所有村民的鼻子。如果我表现得好，比如在全区的会考中拿了第一，或者在秋凉草败的时节还能给牲口割回一筐嫩草，老娘就会给我三分钱和一个大巴掌形的棒面饼子，到主街上或喝羊汤，或吃焖子，任由我意。现在想起来还觉得齿颊生香。

在村西有一片茂密的松树林，那就是我心目中的“野猪林”，虽然没碰到过野猪，却不止一次见到过拳头般粗的大蛇，有人放羊躲到林子里乘凉，盘在树上的巨蟒竟明目张胆地就吸走了羊羔。村东一片深水，人们称它为“东坑”，据村里老人讲，几辈子没有见过它干坑，大家都相信坑底一定有王八精。村北还有一片水域，那才是孩子们的乐园，夏天在里面洗澡、摸鱼捉虾，冬天在冰上玩耍。只有在干旱的年月，才会缩小成一个水坑，然而水面一小又容易“翻坑”，鱼把水搅浑，浑水又把鱼虾呛得动弹不得，将嘴伸到水面上喘气，这时人们下坑就跟拣鱼一样。有一回我下洼割草回来，正赶上翻坑，把筐里的草卸下来，下坑不一会儿就捞了多半筐头子鱼。

我与老伴、孙女、孙子合影

还有瓜地、果园、枣林、满洼的庄稼、一年四季变化丰富的色彩……，如果世上有天堂，就该是自己的家乡。有一年暑期因贪玩误了回天津的火车，只好沿着南运河堤走到沧州站赶快车。河堤上下是遮天蔽日的参天大树，清风习习，十分凉爽。这古老的林带从沧州一直铺展到天津，于是想好一个主意，来年暑假提前备好干粮，豁出去两三天时间，顺着森林走回老家。可惜第二年全国“大跃进”，我也要勤工俭学，不能再回家了。隔了许多年之后才有机会还乡，竟见识了真实版的“家乡巨变”：满眼光秃秃，护卫着南运河堤的千年老林消失了，我站在天津的站台上似乎就能看到沧州城。南运河在我的记忆中是一条童话般的长河，竟然只剩下了一条干河床，里边长满野草，中间还可以跑拖拉机。

我的村子也秃了、矮了、干了，村头道边的大树都没了，几个滋润了我整个童年的大水坑也消失了……这让我失去了方位感，不知该从哪儿进村？甚至怀疑这还是我梦牵魂绕的老家吗？最恐怖的是紧靠着村子西边修了个飞机场，把村里最好的一片土地变成白晃晃的跑道，像一刀砍掉了半个村子。自那次回家后，我的思乡梦里就有了一条抹不掉的伤痕。

在我的记忆里老家是很干净的，冬天一片洁白，到春天大雪融化后麦苗就开始泛绿，夏天葱绿，秋天金黄……那个年代人们没有垃圾的概念，生活中也几乎没有垃圾，无论春夏秋冬乡村人都起得很早，而清晨起来第一件事就是先将自己庭院和大门外面打扫干净，清扫出来的脏东西铲到粪堆上沤肥。家家都有自己的茅厕，对庄稼人来说粪便是好东西，没有人舍得胡乱丢弃，即便是牲口在路上拉的屎，都要捡起来带回家，或扔到自家地里。而今还没进村子却先看到垃圾，村外的树枝上挂着丝丝缕缕、花花绿绿的脏东西，凡沟沟坎坎的地方都堆积着跟城市里的垃圾一样的废弃物……我无法相信村子里怎么能产生这么多垃圾，抑或也是沾了飞机场和沧州市的光？

这还是那个六十多年来让我梦魂萦绕的故乡吗？如今似乎只剩下一个村名，其余的都变了，苍凉、麻木，无法触摸到故乡的心房，却让我觉得自己的所有思恋都是一种愚蠢。让我感到心里刺痛的还有家乡人的变化，有热情没有亲情，热情中有太多客气，客气里有拒绝、有算计。我有一发了财的同乡，跟我商量要回乡投资，回报老家。我大喜，欢欣鼓舞地陪着他见老乡，商谈具体事宜，待到真正付诸实现，始知抬脚动步都是麻烦，已经谈好的事情说变就变，一变就是多要钱，乡里乡亲又恼不得也气不得，比他在别处上项目成本高得多，效率慢得多，而且估计最终难有好结果，便擦干净屁股，带着失望乃至绝望逃离了故乡。

自那件事情之后我也很少再回老家了，才知“家山万里梦依稀”，不只是空间上的距离，更重要的是心理距离。“不是不归归不得，梦里乡关春复秋”。每到清明和除夕，夜深人静之后，到一偏僻十字路口，给父母和蒋家的列祖列宗烧些纸钱，口中念叨一些不肖子孙道歉该说的话。有时话说得多了难免心生悲凉，今夕为何夕，何乡说故乡？

其实故乡就是爹娘，有爹娘在就有故乡，无论故乡变成什么样子。没有爹娘了，故乡就只能留在梦里啦。但故乡是一定要回去的。活着回不去，死了也得回去。西方人死后愿意见上帝，中国人死后希望能认祖归宗。屈原唱道：“鸟飞反故乡兮，狐死必首丘。”连狐狸死的时候，也要把头朝向它出生的土丘。有一天晚上读向未神游的诗：“生我的人死了，养我的人死了，埋葬了父亲等于埋葬了故乡！处处他乡处处异乡，从此我一个人背着故乡，走啊走啊看不到前面的路，蓦然回首也找不到来时的方向。”

忽然眼泪就下来了，情不自禁冲着故乡的方向跪倒，心里呼唤着爹娘脑袋磕了下去……

骡子的快乐

过春节中国最主要的景观，就是——“回家”。各处都有成千上万的人拎着大包小包，拥挤着、执着着，不畏艰难险阻地浩浩荡荡往家赶。唯此时举国上下、男女老幼，“家”的观念最为突出，异常强烈。现代人平时四分五散，各忙各的，各顾各的，甚至有国外的社会学者提出当今世界已进入“无缘社会”，即亲缘越来越淡薄，家庭松散，家人疏离。而过年了，实际也只有农历过大年才最像年，中国人是一定要回家的，谁也不愿意在“一年将尽夜”的时候，成为“万里未归人”。家是什么？家就是年，回到家就是过年。年是什么？年就是家，过年就是要回到家。过年的时候最需要有个家，有家才能过个囫囵年，过个好年！

回家过年的大军或许还是以外出打工族为主力，却也包括了社会的各个阶层的各色人等，诸如有能力到外地买房居住者，过年是一定还要回到老窝的，平时家是越新越好，过年则是老家好。还有平时满世界飞的各类精英们，打拼、成功一定是在离开家的地方，过年却要带着孩子、配偶回到老人身边团聚，否则成功的意义何在？再有就是像我这样的人，到南方投奔孩子们过年。据说现在是数字化时代，抬脚动步都要算计一下，凡事需先考虑成本，前些年都是孩子回到我身边过年，那要花费五六张机票钱，因老伴天一凉就飞到南方享福去了，我去凑合他们过年只需买一张机票就行了。人在年轻的时候，父母是家；等到上了年纪，儿女就成了你的家。

但回孩子家过年，可是个力气活，需要大量置办年货。过年就要有“货”，要想年过得好，就得当“吃货”。我们不是“舌尖上的中国”嘛！其实这就是年俗，过春节就要遵年俗，有“俗”才有“年”，越“俗”年就越有味儿。正好我办年货的兴趣也多在进嘴的东西上，羊肉是带多少都不嫌多的，南方的市场上很难买到羊肉，偶尔碰见也是带皮的，没法吃，更不要说“抹搭儿”“上脑”等这些羊身上最好的肉了。还有新小米、沙窝的大青萝卜及栗子、糖堆儿等天津零食，甚至还要带上一箱子黄瓜和西红柿，夸张点儿说他们那边的黄瓜有点儿像棉花套子，西红柿则缺失了那种酸甜恰到好处的美妙……不是孩子们真正需要这些东西，是我需要带给他们。还有一个现成的条件是我还能当骡子，而且当骡子是很有经验的。

过去在我家的所有牲口当中，全家似乎最重视那头大青骡子，我可以独自骑牛、骑驴，却爬不到骡子背上去。一是它太高大了，还有一种大牲口的高贵，令我不敢放肆。下地或拉车的重活都是它打头，在出发前我大哥总会抓着一把黑豆放到骡子嘴边，看着它不紧不慢地享用这特殊的零食，而其他牲口绝对没有这种待遇。也就是从那时候起，我知道了黑豆的营养价值，一头那么猛壮的大骡子，吃一把黑豆就可以精精神神地干半天重活。前些年有高人告诉我一个妙方，醋泡黑豆可强身健体，我虽然对近年来铺天盖地的养生诀窍心存疑虑，却立刻就接受了醋黑豆。每天早晨去游泳之前吃一勺，而且在吃黑豆的时候常会想起大青骡子，下水后果然觉得身上长劲，常有游完千米还不过瘾的感觉。

当儿子把我从机场接回家，不到五分钟的工夫一家大小每人手里举着个天津大糖堆儿，孙女已经长大，吃得很优雅，但竹棍儿上的糖葫芦却消失得很快，小孙子连腮帮子上都粘着糖渣……这就是我过年的高潮。晚饭后切开一个青萝卜，咬一口嘎嘣脆，消食败火，大家吃得开心还因为它是我千里迢迢从北方带过去的。以后每吃一样我带去的东西，孩子似有意无意地都会造出一个句子：“这是爷爷从天津带来的。”我做爷爷的虚荣心得到极大的满足。等到我带去的东西快吃光了，我也该回天津的老窝了，读书写作过自己平静的日子。每天晚上有喝两盅的习惯，有时进入微醺状态，想孩子想得厉害，就借着酒劲高喊两声。一到这时，也格外盼着快点儿再享受当骡子的快乐。

“老乔”上任前后

凡事有因才有果，话题还得从1975年秋天说起。经过“文革”近十年的折腾，国家借“工业学大庆”掀起一个抓生产的热潮，或许正是受这股潮流的影响，我从被“监督劳动”的生产第一线调出来代理工段长。由于“第一机械工业部的工业学大庆会议”在天津召开，涉及大型发电机转子将由我所在的车间锻造，便让我列席这个大会。鬼使神差从北京来了位温和的老大姐，在会场上找到我，自报家门是原《人民文学》的编辑部主任许以，说停刊多年的《人民文学》要在1976年复刊，约我为复刊第一期写篇小说。在宾馆里可以通宵开夜车，很快就写出了短篇小说《机电局长的一天》，发表在1976年复刊第一期《人民文学》的头条。

那时流行出简报，在第一期简报上选编了读者对我这篇小说的反映，几乎是一片赞扬声，其中还有叶圣陶、张光年等文学大家的肯定。很快全国展开猛烈的“反击右倾翻案风”，到3月文化部召开文艺座谈会，文化部长于会咏在报告中说：“有人写了坏小说，影响很大，倾向危险。一些老家伙们看了这篇小说激动得掉泪，难道还不足以引起我们深思、说明这件事情的严重性吗？”编辑部让我立刻写检查，我知道这一关是躲不过的，但检查交上去非但没有过关，反而惹得北京很不满意，检查不仅要重写，还决定要在《人民文学》上公开发表。编辑部多次派副主编一级的人物到天津做我的思想工作，苦口婆心地帮助我提高认识，甚至许诺在发表我的检查的同时，再配发一篇我的小说，以示我虽然写了“坏小说”，却并没有“倒”。明明知道他们是为我好，但我的态度却越来越不耐烦，甚至当众口出恶言：“哑巴叫狗×了，有苦说不出来！只能豁出去，一不写检查，二不再写小说，顶大了再被监督劳动。”从那天起编辑部不再找我，决定由副主编李希凡代笔替我写检查。

1991年，下乡

1976年5月9日晚上，妻子有临盆的感觉，我将七岁的儿子反锁在家里，骑自行车把妻子驮到南开医院，很快就顺利产下女儿，我随即返回家熬好小米粥，灌在暖水瓶里，让儿子睡下，继续从外面锁好门，将暖水瓶挂在车把上急忙往医院赶。赶到医院门口被一人拦下，让我立刻去市委，说市委王书记在等我，李希凡带着替我写好的检查等我签字，还说他的一个同事到产房做我妻子的工作……我一阵怒火攻心，骂他不是东西，我妻子刚生产，经得住你们这么吓唬吗？今晚除非你带警察来抓我……越说越气竟抡起那一暖瓶小米粥向他砸去，那小子早有提防，闪身子躲开了。我跑到产房，妻子脸色煞白，旁边一个面目可憎的女人还在跟她絮絮叨叨……产妇最忌惊吓，一受惊吓奶水就下不来了。那个年月物质极度匮乏，没有奶水孩子大人都会遭罪。事实是以后的境况比我担心的还更厉害。我当时的表情大概相当恐怖，只喊了一声“滚”，那女人就哧溜一下出了产房。我想宽慰妻子，她却让我别跟上边闹得太僵，得考虑她们娘仨……我冷静下来直心疼那个暖水瓶和小米粥，在那时伺候月子这就是好东西了。妻子产后还滴水未进，只好回家又重熬了一小锅。

第二天市里来了一辆吉普车把我拉到市委招待所，先由文教组的头向我传达市委文教书记王曼恬的指示："李希凡同志替你写的检查，文化部的领导通过了，咱们市委领导也同意，你必须签字，不签字后果会很严重，我们都保不了你……"我问："怎么个严重法？"他没有直接回答，旁边有个小个子秘书接口说："不签字也甭想还能在工厂当工人……"他也没把话说完。我抬高嗓门问："还要抓我？"他们两个都不再吭声，只是神情严肃地望着我。我表面上火气不小，心里却毛咕了。如果今天我真的从这儿被他们带走，妻子和刚出生的女儿还在医院里，儿子中午放学回家进不去门，谁管他？大家虽然都没有出声，但他们肯定猜到我不会硬顶了，头头就打破僵局说："我们先去见李希凡同志吧。"因挑战俞平伯而被毛泽东表扬的李希凡，已是举国皆知的大名人，竟代我写检查也真难为他了。他亲自将检查读给我听，听得我一阵阵后脊梁发冷。读后问我同意不同意，我说同意不同意不都得签字吗？我签上自己的名字后，二话不说就离开了。似乎至今对李希凡还欠一句道谢的话。

很快《人民文学》发表了这个检查，"上边"的态度却又变了，对我还是要"在全国范围内批倒批臭！"后来从《简报》上看到，曾替我上纲上线起草检讨书的李希凡，冲着主编袁水拍拍了桌子："人家写了检查还要批，你们说话不算话，叫我怎么向天津市委交代？怎么向蒋子龙解释？"袁主编口气更硬："现在形势变了，蒋子龙是毒草小说的作者，对他也要跟对俞平伯一样，该批就得批！"当时国内的文化类刊物不是很多，凡我在报刊门市部能见到的，都展开了对《一天》的围剿。新华社1976年6月25日的《国内动态清样》上转载了辽宁分社的电稿："辽宁文艺界就批判《一天》的事请示省委，省委一领导说中央有布置，你们不要抢在中央的前边，蒋子龙是反革命分子，《一天》作为大毒草批判，编辑部敌我不分……"这一切都说明"上边"的确下了指令，乃至有过统一的部署。我仍在车间里三班倒地抓生产，也不敢去主动打听消息，只在歇班的日子到处踅摸牛奶和青菜时绕到报刊门市部，进去匆匆翻翻各地报刊，获得一些各地批我的信息。

最令我想不到的竟然还有人打上门来，他们穿着绿军装，胳膊上戴着红袖章，拿着内蒙古生产建设兵团的介绍信，自称是一个排长带着两个战士，在工厂门口站了三天要抓我去内蒙古批斗。只因一开始他们态度骄横，认为工厂阶级斗争的盖子没有揭开，漏掉了我这个“大毒草炮制者、反革命修正主义黑笔杆子”，惹恼了工厂的“造反派”，“我们的人我们自己批斗，用不着你们狗拿耗子”。“工厂造反派”拿着铁器在大门口一挡，那三个内蒙古“造反派”就真的不敢进门。当时我若真被揪到内蒙古，还能不能活下来就不好说了。后来听说那三个内蒙古“造反派”又进京找到《人民文学》编辑部，声色俱厉地宣布：“不彻底揭开文艺界阶级斗争的盖子，不揪出蒋子龙批倒批臭，就不撤离编辑部！”

天津在最堂皇的“中国大戏院”召开全市对我的专场批判大会，过去梅兰芳、马连良等名角来津，一般也都在这个戏院演出，我不知是该感到荣幸，还是该觉得亵渎了那个舞台？据工厂派去参加批判大会的代表回来传达说，会上呼喊“打倒蒋子龙”“踏上一只脚，永世不得翻身”等口号一百多次，其中“发言最有水平”的是曾经跟我一起参加“三结合创作组”的话剧团专业编剧。随后是工厂的批判会，召集上早班和正常班的人参加。听起来声势很大，真正在会场坐到底的连一半人都没有，许多人到会场打个晃或坐一会儿就走了。后来《人民文学》的编辑来信告诉我，甚至在举国召开毛泽东追悼会的那天，编辑部还要先开批判会，承认《机电局长的一天》是大毒草、并做了批判发言的，才有资格去参加追悼会。

1979年早春，《人民文学》编辑部派人来给我“落实政策”，代表编辑部向我道歉，并说如果不记恨他们，就再给他们写篇小说。这话说得有点儿力道，如若我不写这篇小说就意味着不原谅他们。可我当初说过不再写小说的大话，近三年来我确实没有动过再写小说的心思，甚至也不读小说了，真是没有时间。“文革”后落实政策让我当了车间主任，车间有五跨，三万多平方米的厂房，一千多名职工，相当于一个中型企业。但缺少一个独立的中型工厂诸多自主经营权，千头万绪哪儿都不对劲，或有工艺没材料，或有材料机器设备出故障，等你把设备修好了，人又不给使唤，经历了“文化大革命”，人们的眼神都变了。你是这个派的，他是那个派的，谁看谁都不顺眼，“文革”的形式结束了，“文革”的观念还没有消除。再加上管理体制不仅不给你坐劲，反而处处掣肘，本该由上边撑着的责任却撑不起来，虽然工厂的领导换了，但换人容易换思想难……我感到自己天天都在救火，常常要昼夜连轴转，有时连续干几天几夜都回不了家，身心疲惫。

有一次检查安装质量，我从车间的二十四米高热处理炉上摔下来，暖风擦过我的脸，火光在身边一闪而过，跟着就失去了知觉。如果就那样死了，也很惬意，并没有什么可怕的。当时处理炉下面有一堆铸钢的炉件，如果摔到那上面，肯定就没有后来的“乔厂长”了。炉件旁边是一堆装过炉件的空稻草袋子，算我命大正掉在稻草袋子上。即便是那样也死过去了，厂卫生院的医生救了半天没救过来，等救护车拉着我从坐落于北仓的工厂出发，大约一刻钟后过了北洋桥，我突然醒了，除去头有点儿疼自觉没什么大事。到总医院检查了一遍，果然什么事都没有，医生给开了几粒

2018年夏，回到已经拆毁的老车间

止疼片，就跟着陪我的同事乘公交车回到工厂，该干什么接着干。生活的不稳定感和危机性刺激了我的精神，似乎真应该再写一篇小说，于是答应了编辑，利用三天病假时间写出了《乔厂长上任记》。

没想到这篇小说还真的又惹来麻烦。市委机关报突然连续发表了十四版块的批判文章，伴随着各种各样的谣言铺天盖地地压过来。一位姓王的曾被打成“右派”的老作家，在报纸上发表了声讨我的长文之后，又带着介绍信亲自到工厂查我的老底，看我历史上有没有什么问题，是不是“造反派”头头或打砸抢的坏分子，倘若能抓住点儿什么把柄，那就省事多了，可动用组织手段解决我。他们相信“只要摔出足够多的泥巴，总会有几块沾上！”如果我身上真有事儿，那就真完了。经过这样一番揉搓，就是块面团也熟了，心里稍微有点儿刚性也就成铁了。文学再不是东西也得跟它摽上了，即便我不摽它，它也得摽上我。每见到报纸上有批判我的文章，下班的路上我就买五角钱的火腿肠和一瓶啤酒，当晚一定要写出一个短篇的初稿，到歇班的日子把它誊清寄走。

被闹腾到这般地步，我竟然还能以“特约代表”的身份到北京参加第四次全国文代会。原来是前一周胡耀邦专为“乔厂长”做了批示，后来在公开发表的《王任重同志在全国文艺期刊编辑工作座谈会上的讲话》中，表达了大致相同的意思：“蒋子龙同志的小说《乔厂长上任记》和《后记》我认为写得好，天津市委的一位同志给我写了一封信，说《乔厂长上任记》有什么缺点错误，我回了他的信。我说，小说里有那么几段话说得不大恰当，修改一下也不难。整个小说是好的，怎么说也是香花，不能说是毒草；说有缺点，那也是有缺点的香花。”真是热闹，就为一篇小说竟惊动了这么多人。当然，“乔厂长”还带来了另外一些热闹。

西北 大型石化公司，内部管理相当混乱，其中一个原因是上级主管部门一位主要领导的亲戚，在公司里横行霸道，群众意见很大。某一天清晨，公司经理走进自已的办公室，发现面前摊着当年第七期《人民文学》，已经给他翻到了《乔厂长上任记》开篇的那一页，上面压着纸条提醒他读一读此文。他读后召开全公司大会，在会上宣布了整顿公司的决定，包括开除那位顶头上司的亲戚，并举着《人民文学》说：“我这样做是有根据的，这本杂志是中央办的，上面的文章代表中央精神！”我看到这些报道时几乎被吓出一身冷汗，以后这篇小说果然给我惹了大麻烦。《读书》杂志发表鲁和光的文章，文中有这样的话，他接触过许多工厂的厂长都知道乔光朴，有些厂长甚至当企业管理的教科书在研究，但管理效果并不理想，最后简直无法工作下去，有的甚至被撤职。我真觉得对不起人家，以虚构误导现实，罪莫大焉。

当然也还有另外一种情况，东北一位护士来信讲，她父亲是一个单位的领导，性格刚烈，办事雷厉风行，本来干得有声有色，却因小人告状，领导偏听偏信就把他给“挂”了起来。他一口恶气出不来便把自己锁在屋里，两天两夜不出门也不吃不喝。有人出主意从门底下塞进《乔厂长上任记》让他读，读后他果然开门走了出来，还说“豁然开朗”……我一直都没想明白，他遇到的是现实问题，读了我的小说又如何能“豁然开朗”呢？除此之外这篇小说还引发了其他一些热闹，现在看来有些不可思议，甚至显得无聊。在当时，人们却异常的严肃认真、慷慨激愤，有些还酿成了不大不小的事件。天津能容纳听众最多的报告厅是第一工人文化

2017年夏，在四川峨眉山

宫大剧场，经委系统请来一位上海成功的企业家做报告，入场券上赫然印着："上海的乔厂长来津传经送宝"。天津有位知名的企业家不干了，先找到主办方交涉，理由是你们请谁来做报告都没关系，但不能打乔厂长的旗号，这个称号只属于他。他不是凭空乱说，掏出随身带着的一张北京大报为凭，报纸上以大半版的篇幅报道了他的先进事迹，通栏的大标题就是《欢迎"乔厂长"上任》。主办方告诉他，报告者在上海也被称作乔厂长。那位老兄竟然找到我，让我写文章为他正名，要承认只有他才是真正的乔厂长。

就是到工厂调查我的那位老作家，对我的小说已经到了深恶痛绝的程度，每到一地只要有机会就先批"乔厂长"。他到淮南一家大煤矿采风，负责接待的人领他去招待所安排食宿，看介绍信知道他是天津来的，便向他打听我的情况以及"乔厂长"这篇小说。不想这触怒了老作家，立即展开对《乔厂长上任记》的批判，等到他批痛快了却发觉旁边没人管他了……有个服务员过来告诉他，我们这里不欢迎反对乔厂长的人，你还是另找别的地方去采风吧。这位老同志回来后可不依不饶了，又是写文章，又是告御状，说我利用乔厂长搞派性，慢待老同志……当时的市委文教书记刘刚，在第一工人文化宫动员计划生育和植树造林时，竟因批判这篇小说忘了谈正事。也就是在那次会上，当着全市各单位的领导干部公开把支持我这篇小说的陈荒煤说成是"陈煤荒"，这件事立刻传遍文坛。那天刘书记只顾批我竟忘了布置植树和节育的事，到快散会的时候经人提醒，草草说了几句。因此我们厂工会主席回厂传达的时候说："咱厂的蒋子龙不光自己炮制毒草，还干扰和破坏全市的种树和生孩子……"市委领导如此大张旗鼓地介入对这篇小说的围剿，自然会形成一个事件， 直到许多年以后作家协会换届，市委宣传部长陈斌在做动员报告时还反复强调，"不能以乔厂长画线……"

一个虚构的小说人物竟成了划分两种路线的标志，真是匪夷所思！"春江水暖鸭先知"，如果非要说我跟改革有什么关联，无非是在改革还没有成为全民共识的时候，当了一回"鸭子"，还差点儿没有被冻死。

五台山车祸

1987年的夏天，山西省作家协会组织“黄河文学笔会”，三十多位作家云集太原，乘一辆大客车直发五台山。车一开起来响声颇大，摇荡感强烈，且椅背上没有扶手，人被颠起来没地方抓，无法固定身体，只能随着车厢的摆动摇来荡去。我的脑子里立即闪过一个念头：这个车跑山道保险吗？遇有紧急刹车抓哪儿呢？我看到前面的椅背高而窄，两个椅背之间缝隙很大，心想遇到特殊情况就抱紧前面的椅子背。天地良心，当时就只是脑子胡乱走了那么一点儿神儿，对那次出行并无不祥之感，更不会想到之后真会出车祸。

大家一路上说说笑笑，兴致很高，到下午就轻轻松松地上了五台山，迫不及待地去参观寺院，作家们忽然异常活跃起来，一时间叽叽嘎嘎，高声喧闹，在肃静的庙堂里颇为招摇。傍晚，僧人们聚集到一个大殿里做法事。由于天热，抑或就是为了让俗人观摩，大殿门窗大开。难得赶上这样的机会，游客们都站在外面静静地看，静静地听。忽然又有人指指划划起来，自然还是参加笔会的人，他们发现一位尼姑相貌俊美，便无所顾忌地议论和评点起来，这难免搅扰大殿里庄严的法事活动。后来那尼姑不知是受不了这种指指点点，还是为了不影响法事进行，竟只身退出大殿，急匆匆跑到后面去了。

就这样，文人们无拘无束地度过了色彩丰富的“黄河笔会”的头一天。第二天，天气阴沉，山峦草木间水气弥漫。笔会安排的第一个活动是参观“佛母洞”，大客车载着所有参加笔会的人爬上了一座不算太高的山峰，山顶有个很小的洞口，据说谁若能钻进去再出来，就像被佛母再造，获得了新生。因此也就具备了大德大量大智慧，百病皆消。一位知名的评论家首先钻了进去，不巧这时候下起了小雨，如烟如雾，随风乱飘，隐没了四野的群峰，打湿了地面的泥土，人们或许担心会弄脏衣服，便不再钻洞。评论家可能在洞里感到孤单，就向洞外喊话，极力怂恿人们再往里钻，于是就信口开河：我真的看到了佛母的心肝五脏……上海一位评论家在洞外问：你怎知那就是佛母的心肝？他说：跟人的一个样。上海人又问：你见过人的心肝五脏吗？他说：我没见过人的还没见过猪的嘛！

任他怎样鼓动，也没有人再往洞里钻，他只好又钻了出来，领队见时间已到就让大家上车，奔下一个景点。别看大家对登山钻洞积极性不高，一坐进汽车精神头立刻就上来了，文人们喜欢聊天，似乎借笔会看风景是次要的，大家聚在一起聊个昏天黑地一逞口舌之快，才是最过瘾的。车厢里如同开了锅，分成几个小区域，各有自己谈笑的中心话题，每个人都想把自己的话清晰地送进别人的耳朵，在闹哄哄的车厢里就得提高音量，大家都努力在提高音量，结果想听清谁的话都很困难，车内嗡嗡作响，车外叽里咣当……忽然，车厢里安静下来，静得像没有一个人！

震耳欲聋的声响是汽车自身发出来的，轰轰隆隆，稀里哗啦……由于车闸失灵，手闸拉断，失控的大客车头朝下如飞机俯冲一般向山下飞掠，车厢剧烈摇荡，座位像散了架，我觉得自己的身体有了悬空的感觉，心里却是一片死样的沉静。车上没有一个人出声，不是因为恐惧，实际也来不及恐惧，来不及紧张，脑子像短路一样失去了思维。大轿车突然发出了更猛烈的撞击声，然后就是一阵接一阵的稀里哗啦，我感到自己真的变成一个圆的东西，在摇滚器里被抛扔，被摔打，最后静下来了……人和车都没有动静了，山野一片死寂！

隔了许久，也许只是短短的几秒钟，打破死寂第一个发出声响的是司机的儿子，他先是哭，跟着就骂他爸爸。这时候我才知道自己还活着，脑袋和四肢都在，并无疼痛感，这说明没有事。而且双手还在紧紧抱着前面的椅背，我完全不记得是在什么时候完成了这样一个搂抱自救的动作？

我再回想刚才车祸发生时的感受，还是一片空白，什么感觉都找不到，由此可见影视作品在表现车祸发生时让人们大呼小叫、哭喊一片，是不真实的，只证明创作人员没有经历过车祸。车祸使大家感到每个人的生不再是个体，死也不再是个体，这时候车厢内有了响动，有人满脸是血，一位女编辑前额翻着一道大口子，有人还在昏迷，不知是死是活……但没有人哭叫咒骂、哼哼咧咧。这时我才看清刚才发生了什么事情：大客车翻倒在左侧的山沟里，幸好山沟不深，但汽车也报废了，车内车外都成了一堆烂铁。钢铁制造的汽车摔成了一堆破烂，我们这些由碳水化合物组成的肉体竟绝大多数完好无损，这不能不说是个奇迹。

刚才在山上曾钻进“佛母洞”的那位评论家，没有伤到别处却唯独撞伤了嘴巴，肿得老高，让人一下子联想到猪的长嘴，显得异常滑稽好笑，却没有一个人笑得出来，只觉得毛骨悚然。有看热闹的人开始向车祸现场聚拢，他们先看到被摔烂了的汽车，问的第一句话是：还有活着的吗？其实我们都在道边站着呢。有人见这么大的车祸竟没有死人，触景生情开始大发别的感慨：去年有三十多个北京的万元户（那时候在人们的眼里万元户就是富翁了），集体来游览五台山，在另一个山道上也出了车祸，全部遇难，没留下一个活的。看来五台山喜欢惩罚名利场中人！其实这也许只是俗人的想法，在佛眼里众生平等，分什么名利高低。如果世间有个名利场，那非名利场中又是些什么人呢？现代人无不生活在市场经济的竞争之中，难道都该受到惩罚？

“黄河笔会”很难再继续下去了，我们换了新的大客车，直奔大同，并安排大同第一人民医院给每个人做详细检查。笔会组织者要我给大同的文学爱好者和一部分机关干部讲课，我们给大同添了很多麻烦，主人的这个要求不能拒绝。实际上讲课就是给笔会换饭票，人家这么抬举你，无论如何都不能推托。主人领我先去透视，然后就上了台，待到傍晚讲完课回到住处，所有参加笔会的人都用一种古怪的似同情似疑惑的眼光盯着我看，原来所有人检查完内脏和骨头都没有事，个别人血流满面也只是皮肉伤，缝合几针就解决问题了，独我，“右边第九根肋骨轻微骨折”！说也怪，从接过诊断书的那一刻起，我感到右侧的肋条真的有点儿疼。主人已经为我们买好了当晚回北京的火车票。第二天上午九点多钟，一辆早就准备好的小车等在北京站台，拉上我就往天津跑。天津的朋友圈里已经轰动，碰上这种事大家都喜欢尽情地发挥想象力，五台山上的车祸还能小得了吗？说是肋条断了，那是怕家里人着急，实际还不知怎么样了……将近中午我回到天津，作协的人不让我进家先去骨科医院检查，结果是："未见骨折"。

这就有点儿意思了，此后的两天我又跑了四家医院，两家说是骨折，两家说没有骨折，正好是一半对一半。这太怪异了，完全没有道理……或许这是一种警示，想告诉我点儿什么？世间能说出的道理都是有局限的，狭隘的。唯有讲不出的道理，才是最庞大最广阔的，没有道理就是最大的道理。我仔细回想那场车祸，事故发生后曾觉得人离死很近，生命极其脆弱，灾难会在你没有感觉的时候突然降临，喉管里的这口气说断就断。随着人们渐渐地缓过劲儿来，健康地将车祸看成了一次惊险而富有刺激的经历，又会觉得人离死很远，出了那么大的车祸都没有死一个人，可见死也不是一件容易的事情。

这时一位高人得到消息打电话安慰我说：你的肋骨没有骨折，不信就立刻下楼跑十圈，没有一个断了肋骨的人能够跑得起来。这不过是五台山跟你们开了个玩笑，佛不怪人人自怪，要谨防自己的心啊！我放下电话就下楼，围着住宅楼跑了十圈，刚开始感到右肋有些不自在，渐渐地就浑身发热，酣畅淋漓起来。从此便不再理会"第九根肋条"，它也就真的没有再给我添麻烦，却至今无法淡忘那次车祸。不幸是伟大的教师，祸福相贯，生死为邻，"祸必以罪降，福必以善来"。守住心先要守住嘴，对自己不了解的东西不可妄加评断。人很难不被生死祸福累其心，渐渐我觉得对世间诸多人和事的看法改变了许多，心境越来越平和，有时竟感到活出了一份轻松和舒缓。故此要感谢五台山，感谢那次车祸。

家的快乐有时在房子外面

闹非典如被软禁，外界的所有活动都取消了，对作家来说这未尝不是好事，闷头写吧，可游泳馆一关闭，我就蔫儿了。游泳十几年，如同有烟瘾、毒瘾一般，每天早晨不在水里折腾一通，浑身不自在，干什么都没有精神。

天天关在家里，只剩下老两口子相依为命，大眼瞪小眼，几天下来倒是老伴先受不了了。“你天天闷在屋里老跟睡不醒似的，非典是染不上了，可时间一长这不被关傻了吗？”

全家福

闹非典闹的脾气有点儿邪，老伴的话是关心，我却没有好气地回敬道：“傻了省心，难得糊涂嘛！”

“别抬杠，明天早晨跟游泳的时候一样闹铃响了就起床，跟我去水上。我先打拳，你散步也行，跑步也行，实在不想动就站在树林里听鸟叫，或冲着湖面愣神，也比赖在家里不出屋强。等我打完拳，咱俩打半小时的羽毛球，我想运动量也够了……”

哦，这是怕我傻了给她找罪，想来已经为我的状态动了不少心思。她本来每天早晨在住宅小区的空场上跟一群女人先打太极拳后耍剑，有音乐，有头领，耍把完了还可以叽叽嘎嘎，东家长西家短，不亦乐乎。为了陪我不惜放弃自己的习惯和快乐，这就叫“老来伴”。这个情我得领。

所谓“水上”，即水上公园。是天津市最大的公园，有东西两片大湖，分南北两部分，北部精致，供游人娱乐的设施也更多些。南部浩大，还保留着诸多野趣，是动物园。我之所以从市内所谓的“欧洲风情街——五大道”搬到了市外的“水上花园小区”，就是冲着这两湖水和硕果仅存的一片林木。谁叫我名字里有个“龙”字呢，喜逐水而居。北方太干了，连续多年的干旱，地干透了，人也干透了。

第二天早晨，老伴提上一个兜子，里面装上羽毛球和球拍，用矿泉水的瓶子灌满凉白开，还放进两个香蕉，说运动后的二十分钟之内要补充糖分……挺正规，一副教练口吻。到公园门口她先花一百元买了两张年卡，我不觉一惊：“呀，你怎么就断定非典能闹一年？”

她说：“买门票一个人每次是十五元，买月卡二十五元，买年卡五十元，你说哪个划算？”

“好好好，年卡就年卡，我可把丑话说在前边，游泳馆一开我就不来了。”

“你爱来不来，好像谁还非求着你不行。”

别看拌两句嘴，一进公园心情立刻就变了。嗨，水阔树茂，微风扬花，春来阳气动，万物生光辉。空气带着花草的清芬，吸一口清凉清新，清澈透肺。我心胸大畅，真想敞开嗓子喊上几声……其实公园里已经有人在喊，此起彼伏，相互应和，有的高亢，有的尖利，有的粗嘎，有的古怪，有的唱歌，有的学戏，有长调，有短吼，有男声，有女腔，有的在林子里喊叫，有的则扬着脖子边走边喊，旁若无人，随心所欲，只管自己痛快，不管别人的耳朵是否能接受。我还不敢那样，只有走到清静的地方，看看四周没有人了就猛地喊上两嗓子，老伴撇着嘴偷笑。但喊着喊着胆儿就大了，声音也放开了，学虎吼，学鸟叫，只是怎么学都不大像。倒是老伴学布谷鸟叫几可乱真，有时还能跟树上的真布谷鸟呼应上几句……

老伴像野营拉练一样在前面走得飞快，一边走一边指导我："不能松松垮垮，慢慢吞吞，走要有个走的样子，才会有效果。"我不知她要达到什么效果？来到西湖南岸的一排大柳树下，她选中了一块幽静清洁的地方准备施展拳脚，我则没有目的地开始慢跑，哪儿热闹就在哪儿凑，有时还会停下来看上一会儿……公园里不同的景区集结着不同的人群，玩着不同的花样，我跑跑停停，停停看看，等我兜了一大圈再回到柳树下，老伴的太极拳已经打完，正拿着根枯树枝当剑在瞎比画。看我回来就收起式子："你一直在跑？还是又碰上熟人聊大天了？"

我说："行啦，这又不是在家里，你就别操那么多心了，我跑也跑了一会儿，聊也聊了一会儿，现在就要跟你大战一会儿。"

在公园里想找个可打羽毛球的地方太多了，我们选了一棵大梧桐树下的阴凉地拉开了阵势，一交手，我的兴致立刻高涨起来。原以为打球不过是哄着老伴玩，谁料她竟能跟我真的打个不分上下。表面上我打的是攻势球，她处于守势，有时我倾全力狠命地连续攻上六七拍，竟不能把球扣死，反而被她回击过来打了我的空当。看来小区的这群老娘儿们不光是打拳练剑，还经常摸球。打球有对抗性、游戏性，因此就有乐趣，我们打了半小时，大汗淋漓，甚是过瘾。然后喝光带来的水，吃了香蕉，回家冲个凉，好不痛快！

从此，每个早晨又成了我一天中最快乐的时候。每个人的家都是设在房子里面，但家庭的快乐有时是在房子外面。

人们还喜欢说人的本性难移，人是不可改变的。渐渐地我却觉得自己的性情变了很多。我生来脾气暴躁，小的时候曾骑着牲口打架打到邻村，眼眶被打破，差一点儿就成了"独眼龙"。当然也打破过别人的脑袋。后来以写作为生便成了文学的工具，性子不由自己控制，就更没准头了。不是有哲人说：自杀有一百种，其中就有嫁给作家这一条吗？以前我不发火的最高纪录大概只有两个月左右，自打去公园跟老伴一块儿晨练，有一年多没有认真发过火了。

后来非典警报解除，游泳馆开放，我也先到公园跟老伴打上半小时的球，然后再去游泳，她则留在公园里打拳。有时感到光是晨练还不满足，吃过晚饭后也一块儿到公园里转一圈。说来真是奇怪，一到公园情绪就不一样，两口子便有话可说……

在这之前，老夫老妻的哪有多少话好说？只有在吃饭的时候才能面对面，还要看电视里的新闻。吃过饭我躲在自己的书房里，她愿意干什么就干什么，但我最烦她到我的屋里来，我写字台后面的电线如一堆乱麻，她打扫卫生时不知碰上哪一根就会造成死机，很容易会成为闹一场别扭的导火索……所以说，越是离得最近的人越难于交流。好像用不着多说什么，什么都是应该应分，理所当然。别看羽毛球不起眼，可它像个灵物，在两人中间飞来飞去，快慢难测，球路不定，这就有了悬念，有了戏剧性。因此在打球的这半小时里，两人说话最多，笑的最多，喊叫的最多。夏天我光着膀子，下面只穿一件运动短裤，汗珠子跟着球一块儿飞，我自己痛快，老伴看着也痛快。

生命需要共鸣，有共鸣才有激情。我们是在“文革”初期结婚的，那时候没有蜜月，也不知蜜月是什么滋味，临到老了，因闹非典似乎闹出了一个“蜜月”。中秋节的晚上，我俩躲开热闹又走进水上公园，静色当天，清光幽幽，林排疏影，湖生满月，四周一片柔和，满园的清辉也将心神透析得清清爽爽。我们慢慢地走着，还象征性地分食了一个小月饼——中秋节嘛，不吃个月饼亏得慌。

当我们兜了一圈走到竹林前的广场时，空中有了露气，天上香满一轮，地上流光一片，我们舍不得离开，总觉得在这样的时刻这样的环境中，老两口子还应该干点儿什么……可惜我当兵当得不会跳舞，但哼哼曲调还可以，反正四周没有人，我就嘴里哼哼着和老伴跳起了“贴面舞”。这似乎正应了一句流行歌词：“我能想到最浪漫的事，就是和你一起慢慢变老。”

地　书

你知道什么是地书吗？如果不懂，赶快去公园里见识一下。

还是在孩子很小的时候，我经常会带他们去公园，京津的几个公园都去过不止一次。自我的孩子们长大以后，几乎就再没有进过公园的门。二十多年来，公园的变化很大，过去的公园里以青年人和孩子最多，主要是哄孩子的和谈恋爱的。现在的公园却成了老年人的活动中心，到处都是老年景观，到节假日才有一些青年人和儿童，但谈恋爱和偷情的也不多。这是因为公园里的好地方都被老年人给占了，而且还咿咿啊啊地大声喊嗓子，搅了年轻人谈情说爱的兴致。幸好现在的年轻人开放、大胆，在什么地方都可以亲亲热热，用不着花钱再藏到公园里偷偷摸摸。这让人怀疑，我们这些老家伙是不是有点儿过分了？但也说明现在老年人的快乐远远高于青年人的想象。

就在进公园的头一天早晨，我就见识了“地书”表演，可谓大开眼界。在湖边的台阶上，有十几位老人各自手握一杆一米多长的大笔，蘸着湖水在地面上写大字。弓腰悬臂，提气凝神，有的工楷，提按顿挫，一丝不苟；有的行书，水润滋漫，神韵自摇；有的狂草，笔走龙蛇，水滴飞溅。无论字写得好坏，都浸润着一种气韵精神，泛溢着一股快乐。

有人写的是现成的豪言壮语：老骥伏枥，老当益壮；一点儿浩然气，千里快哉风；苍龙日暮还行雨，老树春深更着花……

有人在抄写时下流行的顺口溜：春眠不觉晓，麻将声声了，夜来风雨声，输赢知多少……

围观者跟着一块念，然后哈哈大笑。每个字都有其含义，每句话都表达一定的内容，于是这种现场地书表演就有了社会性、讽刺性和娱乐性。每个执笔者的性格不仅体现在字上，还体现在所写的内容上，使湖边变成一个大娱乐场。写的、看的，在一旁给出词的，起哄叫好的，相互切磋技艺的，指指点点评头论足的……这种地书的大笔都是自制的，笔杆用塑料管或拖把杆代替，笔头则是海绵或泡沫塑料，蘸一下湖水能写五六个字。省钱，省事，用不尽的湖水，写不完的土地，既练字，又健身，还可养神益智。难怪写地书的人越来越多，看地书的人也越聚越多。

其中有位老太太的字写得很见功力，自己写一阵就扭脸指导一下身旁的一位老先生："你为什么老把字写这么小？抠抠搜搜，瞎瞎糊糊，湖水又不花钱，让字伸开腰，笔画要舒展，不怕难看，就要个大气！"

老先生不吭声，笔下的字果然写大了。但字一大，笔画就散了："你瞧瞧，这么难看，还谈何大气？"

呀？听口音有点儿耳熟，就凑过去仔细端详老先生的面容。果然很

"填鸭"

像我过去认识的一位梁总工程师，学冶炼的留美博士。他的太太则是留苏的，当时是另一个大厂的厂长，人称“香水厂长”……想到此我似乎真的闻到了老太太身上有股淡淡的清香。

在我的记忆里，梁太太只要出门就一定会往身上喷点儿香水，我第一次知道世界上有香水这种东西，就是从梁太太那里长的见识。20世纪的50年代，“苏联老大哥”援建的项目正如火如荼，梁总作为高级专家也在我们厂待过很长的时间，每当他的太太到我们厂来找他，在她走过去十分钟内，楼道里还有香水味儿。那时候苏联制造的东西讲究傻、大、笨、粗，连香水的味道都格外刺激。只要她一来，我们就关上楼道两头的大门，禁止闲杂人员随便出入，以便尽可能多保留一会儿楼道的香气。

“文革”一开始梁总被打成“美国特务”，但他体胖心宽，在厂里挨完斗，回家换一件干净衣服像没事人似的上街混在人堆里看大字报。1968年春天，我刚结婚不久，床铺、柜子、饭桌都是用旧木料自己胡乱打成的，因此非常想有一个新的写字台。可一般的写字台我的小屋里放不下，有天下班后在劝业场花三十二块钱买到一张小号的“一头沉”，可没带绳子，用自行车驮不走。我只好将桌子搬到大街上，等着看见个熟人就有办法了。那个时候城市小而我们工厂大，再加上物质匮乏，大家有空就上大街踅摸点儿吃的或便宜的东西，在市中心会经常碰上同事或熟人。果不其然，不大一会儿工夫就看到梁总顺着街边的大字报溜达过来了，我突然大叫一声，吓得他一激灵，我赶紧凑过去小声说：“我得给您找点儿麻烦，是您回家给我拿条绳子来，还是在这儿替我看着桌子，我去找绳子。”他选择了后者，等我找来绳子，还帮着我把一头沉的小写字台捆到自行车的后架上……

想起这些往事，我忍不住想笑，便直起身子学着梁总的口吻说：“好，水边写水字，字水灵，人滋润。”梁总身边的老太太扫了我一眼，到底是留苏的，气势还像“苏联老大哥”那么冲：“什么叫水字？这是地书，懂吗？我们有个正经八百的地书协会，会员比在纸上写字的书法家协会的人还多！”

我赶紧改口：“失敬失敬，地面练地书，越练越地道。”

老先生也借机站直了身子，看我半天才笑着慢悠悠地说：“你是‘大笔杆子'（这是我在工厂时的外号）？"

我笑了。"您果然是梁老总，几十年没见却在这儿碰上了。"

"你一定是几十年没到公园来了？人们不是经常感叹世界真小吗？何况一个城市！"

"不错，一个留美的炼钢老博士，一个学机械的留苏专家，如今都成了地书协会的会员，好风雅，好情趣，越老越精神！"

梁总摆摆手。"行啦，别咬文嚼字，我知道你的本意是想说，水边写水字，越写越水，字水人也水……"

"不敢，不敢！"我也学着他的样子赶忙摆手。

老工程师依然像过去那么风趣，年近八旬还有这般风采，我想这跟他天天在水边练地书有关。于是我向他请教了制作地书笔的方法，打算回家也做它一管，以后也常来湖边凑凑热闹。

相依为命的和谐

你只要经常去公园，时间一长准能结识一些有味道的老夫妻。

老曹两口子的年纪比我大，他们每天只是拉着手在公园里慢走，走一圈之后就在长臂猿的铁笼子前做他们的“夫妻操”：男的先双手扒在栏杆上，弓起背让女的捶打，从肩到臀，细细地捶拍一阵，然后再把腿架到栏杆上，从上到下又捶个溜够。

与妻子比肩

我在旁边看着都舒服。

女的给男的捶完了，男的再给女的捶，程序一样。只要他们两个一捶打，笼子里的长臂猿就响应，追逐，吼叫。先是由一个猿挑头：呜哇儿呜哇儿……首领叫过几声之后，全笼子的大小猿就跟着一起呼应：呜哇儿呜哇儿呜哇儿……

一边叫着一边撒欢，抓得铁笼子呼呼山响。

我问老曹："这些长臂猿认识你？怎么你们一亲热它们就闹腾？"

老曹说："相处这么长时间了怎么可能不认识？它们是妒忌，是模仿，是给我们俩助兴。"

老曹是南方人，曾是一家出版社的编辑，"文革"中被下放到市郊的干校，老婆跟他离婚自己回南方了。每到秋天，干校会分点儿粮食或地瓜之类的东西，他没有家伙盛就装在自己的裤子里，把两端的裤脚系死，扛在肩膀上回城。他现在的老婆当时是跑郊县的汽车售票员，看他这个人很有意思，只要他一上车就给他张罗一个座位，车上人太挤的时候就把售票员自己的座位让给他。

其实老曹把粮食扛回家也没有人吃，渐渐地就开始把粮食往那个女售票员的家里扛了。售票员是天津姑娘，嘴茬子厉害，卖票的嘛，什么人都见过，什么嘎杂子、琉璃球都能应付，但他们结婚后过得很好，这就叫合适。

世上没有完美的人，却可以有完美的合适。家是女人的梦，女人是男人的梦，能将梦转化为现实的夫妻，才能长久。在现实中偶尔还能一梦的夫妻，就是快乐的神仙眷侣了。

另有一个老齐，曾是一家有四百名员工的企业主，连续两次决策失误，把企业整黄了。后又借了两万元开了个土产杂货店，不想开张没多久被一把大火烧光。老伴急火攻心脑出血，幸好抢救及时，保住了性命。

老齐每天早晨用车推着老伴在公园转一圈儿，哪儿风景好、哪儿有好看的就推着老伴往哪儿去。这一圈儿遛下来要两个多小时，然后回家，在路上顺便买了早点，服侍老伴吃完早饭，自己便扛着板凳上街去磨剪子抢菜刀。

1968年夫妻合影

他卖手艺有个习惯，客户身上有零钱就给，没带钱就下一次再说，下一次如果忘了也就作罢。老齐经历了大起大落，把什么都看淡了，越穷越简单，活得简单了负担就少，人反而更豁达。他们有儿子，提出要接他们过去，老齐不干，他说凭自己的手艺够吃够喝，老两口子这样挺自在。

只要有老伴在，他的房子就是家。有家，自己的心就有地方存放。心放好了，别的东西都丢了也不怕。他还给我念过一首唐寅的《叹世》：

富贵荣华莫强求，强求不出反成羞。
有伸脚处须伸脚，得缩头时且缩头。
地宅方圆人不在，儿孙长大我难留。
皇天老早安排定，不用忧煎不用愁。

这是唐伯虎受徐经（徐霞客的曾祖父）会试作弊案的牵累，在大牢里被关了一年多，后来虽侥幸保住了性命，却断了前程，只能回乡以卖字作画为生，饱尝世间冷暖，作此诗聊以自慰。不想老齐竟能倒背如流，可见他的内心承受力也很不错，在物欲横流的商品世界也算得上是位高人了。他高在不仅能上能下，能富能穷，而且穷得不失尊严。

人有钱活得体面很容易。没有钱了，就必须有大智慧，才能活得快乐而有尊严。

公园里许多看似很寻常的老夫妻，背后或许都有不寻常的故事。

我还注意到另一种现象，凡一起到公园晨练的夫妻，大都是和谐快乐的，经常闹别扭的或同床异梦、分床异梦的不会到公园里来。老话说，男人最重要的财富就是两样：好老婆和好身体。但不能由此而推断，凡不来公园的就不是和谐快乐的夫妻。只能说公园里的确能调节性情，对上了岁数的人更是如此。

能骑车就不老

骑自行车和驾驶汽车的感觉，应该是天差地别的。只有傻子才会问：汽车快，还是自行车快？可当年我从家里（位于天津市西头的黄河道西端）骑自行车到上班的工厂（位于天津市北郊的北仓），一个小时零一刻钟，轻轻松松。2009年我乘专派的汽车去老工厂，也是从跟黄河道交叉的红旗路出发，距离相差没几步，却走了一个半小时，你说哪个快？

在20世纪的60年代至70年代中期，物质极端匮乏，上班的时候听到谁说哪儿在卸菠菜，或哪儿来了咸带鱼，下班后便骑车直奔那些地方，比如东北角副食店、大沽路菜市场、南开掩骨会副食店……把当时全市最大的几家副食店都逛一遍，然后再回家。那时候骑着自行车反而觉得天津市很小，在全市兜一圈儿跟闹着玩儿似的。现在坐着汽车反而觉得城市大得邪乎，再兜那么一圈连想想都发怵。

汽车的本质有魔性，在夜静更深、路旷人稀的时候，它的优势才会显现出来。而自行车的本质是快乐，健康自然，自由自在，自得其乐。但眼下还能享受这种自行车快乐的人，多在六十岁以上和六岁以下。六岁以下的孩子刚开始学骑车，兴趣正浓。六十岁以上的人心态容易平和，对自行车往往怀有很深的感情，大半生许多美好的记忆都跟自行车有关。

1961年秋天，我在部队的顶头上司张中尉，要到天津相亲，提出如果我能陪他来就给我几天探亲假。这种能成人之美的好事乐事，我怎会拒绝？回到天津的当天，用我哥的车子练习了一晚上，第二天哥哥又给张中

2018年黄河壶口，金婚纪念

尉借了一辆车，我仗着身高腿长，晃晃悠悠地带着他顺利完成了相亲任务。其实在那个年代，我自己生活中的一些关键时刻，也都倚仗自行车。

两个孩子就都是我用自行车给颠下来的，也是用自行车驮回家的。为什么要这么说呢？老大出生前，妻子没有经验，当有感觉时似乎已经很紧急了，我用自行车驮着妻子由黄河道直奔市里的医院，已是晚上九点多钟，当时路灯昏暗，有些地段还没有路灯，我心急火燎地将车蹬得很快，好不容易赶到南开医院，医生照例，刚要做产前检查，却连忙大呼小叫起来："快进产房，孩子都快出来了！"

三天后妻子抱着儿子坐在后车架上，自行车优哉游哉地把已经变成三口的一家人载回家。生女儿时也是如法炮制。所以我一直钟情有大梁的二八型男车，一家四口赶上节假日集体出行，比如去公园、看电影等，自行车就是我们家的"专车"。儿子坐在前边的大梁上，妻子抱着女儿坐在后面，孩子们或一路高歌，或说说笑笑，也很开心。

以后写作成个事了，约稿的很多，把全部业余时间都搭上还不够，可每天却要在上下班的路上浪费两个多小时……不知不觉就养成一个习惯，一骑上自行车，两只脚一转，我的脑子就跟着转，想昨天晚上写的稿子，或构思新作品，且常有好点子和好句子冒出来。我创作呈"喷发"期的那个阶段，有许多作品都是在自行车上构思出来的。这个“骑车构思”的习惯，一直延续到现在。

1989年夏天，所有的文学杂志都停刊了，创作也处于停顿状态。有一天我骑着自行车瞎转悠，看到海河里有游泳的，便穿着裤子跳了下去。游了一个多小时上来，无比痛快，像从里到外都被清洗了一样，清清爽爽。从那天起我就天天骑着车去游泳，天冷以后随着泳友进了室内游泳馆，一游就是二十多年，一直“痛快”到今天。应该说我有今天的精神和健康，也拜自行车和那一池子水所赐。

我的标杆是跟我一起“下水”的老泳友林开明，他今年已经八十六岁了，每天早晨还骑着自行车去游泳。他之所以一直坚持骑车和游泳，也相信是得益于骑车和游泳。2009年的冬天雪比较多，雪后的早晨我骑车去游泳馆被摔了两回，于是进馆后请教老林：“您摔跤了没有？”他说没有。我竖起大拇指：“还是您厉害！”

我告诉他我每次雪后骑车总要挨摔，主要是偷懒，看到危险的路段也不想下车。

他说：“雪后摔跤是年轻的表现，我前些年雪后骑车也摔跤，摔了没关系，爬起来再骑，不怕摔说明还经得住摔，摔得起。现在可不敢摔了，一看到前面路不好，就乖乖地下来推着走。雪地推车也是一种本事，是很好的锻炼。”

真是妙论。我也对他说：“能骑车就不老，您雪后还能来游泳，还能在雪地推车，就更是老当益壮的表现！”

自行车，才是中国人人都能坐得起的“专车”。

警察的幽默

20世纪六七十年代，城市里每个大一点儿的十字路口都设有岗楼，警察在外面站累了可以坐到岗楼里面靠高音喇叭指挥交通。当时我的工厂在北郊区，进城出城要经过金刚桥，桥的南端就是一个繁华的十字路口。那时，半个天津市的人差不多都知道金刚桥的警察有意思，我每次路过金刚桥，只要见到有热闹，一定停车看上一会儿。

有一回，一个农民骑着一辆被称作“铁驴”的自行车进城，这种车是用水管子焊成，简单而笨重，没有挡泥板和前后闸，过了金刚桥下大坡的时候，那农民便伸出一只脚去踹前轱辘，完全靠鞋底子和车胎的摩擦减缓车速。不想他用力过猛，把鞋掌给蹭了下来。大喇叭里立刻传出警察的喊声：“哎，骑铁驴的那个，回来！”

老乡叽里咕噜地从铁驴上跳下来，艰难地将后架上驮着重物的铁驴推到路边，紧张地回头看岗楼，不知自己犯了什么过错。警察从岗楼里探出身子，用手指指路口中间的那块胶皮鞋掌：“把你的闸皮捡起来！”

“咔”的一声，路边看热闹的人发出一阵哄笑。那个年代大家神经紧张，生活枯燥，几乎没有什么娱乐，偏偏又有的是时间，于是就经常站在路边看戏。警察就是马路上的导演，大街上有戏没戏就全看警察了。警察不苟言笑、严谨整肃不足为奇，能有幽默感就难能可贵了。所以“金刚桥的警察”名气很大，人缘也格外好。

有一次我还赶上了这样一个精彩的场面：一个花枝招展的女郎骑着

一辆漂亮坤车，利用过桥下坡的冲力闯红灯，“金刚桥的老警察”在下面巡逻，岗楼里坐着一个年轻的新警察，他一着急说了一句天津话：“这货！”

在天津，称一个人是“这货”，就是说她不是好货，是骚货。这两个字通过扩音器传出来，那女郎在路口中间拐了大弯便冲到了岗楼底下，尖着嗓子吼道：“你给我下来！你说，什么叫‘这货’？在家里跟你姑、你妈也是这么说话吗？”

好家伙，在那个年头，敢穿得如此花里胡哨的在大街上招摇，闯了红灯还敢这么横，不是造反的头头也跟造反的头头有点儿关系。那个年轻的警察果然被镇住了，一时不知该如何应答。看热闹的人呼啦都围上来，越聚越多，跟着一块起哄：“对，问问他什么叫‘这货’！”

那女郎的气势也随之更张扬了，一定要逼着年轻的警察解释清楚什么叫“这货”！

“金刚桥的老警察”这时候不紧不慢地走过来，对那女郎说：“你问什么叫‘这祸’，是吗？让我来告诉你，自行车相撞，没有碰坏人，叫‘小祸’；机动车相撞，人死车毁，叫‘大祸’；你擅闯红灯，是险肇事故，就叫‘这祸’！懂了吗？”

周围看热闹的人立即转变立场，又跟着哄那个女的：“对，她就是‘这祸’！”

女郎被问得傻眼了，一时竟不知如何回嘴……老警察要过她的自行车钥匙，让她回单位开证明，并写出检查后再来取车。

警察成天在大街上待着，什么样的人都会碰上，就得能应付各色各样的人，还要学会自己不生气。想不到二十多年后我也遭遇了一次警察的幽默。有天清晨游泳回来，在一个天天经过的街口，新竖起了一块不许左拐的牌子，我没有在意就拐了过去，随即被警察拦住。他没有批评，也没有罚款，而是拿出一面脏兮兮的小白旗让我举着，等到再有拐错了弯的人，我把白旗交给他，自己才能走。

我问他：“如果今天没有再拐错的人了，你难道让我在这儿打一天小白旗？”

他说："多受点儿教育有好处。"

我觉得对违反了交通规则的人该罚的就罚，该批评的就批评，让人在马路上举白旗近乎是一种精神污辱。便试着对警察也幽默一下："你这个白旗太脏了，像油条铺的幌子，能不能罚我带回去把它洗干净，明天早晨再给你送到这儿来。"

警察脸一变呵斥道："严肃点儿，这么大岁数了，别嘻嘻哈哈的！"就在这时候，有个倒霉蛋风驰电掣地朝着我们拐过来，警察伸手拦住了他，我则笑嘻嘻地将小白旗递了过去："老弟，有劳了。"

战友情论

在人类各式各样的感情中，战友情是很特殊的——我所说的战友情是指真正在部队里结下的友情，不是泛指一切“共同战斗过的人”的那种感情。“文革”中，如同将阶级敌人扩大化一样，将战友的含义也扩大化了，除去敌人，剩下的都是“战友”。人们也确实处处、时时、事事在与天斗、与地斗、与人斗，全民皆兵嘛！那时候连江青都穿上了绿军装，无论走到哪里第一句话总是：“无产阶级革命派的战友们……”

因当过海军，每看到能游泳的水面就会跳下去

就是在那个时候，有一天在大街碰上到了部队来天津办事的战友，因我的日子正不好过，相互只把万千感慨用到眼睛上，行了个注目礼。未能握手便又分手了，心里却格外亲、格外热，真想把他拉到家里倒上酒好好喝一顿，说它一天一夜的话儿。此后许多年都为那次没有请战友到家里吃顿饭而懊悔。这几年战友间有了联系，每年聚会一次，每聚会一次我都要兴奋几天。我看大家也是如此，其快乐程度胜过任何一个节日。

这让我不能不思索：战友情到底是怎么一回事？为什么让人这么留恋、这么珍惜？

战友之情是在生命的黄金时期、生活的浪漫时期、社会的特殊需要时期结下的。有生死之交，有血浓于水。不是爱情却有爱情的真，不是亲情有胜似亲情的热，有男人的刚，也有女人的柔。有豪情、有烈性、有无数难忘的故事和美好的记忆。

我是20世纪60年代第一个春天当上了海军制图员。赶上了我国界定自己的领海，美国军舰不停地侵犯我国领海，我们不停地发出警告，一次又一次打下敌人无人驾驶高空侦察机；赶上了北部湾战争，这都跟我的业务有关，经常要连续很多天不能离开绘图室；还赶上了著名的“度荒”，我人高饭量大，有个战友每顿饭都要省出一个馒头让给我吃。夏天我们支农，看见能吃的马荠菜就采下来，没带装菜的家伙，就脱下水兵裤，塞满了放在肩头扛回营房，像装备了新式救生设备。

战友聚会之所以迷人，就因为它像一条倒流的时光隧道，让我们重回当年，重温青春时期的种种梦想和碰碎梦想的命运……平的变奇，淡的变浓，甚至连受到的挫折和打击也变成一种有味道的东西。

一个人当几年兵，就足够受用一生，感悟一生，回味一生。打上兵的印记，就永远是兵，刚当兵是新兵，三年后是老兵，退役后是大兵——无论城市和农村，任何一个单位，人们对新来的复员转业军人统称大兵。不管他以前是工程师、学生、工人、农民，军装把他以前的色彩都遮盖了。

五年的制图员生活培养了我终生对海、对图的亲情。海图上有我，我心里有海，眼里有图。生命中怀有和享受过战友情是幸运的。否则，我会以为人生不够完美。

有人说战争是艺术永恒的主题之一，表现战争中最动人的部分是歌颂战友之情。想想反映第二次世界大战的文艺作品，哪一部里没有战友情？甚至在古代被中国人奉为友情典范的，是刘备、关羽、张飞的桃园三结义。其实就因为他们是战友，在漫长的战乱年代中，生死相依，祸福与共，所以友情才那么亲密，那么牢固。

在好莱坞的反战片、动作片和警匪片里，也要有战友情的支撑。有一个套子是：某老兵退役后或某杀手金盆洗手后，过着安定幸福的生活，忽然有人来报信，他的战友被杀或被困，于是立刻重披战袍，冒九死一生、家破人亡的危险，去救战友，演绎出无数惊天动地、感人肺腑的故事。就连傻乎乎的阿甘，在战火中不也舍生忘死地抢救他的战友吗？

没有战友情，就无法支撑一场战争。

战友情在任何一个国家的政权和军队中都起着重要作用，谁是西点军校几期的，谁是黄埔几期的，谁是哪个兵团的，谁是哪个军的，只要知道谁跟谁是战友，别的就不用说了！

当然，古今中外战友反目为仇乃至相互残杀的也很多，就像爱情有结合有离异，友情也有忠诚有背叛，但人们还是不能没有爱情和友情。

但，生活中当过兵的人终究是少数。有幸能成为这少数中的一员，终生享受战友之情，不能不说是命运的厚赐。而且战友情像酒，时间越长，越是离开了部队，越醇、越香、越珍贵。

于是，在战友们聚会之后，乘兴写下此文，权作纪念。

中卷　人生思考

凡是有生命的东西，和时间较量的结果最后都要失败的。有的败得辉煌，有的败得悲壮，有的败得美丽，有的败得合理，有的败得凄惨，有的败得龌龊。

时间无尽无休，生命前赴后继。

无数优秀的生命占据了不同的时间，使时间有了价值，这便是人类的历史。

时间是无偿赠送给生命的。获得了生命也就获得了时间，而且时间并不代表生命的价值。所以世间大多数生命并不采取和时间“竞争”“赛跑”的态度，而是根据生存的需要，有张有弛，有紧有松。

直觉就是女人的才华

“幸福的家庭是相同的，不幸的家庭各有各的不幸”——这是流传极广的托翁名言，却未必适用于同质时代。于今许多家庭的痛苦是大同小异的，诸如孩子教育、养老就医、亲情冷漠、人际关系紧张……而幸福的家庭一定各有各的特点，并不雷同。

我的朋友圈里有个很特别的家庭，观察他们多年，给过我很多启发。丈夫成功地经营着一家私营企业，朴茂厚重，话不多却是属于那种压得住碴儿、降得住事儿的人。而持家的灵魂人物是他的妻子，智慧过人，思维敏锐，快言快语又精辟传神。她从不看电视，一天就可以读一两本大部头的书，且记忆力奇好，青少年时背诵下来的数百首古诗词，至今还能张口就来。这一对真是“绝配”，天造地设，相得益彰。

当初他们相识就颇有戏剧性，大学毕业后她乘火车回家，见对面一小伙子对他奶奶照顾得特别好，中途小伙子把老奶奶送下车后自己又回来了，她很好奇地问他，怎么没有跟你奶奶一块下车？小伙子说她不是我奶奶，是上车后认识的。她心动了，这个人对不相识的老人都这么好，将来跟他结了婚，一定对我错不了。

后来那个小伙子就真的成了她的丈夫。

刚结婚的时候她是单位的业务尖子，收入比丈夫高，却全部交给丈夫，丈夫让她管，她就往抽屉里一丢。她们家所有的抽屉都没有锁，谁用谁拿，出哪门进哪门，经常对不上号，丈夫心细不得不把钱都管起来。有女同事提醒她，把钱都交给男的很危险。她却说夫妻如果连这点儿信任都没有，在一起还有什么兴味？他如果拿我们过日子的钱去破坏我们的生活，这样的男人不要也罢。

才女不当家如何“相夫教子”？后来丈夫工作担子越来越重，常常顾不上管家，当他们有了孩子后她自然而然地就把家管起来了。当时丈夫的前程正风生水起，做到一个著名大公司的“常务副总”，可谓“一人之下万人之上”。她却莫名其妙地有了一种不安全感，突然就拿出工资卡还给丈夫：“我有工资，够我自己花销和养儿子的，我不需要钱。你若犯错误不是为我们母子，所以我不承担后果。你如果被抓进去，不要指望我等你，给你往牢里送饭！”

自娶了这位才女，丈夫对她的智慧绝对信服，一旦她动了真格的，说话也是“稳准狠”，他想要保全这个让自己心满意足的家，就只有听她的。于是他们搬出了公司老总们居住的小区，在别处另租了一套房子安顿下来。后来公司果然出事了，九个“高管”除去她丈夫，其余的八个都陆

2001年秋天，和著名作家莫言（左二）、舒婷（左一）、孙德金（右一）参加四川江油的李白文化节

续被抓进去了。

“妻贤夫祸少”，特别是在贪腐成风的现代社会环境中，女人的才华还要体现在能体面而别致地看管好丈夫的灵魂。

现在作为私企老板的丈夫有不少令他头痛又不能不去开的会，他经营是高新技术产业，还常会有科技报告、学术交流等等，所有这些自己不想去的活动一律委派妻子代他前往。她是学园林的，工作时间相对灵活，但凡丈夫有令一定照办，而智慧过剩的人只要认真，无论多么枯燥乃至业务性多强的会，都能听得明白、记得牢靠，觉得丈夫必须知道的东西就记录格外详细，回来简明扼要地向老板汇报。一经她的嘴再说出来，无论多枯燥的东西都变得准确生动，丈夫也能听得进、记得住。

竞争社会，才华是人生最可靠的资源，而女人的才华除去通常人们以为的出类拔萃的创造力，还体现在一种超乎寻常的直觉或预感上，她总是很有主张，并且自信。

“相夫”如此，“教子”也有自己独特的路数，绝不碎嘴子，平时基本不唠叨儿子，但管一次就管得儿子心服口服，成长一块。她对儿子说，你在我肚子里待了十个月，这是无法改变的事实，到我对你有要求时你不能拒绝。她几乎没有批评过儿子，还对儿子的班主任说，你不要批评他，非要批评先告诉我，说不定是我惯出的毛病。

有时丈夫叫她管管儿子，她说我不管，我管那么多他就不跟我好了，再说要留点儿缺点将来让他媳妇管。就像你身上的那些毛病，还不是你妈给我留下的作业。我若把儿子管得很好，将来岂不是便宜了另一个夺走我儿子的女人？

她虽然并不是每天都督促儿子看书、写作业，但一直陪着儿子读书，而且读得更多，读得更晚，也更累，却非常快乐。儿子从小就从她身上感到读书是世上最美妙的事情。

她不想把儿子限制在自己的知识范围内，他将来会活在另一个时代，这样的孩子将来会更善于安排自己的生活。在别人看来她不怎么管儿子，儿子却很优秀，考上了全市最好的中学。开学没几天她接到了儿子老师的电话，老师一上来就在电话中数落她儿子的毛病，滔滔不绝地一直说了将近十分钟，她用同样不客气的语调打断了老师的话：“对不起，请您住嘴！您才接触我儿子几天，肯定没有我这个当母亲的更了解这个孩子，我儿子绝对没有您说的这么坏！您能用相同的时间说说他的优点吗？”

老师没想到家长竟敢顶撞她、质问她，一时竟哑口，无言以对。她接着说，“如果他只有缺点没有优点，怎么可能考上你们的学校？你们是少年犯管教所吗？”老师被问得的火气更大了，大声冲着电话说：“你当家长的这么护短，你的孩子我们就没法管了，出了问题我们不负责。”她仍不退却：“如果你只盯着学生的缺点，甚至夸大缺点，无中生有，我的儿子不要你管，有任何问题我自己负责。”

晚上儿子放学回来，她将跟老师的对话如实告诉了儿子，然后问道：“从今天起，在班主任老师眼里你很可能被打入了另册，不仅不管你，还会老盯着抓你的缺点，你怕不怕？”她的儿子自然不会说怕。她鼓励说：“妈妈相信你，其实这个老师可能在用激将法，对你来说有个凶恶的老师不是坏事，自古严师出高徒。你一定要自律自强，证明自己不是她说的那种学生，而是妈妈信任的孩子。”

以后，从别的学生家长那里知道，班主任老师给许多家长都打了那样一个大同小异的“杀威棒”式的电话，但不到一年那位老师就调走了。她的儿子也一路“学霸”到底，如今在美国读博士，去年假期回来十几天，每天开车接送他们两口子上下班，在家为他们买菜做饭……

邻居们都很羡慕，看她轻轻松松真不明白是怎么把儿子调教得这么优秀？似乎什么好事都叫她的家赶上了！

这恐怕不是碰巧“赶上”的事，对一个女人来说，有一个理想的丈夫，自己也就成了理想的妻子；有一个出色的孩子，自己就是出色的母亲。一个好的家庭，一定有自己独特的面貌。她的全部诀窍就是保持真实，对自己真实，对外真实，在同质社会便显得特立独行。这种差异，恰恰就成了她的优势。

“混”出来的奇迹

春节期间，我靠一本书挡住过年的诸般喧闹，获得了一种温暖而睿智的阅读感受。这是一个真实的故事，严肃而诚挚，却有一个嬉皮士式的书名：《跟着康培混世界》。美国一对杰出的华裔夫妇生了两个儿子：“一个是天才，一个是奇迹。”现代商品社会对各种各样的天才并不陌生，无须多言。单说“奇迹”，其名康培，一生下来便“没有肺大动脉，没有右肺……是最严重的法洛四联症”。医生说，这种病人在医学史上最多只能活到两岁！

“天无绝人之路”般地遇到了一位“护命天使”，这位来自上海的沈太太接过在襁褓中就被判“死刑”的康培，每一分钟都紧紧抱着他，不让任何一个人说出对孩子不祥的话，其口头禅是：“康培将来一定有出息！”就是由她最先宣布了“奇迹”的诞生。她就是抱着这个信念，把能想到的天下的好东西都做给康培吃，一盎司一盎司地陪着孩子长大长高，“让他领略只有母爱才能够企及的宽厚、温暖、细腻！”开悟了康培的灵性。几年后，沈太太交给康家一个差不多属于正常的孩子，突破了医学史的诅咒，“奇迹”初露端倪。

他活到十二岁时脊椎做了大手术，差不多又维持了十来年基本正常的状态。不知是一种诅咒，还是纯属巧合，美国“9·11”事件后（康家就在纽约世贸中心附近），康培每况愈下，“毛发一天比一天干燥，头皮形成块，一碰连着头发掉落，皮肤瘙痒，指甲发蓝，吞咽困难，四肢无力，差不多就是一具僵尸，他自己也一心想死。”此时年轻的浙江女子张静丽不请自到，为了答谢康培的父亲康海山曾经对自己的帮助，并劝老康带着小康离开纽约住到乡村去。她将全身脱屑的康培整夜整夜搂在怀里，一遍遍给他讲即兴编创的中国版《一千零一夜》，用从家乡学到的厨艺，做成让“僵尸”吃不够的佳肴美味，集“看护、姐姐、母亲、厨娘、卫士、女友等多重身份于一身，且做到极致，其女性的美，由内而外，闪闪发光”。康家人都亲昵地称她“丽丽”，承认是她“给了康培第八条生命”。

书中用直笔对康培乃至他全家的生活都有全景的纵深的展示，每个人都被写得真实可信，气韵生动。不回避命运的成全与局限，以及性格中的明与暗，尽可能深刻地展现他们心性的丰富，甚至真实到每个人的灵魂。尤其以浓墨重彩、赤诚火辣地突显了康培生命中匪夷所思的“奇缘”。这两位“护命天使”有两个共同点，一是抱，二是吃。抱是救心神，天下弱者、病者都离不开抱；吃是养身体，看来俗谚说的“女人靠睡，男人靠

2019年早晨与孙子嬉戏

吃”不无道理。康培列出自己生命中最重要的三个女人：母亲、沈太太、丽丽。

如今他已经三十八岁，尽管“手只有十几岁少年般大小，双腿细而弯，难以支撑身体”，却已经出版了九本科幻小说。去年9月，康培“咯血，喉咙里还咯出块东西”。这对像他这样的病人是最可怕的信号，他自己感觉到“生命之秋真的到了”。将已经具备美国法律效力的遗嘱悬于墙上：“请不要抢救我！”连自己的《奠仪纪念册》都已准备好，他相信有来世，并跟父亲商量好，死后将骨灰埋在乡间别墅四周的森林里……很显然，这不是个寻常意义上被死神追逐的人。于是，他的父亲康海山想请人给他写本书，让儿子“能够看到生命最后的灿烂”。通过朋友介绍找到了大陆作家杨道立。理由简单而虔诚，从网上看到杨道立的照片像菩萨，她是那种到哪里都能“留下满屋芬芳的女人”。

康培本人就是作家，别人写出怎样的文字才能让这个奇特的生命发出“最后的灿烂”？哪个作家该有怎样的勇气才敢承担这样的任务？然而杨道立经过考虑畅快地接受了这个挑战，或许是为冲淡康培命运中沉郁的基调，才取了这么一个书名，却又怎一个“混”字了得？看似拉拉杂杂、家长里短，却时有惊人意象如珍珠般跳出来，通篇灵气漫溢、泼洒妙思隽语，下笔却如走钢丝，分寸拿捏得老道而精准。因为稍有不慎，轻者会伤害“奇迹”及呵护“奇迹”的人，重者会将一桩佳事变成错误，乃至灾难。因为主人公康培还患有四种心脏病，“绝对不能激动”！不激动又如何“倾诉他澎湃的心”？人人都在故事中，已经进入自己的角色又如何能不动情？作者用妙笔，自始至终地牵着“奇迹”中的灵魂人物康海山。他对儿子的爱，“深沉而提着小心”，却已悲欢不惊，感应日月，几十年下来身上反而有了一种无论成败都扭曲不了的单纯和厚实的亲和力，大山崩于前也能“平静接受”，通过一系列细节从容写出了他的深度和境界，智趣盎然。

如果说对上述人物的描绘表达了世间一种美好情感对康培灵魂的熔铸，那么书中用冷峻、客观的辣笔，通过“外婆”传导出另一类情感：“怨恨”——却是对康培灵魂的淬火。外婆出身名门，民国时期曾就读于清华大学，婚姻的失败或天性抑郁，经年累月沉淀为解不开的仇恨和愤懑，其负面情绪笼罩着家里的全部空间，甚至在夜间也会发出惊人的斥骂，折磨着家人又置自己于万劫不复。“像婆婆那样！”——成为康家人的一个诅咒。康培说“感谢婆婆，是她让我坚定地采用现在的方式生活，不用自己的不快乐去伤害别人，不依赖所谓现代医疗苟延残喘”，“对生命最大的尊重，就是要开心地活，舒服地死”。

不回避生活的严酷，“奇迹”才是坚实的，可信的。或是天赋使然，或是缘分奇佳，康培随之结交了一些根基深厚的智者。至此，成就“康培奇迹”最重要的两大要素都具备了：身体上的保健和精神上的提升。书中犹如神来之笔写到康培的精神渐渐强大起来，有了一种特殊的“尊严与力量”，开始在意朋友，不只是接受帮助，也会不顾一切去帮助别人，甚至让人觉得很难找到如他这般忠诚的朋友。比如明明是丽丽帮了康家大忙，她自己却说是他们“改变了我一辈子！”康家父子才是自己的“贵人！”康培的身体尽管“时时刻刻都在疼痛之中”，整个人却变得独立、饱满，常常开怀大笑，充满想象，乐于助人，还成为一些求助者的“精神导师”，为那些素昧平生的人提供人生的建议。“他觉得重要的事情，自我标准很高，道德标准很高。他从来不需要别人见证，自己有评价，要自己对自己满意。”

一位佛界中人甚至称康培“是个老灵魂”。这是此书最精彩的地方。对“康培奇迹”的形成及剖析令人心折，没有落入残障人励志成材的套路。读到最后，我忽然有些理解作者为什么会选择这样一个书名，里里外外围绕着康培的一群人，最初是为了照看他，后来变成在精神上以他为中心，感受着他在精神气质上处于高端所发散的感染力，吸收从他心里流淌出的纯净。与他相比，其他人确是在“混世界”。

龙隐洞记

世人尽知，“桂林山水甲天下”。到了桂林才知道，山水已经被游人覆盖，人跟人，人挤人，满眼是人。旅游似乎就是凑热闹，随大流，赶景点，看大家都去的地方，人家去的你也去了就不遗憾。我的职业习惯是害怕扎大堆，在桂林也尽量躲开人流的高峰，看一些没有太多人去的地方。

这样游了两天之后，忽然为那些到桂林来只踩热点的绝大多数游客深深地感到惋惜，甚至是悲哀。于是就提出一个问题：桂林最值得看的景点——就是不看它等于没有到桂林来的地方是哪儿？并请当地朋友随意向游客征集答案。

临离开桂林前，反馈回来的结论是一致的：漓江。

这在我的意料之中。我也不会忘记游漓江的情景，买票要排队，上船要排队，游船出发要排队，到了江上还要排着队行进……阵势颇为壮观，有点儿像海军的舰艇编队。这不足为奇，人们从世界各地涌向桂林，就是奔着漓江来的，乘船游一下漓江就把桂林山水的精华都看了，回去对发问的人也有了个交代。

漓江确实美不胜收。但，光游漓江和几个大溶洞，只能算看了桂林的表面，没有见到桂林的内里，只知“山水甲天下”，不晓“周南太史书”——这是南宋才子陈谠对桂林龙隐洞的赞誉。他认为龙隐洞可与《诗经》《史记》比肩，读洞中石刻仿佛能感受到太史公犀利的笔锋！龙隐洞才是桂林山水的灵魂，或者说是整个广西文化的灵魂。

可是，我在龙隐洞里看了大半天，只碰到两三拨游客，稀稀落落，来去匆匆。对比那些人山人海的景点，委实是显得过于冷清了。

龙隐洞坐落于七星山瑶光峰脚边，洞分两部分。上部叫龙隐岩，其实也是洞，状如螺蛳，洞顶呈穹隆形，四季滴乳不绝，若琴声淙淙。宋人谭掞说得最贴切："天下洞穴类多幽阴，或远水清韵不足。龙隐岩高而明，虚而有容，复临深溪……"

2017年夏，在珠海

龙隐岩的下部才称"龙隐洞"，又是另一番景象。一端吞日吸风，一端插入小东江，舒展通透，碧水悠悠，且洞内永远都是清风徐徐。洞顶有一石槽，槽内岩石若龙鳞排列，细细密密，层层叠叠，让人一望而能想到"雷嗔斧山开，龙怒裂而出"之势，及其腾飞后留下的痕迹。但，更重要的还不是洞本身的奇特，而是洞里的内容——二百多件石刻。

几乎可以说是一部中国古代"贬谪史"，它记录了宋、明、元、清四个朝代，共八九百年的政治斗争和军事征战的重要事件，以及农耕状况和宗教传说……这是独一无二的，在中国再找不到第二座山或第二个洞具有这样的内涵。

现在被誉为"山水甲天下"的桂林，过去曾是令人畏惧的"瘴乡"。《桂海碑林》一书引用古文献记载，称广西"天气炎热，地气卑湿，结为瘴疠，瘴气弥盛……其瘴，春曰青草，夏曰黄梅，秋曰新禾，冬曰黄茅。

又有曰桂花、菊花者，四时不绝，而春冬尤甚。”唐人谚云：“青草黄茅瘴，不死成和尚！”

因此，广西成了遭贬谪的官员流放之地。这些来自开放的京城或中原地区的人，常会碰上“蒸郁为疠”的岚烟氛雾而致病，能侥幸不死的也会脱层皮，毛发掉光。于是广西就被士大夫们指斥为杀人如麻的“大法场”，谈起来无不色变。

越是如此，历代朝廷就越要把政治斗争的失败者贬到这里来，他们把京城的文化风物也一并带来，无意中造成了广西的开放。久而久之，反让人们逐渐认识了桂林的真实面貌，这个令人毛骨悚然的“瘴乡”，却原来还有风光旖旎的一面。

与谢灵运齐名于江南的颜延之，性情孤直，恃才傲物，不免屡犯权要，到南朝宋少帝景平二年便被黜于始安（今桂林）任郡太守。闲暇常在独秀峰下的岩洞内读书，并留下了最早歌颂桂林的诗句：“未若独秀者，峨峨郛邑间。”

北宋书画大家米芾的朋友李彦弼被朝廷贬至桂林，并永不起用，故心生怨气。米芾赠诗劝慰：“骖鸾碧玉林，琢句白琼瑶，人间埃壒尽，青罗数分毫。程老列仙长，磊落粹露膘。玉沥发大和，得君同逍遥。刻岩栖乌鸦，陟巘透紫霄。南风勿赋鹏，即是登云轺。”桂林第一次被描写成了仙境。

安徽人朱希颜，在任广西经略使兼转运使期间，干脆就直截批驳了“瘴乡”之说：“人言五岭地皆热，谁折一枝寒欲冰；浪道湘南是瘴乡，玉壶银阙四时凉……”“湘南”即今日的桂林。就这样，广西，当然也包括桂林，渐渐地摘掉了“瘴乡”的帽子。也正因为此，才有了桂林今日的观光旅游之盛。

这个过程全部记录在龙隐洞里。

最为惊世骇俗的当数洞里的《龙图梅公瘴说》碑。“梅公”即梅挚，北宋著名的政治家，官至右谏议大夫，他在任广西平乐县知府期间，有感于当时的官场腐败，写了《五瘴说》一文：

仕有五瘴。急征暴敛，剥下奉上，此租赋之瘴也；深文以逞，良恶不白，此刑狱之瘴也；昏晨醉宴，弛废王事，此饮食之瘴也；侵牟民利，以实私储，此货财之瘴也；盛拣姬妾，以娱声色，此帏薄之瘴也；有一于此，民怨神怒，安者必病，病者必殒。虽在毂下，亦不可免，何但远方而已。仕者或不自知，乃归咎于土瘴，不亦谬乎？

明明是贪官污吏们在制造瘴气，是“人自为瘴”，反诬赖是大自然在“瘴人”！梅挚所列举的宋代官员的腐败行径，竟可以和今天社会上的某些现象对上号，原来腐败也可遗传。

我忽有所悟，是不是因为有了这块惊世之碑，有些官员不敢或不愿到龙隐洞来？于是也影响了对它的宣传，致使许多游客不知有此一洞，更不了解它的价值，才造成这般冷清。既想到了这儿，就按捺不住地要请教讲解者：“古代的官员，不论遭贬的还是提升的，到广西来必看龙隐洞。现在的领导干部们到这儿来的多吗？比如成克杰者流？”

年轻的讲解员诧异地打量着我，缓缓说道：“谈不上多，但也确有来的，他们只是默默地看，默默地听讲解，一般不置一词。像您这样禁不住对洞大加赞赏的，几乎可以猜得到不是领导干部，身上肯定也没有沾染五瘴之毒。”

我哈哈大笑，继而向她深深一躬，感谢她话中的美意。这位讲解员的眼睛很厉害，不是指她对我的恭维，而是指她对来看龙隐洞的人的观察。

我庆幸没有像许多到桂林来的游客那样漏掉了龙隐洞。和这个洞相比，别的地方即使都不去也不虚此行。

百年佳话

一个晴朗的早晨，阳光透窗。九十八岁的国学大家文怀沙先生，其声其韵也像阳光一样舒展而健朗，通过电话正向我讲述一个沉重的话题：时间无头无尾，空间无边无际。人的一生所占据的时空极其有限，我们不知道的领域却是无限，对“无限”我们理应“敬畏”。生，来自偶然；死，却是必然。偶然有限，必然无限……

把他的句子竖排，就是一首诗。

我听着听着，心里泛起一股温暖，对这个生死的话题不再感到沉重，只觉得优美、深邃。这是一段当世的佳话，百年的传奇。文公口吐莲花，滔滔而出的也确是一首长诗，是写给他九十一岁高龄的“少年老友、老年小友”的林北丽先生。

林先生重病在床，自知来日无多。但病痛折磨，生不如死，便向文公索要悼诗，以求解除病痛，安然西去。八十多年前，作为小姑娘的林北丽，曾在西湖边不慎落水，少年文怀沙冒死救她出水，那是“救生”，救她不死。今日却要“救死”，救度她轻盈驾鹤，死而无痛。

知生知死，死生大矣。刘禹锡说“救生最大”。今日文怀沙公，救死亦不凡！

能否救得，还需把话题拉开，交代一下他们的生死之缘。

1907年，国贼猖獗，局势险恶，“鉴湖女侠”秋瑾托付盟姐徐自华：倘有不测，希望能埋骨西泠。不想一语成谶，女侠就义后，徐自华多经周

黄河变白

折，才按烈士遗愿将墓造好。并在苏、白两堤间，傍秋墓为秋侠建祠，取名“秋社”。1919年，年方九岁的文怀沙，随母亲来到杭州，拜母亲的好友徐自华为师，在“秋社”里学习经史子集、吟诗作赋。

不久，徐自华的小妹徐蕴华，带着女儿林隐由崇德老家来杭州，也住进“秋社”。用柳亚子的话说是“天上降下个林妹妹”。林隐十岁便有诗：“溪冻冰凝水不流，又携琴剑赴杭州。慈亲多病侬年幼，风雪漫天懒上舟。”

文怀沙称其是由诗人父母“嘎嘎独造的小才女……”

由此，文、林两人开始结缘。后来日本侵华，徐自华去世，大家为躲避战乱，各自西东，一时间文怀沙便跟“秋社”的小伙伴以及诸多亲友都失去了联系。直到1943年，正在四川教书的文怀沙，从南社领袖、国民党元老柳亚子写给他的信中得知，曾轰轰烈烈嫁给林庚白、并用自己柔美的右臂为丈夫挡过子弹的林北丽，竟是他儿时的小伙伴林隐……

这就又引出一个不能不提的人物——林庚白。其字“众难”，自号

"摩登和尚"。依此也可窥视其不同一般的风流才情。高阳曾这样描述他："宽额尖下巴，鼻子很高，皮肤白皙，很有点儿欧洲人的味道。"辛亥革命后林庚白被推举为众议院议员，帮助孙中山召开"非常国会"，领导护法。后因军阀破坏，孙中山愤而辞职，林也随之引退，重操老本行——研究欧美文学和中国古诗词。他本就擅长写诗填词，曾放狂言："十年前，郑孝胥今人第一，余居第二。若近数年，则尚论今古之诗，当推余第一，杜甫第二，孝胥不足道矣！"

最为人津津乐道的是他精于命相学，曾出版相学专著《人鉴》。当时许多名流要人都请他算命，轶闻很多。如徐志摩乘机遇难、汪精卫一过六十岁便难逃大厄等等，如同神算。当时上流圈里流传一句话："党国要员的命，都握在林庚白、汪公纪（另一位算命大师）二人手中！"

他自然也要反复推算自己的命造，且不隐瞒，公开对友人说他的命中一吉一凶：吉者是必能娶得一位才貌双全的年轻妻子。此后不久，果与年龄小他二十岁的林北丽因诗结缘，成为一对烽火鸳鸯。娇妻系同乡老友林寒碧的女儿，两人气质相投、词曲唱和，取室名"丽白楼"。可以想见，他们的闺中之乐甚于画眉。而他命里的一凶，则是活不过五十岁。因此重庆的几次大轰炸，都让他十分紧张。1941年初秋，他发现了一线生机，到南方或可逃过劫数。于是携妻南避香港。不想日军偷袭珍珠港，战火烧到香港。同年12月19日傍晚，日寇的子弹穿过林北丽的右臂，射中林庚白的心脏，年仅四十五岁的诗人竟真的倒下了。

丈夫下葬时林北丽写了一首祭诗："一束鲜花供冷泉，吊君转羡得安眠。中原北去征人远，何日重来扫墓田。"

此后她辗转又回到重庆。文怀沙知道了这些情况，便立刻赶去重庆看望她，两人相聚一个月，分别时文怀沙留诗一首："离绪满怀诗满楼，巴中夜夜计归舟。群星疑是伊人泪，散作江南点点愁。"

新中国成立后林北丽出任中国科学院上海分院图书馆馆长，编纂校订了与丈夫的合著《丽白楼遗集》二十三卷。1997年，文怀沙从北京南下上海，为林氏一门三诗人的合集《林寒碧、徐蕴华、林北丽诗文集》作序。文、林两位白发堆雪的老人再次聚首，细述沧桑。

事隔十一年，文老先生突然接到林北丽老人从医院的病床上打来电话，要求在还活着的时候见到他为自己写的悼词……这样一位才女，已经活成了一部传奇，死也必定不俗。所幸知心赖有文怀沙，这恰好也可成全文公的智慧和才情。

心悲易感激，俯仰泪满襟。接近百岁的文公，焦肺枯肝，抽肠裂膈，却压抑着自己的悲怆，寻找着能说透生死的方式。对林北丽这样的奇女子，已经透彻地理解了生的意义，她不会惧怕死亡，只惧怕平淡无奇地死去。

因此靠哄劝没有意义，他的悼诗不是救她不死，而是送她死而不痛，护卫着她的芳魂含笑九泉。这比“把死人说活”还难！文公长歌当哭，当夜一挥而就：

老我以生，息我以死
生不足喜，死不足悲
不必躲避躲不开的事物
用欢快的情怀，迎接新生和消逝
对于生命来说，死亡是个陈旧的游戏
对个体而言，却是十分新鲜的事……
生命不能拒绝痛苦
甚至是用痛苦来证明
死亡具备治疗所有痛苦的伟大品质
请你在彼岸等我，我们将会见到生活中一切忘不了的人……
一百年才三万六千天，你我都活过了
三万天，辛苦了，也该休息了
结束这荒诞的“有限”
开始走向神奇的“无限”
我不会死皮赖脸地老是贪生怕死
别忘了，用欢笑迎接我与你们的重逢
……

在哲学意义上真正活过的人，曾热烈壮丽地拥抱过生命的人，就会有这种智慧和勇气，从容面对死神，跟生命说“再见”。真正的死，是因死而不死。不是哭天抢地的惧怕，也不是无可奈何地垂死。一般人只意识到死的空虚，所以才惧怕。看透生死的转化，死是今生不可缺少的一部分。“如果死亡是黑暗，可以武断：黑暗后面必然是光明。”还有何惧哉？

人在临终时多不流泪，哭泣的是别人。这说明死亡有活人所不知晓的快乐和平和。幸福的人是活到自己喜欢活的岁数，而不是别人希望他活的岁数。死生本天地常理，文怀沙老先生经历百年沧桑，参透了生死，其情其诗足以惊天地而泣鬼神，还愁不能慰藉一个智慧而美丽的灵魂吗？

一个月后，林北丽老人怀抱文公的悼词，安然谢世。于是成就了一段百年佳话，生死传奇。

毛乌素之光

初冬自毛乌素沙漠归来，并无“风尘仆仆”之感，相反心里倒多了一份洁净，还有一种感激、感动和崇敬之情。甚至每遇到熟人都想问他一句：你知道石光银吗？多媒体时代推出了许多各种各样的名人，却也忽略了一些真正可感可佩、让人从心里钦服的人。

比如生活在北方的人，近十几年有个明显的感觉，天上没有下沙子了，平时衬衣的领子也脏得慢了，北京甚至达到了奥运会对气候条件的近乎苛刻的要求。这不能说是石光银的功劳，但也绝不能说跟他没有关系。

自打石光银记事起，就跟着父母搬过九次家，有时一年要搬两次。不为别的，就为躲避沙子，不搬不行，搬慢了都要被沙子埋住。那真是沙进人退！他八岁的时候，跟同村一个小伙伴在沙窝里放牛，只顾四下寻找那一点点发绿的东西，没提防天空骤然黑了下来。沙漠里大白天发黑是常有的事，遮天蔽日的不是乌云，而是沙暴。绝地朔风，沙翻大漠，顷刻间他就人事不知了……一天后，父亲在几十里以外的内蒙古找到了他，而他的伙伴却再也没有找到，连同那头被一家人视为命根子的老牛，都永远地被漫漫荒沙吞没了。

这件事在石光银的心里造成怎样的伤害，他从来没有说过。长大后话也不多，只是拼命干活，有事没事就爱跟沙子较劲，二十岁就当上了生产大队长。有些农村的大队长可以当成“土皇上”，他却一门心思摸索着各种治沙的法子。只要听到哪儿有治沙的能人或高招，一定要去取经，即便步行一二百里，也全不在意。那时他肩上还挑着几百口人的饭碗，不敢成天光跟沙子玩鳔儿，到1984年，国家发布新政策，私人可以承包荒漠。这好像是石光银等待了几辈子的机遇，他立刻辞职，一下子就承包了一万五千亩荒沙。签这么大的合同，兑现不了拿命都抵不了啊！家人不同意，亲戚朋友吓一跳，外人则开始叫他“石疯子”。这时候他说了一句话：“我这辈子就想实实在在地干一件事，治住沙子，让乡亲们过好日子。”

一个不同凡响的人，在关键时刻总会有惊人之举。石光银这个原本再普通不过的农民，因时势的变化，便逐渐显露出那非同一般的特质。可是，想治沙就要植树造林，要种树就得有树苗，买树苗就得用钱……他缺的恰恰就是钱。愁得夜里睡不着觉，忽听到羊圈里的羊叫了两声，这鬼使神差的两声羊叫，一下子提醒了他。第二天一早，就把家里的几十只羊和唯一的一头骡子要牵到集上去卖掉。这可真是疯了，要拿全家的日子往大漠里扔啊！妻子想从他手里夺下骡子的缰绳，又哪里争得过他？只能听凭他拿走全部家当换了小树苗。

“务进者趋前而不顾后”，说也怪，正是他这副铁了心的架势，竟感动了六七户平素就信服他的农户，大家从他身上看到了绝漠中的一线生机、一线希望，与其这么一年年不死不活地凑合，还不如跟着石光银背水一战，兴许真能干出个前程。于是那几户农民也变卖家畜，把钱交给石光银去买了树苗。这下责任更大了，干不好毁掉的可就不光是他一家人的日子。晚上妻子怎么也忍不住要唠叨几句，这个家并不光是他石光银一个人的。但还没说上两句，石光银就截断了她的话头：“睡吧睡吧。”他并不多做解释，连一句劝慰的话都没有，可能他的心里也没有底。所幸他石光银的女人贤惠，男人叫睡就睡，即使睡不着也把嘴闭上了。

但女人的直觉和担心却不是多余的，头一年种下的树全死了，第二年成活了不足百分之十，石光银真成了“往大风沙里扔钱的疯子”。这时候社会上有一种很时髦的理论，叫顺应自然，人是不能跟天斗的。石光银说不出更多的大道理，只在心里不服气，凭啥我这儿的自然就是沙子欺负人，你叫我们祖祖辈辈顺应沙子？其实，“老天”最早安排的“自然”也不一定就是眼下这个样子，过去此地连年战乱，人怨天怒，很难说是人祸引来天灾，还是天灾加剧了人祸？毛乌素自唐代开始起沙，到明清便形成了茫茫大漠，这叫石光银该顺应哪个自然？如何“顺应”才自然？好在石光银身上有股异常的疯张和倔强，牙关一咬就扛了下来。他带着干粮常常在沙窝里一干就是许多天，当干渴难挨的时候，就用苇管插到沙坑里吸点儿水喝。那就像嚼甘蔗，把水咽下去，将沙子再吐出来。或许这就是造化的公平，在毛乌素的沙窝里，扒下一尺多深，沙子就是湿的，沙漠里的地下水位远比沿海大城市里的地下水位高得多，打井到地下八米就能出水。“毛乌素”在蒙语里是“坏水”的意思，可如今在毛乌素生产的“沙漠大叔”牌矿泉水，是水中的极品。这是后话。

老天果然不负苦心人，第三年石光银成功了，种树的成活率达到百分之九十以上。二十多年来，石光银种树治沙二十二万五千亩，已形成四百多平方公里的防护林带，莽莽苍苍，吟风啸雨，蔚成大观。有人或许对用平方公里计算的树林形成不了具体的概念，那么就说得再形象一点儿：将石光银的树排成二十行五十米宽的林带，从毛乌素可一直排到北京。若改成单行，则可绕地球一圈还有富余。这些在毛乌素沙漠里已经自成气候的林木，不能不说是对当代人类的一个重大鼓舞。在当前全球的生态危机中，沙漠化排在了第一位，被生态学家称作“地球癌”。眼下地球上的沙漠达到三千六百万平方公里，相当于四个美国的面积，占全球陆地总面积的百分之三十，世界上约有九亿人口受到沙漠化的危害。而中国又是世界上受沙化危害十分严重的国家，沙化面积达到一百七十四万平方公里，占国土面积的百分之十八点二。

所以，没有上过一天学的石光银，两次被邀请到联合国防治荒漠化大会上讲演，介绍造林治沙的经验。2000年，先被“国际名人协会”评选为“国际跨世纪人才”；后被联合国粮农组织授予“世界优秀林农奖”（即“拉奥博士奖”）。倘若是其他行业的时尚人物，获得了这样的国际荣誉，还不得闹腾得家喻户晓？这也正暴露了当今媒体时代在精神上有块沙漠，忽略了真正的时尚。而石光银从一降生就面对沙子，大漠历练了他的精神、他的定力，无论是荣誉，还是人世间最大的痛苦，都不可能让他迷失，让他颓丧。他在治沙上最得力的助手，也是他唯一的儿子石战军，一条三十四岁的壮汉，在急急忙忙去买浇树苗的水管时遭遇车祸丧生。人们不是都爱说“好人有好报”吗？

自知者不怨人，知命者不怨天。没人知道石光银是怎样化解了这巨大的苦痛，也没人听到他说过一句怨天尤人的话。恐怕他心里早就清楚得很，治理毛乌素不是一两代人就能完成的，恐怕死一两个人也是正常的事。当初既然是自己挑头，就得由自己承担全部后果。历尽天磨成铁汉，他只要有点儿闲工夫，就愿意钻进自己亲手栽种的森林里，听着树叶被风吹动，发出哗啦啦啦的响声——对他来说这才是世界上最美妙动心的音乐。命运已经给了他最丰厚的回报，在这时候就连他也相信“老天是有眼的”——这才是毛乌素人该有的大自然。一向不爱多说话的石光银，却多次向家人和亲友们重复过一句相同的话：“我活着就是种林子，死了将林子交给国家。”

他一如既往的淡定、坚韧，犹如毛乌素沙漠里一束圣洁的光。其实，石光银并不孤单，在毛乌素治沙有了大成就的还有几个人。生活在远处另一个沙窝里的牛玉勤，有着跟石光银大致相同的经历，丈夫因治沙积劳成疾，中年早逝。她独自一人抚养孩子，照顾因患精神病常年神志不清的婆婆，还要像男人一样治沙，或者干脆说像牛一样勤劳无怨。因为她懂得一个道理，怨人的穷，怨天怪地的没志气。周围的人都说：“这个婆姨生生是用泪水和汗水把一棵棵树苗给浇活了！”到她六十岁的时候，已经造林治沙十一万亩。长年累月的难以想象的劳苦和艰难，并没有摧毁她柔媚而丰富的情感世界，为了表达对丈夫张加旺的思念，把自己投资兴建的小学取名“旺勤小学”，把育苗基地叫作“加玉林场”，将自修的沙漠公路命名“望青路”——走在这条路上就能望见青山绿水。这是她的梦想。而所有治沙人，心里都有个梦。

实际上只要治住沙子，其他就都好办了。治理前沙窝里寸草不生，树一栽起来，林子一成气候，各种绿色植物就会自生自长，遍地蔓延。有了防护林的沙地也很容易改造成草场和庄稼地，不然毛乌素这个大沙窝里怎么能成为现在的“中国土豆之乡”。渐渐地绿色食品加工厂办起来了，养殖场建起来了，药材种植基地形成了……石光银们摸索出了林、农、牧、药多业并举的路数。他实现了自己当初的诺言，让周围的数百家农民都脱贫了，可他的家里，一年到头每天只吃一种“和菜饭”：将菜、米、面、盐一起煮，菜饭合一。只在过年和有应酬的时候才会放点儿肉，或包顿饺子。他和家人早就习惯了这样的生活。而他的林子和那些企业估算起来，至少值几千万，他为啥还要这般苛待自己？他说：“我还欠着银行三百多万的贷款，哪有条件享福。”沙漠里的树是只能种不能砍的，这就是老百姓常说的，富了林子，穷了造林人。石光银说：“不管我种多少树，办多少经济实体，都不是为了个人赚钱。我要钱干啥？还不是为了治沙，为了再多种树。”

面对石光银这样一条铮铮铁汉，精神上会感到健旺、畅达，对毛乌素和沙漠里的人，生出一种信心和希望。他们是沙漠的魂，是毛乌素的胆。据说毛乌素里的定边县的县名，原是北宋文学大家欧阳修所赐。而“石光银”们，用自己的命运证明：定边只有定住沙，才能定住绿；定住绿才能定住魂；定住魂才能定边——“底定边疆”！

婚姻之“痒”

现代人喜欢用一个“痒”字，恐怖主义分子的袭击和自杀性爆炸是世界之“痒”，伊朗、朝鲜的核设施是美国之“痒”，法国、荷兰的全民公决否定“欧宪”成了欧盟之“痒”，男人不男为女人之“痒”，妻子施暴乃丈夫之“痒”，腐败是官场之“痒”，作弊是足球之“痒”，甚至连国庆黄金周也弄出个“七年之痒”……这个痒那个痒，仿佛当今世界处处发痒，现代人身上无处不痒。

痒了就要抓，就要挠，现代之痒大多是越挠越痒，越痒越挠，直至挠破，血糊肉烂。然后开始新一轮的痒。而在当今诸多的痒中，似乎唯婚姻中的“痒”最多。

不信咱们就数数看：

“婚姻的一年半之痒”。美国一家研究机构，最近公布了他们经多年跟踪调查研究得出的结论：新婚夫妇十八个月后，新鲜感消失，以前双方隐藏很深的缺点开始暴露出来，从而产生失落感，导致夫妻分道扬镳。

吕娟在《二十八岁，逃出围城》一文中介绍了中国年轻人的婚姻现状，结婚在一年半之内离婚的最为普遍，最短的只有一个月。以南京一个区为例，在2005年前三个月的离婚人数中，过不了十八个月之“痒”的占到百分之八十。北京女白领林蕾，在公司加班到晚上十一点钟，那天她有点儿发烧，浑身酸痛地回到家，见丈夫倚在床上看电视，看她回来都没有动弹，反而发牢骚：“我真是可怜啊，虽然结了婚，袜子脏了都没有人给

在英国参加婚礼

洗。”林蕾一跃而起，洗完丈夫所有的袜子，第二天离婚。

真是现代烈女，这年头谁还在乎谁？现代人都喜欢以自我为中心，灵机一动，说离就离。何况现在离婚又不丢人，说不定还是大好事。果然，林蕾离婚后两眼放光，整个人好像又活过来了，随心所欲地装扮自己，重新吸引了众多追求者，于是她喊出一个口号：“早结，早离，早开始。”

似乎没有离过婚，就不能开始新生活，结婚、离婚不过是人生的预备阶段。

现代人的婚姻如果侥幸闯过了十八个月的第一道坎儿，后边又面临着“五年之痒”。据全国的离婚统计，五年以内离婚的占百分之四十。

这个婚姻的“五年之痒”，可能跟第二代出世有关：要了孩子有要孩子的麻烦，不要孩子有不要孩子的问题。鹤岗一美男子剑锋，娶了美女晓雨，婚后生下一女，孩子太小还看不出丑俊，待到孩子稍大，变得又黑又丑，这成了剑锋的一块心病，整天怀疑这不是自己的孩子，要做亲子鉴定。最终晓雨不得不坦白，自己过去就是这样一个丑女，靠美容变成现在的样子，但基因不能美容，故生出的孩子还是像先前的她。两人只好离婚，好离好散，女的反给了男的一笔钱，不知是精神损失费，还是玷污美男基因的赔偿金？看看，美容竟然也能构成现代婚姻之“痒”。（单正平《人造美女的伦理问题》）

现代人经济独立，情感活跃，婚姻的约束力越来越小，家里红旗不倒，外面彩旗飘飘，于是就盛行亲子鉴定。这样一来更闹得现代夫妻容易疑心生暗鬼，搞不清自己的孩子是不是真是自己的，疑心一起，婚姻也就亮起了红灯。孩子也成了现在的婚姻之“痒”。

没有孩子就好受吗？一对年轻的夫妇，婚后三四年没有孩子，男的想要，女的却不愿要，男的有一次提前回家，看到妻子脱得赤条条正在电脑前跟网友通过网络做爱。这就又多了一条：“网恋”，更是现代婚姻之“痒”。

但，千万不要以为“婚姻之痒”为青年男女所独享，过了“五年之痒”，再往后就是“十年之痒”。结婚头十年离婚的占百分之五十。后边紧跟着是“二十年之痒”，占到百分之七十。

此时孩子已经长成，家庭负担减轻，没有让两口子必须凑合下去的外在压力了，老账新账或老伤新伤加在一起，就变得不可忍受了。现代心理学证实，夫妻间的关爱是有周期性的，有起伏，分高低，在低潮阶段一点儿小事就会激起对对方的格外不满，这个阶段处理不好就会走向离婚。

特别是那些有所成就的中年男女，前二十年苦于奋斗，或拼命挣钱，或玩命往上爬，当老境渐近，不可能不产生危机感，一下子会在感情上变得如狼似虎，厌烦了形式婚姻中的冷漠和疲疲沓沓，便想法打破它去追求更有激情的婚姻。

据社会学家的调查显示，当今社会上有一批黄金王老五和单身富姐，他们的存在本身就对中青年婚姻构成威胁。不是有这样的短句子吗：二奶的存在威胁老婆，当二奶成了老婆，别的女人又开始威胁她。大城市里甚至开始流行婚姻猎头，专门负责为富哥富姐寻找“幸福的目标”。有诱惑就有被诱惑，自然会对婚姻形成巨大的冲击。

婚姻度过了中年危机，越到后边“痒”的间隔就越长了。最近媒体在热炒婚姻的“四十年之痒”。结婚四十年，年龄至少有六十多岁，有的已是七老八十，怎么突然也效法现代小青年闹起了离婚热呢？如上海八十岁老人张翁，嫌老伴太节俭，对他大吃大买各种补品多有唠叨，便一纸诉状告到法院，要求离婚。

俗云：“少年夫妻老来伴”，当一对夫妻老了，连做个伴的感觉都没有，自然更不可能相依为命，天天大眼瞪小眼的你看着我我看着你，就会谁看谁都越看越别扭。

到了七八十岁的这种“痒”，应该是婚姻中的最后一“痒”了，可称“老年搔痒症”。这看起来有点儿乱，现在的人怎么从一结婚就开始痒，一直到老都痒不够，可谓活到老，痒到老，无时不痒，一生都痒。

“痒”是一种时尚吗？不，还有比这更时髦的。那就是不结婚也痒，还没有结婚先想到离。眼下时兴这样一种结婚协议：“如果没有两层楼的房，就请准备两间房，如果没有两间房，就请准备两张床。”

还有一首专门为这些未婚先“痒”的男女写的喜歌：“我们要天天相恋，但不要天天相见；要有共同的生活经验，但不要共同的房间；你可与别人约会，但不要让我发现；我偶尔也会出轨，但保证心在你这边。”

——这个歌的别名叫“鬼话连篇”。

当代婚姻大观

谁能想得到，猴年快剩下一个尾巴尖儿了，突然大交桃花运。盖因猴年是春节前立春，到明年“无春”，民间传说“无春”的鸡年不适宜结婚。于是，结婚趁早，洞房快入，办喜事成了种庄稼，要急着赶节气，结婚也就结疯了。

有一个周末的晚上，我同时要给三对新人证婚，在这儿草草地讲一通祝福的话，立马又赶往下一家去祝福，如同演员“走穴”。许多饭店同时有几家人在大摆结婚包席，需有专人引导才不会送错礼金、吃错喜宴。城市里处处张灯结彩，鞭炮轰鸣，迎亲的车队浩浩荡荡，披红挂花……这个世界可真是幸福啊，竟同时有这么多洞房花烛，鱼水之欢。

而且，不光结婚的多，还要结出许多花样。什么年龄的新人都有，儿子新郎、父亲新郎、爷爷新郎，有孙女新娘、女儿新娘、母亲新娘……像六十多岁的国际著名影星伍迪·艾伦，不就和十九岁的朝鲜裔养女正式登记结婚了吗？将父女关系改为夫妻关系。

眼下不管是多么新鲜的事，只要外国有的，中国一定也会有。而且只会更新奇，更有味道。如四川有一刘姓女子，二十多年前在筹办结婚的时候，不幸未婚夫因车祸身亡，从此她心如死灰，决定此生不再嫁人，随后便收养了一个四岁的小男孩儿，取名蔡强，准备母子相依为命，度过一生。二十二年之后，蔡强已经二十六岁，长得像模像样，有型有款，喜欢他的姑娘也有，想给他介绍对象的人也有，他却对任何姑娘都没有感觉，唯独爱恋自己的养母。刘女士年已四十三岁，也渐渐对成熟的养子生出一种别样的依恋之情，母子终于走上红地毯，变母子关系为夫妻关系，在当地传为佳话。至于像黄梅戏演员吴琼，嫁给小她十五岁的阮巡这种姐弟恋，就毫不足奇了，被电视台一炒，他们显得无比般配，简直就是天下“绝配”。

猴年有猴性，折跟头打把式，在婚姻大事上似乎也格外盛行“老少配”。凤凰卫视年轻的女记者隗静，嫁给了六十多岁的美国将军布莱恩特。八十二岁的物理学家杨振宁，娶了二十八岁的女研究生翁帆，当他们出现在海南岛的第二天，就爆发了东南亚和南亚的大海啸，报纸上有评论说：“足见他们挑战传统的锐度和强度，具有何等强烈的震撼力。”

这果然带起了一股时尚，某大学一丧偶的六十七岁老教授，以前找老伴的年龄要求在五十岁上下，杨翁恋成了媒体的热点以后，他找老伴的条件一下子降为三十岁左右。我有一朋友今年七十三岁，离异多年，朋友们没少为他张罗，他却东挑西拣，大过恋爱瘾。最近有人给他介绍一位五十九岁的女演员，还相当漂亮，朋友们都以为这回差不离了，谁知

为诗人伊蕾证婚

他老兄甚为不悦："我有那么老吗？在你们这些朋友的眼里我就不能找个二三十岁的姑娘了？"

哎呀，老男人们也疯啦。而且疯得冠冕堂皇，引经据典，脸不变色心不跳。如今的婚姻好像怎么搭配都没有关系，渴望艳遇成了一种流行病。特别是身处现代媒体时代，被议论的越多似乎就越光彩。而配偶的年龄差距越大，就越能制造轰动效应。

但，议论不议论是别人的事，幸福不幸福是自己的事，国际心理学家和社会学家已经对眼下流行的"老少配"现象做过调查和分析，得出的结论是：有利的一面多是虚的，比如"老少配"容易给人留下深刻的印象，（这还用说嘛）年轻女人能让身边的男人更富有青春朝气和男子气概，可以让其他男人羡慕无比，（没错）不会带着过去婚姻留下的孩子……

而"老少配"的弊端，美国社会学家劳拉·史莱辛尔却实实在在地列出了整整十条：一、小娘子一般都有灰姑娘情结，太过追求完美；二、几乎跟老成持重的丈夫没有共同语言；三、缺乏生活阅历；四、不够睿智；五、容易令人厌烦；六、男人无法从她身上获得支持；七、在成熟的社交场合，他们格格不入；八、过于依赖他人；九、过于苛求，总是不知足；十、在漫长琐细的生活中，她们对丈夫的帮助不大。

天哪，被这么一说，老头娶小媳妇除去瞧着好看、能惹别人羡慕外，麻烦也还真不少。可是这年头，人们更注意表面的暂时的效果，谁还在乎以后的感觉如何。

在"老少配"的风气引领下，不光结婚要花样翻新，征婚启事也讲究出奇制胜，无论女的、男的、老的、少的，征婚时就没有不敢说出口的话，没有不敢公开提的条件，在这里不妨顺手摘录几则（哪个报纸上都有，网络上更是随处可见）：

深圳一位四十岁女人的征婚词："一枝花的徐娘，胸部魅力无穷。寻觅不服伟哥也一样强壮的猛男，拒绝沙发土豆（即成天赖在沙发上看电视的男人）。"

一个二十多岁的小伙子愿意找"长腿姐姐或姑姑、阿姨都行（干吗不把奶奶也捎上）"。

一位二十三岁自称“窈窕淑女”的，“寻找具有超强经济实力的男士，年龄不限。”这等于公开声明找的是钱。难怪许多真正具有超强经济实力的钻石王老五，因其太富有，反而不敢结婚了，怕的就是碰上这类“掘金娘”。如李嘉诚的次子李泽楷，公开宣称事业第一，母亲第二，爱情第三。还有胡润、中国富豪榜上的首富王磊、搜狐的总裁张朝阳等等，都是富得不敢轻易结婚的人。

《辞海》上说，古时“婚”亦作“昏”。如果说，过去是“女”的发“昏”才成“婚”，现在该轮上男的因结婚而发昏了。所以，精明的现代人防备结个“昏头昏脑”的婚，在结婚前趁着还没发昏先签下各种各样的结婚协议，以限制自己发昏。比如，有的规定女方在婚后的体重不得超过八十公斤，超过一公斤就罚款多少。更多的是关于财产怎么分，要不要孩子，谁先死了怎么办，一方有了外遇怎么办，两人过不下去要离婚怎么办……像以花心闻名于世的奥斯卡影帝道格拉斯，与著名影星泽塔的结婚协议上就规定：“男的拈花惹草，给女方五百万英镑的赔偿费。如果离婚，按结婚年限每年补偿对方一百万英镑。”

说了这么多奇奇怪怪的婚配，难免要惹得人发问：那么你说什么才叫婚姻呢？我给不出更好的答案，但可以求教经典思想家的经典答案。这是个老掉牙的故事：柏拉图有一天问老师苏格拉底什么是婚姻？苏格拉底没有马上回答，却叫他先到杉树林里去挖一棵最好的树回来做圣诞树，但只能选取一次。柏拉图充满信心地出去大半天，终于拖着一棵看上去并不是很起眼的树回来了。苏格拉底问他：“这就是林子里最好的那棵树吗？”柏拉图说：“因为只能选一棵，选完后似乎看见前面还有棵更好的，但时间和体力都不够用了，也就顾不得管它是不是最好的，就先拿回来了。”

这时，苏格拉底才告诉他：“这就是婚姻。”

人仗狗势

冬天的早晨，小区里比较安静，我游泳归来老远就听到狗吠，十分刺耳。骑着自行车靠近了，才看见是一只白狗逼咬清洁工，清洁工上了些年岁，不敢跑，也不敢呵斥或踢打恶犬，吓得抱着扫把直往后缩。他越缩，那恶犬的气势就越凶。有一男人，显然是狗的主人，指间夹着烟卷儿，大模大样、不闻不问地自管往前溜达。

我腿上加力紧蹬几下，冲上去大声吆喝：“畜生！真是狗眼看人低，你是狗仗人势，还是人仗狗势？”那条癞皮狗还真被我赶跑了。我随即下了车，将自行车的钢绳锁提在手里，准备和狗主人好好理论一番。这里是公共住宅区，不是他的私家宅院，纵狗咬人不就等于行凶吗？我以前也受到过这类袭击，所以碰上这类的“狗事”格外生气。

狗仗人势，人不懂事，养的狗也好不了，恶犬是恶人养的。还好，那个狗主人听到我的呵斥声，只是回头看了看，没有吱声便跟着他的狗转到楼后去了。畜生就是畜生，狗永远都有狗性，要不怎么叫“狗改不了吃屎”呢？谁知道狗性什么时候会发作！

前不久我到云南昭通、富水参加当地的民族文化研讨活动，有一位北京来的教授，每到一地先打听医院在哪儿。原来他在来云南的前一天，不知怎么惹了自己的狗，狗脸说翻就真翻了，朝着他就是一口。其实，他对自己的宠物也没有信心，赶紧跑到医院去打针，防备得上狂犬病。而防止狂犬病的针要连续打六次，他只好将另外的五针带在身上，走到哪里打到哪里，一路上满脑子都是对狂犬病的恐惧，紧张得叽里咕噜。

宠物变成了祸害，这又是何苦呢？难怪在卫生部公布的2004年第四季度疫情报告上，狂犬病在中国成为死亡人数最多的传染病。（其死亡率目前几乎是百分之百）报告上还说，中国患狂犬病的人数已经连续七年在增长，成为仅次于印度的世界第二大狂犬病高发国。

一会儿闹非典，一会儿禽流感，狂犬病又以如此快的速度后来居上，原因何在？报告上举出两点：一、城市宠物犬急剧增多，狗的整体数量加大，咬人的概率自然就成几何倍数上升；二、狗的管理和免疫能力跟不上。

据《羊城晚报》2005年3月15日载：2004年广东报告狂犬病病例二百四十四例，已全部死亡，为近十年来最高峰。所以省里下达捕杀严令：凡发生两例以上狂犬病的地区，必须对无免疫的犬只就地捕杀。另据2005年2月16日的《华夏时报》报道，春节期间，天津至少有四百多名市民在走亲访友时被宠物狗咬伤。

不错，人是什么样，就会把宠物也“宠”成什么样。人还没有养好，再养狗，那狗能好得了吗？人的素质上不去，养的狗怎么可能有素质？人都不老实，常常发疯、发狂、变态……狗又如何不疯、不狂？有人却说，养宠物是生活提高的标志，你看人家西方发达国家的人不是都爱养宠物吗？对呀，再往下问，为什么西方发达国家的狂犬病并不多呢？香港养狗的人也不少，却几乎没有狂犬病。

我说不出更深的道理，却可以讲一点儿自己不理解的现象：我在西方发达国家看见外国人遛狗都用绳子牵着，而国人遛狗大都是放狗，任由狗儿们自由自在地乱窜、乱嗅、乱舔、乱咬，撅起屁股乱拉屎，抬起后腿乱撒尿。真是怪了，养狗的人都爱吹他们家的狗只要一进屋就可以一夜不拉，一天不尿，怎么一离开它们的狗窝来到公共区域里，就三步一尿，五步一拉？弄得狗屎满地，已经成了小区的一害。东方卫视报道了最新的上海民意调查结果，在上海人最厌恶的十大陋习中排在第一位的是“宠物扰人”。

既然是狗，“狗眼看人低”的狗性就难改，说不准什么时候就发疯或抽风似的追着人乱叫乱咬。但，我们却不能再用老眼光小瞧它们，认为它们是狗仗人势。我倒以为恰恰相反，是人仗狗势。不是人宠着狗，而是狗宠着人，人以狗荣狗，以狗为本。好像是狗儿们给了养狗的人一种特殊的身份，狗成了有点儿钱或有点儿地位至少是有点儿霸道的一种象征。

比如，在名流、富翁、白领以及所谓过着中产阶级生活的人们聚会时，不可缺少的一个话题就是谈狗……我曾有幸亲耳听到一位名人谈他是怎样每天和两只母狗睡在一个被窝里，如果不是睡在一起母狗们还不干。当母狗们来例假时，会弄他一被子狗血……你看看，弄一被子狗血都是值得说道一番的，足见狗是何等尊贵，人是多么的下贱。

既然养狗成了一种可以炫耀的资本，在当今喧闹、浮躁和攀比成风的时尚下，怎能不一窝蜂地都想跟狗拉上点儿关系。不信你注意观察遛狗的女人，总是喜欢堂而皇之地与狗以母子或母女相称，无须做亲子鉴定就成了狗娘。而这些狗娘们是快乐的，这从她们跟狗说话的语气和神态上可以看得出来：高腔大嗓，旁若无人，不管她们的狗儿、狗女是否应声，她们竟自照说不误，自问自答，表情夸张。狗儿们或摇头晃脑，或不理不睬，表现出一种傲慢和尊贵。相比之下，狗娘们的喋喋不休，因为有条狗便在脸上洋溢出的骄傲感，反显出一种贱。

当今中国是没有“红灯区”的，而狗儿们，却有公开的合法的狗妓院。花二百多块钱，就能让一条老往主人大腿上蹭的发情公狗或母狗到狗妓院里待上一个星期，把那点儿劲儿折腾完再领回来。而且狗主人不用担心会串了种，因为狗妓院里的母狗都是服过避孕药的，只负责满足公狗的生理需求，却不会生出杂种狗……人开妓院算犯法，狗妓院却公然纳客、买卖兴隆，这是狗比人贵，还是人坏得不能再坏了，让宠物替代自己去干坏事？

我就此请教一位养狗的朋友，他甚为不屑：“你这是少见多怪，皆因不养狗，完全不知道狗的妙处。”接着他便口若悬河，滔滔不绝地论起了所谓养狗的文化：“狗逛妓院有什么新鲜的，狗还有医院、美容院、护理院、保健院，狗的美食店、时装店、培训学校，要进高级的狗学校，培训费一次就要交三四千元。你不能还抱着过去的陈旧观念，认为人类不能享受的狗也不能享受，世界上的贫困人口有十亿多，可在刚公布的世界十大宠物富豪榜上名列榜首的德国牧羊犬‘金特四世’，从女主人那里继承了一点四亿欧元的遗产！以前有句老话叫：人比人气死人。人跟人比不了，现在人跟狗比也比不了，最终会被气死的还是人而不是狗。再告诉你一个信息，眼下狗的墓地也卖得很火，比葬人的墓地价格还高。你到狗墓地去看，给狗上坟的人一年四季络绎不绝，现在的时尚是，祖坟可以不扫，狗坟不能不扫。这就是时代的变化，人跟人的感情越来越清淡，人跟狗的感情越来越深厚。美国有的州已经开始在议论跨物种婚姻的可能性，当然不是为了性或繁殖的目的，而是出于那种类似夫妻之间的确确实实存在着的感情。既然宠物经常在主人的遗嘱中被指定为遗产继承者，为什么就不能选择用正式的仪式来宣誓承诺自己对宠物的感情和爱呢？婚姻作为一种社会和精神上许可的伴侣关系，不一定只局限于人类之间，只要这种关系的双方有明确的感情和相互陪伴的愿望……”

“打住，打住！”我赶忙拦住他的话头，“狗又不会说话，你怎么知道它愿意跟人结婚？既然狗这么好那么好，你预计到什么时候，正讨论批准人跟狗结婚的国家会选出一条狗来担任州长，甚或是当总统？”“嗨，你这不是抬杠吗？还别说我不告诉你，这也不是不可能。好几年前就有国家选羊和驴当议员，既然动物可以当议员，为什么就不能当总统？”

呜呼，这我就无话可说了。狗若掌了权，会不会反过来把人当宠物来养？真要到那个时候，说不定狗们会先立法，让自己的狗律师跟人类打一场官司，头一条就是划清界限：你们人类把地球糟蹋成这个样，自己繁衍出了那么多后代，又管教不好，眼看着自己种类越来越不可救药，就又来打狗的主意，谁知你们安的什么心？别怪我们狗眼看人低，狗脾气说翻脸就翻脸，如今该轮到你们人不如狗了，看我狗爷怎么整治你们这些两条腿的家伙……

话扯远了，还是回到在眼下这种“狗眼看人低”偏又“人仗狗势”的情况下，怎样保护自己不被狗伤？经过多年摸索实践，我总结了几条经验，公布出来供有同感者参考：

一、积极向人民代表大会呼吁，尽快出台《狗法》，现在管人的法律有一些，管狗的法律还没有，而狗儿们再不管不行了。

二、散步不得空着手，手里必须要拿件能防身的东西：羽毛球拍、健身球、长而有尖刺的伞、剑、拐棍——也可以叫“文明棍儿”，当初人们给拐棍起这样一个别名，可能就是为了让没有上年岁的人也可以拿着它打狗。可见打狗是一种很文明的行为。狗大多都欺软怕硬，它看你手里拿着东西，就不敢轻易攻击你。

三、打狗不必看主人，狗不是东西，它的主人一般也不会是什么好玩意儿，只要看到狗就先做好打的准备，它冲你一龇牙就赶紧下家伙，先下手为强。

总之是不要怕狗，你越怕，它越凶，你越跑，它越追，你不怕它，它就可能怕你。现在还有什么动物是不怕人的？20世纪50年代初中国也曾爆发过狂犬病，一场打狗运动就把疫情压下去了。我看现今的狗娘、狗爹们再这样张扬下去，把狂犬病闹得跟非典一样人人喊打了，那就离一场打狗运动不远了。

城市的精神

城市是有灵魂的。当然也有肢体，有记忆，可遗传，可延续……

这灵魂就是一种精神，渗透于每一座建筑和每一条街道，给每一个栖身于这座城市的人以温暖和支持。使他们对这座城市产生认同感和归属感，形成对生活特有的感悟和态度。

城市的灵魂是一种文化。这文化的魂魄由城市的历史风俗和地理特点所铸造。甚至可以说，城市的存在本身就是巨大的文化现象：地理风貌、建筑特色、历史遗迹、文化景观、众生心态、市井沉浮，以及生产和交换，扬弃和诱惑，生机勃发的繁衍发展，博大恢宏的无穷蕴藉……构成了一个城市的强势生命。即西方人所说的，“农业革命使城市诞生于世界，工业革命则使城市主宰了世界。”

但养育文化的，却是人的心灵。

人的心灵也会对城市面貌不断地进行加工翻新。心灵是印章，城市不过是印迹。

反过来，现代人的心灵所能得到的最重要的感染，也首先来自城市。城市是人类文明的结晶，文化的千支万脉都与城市相连，城市汇集了多种多样的文化，浩繁、奇特，充满诱惑。致使矛盾的现代人，既希望美城如乡，又希望富乡如城；既希望地球城市化，又希望城市乡村化……

无休止的贪欲使城市急剧膨胀，膨胀得仿佛丢了魂儿。城市找不到魂儿，城市人的精神就会涣散，这似乎在证实现代科学技术越发达，人类潜

凝 望

藏的危机就越大。作为人类智慧的奇迹并给历史发展带来无限契机的城市，很可能将变为卢梭所说的“人类的垃圾堆”。

这就是今天城市的现实，有的有灵魂，有的没有灵魂，或者说有的城市曾经有过灵魂，后来搞丢了，有的过去没有灵魂，现在有了……我们每个人只要认真想一想，就可以知道自己的城市或自己所熟悉的城市，哪个是有灵魂的，哪些城市的灵魂正在丢失。即使一下子不能条理明晰地说出理由，心里却像明镜般的清楚。

灵魂这个东西，常常是可以感知、可以意会，却很难名状。

比如，眼下我们似乎还不敢称自己是经济大国、军事大国，却可以说是一个历史大国，我们确曾有过悠久灿烂的文化传统，有过称誉世界的发明和创造。或许正因为我们的历史太长久，传统资源太丰厚，反而对历史不够那么重视。这是人的一个习性：不太看重已经拥有的东西，眼睛老盯着自己所没有的。

而大量的现代城市建设，正是以失去历史感和砍断城市的文化根脉为代价。换来的却是一些不伦不类、半土半洋的玩意儿，或者是在重复西方几十年前的错误。如果说历史是一个城市的记忆，城市开始患上失忆症，甚至到了不能不为之招魂的地步。

有些灵魂散失严重，已经无法找回的，就得考虑重新为城市铸造灵魂。

历史之所以要在这样一个地方产生这样一个城市，是因为每一个城市都是不可替代的。差异即美，有差异才有丰富，每个城市的自然条件不同，界定的空间不同，城市理念和行为形象也不同。譬如大连，是个很漂亮的城市，有着自己突出的地理优势，有一个阶段喊出了一个很奇怪的口号："将大连建成东北的香港！"首先，大连无论怎么建也绝对不会成为跟香港一模一样的城市；其次，大连如果真的跟香港一样了，也就失去了存在的价值。更何况古人早就教导过我们："取法乎上，得法乎中；取法乎中，得法乎下。"

建筑构成了城市的视觉景观，是城市的精神最直观的表达，是一个地域、一个时代的风格、时尚及技术条件在建筑上的反映。抛弃了这一切，完全不顾自己城市的历史文化底蕴，"天下建筑一大抄"，粗制滥造，俗不可耐，轻而易举地就抹杀了城市的灵魂。

没有灵魂的城市就没有精气神，没有主心骨，丧失了信心之源。城市的魅力取决于城市的灵魂，只有城市的魂魄才能体现本地人的意识和性格。

城市的灵魂来自有灵性的建筑，而建筑的灵性是从生命内部放射出来的，是从灵魂里自然而然流露出来的东西。灵性也是一种思想，是经过深思熟虑而形成的成果，它反映了一个城市的文化基因及价值取向。给建筑艺术下任何定义，都必须从这个灵性出发，否则就与艺术不符，跟创作无关。真正的建筑艺术是决不重复，一切都独一无二的。正因为建筑有灵性，城市才有活力，会形成自己的氛围，使整个环境显得独一无二。

彼得·波特所说的，在宇宙的中心回响着的那个坚定神秘的音符："我"——就是创造的灵性。没有灵性的建筑就是死建筑，塞满了死建筑的城市就不可能有灵魂。即使第一眼看上去很现代，第二眼就看出了它的呆板和僵硬，显得失魂落魄。因为建筑体现的不是文化的品位，而是权力的意志，掌权者是什么水平，建筑就是什么水平……

可见，好建筑是城市的品质，形成好城市的标志。建筑很糟糕，城市也好不到哪儿去。是建筑构成了城市的形态和风格，塑造了城市的灵魂。

想想我们的城市遭遇，经过了长期的沉睡之后突然惊醒，头脑热乎乎的还没有经过清晰的思考和过滤，又没有足够的理论武装，就开始“大跃进”般的大兴土木，房子越建越多，却在某一天突然发现，城市的魂儿不知被埋在什么地方了？

地上和地下

人们为什么喜欢把天堂想象成在上边，把地狱理解为在下面，而且还是十八层？如果你只爬过山、登过高，我窃以为还算不得是完全的经历。完全的经历是，既登过高山，也钻过地心，哪怕只下到一千米、甚或只有几百米深的地下。钻进地心里的感受，自然跟站在地面阳光里喘气大不一样。你不见这些年来，接二连三地发生小煤窑爆炸吗？少则死几个、十几个，多则几十个。

我第一次下矿是在唐山大地震之后，跟着一个抗震救灾的军人钻到了地下七百多米深的巷道，里面巷壁迸裂，木桩折断，那是一次真正的探险，或者叫玩命。第二次下井是在西北的一个小煤矿，那真是煤井，给了我终生难忘的井的感觉，直的、横的、斜的、弯的，连泥带水，又脏又黑，顺着井下去，沿着井摸索，大部分时间须弓着腰，干活也像连滚带爬，想直直腰就得坐在湿乎乎的煤石上。用工人的话说："高了碰头，低了碰蛋！"

2004年暮春，我们在参观了老子故里涡阳之后，来到淮北百善煤矿。百善，因当地一位著名的孝子而得名。善是心灵的，要体现在行动上却需要勇气。这行动是不是就指挖煤？煤被誉为"光明使者"，给人间提供热能。在这里善和煤结合，善在热流中升华，大妙！

我站在矿区花坛前，眼前一片清亮，绿色掩蔽着建筑物，湖水托映着蓝天，空气湿润而洁净。大道畅阔，横平竖直，两旁柳树成林，垂丝飘

牛顿在高处

拂，整个矿区非常安静，角角落落都打扫得非常干净，干净的甚至有点儿不像矿区。煤矿煤矿，煤呢？怎么不黑不脏呀？

矿长严洪泉似乎觉察出了我的疑惑，问：想下矿看看吗？我说当然。来到煤矿不下井等于没来，我对下井有着异乎寻常的兴趣，地面上这么漂亮，更应该看看他的井下会怎么样？看煤矿主要是看它的井，煤矿的品质和内涵全藏在井下，有井才有矿，煤井是煤矿的主体。我们跟着矿长来到更衣室，一切都装束停当，然后乘升降机直下到地下三百多米深的巷道，速度极快，却很稳，没有发生强烈的失重感。走出升降机恍若进入一个地铁车站，迎面墙上赫然印着一行红色大字：“母想，妻念，儿女盼！”

我心里凛然一震，这么温情脉脉的话出现在地下的工作面上，竟如炸雷般让人警觉。有句老话叫“百善孝为先”，而“孝”字是儿子头上顶着个“老”，想到头上的老人就更要注意安全！我观察眼前的这个转运平台，宽敞明亮，干干净净，没有我印象中的巷道应有的丢弃物和横七竖八的破烂工具。我们由此换乘小火车，选中一条巷道向采掘面驶去，每隔几步就会在巷道两侧的白墙上看到一条醒目的大标语：“文明生产，安全第一”“条条规章血染成，不可再用血验证”“放炮开车不防尘，慢性放毒害死人”“严是爱、松是害，出了事故害三代”……厉害，我不过是个下井来参观的，脑子里有根弦也突然间绷紧了。

我问身边的严矿长：出过事吗？他说出过，那是许多年前了，我当作业区区长，晚上冒顶埋住了三个人。我带人冲到井下，疯了一样挖呀，挖到凌晨四点多钟，听到里边有动静，知道他们还活着，就大声喊叫他们的名字，急鼻子快脸地掏透了一个窟窿，把里边的三个人拽出来，抱头大哭。哭完了想抬他们往外走，我自己的两只脚却挪不动步了，脱下靴子一看，里面全是血水。就在那一刻我发了狠，这是第一次，也要叫它成为最后的一次事故。

煤井里无小事，出事就是人命关天。采煤的一年到头能见到阳光的日子不多，往往天不亮下井，等上得井来天已经黑透了。井下又永远都是阴的：阴暗、阴冷、阴湿、阴气重重。所以过去都说矿工吃的是阳间的饭，干的是阴间的活，行走在文明与野蛮之间。于是采煤工自己也凑合自己，环境黑、脏、乱、差，人也差、乱、脏、黑，养成一身坏毛病，随地乱吐，随手乱丢，进嘴的东西不干不净，从嘴里说出的话也不干不净，生活中一身坏毛病，生产上就不可能不出事故。

坏就坏在习惯上，文明是很容易被自己吐出来的东西弄脏的。于是百善矿启动了“美化、亮化和净化”百善人和百善矿的工程，告别陋习，清洁矿区，美化环境，彻底改造老矿区和老的采矿观念，培养起新的矿区文明和人文生态环境。

改变人的坏习惯须里应外合：“外”，是改变生活和工作环境；“里”，是提高矿工的内在素质。文明的行为产生于文明的心智，这就要完善规章制度，严格管理，严格教育，发挥“百善”这两个字的传统优势。有一招格外让我感兴趣，有些煤矿不喜欢让女人下井，而百善矿却组织家属下井检查。世界上再没有比这样的检查更仔细更认真负责的了，家属们知道了男人们工作的环境以及是怎么工作的，她们就会成为自己男人的文明督导员。矿工们若想通过自己家属的检查，不让她们成天提心吊胆，就得下大力气把矿井收拾好。凡文明都必须借助女性的力量，因为文明的目的就是种植幸福。出了事故再有意义的工作也不是文明。

渐渐的，文明变成百善人的习惯和使命。它不是一阵风，不是为了给别人看，而是一种状态，是整个矿区的精神面貌。它教会了矿工们自己管理自己，自己爱惜自己的生命。

我现在就置身于这样的矿井之中，快接近采掘面的时候下了小火车，可以更真切地打量井下的情形。想不到百善的煤井里竟一片雪白，因为巷道两侧以及顶部喷了一层坚硬的白色涂料，在明亮的灯光照耀下，显得异常洁净耀眼。最令我不解的是巷道里还刮着不大不小的自然风，清凉舒适。几百米深的地下，风是怎么刮进来的呢？严洪泉细致地讲解了最先进的井下通风设施，我却没有完全听懂，但能闻得出井下没有一点儿异味，空气似乎比城市的地铁里还要新鲜得多，干燥、清新，吹到身上很爽快。

我们很快就到达了采煤现场，雪白的巷道突然变得乌黑发亮，两边是切割整齐的煤墙，星星点点，光芒闪烁，往前深不可测，左右厚不可量。虽然我以前下过煤井，这一回才算理解了人们为什么要把煤称作“乌金”。煤在地下没有被采掘以前，是非常干净漂亮的，真的像金子一样闪闪发光。只有被开采下来运到地面，才有了煤末、煤粉，随即也变得脏了，谁碰了谁黑，染到哪儿哪儿污。乌变污，掩住了原有的光泽。但品质还在，以金子类比仍不为过。当年国家为百善煤矿只不过投资三千多万元，二十五年来却为国家上缴了十七亿元。

文明产生效益，而且一劳永逸。多年来在国家、部、省、厅、市、局授予的二百多项荣誉中，百善人最看重的是“安徽省文明单位”的称号。

因为，文明就是矿工的尊严。

都市里的情场

居住在湖北恩施五峰山革命烈士陵园附近的居民，投书《楚天都市报》说，现在的情侣们竟把陵园当作幽会的场所，或嬉戏于烈士的墓穴之间，或在树木、阶石乃至墓碑、墓穴上乱刻什么“某某爱你一万年”之类的昏话，或公然坐在烈士墓碑上谈情说爱、拥抱接吻……这，真是成何体统！

可话又说回来，现代城市越建越大，房子越建越多，围墙和栏杆越来越多，保安也越来越多，唯独供情人们活动的亲密空间却越来越小。你叫那些动情的、滥情的、憋不住熬不住的热恋或乱恋中的男女，到哪儿去亲热？有亲热才好散热，倘若热度一天天在增高，却无处发散，岂不要出事？

膨胀的都市也膨胀起人们的欲望，包括情欲，格外炽盛，恨不得一步到位，神鬼不怕。而陵园这种地方恰好十分清静，私密性好，若有树木遮挡或靠山临水就更妙。说实话，现在要找这种地方恐怕也只有去陵园了……

天津当然也有烈士陵园，就建在全市最大的公园——水上公园的里边，或者说是水上公园建在了烈士陵园的里边。后来在烈士陵园旁边又毁掉一片茂密的林子，建起了周恩来和邓颖超纪念馆。去年的天津啤酒节就在水上公园靠近烈士陵园的一侧举行，啤酒节嘛，自然要喝酒，按国人的习惯喝酒还须有下酒菜，这就要爆炒、油炸、醋熘、烧烤等等。

每天人山人海，成千上万张台子在花草树木中间摆着流水般的宴席，烟熏火燎，大吃大喝，喝多了就大喊大叫、大闹大笑。各商家为了吸引顾客，都在自己的地盘上搭起舞台，请来各种档次的演出队，那真叫唱对台戏：你冲着我吼，我冲着你喊，敲当面锣，打对面鼓，比着看谁的声势大，谁能吸引更多的人。摇滚乐砸得地动山摇，“美女野兽组合”唱得鬼哭狼嚎，又正赶在三伏盛夏，台上三点式，游客薄露透，台上疯唱，游客跟着哼哼，台上疯跳，游客跟着跺脚，越到晚上越热闹，每天都闹到下半夜。

应该说啤酒节办得非常成功，我曾询问过一个卖烤羊肉串的小贩，他说每天至少能卖出一万串。若五角钱一串，一天就是五千元！商家获得了丰厚的经济收益，老百姓过了半个月的狂欢节，只是有点儿搅扰周总理夫妇和先烈们。倘若他们泉下有知却未必会怪罪，老百姓的日子过好了不也是他们的遗愿吗？

现代城市生活无论多么节奏紧张、竞争激烈，人的天性中爱热闹的

1982年在洛杉矶亨廷顿玫瑰园

因子还不至于都丢光，生活不能天天凑热闹，可也不能全无热闹。没有热闹，生活就会死气沉沉、缺少活力，该热闹时热闹一下，能给城市人的生活增添乐趣、焕发生机。所以，城市里不能没有供老百姓免费热闹的地方。你没有这样的地方，老百姓就会开辟出这样的地方。

海河流经天津市中心一段的西侧，紧靠着一条马路，这条马路边上从早到晚都坐满了人，下棋的、打牌的、拉胡琴的、唱戏的、举着牌子找工作的，或坐或站看热闹的……中心广场大草坪上的动物雕塑，也常被玩耍的孩子们毁坏。北运河边上的滦水园微缩景观，更是屡遭破坏……这是为什么呢？

恐怕跟能供人们热闹的场地太少了有关。因为人们要寻找热闹的劲头是限制不住的，特别是现在城里闲人很多，下岗的多，退休的多，老人孩子多，这么多天天都没事干的人，你叫他们去哪儿待着呀？

但也有人想出了绝招，在草坪上面十字交叉地拉上铁丝网。本来是美化环境的草坪，却让人感到不那么美，甚至不舒服，容易联想到战争年代的封锁线、地雷阵、敌占区，产生恐怖和厌恶心理。所以越是新区，越是好地方，越缺少人气，到处都悬挂着“禁止入内，违者必罚”的大牌子。

那么，人们不禁要问：城市建那么大，弄那么洋气，到底干什么用呢？说白了城市不就是住人的吗？就该照顾到居民的兴趣和需求，让人感到居住的方便、实用和快乐。

这让人想到早在1857年，曼哈顿还没有塞满摩天大楼和小汽车时，美国的园林建筑师奥姆斯特德就预见到纽约人将来需要在市中心有个休息的地方，于是在寸土寸金的黄金地段修建了阔大的中央公园。公园建成后奥姆斯特德特意在纽约各地张贴示意图，指明去公园的路径和方向，鼓励穷人和病人到公园去，无论贫富都可以在里面游玩，公园里的草地不会让任何人有受歧视的感觉，在中央公园每个人都受欢迎。以后的事实也证明，每个纽约人或去纽约的人，都愿意去中央公园里走走看看。奥姆斯特德成功地将风景变为城市建筑，纽约中央公园也成了城市建设的经典。

城市生活无非就是三大块：商场、情场、官场。佛说世界是有情世间，城市就该有情，环境也要有情，建筑更应该有情。

看科学家们打嘴仗

一位学富五车的老教授，听北京一位著名的保健医生说吃大蒜能抗癌，便大吃特吃起来，反正上了年纪味觉迟钝不怕辣了，面对学生也无须再担心嘴里的大蒜味儿了。但没过多久，癌是抗住了没得上，眼睛却坏了。同样著名的眼科医生说，是吃大蒜过量害的。

呜呼，现代消费社会，科技发达，知识爆炸，信息多得打架，人人都活得无比明白，却又十分糊涂。过去医生们都说，咀嚼坚硬的食物可加固牙齿、强劲和发达下巴上的肌肉。而解放军三〇六医院最近发布的研究成果却正相反，咀嚼坚硬的东西对牙齿损害很大。

此类相互打架的“科学知识”多了去啦，比如：这个说吃盐多了不好，那个说盐分不足危害更大。一会儿说腌咸菜吃多了能致癌，一会儿说腌雪里蕻是很好的抗癌食品。这个主张吃水果要削皮，皮里有农药残留物；那个说吃水果不能削皮，皮子里维生素最丰富，甚至连“吃葡萄要吐葡萄皮”的习惯都是错的，对心脏有好处的红葡萄酒里的白藜芦醇，就含在葡萄皮里……

在一些更为重大的事情上，科学家们照样也在打嘴仗。国际上评选出的《2004十大科学预言》中有两条格外惊人：一条是由于全球气候变暖，海平面上升，到2020年，东京、伦敦、纽约等世界名城都将在地球上消失。另一条是到21世纪末，人类只能住到南极上去。却还有一条说，二十年后人类将获得长生不老之术……现在的这些科学家可真敢说呀，他们也

身后是剑河上的“数学桥”，据传为牛顿所造

不给个解释，地球上的人都不死了，只有一个南极怎么能搁得下呢？

不管科学家怎么吓唬，看看周围的人有害怕的吗？没有。现代人早就被吓唬出胆儿来了，越是大事越不怕，离自己还很远的事儿就更不操心，或者干脆就认为这是猴儿拿虱子——瞎掰。比如，2004年冬季气象预报中使用频率最多的句子是“暖冬”，可有五六次我的自行车气门芯被冻坏，致使车胎撒气。我骑车四十多年，以前从未碰到过这种情况，我不是说去年冬天是四十年来最冷的，我只想说经过四十年来现代科技的飞速发展，连我们的自行车的小小气门芯都变得无比敏感和娇气了。

所以，遇到又有新知识在你眼前“爆炸”，不要轻易就被吓住或炸蒙，再等等，说不准还会有别的声音。果然，2005年2月初，在英国埃克塞特举行的研讨会上，有些科学家又开始反击上面的预言，说全球变暖只是一个大神话，南极的冰盖不仅没有融化，而且越来越厚，年增厚度六点五毫米。这五十年来南极没有变暖而是变冷了。至于海平面上涨的问题，世界海洋在两万年中总共上升了一百二十米，最近海水上涨的速度大大下降，比过去慢了十倍……

你看看，这到底该信谁的？

还有，前几年对胎教吹得神乎其神，好像再要生个比尔·盖茨就得从一坐胎便开始进行全方位教育。怀孕的妇女们真恨不得把贝多芬、达·芬奇连同四书五经一股脑儿都塞进自己的大肚子，以至于有人老贴着孕妇的肚子给胎儿放音乐，使婴儿出生后“听力受损”。最近科学家又变调了，说胎教屁用也不顶，胎儿在出生之前和分娩期间没有任何知觉，只有在呼吸作用开始后，身体组织出现氧化时才会产生感觉。

我还见到有更奇妙的科研新成就：人在说谎的时候，大脑活动的区域更大，脸部的肌肉活动更细腻、更丰富，因此经常说谎的人智慧更发达，显得更年轻。好啊，科学研究已经“细腻、丰富”到这般地步了，人类还有什么不敢干的。

于是，辣椒酱用苏丹红染色，海产品用甲醛保鲜，四川眉山市查出两万多条剥了皮的癞蛤蟆当鲜牛蛙卖……现在这类事多了去啦，用一句老话叫“罄竹难书”。人们生活在科技高度发达的现代社会，吃东西没点儿胆量是不行的，活着全靠撞大运，不知什么时候就被毒一下，毒不死就是赚的。

难怪科学泰斗级的人物爱因斯坦说，科学能减轻人的劳动量，给生活以安逸和舒适，却不能带给人们幸福。这是因为人们没有完全有意义的利用它。什么叫“完全有意义的利用”？这是说人类在发展和利用科学时，缺少全面的道德和责任。科学给了社会善恶两面，人类的德行跟科技的发展不能同步，科技在带来方便的同时，必然也带来麻烦。就像网上所报道的，一个德国男子在一次车祸中丢掉了命根了，医生利用现代高超的医术给他又造了一个，他甚至还利用这个新造的东西让妻子怀孕了。但他总觉得这个后造的玩意儿样子太丑陋，便花钱让医生又造了个好看一点儿的。医生不知出于什么心理，造好了第二根并未把第一个割掉，当这小子脱裤子向他妻子炫耀有两根阳具的时候，那个可怜的女人当场吓昏，醒来后拿着自己的东西逃了。现代科技常常就这么恶作剧般地成了男人裆里的第二根生殖器。

所以，最近公布的《中国科普现状调查》结果，让许多人大出意外。调查是由中国科学院等国家的一些权威机构和一批权威专家共同完成的，具有无可言喻的权威性和可信度：“每两个中国人中有一人相信求签，每四个人中有一人相信星座，每五个人中有一人相信周公解梦，在五十个人中只有一个人具备基本的科学素养。”

这就怪了，国人无时无刻不生活在现代科技之中，利用现代科技造假坑人的手段是那么邪乎，胆性那么狂野，为什么真实的科学素养反而这么差呢？人们到底是越活越明白，还是越活越糊涂？甚至懂得越多，人类就越找不到祖宗，不知自己是什么变的，该跟谁攀亲。就像以前人们都相信自己是猴子变的，后来又发现人跟黑猩猩最接近，现代科学则证实三亿年前人跟鸡是同宗……

就这样，有时太明白了反而像糊涂，傻到家反成了大聪明。前不久国际上热炒过一个新闻，让一个傻小子出了大名。十位科学工作者到非洲考察，其中一人还带着没人管的傻儿子。他们不幸被困在大沙漠中，两次都以为找到水了，奔到跟前才知是海市蜃楼，懂科学的人都躺倒在沙漠中绝望了，只有那个傻子不懂何谓海市蜃楼，只知道自己渴得要命，无论如何也要找到水喝。于是他又拼命翻过一个沙丘，果然看到一个水塘，便大声招呼那些人。可那些聪明人谁也不动弹，知道那不过是海市蜃楼又在捉弄人，从心里同情傻子，不如保存点儿体能，或许还多一些活下去的希望。这时候沙漠里起风了，傻子直扑水塘……后来当救援队找到他们的时候，只有傻子一个人活着。救援队百思不得其解，那些人离水塘这么近，为什么只有傻子肯翻过沙丘？

因为他傻，心里反而有信念，有定力。这可真是一种讽刺，在这个信息爆炸的时代，精明过头或过于敏感，往往也最容易被炸蒙、震昏，乃至搭上卿卿性命。活得傻一点儿，单纯一些，反而成了一种强大。

铁窗外的城市

没有门窗的房屋是坟墓。城市里的建筑都必须有门窗。却不知从什么时候开始，城市的门窗成了城市的弱点、漏洞和威胁，让城里人提心吊胆，白天不敢大意，夜晚睡不安稳。

自有城市的那一天就有小偷，为什么于今愈演愈烈？随着城市现代化进程的加快，偷儿们的伎俩也现代化起来，他们通过门窗潜入他人的房屋就如同走平地，像进他们自己的家一样自如。出入的便当使他们贼胆包天，不仅肆意盗窃财物，有时还会强奸妇女、杀人灭口。

关于这类的新闻海了去啦。一传十，十传百，哪儿一出事，就会闹得周围一大片人心惶惶，人人自危。万般无奈，自由的城市人从监狱得到启发，用钢铁将城市严严实实地包裹起来——钢板做成防盗门，铁棍做成铁窗。

铁窗——泛指监狱。而世界上最安全的地方就是监狱，除去没有自由。如果把自己的家装备得在外人看来像监狱，偷儿们也就不敢轻易光顾，即使他们有那种贼胆，也未必有冲破钢铁防护的贼招儿。这下，城里人终于可以睡个安稳觉了。每个住宅小区都有自己的院墙，北面一般还要盖上几栋高楼大厦做护卫，门口有栏杆、警卫，对出入人等进行盘查。

人们进入每一栋楼房，必须先要打开通向楼道口的第一道大铁门，楼门洞有多宽多高，铁门就要有多宽多大，壁垒森严，厚重安全。一天二十四小时都紧锁着，而且是现代化的牢靠的电子密码锁，开启的方法各式各样，有的用遥控器，有的用大钥匙，有的须站在大铁门外面对着扬声器自报家门，待里面的人对你验明正身，确信你对大楼不构成威胁，才会咣当一声打开大铁门上的小铁门，放你进去。

过了第一道大铁门，各家各户的门口还安装着第二道小一点儿的铁门，进入的程序和进入第一道大铁门差不多，所以现代城里人的腰上大都挂着一大串钥匙。这就更容易让人联想到在影视作品上看到的监狱看守，屁股后面都挂着一大嘟噜钥匙……

有外人想进来自然就更难了，无论想进去找谁，都有一种探监的感觉，紧张兮兮，盘问仔细。进了楼找到你要找的门口，还要站在明处接受主人在暗中进行一番窥探。所有的防盗门上都有一个窥视镜，无论上门者是何许人，主人本可以堂堂正正地开门一看，却偏要偷偷地在门后窥视。防贼反把自己置于偷偷摸摸的境地。

正是这防盗门上的窥视镜，无疑开启了一个偷窥的时代。城市里曾长时间的热销望远镜，大的路口都有小贩在手臂上、脖子上挂满望远镜，向被红灯拦住的司机们兜售。被关在铁窗里面的城市人，想借助望远镜延伸自己的眼睛，更多地获得看的自由，看到铁窗外面更多的景观，尤其是别的楼里的铁窗后面的情景。

窥视继续扩大。据报载，仅北京市的街头巷尾，就安装了五千多只电子眼，一天二十四小时监控街道上的人流和所发生的各种事情。许多大酒店的电梯、楼道乃至房间里，自然更少不了要装上监控摄像头，连国内不少大城市的公交车上也装有电子眼，为防备在车上作乱使坏的家伙。为保护学生们的人身财产安全，有些大学的女生公寓的楼道里也安装有摄像头。甚至在火车站的厕所里、商店的试衣间以及浴室内，也都安上电子眼，目的当然还是为了防贼!

——这就是现代城市人的尴尬，在防贼的同时却也把自己的隐私暴露在窥视镜下。

骆英有一首关于《窗》的短诗，活画出现代城市人的窘境：窗被窗折射，窗被窗隐藏，温暖被窗隔断，眼在窗中惊慌。窗像夜狼林中的眼，窗中的高楼冷冷闪光，窗被窗紧闭，窗被窗相望……铁门和铁窗到底是让城市人更安全了，还是更不安全了？或者说人身和财产相对安全了一些，但心理上却不那么安全了。

城里人回到家以后，再想看外边的世界就只能通过窥视镜和铁窗，而窥视镜视野狭窄，只能看到鼻子跟前的一点点。至于站在铁窗前向外望去，外部世界全都是铁窗，连草坪都被铁棍的投影切割成小碎块。城里人就是依赖这种被关在铁窗内的不自在和不舒服，获得了一种被囚禁起来的安全感。这就难怪现代人的精神疾患格外多，抑郁症、变态狂……各种稀奇古怪的病症令人匪夷所思。

看上去非常牢固的铁窗，反而造成了现代人的精神脆弱。于是他们就越发离不开铁窗，依赖象征失去自由的铁窗，来获得一种虚妄的安全保障，甚至借铁窗来炫耀自己的财富，将其视为财势的象征。比如实力雄厚的大公司或有钱人家的别墅、豪宅，铁窗会做得更加粗大坚固，甚或给森冷的钢铁加上点儿花样。而铁窗上的花活越多，就越不协调，更像一种变态。据说一暴富的农民企业家，曾在自家的铁窗上镀金，后来他锒铛入狱，不知是否自备了一副金手铐？

现在的城市建筑里都是一道道铁门外加一扇扇铁窗，如果说进楼的第一道大铁门是防外面的强盗，那么楼内各家各户的防盗门就是防楼内的坏人？楼内住的都是邻居，难道要以邻为盗，各自为战？

富裕起来的现代人，成天防备着除自己以外的所有人。心里又怎会不紧张，不孤独？人人心里设防，人人心里像有一座监狱。

但是，监狱被从外面攻破的时候不多，倒是监狱里边闹事的不少。祸起萧墙、监守自盗、家庭解体、争抢财产……可惜，几乎是无所不能的现代人却还没有发明一种能够“防心”的铁门和铁窗——借以防住贼心、花心、妒忌之心、狡诈之心、怨恨之心、歹毒之心等等。

透　绿

将公园四周的高墙，和一些有碍观瞻乃至产生污染的建筑物统统拆掉，换成栏杆，让公园的绿色透出来，让外面的人透过栏杆可以看到公园里的绿——这就是城市的“透绿工程”，无疑是一件好事。

可是，当我看到一些公园的栏杆时，却一阵毛骨悚然，立刻联想到这栏杆里面或许不是什么公园，而是监狱以及军火库一类的秘密设施。这栏杆粗看还比较漂亮，细看却极其凶险，在栏杆的顶部有两排弯曲的尖刺，一排向里弯，一排向外弯，每根半尺多长，如野猪的獠牙一般锋利。在两排獠牙的中间还埋伏着无数笔直而尖细的箭镞，纵然逃过了明枪还有暗箭……这些东西用来对付谁呢？

自然是那些不买票就想进公园的人。翻越公园的栏杆固然不对，难道就该开膛破肚，甚至被扎死？公园的主人出于一种什么样的心态要把栏杆设计得这般狠毒？倘有顽皮的孩子出于对惊险的好奇而被误伤怎么办？真打起官司来，栏杆的主人恐怕得输。

这诡异的栏杆却真实地反映了当下的一种城市意识：看着是在为群众做好事，骨子里却把人看得很贱、很轻。以至于连公园都像防贼一样的防着游客和市民，却天天还在喊什么“跟国际接轨”“建设国际大都市”……哪个“国际大都市”里的公园还有栏杆？因为人家的公园不像我们要卖这么贵的门票，甚至连博物馆都竞相免费迎客，任何人都可以随意出入，还要栏杆何用？比如纽约的中央公园、伦敦的海德公园等等。

2001年，与苏格兰的女房东

现代城市建设最时髦的一句口号是“以人为本”，实际做起来往往是“目中无人”的。比如在我们这一大片住宅区外面修路，施工者只给汽车留出一条弯弯的窄窄的过道，将步行道和自行车道统统挖掉并用护板隔离起来。你修路纵使有一万个理由，也不能把数千户居民的路给堵死？人活着最基本的需求是衣、食、住、行，这些人只要出门就得冒生命危险跟汽车轱辘抢道。由于这是一条连接城乡接合部的主干道，汽车格外多，而且开得贼快，人们夹裹在汽车中间，胆战心惊，气喘吁吁，每次一进一出都像捡了一条命。

其实，要留出一条小道供行人通过非常简单，也非常自然，不必打什么“以人为本”的旗号也应该做到，也能够做得到。所以人们有理由怀疑，高唱“以人为本”的人，脑子里真的有“人”吗？我不知道这个口号是怎么流行起来的，也不清楚它的真实含义，但却想起前年在英国遇到的一件事：当时伦敦市民正讨论和表决关于伦佐·皮亚诺大厦该不该建的问题，最后持反对意见的人占多数，致使建筑商一直未能拿到大厦的建筑许可证。

这是一座三百米高的尖形建筑物，建成后将给伦敦的天空中增加一个“漂亮的锥体”，成为又一座标志性建筑。但伦敦人认为，伦敦的天空不属于政府或某个开发商，它属于伦敦的历史和文化，以及伦敦的市民。尽管大厦的开发商对于这座大厦质量一再许诺："绝对符合环保要求，建成后将直接用泵从地下抽水，利用太阳能光板为楼内供暖，还要修建一些花园改善自然通风……"但，不获得伦敦民意测验的赞同，却甭想动工。

最近媒体报道，伦敦市民要对此进行新的论证。这是对市民的尊重，也是对城市的尊重。有了这种尊重，才会有珍惜和呵护，才会小心翼翼地规划和建设。

是建筑的理性和社会性，决定了城市建筑需全民参与。现实是，不要说一般民众对建筑没有发言权，就是建筑界的专家能够参与一下也算不错了，北京的"鸟巢"先施工再喊停，先通过再修改，整个过程非常典型地说明了现代城市建筑是一种"强势文化"，它偏重体现金钱和权力的权威意志。所以只要看到一个城市的建筑水平，大体就能了解这个城市以及它的决策者的水平。

可是不要忘了，好城市最基本的一条就是建筑必须要能在老百姓的心里活起来。比如过去的劝业场，民间关于它的传说特别多，当初是谁设计的，牌匾是谁题的，风水如何之好，建筑如何结实，大水泡不坏，大震震不塌等等。当时外地进津的人必须得逛逛劝业场，不逛劝业场等于没来天津，不住在市中心的天津人，隔一段时间也得来逛逛劝业场，好像长时间不去劝业场就会跟不上时尚，容易被天津市的主流社会所抛弃。劝业场是一座建筑，却成了一种标志、一种文化，甚至挂在劝业场二楼拐角处的一幅大型滑稽照片——一个很有人缘儿的男人龇牙咧嘴地蹲在地上抠脚气，至今还让许多人记忆犹新，想起来便会情不自禁地在嘴边泛起笑意……

市民喜欢和欣赏自己的城市，以城市的建筑自豪，才能扶持和善待建筑。若劳民伤财，与群众的情感格格不入，甚至惹得议论纷纷、骂声不绝，无论主家多么喜欢，恐怕也是失败的建筑。

小区的风景

天津人爱议论“五大道现象”——由五条大道组成的一片街区，建成近百年来基本还保持着原有的风格，尚能闹中取静，至今仍算得上是比较漂亮和有特色的地段。可是，在“五大道”之后又建起了许多各式各样的住宅小区，刚建成的时候都挺漂亮，几年下来就变得面目全非，松、散、乱……这是为什么？

比如我居住的小区，两年前刚搬来的时候很整洁，很快就变得一言难尽了。楼前楼后挖沟不止，挖得很快，填的时候很马虎，复原就没有日子了。变电小屋挪来挪去，毁了草坪盖房子，房子建了一半因打官司又停工，到眼下已经跨过两个年头了，草坪毁了，房子也没盖成。小区中心地带有很好的两栋高楼，一场官司之后在两楼之间竖起了一道铁栅栏，楚河汉界，老死不相往来，非常刺眼，显得极不协调，即俗话说的毁了小区的风水。

因此，在提倡构建和谐社会的今天，小区里却经常会出现一道格外醒目的风景，那就是“大字报”和“大标语”，并伴随着一场接一场的没完没了的官司：房主和开发商、居民和物业公司、这个开发商和那个开发商、这个物业公司和那个物业公司、房主和房主……忒热闹了，一个小区就能演绎一部春秋战国。

我曾经以为这是自己运气好，摊上了这么一个多事的地方让你长见识。后来听朋友们谈得多了，或到别的小区串门看得多了，原来还有许多小区的状况都差不多，甚至包括其他城市的住宅小区，也都有着类似的麻烦，上演着内容大同小异的连本活剧。房主们在买房子的时候，每个小区的平面和立体规划图都做得非常好看，极具诱惑力，买房者便很容易疏忽大意，没有拿着这份规划设计图跟开发商到公证处做公证。等到小区的房子卖得差不多了，开发商就开始一点点地改变小区布局，或将草坪掘掉建变电站，或毁一块公共活动区域盖锅炉房，或干脆将留出来准备建广场和喷水池的地方改作他用……

“先规划，后破坏”——成了某些房地产商的惯技。或许也不能只责怪房地产商，先建后拆和乱建乱拆，似乎是我们多年来养成的一种习性。想想近半个多世纪以来，我们的城市可曾消停过？我们的马路可曾干净过？难怪相声里说应该给马路安拉锁。城市建筑更是如此，泥巴灯、干打垒、工人新村、简易楼、大板楼……拆了过时的，再建起过时的，老是赶，老是拆，不停地建，不停地拆。甚至一个领导一个口味，每个领导上任伊始先拆老的，后建新的，这些新的建筑到下一个领导上任时，又变成了该拆掉的过时货。

这股习气非常强大，流风所至不可能不影响到住宅小区，刚建成的时候都比较漂亮，几年下来就又变成了大杂院，乱拆乱盖，乱堆乱放，垃圾遍地。以前人们都习惯性的怪罪中国人的素质太差，现在应该分析一下，归归类、排排队，看看都是哪些人的素质差，差在哪里，谁该负主要责任。就在我写这篇短文的时候，在我的东窗户下面，一

香樟树越来越少了

帮民工又开始在一片空场上挖大坑，一位老太太闯进去横躺在坑里，才迫使工人们不得不停手。四周围着许多人，不知是谁报了警，警车“呜儿呜儿”地也赶来凑热闹……我估计很快又有新的大字报和大标语挂出来，一场新的旷日持久的官司也会跟着开场，不知要到什么时候我的东窗根底下才能安静下来?

既然写不了东西，就索性下楼看看到底是怎么回事，站在人群后面听到不少新鲜词儿，有人骂一些人是“刁民”，有人指责另一些人是“刁商”，有人大声阐述自己的理论：自我防卫是人类最古老的法则，就连地上一条小虫子遭到践踏都会改变方向，要知道房主们已经花钱把这个小区买了下来，小区是属于业主的，哪儿该怎么拆、要建个什么东西，怎么可以不经业主同意就乱来，岂不是欺人太甚?

我已经没有在这种乱哄哄、闹嚷嚷的场合争理、辩理的锐气了，也没有这份激情和能量组织群众、动员群众，只能躲在后边偷偷地长见识。但是，在心里还是由衷地赞赏和敬佩这些敢于挑头的人，他们不怕麻烦，不怕是非，积极组织房主们据理力争，维护自己的利益，不惜诉诸法律。

城市里一个个相对封闭的住宅小区，实际上已经取代了过去的“街道”，由业主们民主推选出来的业主代表，也相当于过去政府委派的“街道主任”。管得好的小区，都有热心而公正的业主代表，他们是“公共活动分子”。不就是因为有一批“院士级”的建筑学专家向国务院领导上书，作为北京奥运主会场的“鸟巢”才得以暂停施工，并进行了全面的“瘦身”吗?

还有位四十一岁的俞孔坚，是北大景观设计学研究院院长，对中国正在大搞“城市化妆运动”的批评可谓惊世骇俗、入骨三分：“这是一个尽情挥霍的时代，尽情地挥霍着土地、资源、纳税人的钱。看看要建的央视大楼，用十分之一的钱就可以建同样功能的建筑，它看上去极现代，但不具有现代建筑的本质，没有现代精神，只能是暴发户意识、封建意识的体现。这种意识再与横行中国的‘城市化妆运动’相杂交，就生出了一个个城市景观的怪胎……很多城市都是一个政府大楼，前面一个大广场，一个中轴线……”

茨威格曾为专家下过定义：由于职业关系，应对所有超出常规的计划抱不信任态度。俞孔坚的声音恐怕不仅让关心城市建设的人听到了，也让许多普通百姓听到了。这种声音能够如此强劲的理直气壮地发出来，并大面积传开，就是时代的进步。我不相信这对中国当前的“城市化妆运动”或者说“城市的热膨胀”，会没有一点儿作用。

再怎么说，我们的现实也不至于油盐不进、死猪不怕开水烫吧？

基于同样的信心，我对这些年来如雨后春笋般的住宅小区也寄予希望，这完全是居民自己管理自己，呈现出一种新型的社会组织形式。当业主们都能管理好自己的小区了，社会和国家的管理也自然会大为改观。到那时无论我们自己还是外国人，大概都不敢再拿中国人的素质说事了。

圆的图腾

中国的城市正热衷于建雕塑，而由国内外知名的雕塑家、建筑学家以及城市规划设计师们组成的评审团，却给中国的“城雕热”泼了一盆冷水。他们评定了上海的一千零三十四座城市雕塑，其结论是：百分之八十是平庸之作，好的和极为低劣的各占百分之十。

其中有个最为古怪的现象，即中国的城市雕塑都喜欢跟“圆形”玩儿命。《奔向未来》是一堆不锈钢顶着个圆球，《托起新世纪》是两双手举着个球，《花开新千年》是钢片上挂满球，《腾飞》是抱着球，《光华》是顶着球，还有夹着球、咬着球、转着球、抛着球……

现代人气势大，一表达雄心壮志或规划未来，就拿地球说事，自然也就老在圆上做文章了。这让人想起繁华的南京路中段，有一个著名的黄金三角地，以前长满大树和花草，给拥挤的市中心留着一片宝贵的绿荫和一个透气孔。1976年唐山大地震后，这里竖起一座雕塑，是切开的圆锥形，里边分别站立着工、农、兵三尊雕像。附近的居民解释说：这是一座开花坟，里边埋葬着在地震中死去的工、农、兵。

那是“文革”中的产物，塑成什么样都不足为奇。由于它是抗震纪念物，又是“工农兵”，无人敢动它，甚至连无孔不入的房地产开发商也不敢打它的主意，至今还矗立在那块黄金三角地的中央，并阴错阳差地形成一种类似圆的诅咒。

或者说，圆——成了城市建设的一种图腾。凡重要建筑，都要弄成个圆球：平津战役纪念馆是个地雷样的黑色铁球；体育馆是个鼓胀的飞碟，同样是圆乎乎；新建的历史纪念馆，应该说非常漂亮，却又是个滚圆的大银球，北面有一个扁而长的把柄，像一个倒扣着的马勺。后来听说，设计者的原意是一只卧着的天鹅。天鹅卧着不还是圆的吗？

当然，圆的也没有什么不好，我甚至随口还能列举出许多关于圆的好处：人类赖以生存的地球就是圆的，人类所有跟外界接触的部位也都是圆的，头颅、眼珠、鼻头、嘴唇、手指肚、膝盖、脚后跟、脚趾肚、屁股等等。只有圆的东西才能强韧、圆滑，不怕碰撞，且能钻、能挤、能飞、能转。比如车轮、足球、弹头等等，都设计成圆的。

虽然圆的东西有这么多好处，可城里人终究不能光生活在圆里，想想看，无论在哪个城市走上大街满眼都是圆，那会是什么感觉？可中国的城市里为什么一下子会冒出这么多平庸俗劣的雕塑呢？其实还是老毛病作怪：一窝蜂地赶时髦，暴发户式的附庸风雅。大致可分以下几类：

一、概念化、套子化，假大空。表现现代是不锈钢加圆球，表现传统就是龙、狮子、牛，外加神仙老虎狗。批量订货，大同小异。

二、长官意志，拍马奉迎。有些城雕是领导授意搞的，为个人树碑立传；有些是下边为了让头头高兴搞的，甚至就是为了刻上领导的题字。有个企业家，在工厂大门外竖起了他和他老婆以及几个共同创业的哥们儿的雕像，成了当地轰动一时的景观。兴奋之余竟托人拉我去看，想从作家嘴里听到两句好话。我看后沉吟半天，却只能说实话：惨了，你们这几个人今后恐不得安生了。塑像代表着你们没黑没白地就站在这里了，风吹雨打，冰天雪地，雷电袭击，等等，鸟还要往你们头上拉屎，你们得罪了哪个员工他还会往你们身上啐唾沫、甚至撒尿……这些信息都会传递到你们身上，能好受得了吗？世界上有些非常强硬的人物，在大建塑像之后却迅速地或神秘地倒台了。

三、抄袭、模仿，生搬硬套。布鲁塞尔的《撒尿的男孩》，是世界著名的雕塑作品，在中国的街道上也经常可以看到这个正在撒尿的比利时男孩儿。由此还影响到中国的影视作品，里面只要有男孩的戏，多半会给他一个对着镜头撒尿的特写。看一个男孩在特定的环境下撒尿或许很有意思，让那个外国孩子跑到中国来到处撒尿，就让人觉得不怎么有意思了。还有，到处建罗马柱，北方的城市里大造假椰子树，甚至连公园里也用绿塑料制造假草皮，你说恶心不恶心?

四、见缝插针，粗制滥造，昏昏然、昭昭然，添堵添乱。城市里本来就拥挤，好不容易有一点儿空地，你还弄个俗不可耐的雕塑填上，跟人争空间。雕塑是一种艺术创作，应该创造出自己的灵感，塑出思想和感情的空间，这非常不容易。世界上出现过那么多的雕塑艺术大师，千百年来才留下多少有口皆碑的雕塑珍品?

现在的中国可倒好，几乎没有人不能搞雕塑：政府可以搞，城建部门可以搞，市容办可以搞，园林局可以搞，开发商可以搞，企业可以搞，街道可以搞，小区的物业可以搞……惹急了老百姓也可以搞，搬个板凳往马路上一坐，就是活雕塑。

说一千道一万，缺乏个性是城雕的通病。如果自知搞不出一鸣惊人的传世之作，能结合自己的环境和文化背景雕塑出有独特个性的作品也好啊。许多年前旧金山的美洲银行大厦落成时，花重金请一位知名的雕塑家为大厦创作一件相称的作品。艺术家是个重实惠的人，既不想放弃这笔丰厚的酬金，又不愿拍银行的马屁，于是就用黑色大理石雕塑了一个巨型的心肝，隐喻资本家的心肝都是黑的。而美洲银行欣然接受了这件奇特的作品，并把它摆放在大厦的前面。不想此“黑心肝”很快就成了旧金山的著名景观，人们蜂拥而至，一睹为快，这非但没有给美洲银行带来晦气，反而作为故事流传开来，“黑心肝”变得强大而宽容，门庭若市，人气鼎盛。

这显示了一种肚量和品位。一个单位如此，一个城市也如此，城市摆放城雕，城雕也在雕塑城市。走进一个城市，只要看到它的雕塑品就大致可以掂量出这个城市的品位。

残酷的魅力

北京时间19日晚上，我的电视上出现次数最多、时间最长的一条广告是：

明天上午九点实况转播泰森重返拳坛第一战——我回来了。

我心里的某个角落突然泛出想获得刺激的欲望，产生了被诱惑的兴奋。然而除去世界杯足球赛期间，我白天极少看电视，心里还拿不准明天是不是会看泰森击拳……

泰森有什么新鲜的呢？曾经是个穷孩子，从小就爱打架斗殴——拳击天才似乎都来自贫民区，不知道有没有富家子弟成为拳王的记录。泰森曾横扫拳坛，但天才也有走背运的时候，四年前在东京被道格拉斯击败，失去拳王宝座。祸不单行又被控告犯强奸罪入狱，也有舆论认为他是被其他更神秘可怕的力量打倒的。总之，泰森有了传奇性和神秘色彩，在监狱因表现好被提前释放，还皈依了伊斯兰教……他的拳头还和以前一样吗？这小子会有什么变化呢？

这样一个人物，这样一场悬念迭生、全球瞩目的比赛，岂能错过！

如果他是一位谦谦君子，甚至是一位完人，还会有这么大的吸引力吗？恶和善、坏和好到底哪个更有吸引力？

第二天九点钟我准时打开了电视机，有四个频道都在转播泰森，真是热闹！美国拉斯维加斯米高梅酒店大花园拳击场，会集了美国社会各界的名流，但气氛并不轻松，各入口都站着荷枪实弹的警察，近一万七千名观众须通过电子检测门方能入场。尽管每张票价高达一千五百美元，最低的也要二百美元，却早已售空。到处可见“泰森卷土重来”的宣传画。气氛真是造得没法再足了！——都是为了要看泰森。

泰森却不那么容易见到。电视上先播放关于泰森的专题片，然后是一场打满十二回合的轻量级拳王争霸战。主持人却一再强调，谁都相信大家是为了看泰森而来，已经离开拳坛四年的泰森还能重现昔日雄风吗？然后又是一场重量级拳王争霸赛，用两个现任的拳王为他打场子，泰森这个昔日拳王未亮相就成了王中王！是因为他的拳头厉害？还是他身上的新闻多、票房价值高？

在现任拳王打得鼻青脸肿的时候，主持人不断地把镜头切到泰森身上，他终于在保镖的簇拥下进场了。头戴伊斯兰小白帽，面无表情，两颊微陷，略显清瘦。右臂上刺着一个醒目的图案，我拼命想看清，想知道他刺的是什么，很可能是泰森的图腾。看清那个图案对理解他这个人有好处。可惜现场电视导演对此不感兴趣，不给特写镜头。

观众们向泰森发出阵阵欢呼，有的叫着他的名字，有的对他挥手飞吻。一歌星出人意外地登台演唱，为泰森出场做最后的渲染。拳击场外却有二十多名男女和孩子步行示威，高喊着“强奸不是体育”的口号。场内场外，反差极大。是抗议，却等于给这场比赛再添一景，色彩更丰富了。

从九点就坐在电视机前等着看泰森，三个小时过去了，千呼万唤，泰森终于要动手了。他面色阴沉，目光凶狠，死死盯住对手。比他高大、粗壮、年轻的麦克尼雷，却目光低垂，不看泰森，或许是不敢，看上去在精神上有点儿怯。裁判一宣布比赛开始，他却戏剧性地跑着扑向泰森，我还没有看清怎么回事，他就被泰森打倒了。站起来再战，被泰森三下五除二又放倒了，于是麦的教练跑上台宣布认输。共用了一分二十二秒，比赛结束了，这就算泰森胜了。

没有试探，没有预备，上来就是高潮，短促而精彩。和前面两场的沉闷、冗长、没完没了地试探和难分伯仲，形成强烈对比。泰森到底是泰森，拳坛需要他，没有他的拳击简直不叫拳击！但似乎也太精彩了，精彩得不真实、不残酷，像在表演、在做戏。于是观众席上骂声四起，骂麦克尼雷的教练不该中断比赛，骂泰森的经纪人戏弄观众……

总之，大家不满足。不满足什么呢?

等了三个小时，看了一分钟，不过瘾。为什么不过瘾?

没有满足人们对残酷的渴求。人们花钱到这里来，是想看一场泰森的恶斗，或者他把别人打得脸上开花倒地爬不起来，或者别人把他打得血肉模糊，人们对残酷的爱好如同刀锋追求伤口一样执着。从古人让奴隶角斗，然后发展到斗兽、斗牛，乃至规模更大且无任何规则可言的残酷——战争的屠杀。人类对残酷场面可谓百看不厌。泰森之所以受欢迎，因为他是残酷的天才，一分半钟赚了二千五百万美元。人类早就懂得了用残酷发财。

——这是一种有规则的可观赏的残酷，是和平的战争。如同人们喜欢看恐怖片、暴力片一样。局外人甚至可以从电视上像看焰火、看电子游戏一样，欣赏海湾战争的轰炸，这难道不是在欣赏残酷吗?

如果拳头或炮弹向自己头上飞来，残酷降临到自己身上，我想能抱欣赏态度的人就不多了。拳手们则不然，以给别人施以残酷为乐、为荣、为职业、为名利双收的手段。其中最残酷者是拳王，残酷是他们的一种资本、一种力量、一种优势。

残酷的故事从来都最引人关注，残酷的故事经常都会发生。所以欣赏残酷的人们还可以继续欣赏下去。

海底坐垫

生活在这样一个千奇百怪的世界上，想能见怪不怪，非有足够的定力不行。让自己静下来，得能够静得住。

静——可比动难多了。步兵战士都知道，齐步走和跑步，要比立正容易得多。因为，我们的灵魂里几乎不会有完全的寂静。

《荒漠甘泉》里讲了一个“海底坐垫”的故事：谁都知道海洋是永不止息的，风从不会平，浪从不会静。但在海底深处，却有一个风吹不到浪打不到的地方，叫作“海底坐垫”。任狂风暴雨搅翻大海，任龙吟海啸波涌浪滚，那个地方从来不会被搅动。当科学家们挖掘海底，把“海底坐垫”上的动植物遗骸拿上来检测时，证实这些遗骸一动不动地被存放了数千年之久，从未受到过打扰。

据说台风的中心也是平静的。

我们在生活中，又何尝不是如处于大海之中或台风之中？到处都是声音，人的声音以及各种物体发出的声音。甚至当我们越是想安静的时候，就越有一种大吵大闹的声音传到耳中，里里外外的喧嚷声不下上千种，烦你，扰你，推你，拉你，以致除了这种喧嚷声之外，你再也听不到别的声音，更听不到自己灵魂里的声音。

这时候你要继续静下去，也必须在嘈杂中有时间让自己独自安静在一个地方，让外界的噪音达不到，也让能进到你心里的每个闯入者不作声，如同安静的日落。当你对外面的一切噪音充耳不闻时，渐渐地那些噪音就

凝 思

会消失，会听到从自己的心灵深处发出一种极微小的神秘音调，有无法形容的温柔和安慰的能力，那就是从你自己灵魂里发出的声音。

越是嘈杂的生命、忙乱的生命，越应该找到这种内在的静，倾听自己生命的歌唱。那才是自己的声音，才是真实的自己。

认识自己乃是真知识的基石：人永远无法自己满足自己，人在绝望中也无法解脱自己，认识自己的软弱才能坚强，体验过惧怕才会勇敢。

生活并不是单纯的经济行为，生命的更新才是一切改革的根基。历史是我们自己的影像，在历史和别人的错误里能看到自己的责任，才是真智慧中的开明。在有强光的地方必有暗影，但在阴暗的地方更容易获得丰富和珍贵的启示。

在倾听自己的过程中，沉思默想，整理自己的思路，靠近自己，充实自己，会认识自己的命运，恢复自己所有的能力，然后才可能调动全部精力去做好应该做的事情。

这种“静”之所以能给人改变生活的力量，是因为它能医治痛苦和沮丧。

然而，痛苦和沮丧这两样东西，是人生中不可能不遇到的。逆风能使船舶进港，沉重的钟摆能使指针移动，世上许多美好的事物都是通过眼泪和痛苦后才得到的。通过静思反观这些痛苦，才会使人深刻和丰富，才有可能成为灵性上的伟人。

而沮丧，却是一种危险的引诱，使人的心脏收缩、衰弱，把困难扩大，给世间描绘上一层凶险的颜色。能够静下来跟自己对话的人，不是没有痛苦，而是从不沮丧。

“静”还出于一种心灵的渴求。吮吸生命的气息，让心里体验到一种不可诠释的感情，超然有世外感；静谧，清畅，才会找到人同外部世界的连带感，找到与灵魂相熨帖的东西。让疲惫的心身重新投进生命之中，让生命本性的渴求得到满足，这是心灵的拯救。

人人都是地球上的匆匆过客，生而不知从何而来，死而不知去向何方。因此，生存就需要思考。“海底坐垫”是给海洋以静力和智慧的地方。心里有这样一个“海底坐垫”的人，必有海洋般的性格和胸襟，堪称大气。

愿善良的人们心里都有这样一个“海底坐垫”，用以对付世事的凶狠。

恨郎不狼

某一天在医院门口看到一辆被铁板包裹得严严实实的运钞车，旁边站着两个荷枪实弹的武装人员，心想这医院发了什么大财，值当用运钞车拉钱？

就此向当医生的朋友请教，他说运钞车里装的并不是钱，而是药——“伟哥”。

啊？！不就是壮阳药吗？难道还会有人抢这玩意儿？中国人都好面子，你即便拿着“伟哥”想白送给人家，人家说不定还不好意思要呢。

朋友翻翻眼皮教训说：你居然还有这种思想，又怎么能跟得上时代呢？上个星期天的早晨，有一家生产壮阳药的企业在百货大楼前面召开产品发布会，向到会的人赠送一盒土造“伟哥”。你猜怎么样，从头一天晚上就有人排队，第二天天不亮百货大楼前面就已经是人山人海了，从十七八岁的年轻人到七八十岁的老人一拥而上，更新鲜的是还有相当数量的年轻女士。发药一开始，“阳痿大军”就疯了，呼喊着一起往前拥挤，如海啸爆发、山洪倾泻，挤破了脑袋，撕破了衣服，踩坏了厂家的货柜……

我想象着那种场面，真是令人头晕。怎么会有这么多阳痿者？不发壮阳药还看不出来，一个个都打扮得花里胡哨，原来是银样镴枪头。天津人还算是文明的，报纸上说泼辣的成都人在一次壮阳药的促销会上愣是踩伤了人……

人一阳痿就急了。阳痿的人又这么多，大家一块儿急，阵势自然就可观了。

阳痿者一成了气候，就不用再藏着掖着，壮阳也便成了堂而皇之的“壮举”。不光男的时刻想着“壮”，女的也唯恐自己的男人不“壮”，于是一块加入壮阳的行列。

《今晚报》载文，一位年仅二十五岁的女士，刚结婚一个多月便发现丈夫精神倦怠，她听人说吃什么补什么，羊肾最壮，便上街买了六串烤羊肾，让丈夫一气都吃下去。那小伙子心里有愧，再加上壮阳心切，哪还敢拂逆新婚妻子的美意？

真是恨郎不狼啊！

岂料羊肾吃下去以后，该壮的地方没有壮起来，倒把大肠头给壮起来了，顺着肛门蹿稀不止……写到这儿忽然想起要向读者诸公提醒一句，千万不要以为就是中国男人阳痿的多，男人阳痿是“世界潮流”。“伟哥”是美国人发明的，他们有需要才会搞出这种目前世界上最猛烈的壮阳药物。

目前泰国的大象正遭厄运，因为传言象肉可壮阳。可想而知，阳痿大军一红了眼，有多少大象能经得住吃呀？！美国前总统克林顿堪称是当代世界第一大“情种”，出了那样大的丑闻为什么不臭？仍旧风风光光，活得有滋有味？有人说就因为丑闻帮了他一个大忙，证明他不阳痿。澳大利亚悉尼蜡像馆的工作人员抱怨，每次检查克林顿的蜡像时，都发现他裤子的拉链是开着的。原来有许多参观者，其中包括不少大姑娘小媳妇，硬要蹲在克林顿蜡像的前面照相，还要把他的裤子拉链拉开，看看它到底生猛到什么程度？可见一些西方人骨子里是羡慕克林顿的那个东西，至少也是怀有某种好奇。

这就是现实，就是男人们的现状。既然不行，补一补壮一壮也无可厚非。社会毕竟是进步了，要不怎么会满大街地撒壮阳药呢？

接触的艺术

天地间一切奥秘无不取决于接触的技巧。

接触产生了世界，创造出宇宙间的万千气象——风雨交加，雷鸣电闪，山呼海啸，陨石飞落，无一不是大自然家庭成员中相互接触的结果。不接触就没有火，没有光，没有水，世界也不会有运动和变化。

火车的价值要依赖车轮和铁轨的接触，汽车的速度来自轮胎和地面的接触，滑冰运动员的成败取决于冰刀和冰面的接触，踢足球靠脚和球的接触，打篮球靠手和球的接触，拳击是拳头和皮肉的接触，钓鱼是钓钩和鱼唇的接触……

一切运动都离不开接触。

创造，更是接触的艺术。绘画、写字是笔墨和纸张接触的学问，雕刻是刀锋和对应物接触的技巧，乐器发出声音是接触的结果，演员感动观众是情感接触的效应，等等，世上找不出不靠接触而产生的艺术。

亲吻是接触，拥抱是接触，男人和女人的接触，让人类知道什么是爱情，并子子孙孙繁衍不息。地球上的一切生物，都靠接触而维持生存。

人生就是接触。

接触的成败往往能决定和改变一个人的命运。比如：一次偶然的接触交了一个朋友或找到了爱情，一次意想不到的接触使自己获得了千载难逢的机会，在各种各样的接触中增加了知识、积累了经验、历练了人生。人们常说的运气好、碰巧了、瞎猫撞上了死耗子等等，都不是与世隔绝的产

林希、管桦、井上靖、蒋子龙、敖斯尔（自右往左）

物。“运”“碰”“撞”，都是接触。先有接触，后有奇遇。而所谓幸运者的一生，就是靠那么几次奇遇般的接触。

立于当今这个开放的热热闹闹的商品社会，“脱离接触”就无法生存，更不用想能干成什么事情。活着的学问变成了接触的学问。现代人讲究社交，社交就是接触。善于搞公关的人成功的机会多，到处都受到重用和欣赏，“公关”就是接触，“公共关系学”就是“接触学”。

由于每个人对生活的切入点不一样，接触的方式也多种多样。商品社会中喜欢用物质跟人接触的人越来越多，请吃请喝是通过食物和酒精接触对方的心，送礼和行贿是通过物和钱接触人。经济人喜欢经济接触，经济接触使经济案件成几何倍数增长……

在所有接触中最难的又是人们最渴求的是心和心的接触。没有心的交流，使人跟人的接触变得既无法回避又复杂微妙乃至险恶了，轻了不行，重了也不行，深了不行，太浅了也不行。每个人苦乐不均，品格不同，修养不一，地位不等，再加上感情的起伏跌宕，外部环境的瞬息万变，每个人都是“君”——“伴君如伴虎”。

接触不再是万无一失的了。一不小心，接触会变成伤害，如同刀锋和伤口接触一样。贪婪和贪欲接触，奸和恶接触，关系紧张，生活也变得紧张了。人跟人是如此，国跟国、民族跟民族也如此，战争就是一种残酷的接触，是武器弹药之间的接触。海湾战争期间最出风头的接触就是爱国者导弹和飞毛腿导弹的接触。

于是，现代社会的接触，变成了一种奥妙无穷又须小心翼翼的艺术。

人们怎么可能活得不累不烦呢？即便是厌恶接触的人也逃脱不了接触。因此，研究接触的学问，掌握接触的艺术，变得急迫和至关紧要了。纵观当今社会的成功者，哪一个不是擅长接触的高手？他们敢于接触，乐于接触，主动接触，连续接触，四面八方地接触，全方位地接触，不知疲倦地接触，深得接触的奥秘，享受接触，广收接触的果实。他们的接触靠智慧、靠力量，恐怕还离不开真诚和善意。否则就不会有真正的成功。再狡猾的人也不可能长时期地以假收获真，以恶换取善。

接触，接触，人们时时、处处都生活在接触之中，生活又在接触中不断地进步。

老在海外

移民像潮，是怎样的一种景象呢？白居易唱过：“早潮才落晚潮来，一月周流六十回；不独光阴朝复暮，杭州老去被潮催。”几年前，我见过天津市一个有着几万住户的老棚户区大拆迁，鞭炮齐鸣，人声鼎沸，车拉肩扛，烟尘滚滚……简直就是重演一场淮海战役！

——那也是一种“移民”，不过移动的距离较短。

如今，涌向国外的移民潮，也有类似的壮观。我碰巧就赶上了一次这样的大潮，被夹裹其中，可谓大开眼界。那是2002年9月中旬，我们一行五人乘加拿大航空公司的航班赴渥太华参加国际作家节。按机场新规定，提前近两个小时赶到北京机场办理登机手续，机场工作人员验完了我们的机票、护照，托运了行李，却不给发登机牌。说机票卖多了，飞机严重超员，叫我们到另一个地方去重新排队，等候领取座位号。

这可真够新鲜的，坐飞机几十年还从来没有遇到过这种事！加航赚钱赚疯了，没有座位也敢卖票，难道让乘客在飞机上站到加拿大？

还好，我们又等了一个多小时，终于拿到了座位号。五个人被塞到了不同方位的五个地方，好像是临时挤出来的位子，有一种加塞儿的感觉。为了更便于赚中国移民的钱，加航的服务员都能讲中国话，放眼看去飞机里也净是中国人，满满登登，熙熙攘攘，大人叫，孩子哭，比国内的航班更拥挤，更富有中国气息。

这就是移民潮——我油然而生出一种自豪感。政府打开国门算是做对

与美国“中国作家之家”的主人沈世光先生在长白山天池

了，我们有这么多人，都挤在一堆儿干什么？

不巧我的座位靠背还是坏的，身子一碰就自动放倒。这可苦了我，也苦了我身后的乘客，到吃饭的时候只能小心翼翼地挺直身子，害怕碰到椅背将后面乘客的饭菜弄翻。飞机也似不堪重负，摇摇荡荡、吱吱嘎嘎地艰苦飞行了十一个小时，才降落在加拿大西海岸的温哥华机场。中国乘客呼啦啦涌向机场的海关，霎时间将所有的通道都塞得满满的，更使我加深了看到潮水的感觉。熟识的人相互打着招呼，并乘机加塞儿，你拥我挤，机场变成了过年抢购的超级市场！

加拿大海关的工作效率也不敢恭维，慢腾腾倒有点儿计划经济的特色。我怀疑他们是用社会主义的节奏来对待从社会主义国家来的移民，人反正已经来到了他们的国家，无论他们怎么磨蹭，这些人都得等着。而且这些人的态度也不够友好，显得生硬和烦躁，我在一旁却看得直想笑：加拿大还是世界发达国家俱乐部的成员，看来也不过如此，中国人来给他们大把大把地送钞票，他们还这般不耐烦！

本来从根上说加拿大就是个移民国家。我参观他们的文明博物馆时，看到加拿大的原住民在相貌上很像蒙古人种，与现在的加拿大白人绝不相同。他们自己也承认，最早的居民是远古时期从亚洲东北部越过白令海峡迁徙过来的，多以狩猎和捕鱼为生。16世纪，法国航海家到加拿大东海岸探险，将其称为“新法兰西”，并逐渐地开始殖民加拿大。到1663年，加拿大就成了法国的一个行省。进入18世纪后，强大起来的英国展开了和法国争夺加拿大的战争，并最终获胜，加拿大转属成为英国殖民地。于是从19世纪开始，英国便大量向加拿大移民……

现在，加拿大的外来移民及其后裔已经占了总人口的百分之九十七，其中英裔居民约占总人口的百分之四十二，法裔居民为百分之二十七。据说华裔居民也已经超过百万，约占总人口的百分之三，可算得上是加拿大的第三大民族了。

有位金先生对我讲，他走过许多地方，比较一下加拿大是对华人最好的。只是近几年就业太难了，大约只有百分之二十的移民能找到工作。他是化学博士，却靠开出租车、做导游养家，他的太太是文学博士，也找不到正式的工作，只能做临时工。他说在加拿大工厂的生产流水线上，华裔工人的平均学历是硕士毕业。有位在国内很优秀的医生，全家移民加拿大后长期找不到工作，这位医生就不得不到农场去采蘑菇，每天早晨三点钟起床，整个人都累得走了形，骨瘦如柴，精神委顿。

论面积加拿大是世界第二大国，人口却只有三千零五十七万，而且多集中在南部与美国接壤的那一狭长地带，北部占国土面积百分之八十九的地方却没有常住居民。人气不旺就影响消费，消费不行自然影响到经济的发展，又能有多少就业的机会呢？另一个原因就是美国“9 · 11”事件之后，西方经济下滑，失业者骤增，这当然也影响到美国的近邻加拿大。那么在企业里不好找工作，能不能报考政府的公务员呢？加拿大政府规定，在政府工作需要能熟练地掌握英、法两种语言，这两种语言都是加拿大通用的官方语言。对于一般移民来说，这也不是一件短时间能够办得到的事。

所以，有些年轻有本事的中国移民，到加拿大后找不到满意的工作，就又回到了中国。可同时又有许多有钱的华人去加拿大买房置地……如果手里有钱，生活在加拿大确实很舒服，空气新鲜，环境幽静。孩子在十八岁之前免费接受教育，人到老了还有保险……但要享受这份养老保险是有条件的，移民过去后需在加拿大住满十年，年龄在七十岁以上。

我们每到一地都要参加一些华侨的聚会，六十岁以上的人见了我们格外亲近，可谓有说不完的话，提不完的问题，分手时会送了一程又一程。在多伦多有位年近七旬的老先生，晚宴后已经十点多钟，还要坚持送我们到下榻的宾馆，然后再搭乘出租车返回坐落在郊区的家，令我十分地不放心。在渥太华有位从上海去的八十多岁的老人，凡有我们的讲座或活动，他必早早地到场，最后一个离开。这当然是出于对祖国的思念和亲情。但也常听到华侨讲，在海外最难熬的就是孤独，就是见见你们、听听你们说话也好!

我在加拿大只待了十几天，浮光掠影，道听途说，感受未必准确，或许只比那些对加拿大一无所知的人略强一点儿。可就有一些对加拿大一无所知的人，竟也赶潮似的拉家带口投奔加拿大，我在飞机上和机场里曾跟这些人做过简短地交谈，真为他们担了一份心。

改革开放使中国人的胆子格外大起来，没有不敢想的事，没有不敢干的事，也没有不敢去的地方。人往高处走嘛，世界上的好地方很多，谁不想找个好地方待着？问题是那些好地方是不是就属于你？反正车到山前必有路，我为人家担心，人家说不定正高兴还来不及呢。这就叫：“猪向前拱，鸡往后跑——各有各的活法！”

生命中的软和硬

去年一位朋友掉了牙齿，换上一口假牙，洁白而整齐，他却经常抱怨感觉不对了，一下子觉得自己老了。我对此不甚理解，看上去他的假牙比以前的真齿还要漂亮坚硬，只会使他变得年轻了，怎会发出老之已至的感叹？也许是作家太敏感太脆弱了……

前不久我从外面回到家里，有点儿渴也有点儿饿，见桌上摆着一盘洗好的名叫红富士的苹果，拿起一个就咬。这种苹果肉质紧密，被我咬下了一大块，却感到自己的嘴里有点儿不对劲儿，赶紧吐出苹果，才知自己的门牙少了一颗，那颗牙还插在苹果肉里。

这对我打击可不小，对照镜子仔细端详自己的嘴，果然变了——掉了一颗牙不仅使整张脸都变了，甚至连气质也变了，我把双唇噘起来像老大爷，把嘴瘪进去则如老太太。我对着镜子反复演示，一番感慨，一番痛悔，一番愤怒，是谁搞出的这种鬼苹果，还起这么个怪名字，我对他有“没齿之恨”！

说来也怪，牙齿是人身上最坚硬的东西，到老的时候很少有牙齿不坏的。舌头是软的，且运动量比牙齿还要大：吃东西的时候用牙齿也要用舌头，而说话的时候只用舌头不用牙齿。人活一生，说话的时间肯定要比吃饭的时间长，不要说人到老了，即便是人到死的时候，也很少有坏舌头的。用牙齿把人咬死太难了，而“舌头底下却能压死人”。

原来世间有许多硬的东西最终都要被软的东西所战胜。水是软的能穿透硬的石头，能锈蚀硬的钢铁。硬接受软的保护才能经久耐用，骨头是硬的，包在软的肉里才安全，到老了硬的骨头就会变疏松，易断易碎，而软的肉老了则变粗变韧，蒸不熟煮不烂嚼不动；硬的轮毂要配上软的轮胎才转得轻快而又耐磨，即便是火车的轮子，轴上也要垫软的弹簧；硬的枪炮要受软的政治的操纵，等等。难怪比尔·盖茨靠“微软”能成为世界首富。

为什么软比硬更强大呢?

也许世界本来就是由软物质构成的，生命不可缺少的三样东西：阳光、空气、水，都是软的。构成地球的“三山六水一分田”，水和田都是软的，山又怎知不是由软变化来的?硬的钢铁其实是把各种元素烧软后炼成的，硬的陶瓷也是由软的水和土烧成的。把任何物质无限地分解，追到老根上去恐怕都是软的……

由此想到生活，想到男女：人类一直认为男性应该是阳刚之势，雄壮，强硬；女性应该有阴柔之美，温良，娇弱。事实果真如此吗?即便从生理上讲，男性的所谓硬，所谓强大，是短暂的，是靠一种软性的荷尔蒙

畅游黄山

物质支撑。一旦这种物质泄出，立刻就蔫就软，若非要以软硬论成败，任何男人最终都要败给女人，没有这种失败就没有人类生息的繁衍。

真正强大的是阴柔，是女性。

物质社会发展到今天，男性想维持表面的短暂的强大都遇到了麻烦：目前发达国家已有百分之二十以上的夫妇没有子女，有人预言到了2000年，百分之五十的美国男子将没有生育能力(引自1994年11月18日俄罗斯《共青团真理报》)。这当然是环境污染的结果。照此下去，有一天男性将会从地球上消失。

为什么环境污染最先受到伤害和受伤害最重的是男性呢？不正说明了阳刚不刚、硬的脆弱吗？妇女们曾焦急地呼唤过男子汉，千呼万唤的结果，严格意义上的男子汉不仅没有增多，反而越来越少。有些男子对此感到不好意思。于是开始借助于手术隆胸，练肌肉，一有机会就脱掉衣服炫耀自己的肌肉，西方人称其为：可悲可叹的“花花硬汉”。这正是男性的一种失败，已经不能通过内涵使女人感兴趣，只能靠外形去加以引诱。

经过这样一番打击，作为一个男人失去了一些自以为是的优势，可以冷静地思索自己的人生经历了：哪些时候硬，哪些时候软，硬的后果如何，软的结果怎样……发现凡是由着性子硬拼、硬碰，都容易惹起麻烦，对自己的伤害也大；凡是软中有硬、外软内硬，效果都不错。软硬相互依存，相互转化，如同烧瓷器一样，是一种水火功夫，一种品质的提升。

到掉牙的时候才开始思考这些问题，虽然有点儿晚，但总比“死硬到底”好。人到中年以后骨质开始疏松，恐怕更应该重视软功的威力。以柔克刚或以柔养刚、以柔抚万物，但又不同于“老滑头”“老油条”“老奸巨猾”，这才是人生最后一个也是最高的境界。

时　　间

人生的全部学问就在于和时间打交道。有时一刻值千金，有时几天、几个月、几年乃至几十年，不值一分钱。

年轻的时候，一天可以干很多事。在世上活的时间越长，就越抓不住时间。

当你感到时间过得越来越快，而工作效率却慢下来了，说明你生命的机器已经开始衰老，经常打空转。

当你度日如年，受着时间的煎熬，说明你的生活出了问题，正在浪费生命。

当你感到自己的工作效率和时间的运转成正比，紧张而有充实感，说明你的生命正处于黄金时期。

忘记时间的人是快乐的，不论是忙得忘了时间，玩得忘了时间，还是幸福得忘了时间。

敢于追赶时间，是勤劳刻苦的人。

追上了时间，并留下精神，生命和时间一样变成了永恒的存在，是天才。

更多的人是享用过时间，也浪费过时间，最终被时间所征服。

凡是有生命的东西，和时间较量的结果最后都要失败的。有的败得辉煌，有的败得悲壮，有的败得美丽，有的败得合理，有的败得凄惨，有的败得龌龊。

时间无尽无休，生命前赴后继。

无数优秀的生命占据了不同的时间，使时间有了价值，这便是人类的历史。

时间是无偿赠送给生命的。获得了生命也就获得了时间，而且时间并不代表生命的价值。所以世间大多数生命并不采取和时间“竞争”“赛跑”的态度，而是根据生存的需要，有张有弛，有紧有松。

现代人的生存有大同小异的规律性。忙的有多忙？闲的有多闲？忙的挤占了什么时间？闲人又哪来那么多时间清闲？《人生宝鉴》公布了一个很有意思的调查材料。

一个人活了七十二岁，他这一生的时间是这样度过的：

睡觉二十年

吃饭六年

生病三年

工作十四年

读书三年

体育锻炼、看戏、看电视、看电影八年

饶舌四年

打电话一年

等人三年

旅行五年

打扮五年

这是平均数，正是通过这个平均数可以看到许多问题，想到许多问题。每个生命都是普通的，有些基本需求是不能不维持的。普通生命想度过一个不普通的一生，或者是消闲一生，该在哪儿节省，该在哪儿下力气，看了这个调查表便会了然于胸。

不要指望时间是公正的。时间对珍惜它的人和不珍惜它的人是不公正的，时间对自由人和监狱的犯人也无公正可言。时间的含金量，取决于生命的质量。

时间对青年人和老年人也从来没有公正过。人对时间的感觉取决于生命的长度，生命的长度是分母，时间是分子，年纪越大，时间的值越小，如“白驹过隙”，年纪越轻，时间的值就越大，“来日方长”。

时间，你以为它有多宽厚，它就有多宽厚，无论你怎样糟蹋它，它都不会吭声，不会生气。

时间，你认为它有多狡诈，它就有多狡诈，把你变苍老的是它，让你在不知不觉中蹉跎一生，最终让你后悔不迭的也是它。

时间，你认为它有多忠诚，它就有多忠诚，它成全了你的雄心、你的意志。

有什么样的生命，就有什么样的时间。

一个人有什么样的时间观念，就会占有什么样的时间。

爱因斯坦创立相对论，证实时间与空间、时间与物质是不可分割的，任何脱离空间的时间是不存在的，也是没有意义的。人如果能超光速旅行就会发生时间倒流，回到过去。

倘若有一天人类能征服时间了，生命真正成了时间的主人，世界将是什么样子呢？

现代“屁颂”

去年，河南省作家协会的会员钱诗金，在北京的路边“卖话”曾轰动一时。一群大学生每人出十元听了他两句话：“数风流人物还看真招”“把人当赢看”。而“事业是天，把天做大”一句被二十多家企业买走。如今企业难干，老板们“有病乱投医”，哪怕是只言片语的智慧也是好的，好在花钱不多。再加上现在下岗的、离婚的、被骗的、心情压抑的倒霉蛋儿不少，一两句开心的话也有市场。一位会说汉语的外国人花八美元买走了他的“活出好心情，快乐总是你”。有了这样的祝福，那老外想必会快乐上一阵子。

钱诗金能卖出去的显然都是好话，用他自己的话说是一些“窍门话、抓心话、震撼话、刺激话、点子话、新潮话、乖乖话……”至少要让人听着舒服，甚或受到启发和激励。否则人家怎么会掏钱呢？愿意到大街上花钱买骂的人毕竟不多。

无独有偶，日本新兴起的一种职业，也是在大街上“卖话”。所不同的是专门向买主拍马屁——公开打出的旗号则叫“奉承服务”。他们身穿鲜红的汗衫，表示他们是“职业奉承者”，用中国话说就是“马屁精”。在东京繁华的街头一坐，旁边立一个大广告牌，上写：奉承屋，每分钟一百日元。

有人往他们眼前一凑合，他们便立即搭讪：“你最近被人奉承恭维过吗？感觉一下你潜藏的魅力吧，放纵一下自己……”如果买主是年轻女子，他们就会赞美她有非凡的时尚感，让人着迷，然后把她和某个著名的歌星或影星拉扯到一块儿大吹一通。如果客户是男的也会有另外一套词儿，反正是要把你吹得脸红心热、浑身无比舒坦了才算达到目的。据说所有接受过这项“拍马屁”服务的人，都被拍得心旷神怡，笑得合不拢嘴。一位曾被拍过的人说：“感觉好极了，我一向不自信，在日本人们很少相互赞美，无论你有多么出色，也没有人夸你一下，生活在这样环境中真是让人恐怖。”

原来不光当官的喜欢马屁精，普通人也喜欢隔三岔五地被人拍上那么两三下。所以从古到今，从东到西，拍马之风就从未断绝过。人人都是肉体凡胎，喜欢被拍可以理解，何以也有人愿意拍人呢？答案很简单：有所图。有的图钱，像日本的那些小马屁精们；有的图官；有的图色；有的图命……

《赵南星小品》里讲过一个故事，一个秀才寿数尽，去见阎王，恰巧赶上阎王放屁，秀才即献《屁颂》一篇，曰：“高耸金臀，弘宣宝气，依稀乎丝竹之音，仿佛乎麝兰之味，臣立下风，不胜馨香之至。”阎王闻之大喜，立即给那该死的秀才增寿十年。

看看，连阴曹地府的阎王爷都喜欢被拍马屁，阳世间的活人还有救吗？那张口就能做出《屁颂》的秀才，可算是马屁精的祖师爷了。

但是，也有因拍马而被杀头的。明初翰林学士解缙，十九岁中进士，后来主持编纂《永乐大典》，不愧为一代雄才。同时也因会拍皇帝的马屁而闻名，民间流传着不少有关他拍马的故事。一次他和明太祖朱元璋一块儿钓鱼，他不断地上鱼，朱元璋却一条没钓着，皇帝自然满心不高兴，他即刻吟诗一首，哄得龙颜大悦：“数尺丝纶落水中，金钩抛去永无踪。凡鱼不敢朝天子，万岁君王只钓龙。”有一回朱元璋故意难为他：“昨天宫里出了喜事，你吟首诗吧。”解缙一听是皇帝得了儿子，马屁顺嘴而出：“君王昨夜降金龙。”朱元璋一转口：“是个女孩儿。”解缙也立即改口：“化作嫦娥下九重。”朱元璋又说：“生下来就死了。”这真是难解，解缙却话锋一转：“料是世间留不住。”朱元璋再逼一步：“已经把她扔到水里去了！”解缙接着吟道：“翻身跳入水晶宫。”

这马屁拍得多地道，既回避了“死”字，又把坏事说成了好事。这样一个大才子，在四十七岁的时候却被皇帝的锦衣卫用酒灌醉，埋在积雪中活活冻死了。因为他老拍皇帝的马屁拍烦了，拍完了老皇帝不想再拍小皇帝了，自己也功成名就，应该享受别人来拍自己了，于是开罪了小皇帝的弟弟。

凡拍马屁都会遇到这个问题，你不可能见人就拍，那么多人累死你也拍不过来，拍了张三丢了李四，就会埋下祸患。即使再高明的马屁精也有拍不上点子的时候，拍对了九次有一次拍错就前功尽弃。再加上拍马屁既是力气活儿还得动脑子，一年到头地老拍总会有烦的一天，而拍马屁有一条死规矩，被拍的可以烦，拍马的不能烦，马屁精自己一烦，离着完蛋就不远了。

心　　穷

他有一个令人羡慕的职位：一家效益很好的大公司的常务副总经理，有两套住宅，全都装修得相当豪华。儿子当海员，女儿在外贸部门工作，收入都不错。家里积蓄丰厚，即便称不上是富翁，也稳居富裕家庭之列。然而他无时无刻不觉得自己穷，最后发展到以老婆的名义注册一个公司，从周围比他穷得多的朋友们的身上诈骗了几十万元。此事败露，毁了自己和儿子的前程，成了一个真正的穷鬼。

贪婪者不是因为没有钱，而是因为心穷。心穷是真正的穷，穷到了底却穷不到头，穷此一生还会遗传给后代。不信请听听我们周围一片片的哭穷声：

没有资金呀，经费不足呀，快混不下去啦，工资发不出来啦……缺钱，缺钱，缺钱！有些单位亏损乃至倒闭确实因为有无法抗拒的客观原因。但也不能不承认有些企业的头头成天嘴上喊穷，自己活得不穷。他们不管企业的死活，上任伊始先给自己买车、买房，派自己出国考察，把儿女安插到要害部门大捞特捞。因此工人们骂："工人玩命干，挣了几十万，买个乌龟壳，坐着王八蛋！"这些人心如饿狼，前狼尚未吃饱就被调走，再上来一只更饿的狼。那只吃了半饱的狼到别处又变成一只新的饿狼，于是有些企业老是摆脱不了狼的血盆大口。他们喊着穷，吃穷，穷造！

哭穷哭得最凶的人不一定就是穷人。这叫心穷吃穷人，在制造新的贫

我怀念老诗人戈壁舟（右一），他风趣随和，是个非常可爱的老头（1980年于湖南）

穷。

还有经商运动。经商不足为怪，但是在中国居然形成了一个全民从商的大潮，这就成了少有的奇观。从知识分子到机关干部，纷纷往商海里跳，仿佛只要敢跳下去就能成时髦人物，不下海就活不下去了。其实谁的家里也没有到揭不开锅的地步，概因心穷。不论在什么场合，是一些什么人物的聚会，不出十分钟准保要谈到钱，而且有个冠冕堂皇的理由，关心经济问题。这究竟是活跃的商业新气象，还是表达了心对金钱的饥渴？

正是这种心的饥渴使金钱很容易就操纵了一场场近乎全民性的倒钱运动，如：炒股票、造假品、五花八门的欺骗……无法统计全国有多少骗子，使用了多少骗术，欺骗了多少人，几乎每天都可以从报纸上看到有关这类案件的报道。数年前我曾想积存这方面的资料，看看骗术到底有多少种，后来存不胜存，材料多得无处堆放，只好作罢。

戚戚于贫贱，汲汲于富贵，虎视眈眈，其欲逐逐，“争名于朝，争利于市”。急于求富、羡富、谀富，贫而谄，富而骄，或夸大贫穷，或夸耀富有，同样都是心穷的标志。

古人讲“不患贫而患不安”，穷得紧张兮兮、坑蒙拐骗，穷得丢了格失了度、失了自尊和自信，什么事也不敢信，什么人都敢怀疑。我们真的穷到了这步田地？

也许是穷怕了……按理说能让穷人怕的事情不是很多，俗话说“光脚的不怕穿鞋的”。常常怕这怕那，怕抢怕偷的是富人。有钱的人最怕不知什么时候会变成穷人，所以他们闹腾得也最厉害。

时下的“心穷现象”使整个社会都染上了一股穷气，这对发展经济并无好处。当今世界弱肉强食，哪个发达国家有耐性倾听一个穷国申诉自己的不幸？富人跟穷人打交道或做买卖的时候总会心存戒备，格外小心，即所谓“富在深山有远亲，穷在大街无人问”。人们喜欢说“本钱”“本事”，有本才能赚钱，有钱才能做事。你成天穷兮兮的，心如饿鬼，谁敢招惹你？当然也不可像“大跃进”“洋冒进”那样打肿脸充胖子，装富作态，那也是心穷的一种表现。

谁也不能否认中国人的生活水平和富裕程度已经有了相当大的提高，但许多人却处在一种身富心穷的怪异情态之中。这不是改革开放非要经历的阶段，更不是我们民族的传统心理，我们的传统是守得住贫，耐得住富。贫而不拙，富而不贪；达不足贵，穷不足悲。欧阳修讲：唐之诗人多穷士，少达而多穷。然而不论当时还是后代人，都觉得唐代的诗人们很富，即便他们身上钱不多，心里都很富。富有的心灵放射出辉煌灿烂的光芒，李白固然可以豪唱“千金散尽还复来”，几乎在穷困潦倒中度过了一生的杜甫对金钱也有一种平静的情致和幽默：“糁径杨花铺白毡，点溪荷叶叠青钱。”岑参甚至在囊中羞涩，欲饮无钱的情况下，仍可以拿自己和酒家开玩笑：“道傍榆荚仍似钱，摘来沽酒君肯否？”哪有现代文人的钱包这么充盈而又活得这么戚戚不安、心浮气躁？

“心穷现象”也并非商品经济的必然产物。在美国有相当多的人从银行借款买房，债务要背十几年甚至几十年。如果中途换工作搬家，要卖掉原来的房重新买房，又得背新债。也许终生都要背着债务生活，工作还不是铁饭碗，随时都有丢掉饭碗的可能。丢了老碗，再找新碗，但他们却活得快乐，对未来充满信心。连睡在地铁站里的流浪汉，眉宇间也有一种人的自尊，别人是不能对他们轻蔑的。不犯愁，不哭穷，不容别人轻侮，这是一种什么心态？

1989年，神户一华裔作家请我吃饭，陪同的一位日本友协的官员将剩下的东西打包，当晚通过邮局寄给东京的家人，他说明天早晨家里人就可以吃到，他们收入不低，但物价很高，一般家庭平时很少能吃到这么好的东西。他做得自自然然，大大方方，我对他没有一点儿小气、穷气的感觉，反而对他生出几分好感。

可见心态极端重要，心里不穷，对国家、对自己充满信心，守财变成了美德，节约变成了大方。心里有鬼，即便一掷千金，也让人感到穷变态，小家子气。

足寒伤心，心穷则伤气损志。经济上的短期行为，文化上的媚俗倾向，社会对道德、对见义勇为者的呼唤，都可以从“心穷现象”上去寻找深层次答案。唯愿在经济上已经脱贫的人们，赶快进行心灵“脱贫”。

以马为师

狗咬人不是新闻，人咬狗才是新闻。人驯马不足为奇，马训人就有点儿不同一般。实际上在人训人不能奏效的时候，求助于马往往会有奇效。

前几年有一本英语畅销书《马语者》，讲的是人与马沟通的故事，通过救一匹马实际上是在救一个姑娘，救一个家庭，乃至影射可以借助动物拯救现代人的心灵。

这本书在哲学和心理学上的意义远远大于其文学价值。

美国科罗拉多州监狱不知是不是受了它的启发，用马来帮助改造犯人，收到了意想不到的效果。犯人一般都对管理他们的监狱人员怀有抵触情绪，疑心大，戒备心强，甚至怀有一种莫名的憎恨，不愿意沟通，对马则不会。

于是，监狱就让犯人驯马。通过驯马，犯人无一例外地都爱上了马，白天驯马，晚上阅读驯马的书籍，看有关驯马的录像资料，简直入了迷。

马实在是一种可爱的动物，母马怀胎十一个月才生小马驹，每胎只生一个，比人还金贵，天生就懂得优生优育。农民管马叫“大牲口”——这一个“大”字足以突出了马的高贵和灵性。历史上良马救主的事不胜枚举，马通人性，人越通马性越感到马的善良和值得信赖，犯人们在一种自视优越的感觉中不知不觉地接受了马对他们的教育。

犯人从驯马中体会到任何管教都不是一件容易的事情，懂得了无论是与人还是与动物沟通都是一种技巧。他们有了责任感，有了耐心，生活中也有了一个目标。当他们将来再回到家里和社会上的时候，就会用这种耐心面对生活了。

马不光成了监狱里不说话的管教者，也被一些中学拉去当了“助教”。城市的孩子大都没有接触过真马，学校开设“生命科学课程”，教他们懂得动物的行为、繁殖、卫生，让他们养出一匹健康快乐的马。便一下子把总是惹是生非的学生、有特殊问题的学生以及天资聪颖的学生都吸引到一起了。

美国佐治亚州的西贝因布里奇中学，自从有马协助教学以后，学生的学习成绩上升了百分之三十二，缺课率降低了三分之二，公开说“喜欢上学”的学生由过去的百分之二十五提高到百分之九十五。

第一个把马牵进学校的教师西蒙森说：“这些孩子大部分操行有问题，但是为了能控制五百公斤重的马，首先必须学会控制自己。这就是我们的出发点，这是个缓慢的过程，关键是让每个孩子都有归属感。马只是用来吸引他们的。”

“只有人类最高贵”的话是人类自己这么说的，人类还有一句话叫作“卑贱者最聪明”。以前是人类使用、虐待和猎杀动物，现在该轮到接受动物的调教了。

这不是退化，而是一种进步，至少证明人类认识到了自己的愚蠢。而动物们也确实变得越来越聪明，学会了跟人类周旋，甚至敢于同人类对抗。不只是马，也不一定非得在监狱里或课堂上，只要留意处处都有动物教育人的事情。

耕牛应该说是最温驯不过的动物，河南有个二流子似的农民，家里唯一值钱的就是那头牛，没事却老拿牛撒气，打牌输了钱要打牛，喝了酒要打牛，受了别人的气也要打牛，有一天耕牛不堪凌辱，回头顶死了那个二流子。

海鸥看上去也是一种很讨人喜欢的鸟，辽宁瓦房店一个姓张的渔民抓了一只海鸥后，立刻有成千只海鸥飞来攻击他，在他的头顶上黑压压像一片轰炸机群，叼走了他的帽子，啄伤了他的脸，直到他放了那只被捉的海鸥，攻击才停止……

俗语说：“兔子急了还咬人哪！”现在，濒临绝境的动物们全都有点儿急了。如果人类还没有认识到这一点，往后可就够喝一壶儿的了。

舌头的功能

我在报刊上常看到一些奇奇怪怪的关于舌头的照片，便顺手剪了下来。原以为舌头的大小、长短、厚薄或许跟一个人的性别、职业、口才、口福有着某种联系。照片存得多了，就生出疑问，甚至得出了相反的结论。

比如，有一张爱因斯坦吐舌瞪眼做怪样儿的照片，这位科学泰斗式的人物也称得上是幽默大师，谈吐极是诙谐锋锐。他的大脑经科学家研究证实比普通人的大脑重得多，开发利用的比例也高出许多倍。但他的舌头很一般，顶端尖细，呈三角形，耷拉到唇外不过寸许。

还有一张是小品演员黄宏的舌头，这样一条能把亿万人逗笑的舌头，总该有些与众不同吧？他在墨西哥和一个当地男人比舌头，两个人都拼命向外吐舌，也不过就是一寸多长，毫无惊人之处。倒是在他们身后的几个女人的舌头，长大肥硕得吓人一大跳。那也是一幅巨型的伸舌头照片——我猜测可能是墨西哥或世界长舌大赛的一个镜头。

照片上并排挤靠着八张年轻的女人脸，每个人都大张着嘴巴，努力伸长她们的舌头……哎呀，那是一条条什么样的舌头啊？比黄宏的舌头长出四倍还不止，如一根根从中间劈开的丝瓜垂挂在唇下，厚实柔韧，抽动灵巧，舌尖浑圆，透出一种强劲的力道。

真是长舌妇啊！这么一根大舌头，口腔里怎么就能放得下呢？真是奇了。

墨西哥人或者是西方人为什么要举行舌头长短的比赛呢？莫非舌头长大会有什么好处？这恐怕是用不着回答的问题，只要看看舌头的用处就知道了。

舌头的功能非常复杂：舐取、吸吮、吞咽、品尝、说话、亲吻……舌头能干这么多事，岂不是越大越好？

在中医学里称舌为脾之外候，脏腑精脉多与舌有联系，心气通于舌，“舌为心之苗”。好个“舌为心之苗”——人的心看不到，想要知道一个人有着什么样的心，只要看他的舌头就行了。

但不是只看舌头的大小，大舌头使用不得法也是空占了一个“大”字，小舌头能使得上下翻飞，却能以小克大。主要是注意观察一个人平时是怎么使用舌头的，就能知道他的为人和心眼好坏。

别看舌头这么重要，人的“五官”里没有它，“七窍”里也不包括它，它总是藏在暗处，伸缩自如，动静随心，到需要的时候才会探出头来，狠狠地搅动一番。

会相面的都是相人的头、脸、印堂、眼、耳、鼻等等，没有要相看舌头的。只有医生才看舌头，那是诊断你生了什么病。

有病找舌头，舌头是代表病的。所谓“病从口入”，有舌头的一份功劳。

许多人一生都为舌头所累。古人讲“祸从口出”，凡口惹的祸都离不开舌头。

现在得“长舌病”的人就更多了，你说现代人什么话不敢说，什么笑话不敢讲，什么街不敢骂，什么谣不敢造、不敢传，什么钱不敢赚，什么东西不敢尝，什么屁股不敢舔，什么嘴不敢亲……

用舌头的地方太多了，只恨没有多生几根。

体育人生

你知道徐福生吗？球迷们大概还不至于太健忘，20世纪50年代的国家队队员。前年10月15日，他骑着自行车在北京大街上与一辆轿车发生了轻微的接触，轿车司机在口角当中挥出一拳，打中徐福生的左耳根子上，随即倒地而亡。

在这儿没有篇幅评论这场事故，我只想说它让人看到了竞技人生的脆弱。一个当年在球场上头顶脚踢，闪转腾挪，能够在急速奔跑中进行拼抢和对抗的人，就这么在大街上被人一拳毙命了？能踢足球的人身体当然要格外好，耐力、速度、强壮、敏捷、柔韧……到他不能踢球了，也就是说这些优势全都用完了，光剩下劣势了：身心疲惫，布满伤痛，有的甚至成为残疾，多者可收获三四项残疾证书。

人们平时看到的往往是运动员最风光的一面：我后横怒起，意气凌神仙，身轻一鸟过，球急万人呼。因此现代女人认为当今世界上最性感的男人都在绿茵场上，贝克汉姆不就被评为2003年度世界最性感的偶像吗？可有谁知道，还有一部分球员刚刚四十多岁就失去了性能力……所以我要问，你真的知道什么是体育吗？

滚圆的足球是由好几块并不滚圆的皮子缝制而成，它有接口，有缝隙，有里有外，外面被踢磨得精光，里面和接口处却藏着泥垢和被血汗浸泡的痕迹。它充足了气可风靡世界，然而世间所有充气的东西总有泄气的时候，比赛是短暂的，生活是漫长的，更别提伤痛还会放大漫长。

身后是巴士海峡

这就是足球人生。一旦和足球结缘，就像中了魔力，足球和人生，球运和命运就再难分辨清楚。球就是人的命，人就是球的魂儿。其他竞技体育又何尝不是如此？

另有一足球运动员因伤痛折磨英年早逝，生前曾留下遗愿，请家属和队友趁黑夜将其骨灰偷埋于球场之下，让自己的魂魄永远熔铸于绿茵场，为后来的球员加油、助威。生不能看到中国足球扬威于世，死了化成灰也要给中国足球壮胆、保驾。

这是典型的体育人生，赛场上是养小不养老的，它给体育命运添加了一种悲壮美。

赛场上的人生最是酣畅淋漓，波澜壮阔。但也残酷激烈，风云难测，胜败转于一瞬，忽而大喜，忽而大悲。而体育人生的全部魅力，也正在这里。运动员的命运是由信仰和忍耐构成。

可谓体育如人生，人生如体育。迈开两条腿，上边顶着个脑袋——这就是“人”字。这个字其实也包容了体育的全部含义：必须奔跑，连续不断地奔跑，被绊倒了爬起来再跑，如同只要有生命就必须活下去一样。

人的生命本身正是如此，无时无刻不处于运动之中，绝对静止就是死亡。

因此运动着的生命充满渴望，如饿虎扑食，鹰击奔兔。而体育则最生动地体现了人类生命本质中的这种渴望。有了渴望就会有动力、有感觉，凝聚、爆发、拼抢。人生突然变成瞬间的事情，输赢往往取决于最后的一秒或百分之一秒、最后的一枪、最后的一箭、最后的一个球……球飞进对方大门就是生，旋进自家网底就是死。

鸟儿有巢，蜘蛛有网，人类有门，有各种各样的门。竞技场上的大门是天堂和地狱的入口处。

别看赛场有限，体育人生却极其广阔。世界上的大多数人终其一生不过是活在自己出生的地区，而运动的生命舞台至少是以整个国家为背景，他们的视野必须是整个世界。生命苦短，人生几何，体育使其凝练、精彩，可发挥到极致，瞬间辉煌。有生如此，夫复何求?

人类创造了体育，体育又创造了人类。

赛场是地球的缩小，赛场上映照出现代世界的影像。现代社会的所有元素赛场上都包括了，现代人类的本质也蕴含在体育里。比如足球界有着各种详细的规则，而现实的足坛却纷扰混乱，让球迷几乎不知该抱怨谁?这和庞大的地球现状几乎毫无二致。地球上有多复杂，赛场上就有多热闹。

可见人类既非天使，亦非野兽，不过是个运动员。人类的各种品行，体育里都包括了。

人类所有跟外界接触的部位都是球形的：头顶、眼珠、鼻头、嘴唇、手指肚、膝盖、脚后跟、脚趾肚、屁股……只有圆的东西才能强韧、圆滑，不怕碰撞，且能钻、能挤、能飞、能转。因此足球所代表的体育人生最大的优势就是永不绝望，拒绝胆怯。足球滚圆，滚来滚去，今天败了明天照样滚，气瘪了可以再充气。

你只要一看到足球又在滚动飞旋，立刻就会抛弃所有绝望，重新恢复希望和感动。有时即便是最轻率蛮勇的拼争，却会导致意想不到的成功，随即便让人恢复了希望和感动。

体育喜欢铤而走险，在创造中显示力量。因此体育人生是夸张的，有夸张才有激情，这一场激情的消失便孕育了下一场激情的爆发。有激情热爱体育的人，一般都热爱生活，一阵失望过后随即又燃起一种新的希望。永远都对体育怀有特殊的希望和感动。

体育就是人生，就是每个人自己，所以才能成为世界性的拥有最多信众的宗教。而宗教就需在感动中提升。如果你不希望，又怎么会感动？没有感动，生命就会荒芜，变得平庸和倦怠。只有希望才是四通八达的路，路路通向感动，体育恰好就刺激了现代人这种感动和希望。

富裕病

近几年来，拥挤的中国大兴广场。宽阔的广场和高大优美的建筑物相衬，成了富裕的标志、现代的标志。凡被人称颂的地方，几乎都是靠一个个的广场赢人。如：大连、珠海、上海浦东……尤以深圳的龙岗区为甚，可谓镇镇有广场，村村有广场，布吉镇的龙城广场十四万平方米，横岗镇广场八万平方米，有的村广场也有四万平方米……

要这么多广场干什么用呢？其中一个看得最清楚的用途是组织村民跳舞唱歌。每天一早一晚，多的时候一个广场上会聚集着数千人，或扭，或唱，或散步，或谈情说爱，或带着孩子玩耍。少的时候也要有数百人，但总会有那么几组人是练扭练唱的，以老年人和女人为最多。我去南岭村参观，进村后做的第一件事就是坐下来看国家领导人视察南岭村的录像。去年春天，国家领导人进村后做的第一件事就是坐下来看村民们表演节目，表演者基本上都是老人和孩子，化了妆，打扮得花花绿绿，腰里系着红绸带，高歌劲舞，热情高涨。给我的感觉是哪个村都能在很短的时间里就组织好这样的演出，难怪这里是全国精神文明建设的先进典型。

我在采访中询问当地的领导，难道精神文明建设就是组织老太太们扭秧歌？他们摇摇头：当然不止这些，但最快捷最重要的就是先用健康的文明的东西把人们的精神占住。和穷了几十年、几百年相比，人们富得还是太快了，精神上没有准备好，一时跟不上腰包那么充实。比如，有些富的村子人均年收入八九万元，即便拿出一少半分给村民，也有两三万元，住房又都是村里给盖的，你说他们拿这么多钱干什么用呢？于是有些女人们就开始打牌，天天打得昏天黑地，如果还能记着做饭、吃饭就算是好的了。

男人们，特别是年轻的男人，最容易变得游手好闲，不读书、不做工、不务农，就像得了现代懒病。我们刚刚学会了治穷病，对怎样治富裕后的懒病还没有很好的办法。眼下在村里干活的大多是靠外地来的打工者，长此下去，本地人去干什么呢？

我听了这番解释，忽然对老太太们扭秧歌生出了好感。过去人们爱说，懒蛋多是穷光蛋，人因懒而穷。现在就不一样了，如果你生在一个好地方，或者赶上了一个好机会、好领导，睡一觉醒来就富了。于是，“小富即懒”，或有了点儿钱就烧得难受……这还真成了富裕地区的一个问题。

生活就是这般捉弄人，穷有穷的难处，富有富的麻烦。我记得前几年有一位号称是全国最富裕的村子的负责人出事，在他被逮捕的同时，他的一个儿子也被抓起来了，后来还被判了七年的徒刑。受穷的时候拼命想致富，致富后却更容易家败人亡，甚至等不到“五世而斩”，往往在当世或二世就出了问题。

现在，中国的富人多起来了，也该想想富裕后的祸与福了。富人不都喜欢谈论西方或向西方富翁看齐吗？在这方面似乎也应该借鉴一点儿西方的经验教训。《上海译报》曾发表过一篇长文：《世界首富留下一群闯祸子孙》。吉恩·保罗·盖蒂是美国最早涌现出来的巨富之一，1953年以十三亿美元的资产成了世界首富。然而，他的家庭又是一副什么样子呢？吸毒成瘾者有之，自戕毙命者有之，几代人频繁离婚，光是格蒂就娶过五任妻子，家族被折腾得支离破碎，亲情如一串断了线的珠子，无可维系。格蒂的大孙子被意大利歹徒绑架，竟听任绑匪割下耳朵也不付赎金。他们居住的豪宅里装的是收费电话，谁打电话谁缴费……

这样的家庭并非“绝无仅有”，看看那些这“大王”那“大王”的家庭，不也都有一本难念的经吗？世界现任首富比尔·盖茨，有那么多钱要留给他的孩子，却并不为孩子感到庆幸，而是对刚刚两岁的女儿的未来充满忧虑，说她一降生到这个世界上就被孤立起来了，甚至还会受到仇视……所以他要以女儿的名义向慈善机构大把捐钱，以求女儿将来能过上平安正常的生活。

古今中外无数富后招祸的事例，证实了希腊哲学家伊壁鸠鲁的著名观点：“很多人一旦获得财富，不是避开种种罪孽，而是转向更大的各种罪恶。”

但愿发了财的人，不要把这些话当成是吃不着葡萄的狐狸在危言耸听。

活埋和埋活

一个偶然的机会我认识了一位知识界的百岁老人，不知为什么他的家人只说他九十九岁。邻居们笑着说：几年前他就是九十九，老也活不到一百岁，就老也不会生病。老寿星自己承认是一百零三岁，且耳聪目明，思维敏捷，口齿清楚，简直是成精了！

他并不是生活在农村，（至今为止发现的百岁以上老寿星大都生活在乡村）也不是没有文化，生活单纯。而是一生都生活在大都市里，经历丰富：当过翻译，当过律师，还行过医……

我像其他见到他的人一样，不论出于礼貌还是出于好奇，都先打问他的养生术，老人说："我的养生秘诀只有一句话，六十不死就该活埋。"

我不解："您这种活埋可真埋得好，越埋活得越好。"

"这就叫埋活，越埋越活。不是死埋，埋死！"

我想起一部日本影片《楢山节考》。一个偏僻贫穷的山区，有一个法律般严格的风俗：人活到七十岁就要被活埋。一个大雪天，儿了背着已经七十岁的母亲上山活埋，儿子不忍，母亲则泰然、欣然，说自己死了可节省下粮食给渐渐长大的子孙。老的不去，后辈怎能长大成人？

老寿星的"活埋养生法"显然不是《楢山节考》里的埋法。我继续请教，老人又讲出了一番理论："英国诗人弥尔顿总结老年人最大的毛病就是贪，到老了什么都没有了，还是有野心。西方人直来直去说实话，东方文明讲究含蓄，不说老年人的缺点，只讲老年人应该注意养生。要养生先养心，用曾国藩的话说叫君逸臣劳，省思虑，除烦恼。所有的中国养生学都叫人要清心寡欲，淡泊无为，定静生慧，活了二百五十六岁的李庆远在《长生总诀》中归纳出十条：打坐、降心、炼性、超界、敬信、断缘、收心、简事、真观、泰定。有多少人能做得到？养生术一大堆，操作起来却很困难。”

老人发明了这个简单易行的办法，一到六十岁就把自己活埋，有了被活埋的勇气和智慧，视自己是该死的人了，就能治贪和消除野心，再要降心、断缘、泰定就比较容易了。他如果不是在六十岁的时候就把自己活埋了，怎能平安度过一场接一场的运动，置之死地而后生？到了九十多岁反而写出了两本书，一下子跻身老年新作家的行列，不全是因为写作的时间长，而是开始写作的时间晚。

把自己埋起来，躲避灾祸和烦恼，干自己喜欢的事。既然是自己喜欢的事就会有助于养生，在自己喜欢中活，活得喜欢。

养生的办法很多，找到一条适合自己的，能持之以恒，就是福气。

情书种种

在人类的交往活动中离不开一个“情”字——学会了发声，就有了情歌；发明了语言，随之也学会了说情话；创造了文字，便有了情书。发乎于情，困乎于情，心思用尽，好话说尽。仇润喜的《邮人说信》一书，堪称世界情书大全，分析了古今中外各式各样成功的和失败的情书，读来令人称奇。

就地取材，利用自己的工作优势炫耀才智。一位地理教员的情书里有这样的话：“你是东半球，我是西半球，我们在一起，便是整个地球！”数学教员受启发，也照猫画虎：“亲爱的，你是正数，我是负数，我们都是有理数，就该是天生的一对！”化学教员看他们都成功了，就也学这一套花言巧语：“你是氢H，我是氧O，我们的结合便是水H_2O了。”没想到他的女朋友缺乏幽默感，且格外认死理，回信跟他断了关系：“怎么有两个H，还没结婚就有了第三者！”

可见写情书也需要创造，需要根据自己的具体情况出新，照抄照搬别人的老套路容易误事。如，以多取胜，烈女怕缠郎。法国画家列克鲁尔，在给情人的情书中就只要一句话：“我爱你！”然而他把这句话重复了一百八十七万五千次，这可是个工夫活啊！没有点儿磨洋工的劲头坚持不下来，他恰恰就是靠这种泡蘑菇的工夫打动了对方。大家都知道，1974年冬，七十多岁的梁实秋邂逅了小他三十岁的歌星韩菁清，头两个月就写了九十多封情书。后来越写越多，去世后编成了厚厚的足有六百多页的一大

与《锅碗瓢盆交响曲》剧组的演员们

本。

工于心计，出奇制胜。现代女孩子们都一窝蜂地想嫁给绿茵场上的英雄。英雄才有几个，女球迷则无计其数，要想把大牌球星追到手绝非易事。荷兰十九岁的少女丹妮，就凭着一封别致的情书，立马便俘获了三次被选为欧洲“足球先生”的世界级巨星克鲁伊夫。克氏收到的情书可车载船装，一般的信他是不看的，有一天收到了一本裘皮精装日记，随意一翻，每一页上都有他的签名。这调动了他的好奇心，便一路翻下去，最后是一封写给他的信：“……我已经看过你踢的一百多场球，每一场都要求你签名，而且也得到了，我多么幸运啊！现在，爱神驱使我寄出了这个本子，如果你不能接受我奉上的爱情，请把这个本子还给我，那上面‘克鲁伊夫’的名字会给我破碎的心一半的慰藉。我多么想也得到那另一半啊……”

这个少女成功了，一周后他们开始约会，并订下终身。爱情确是一门艺术，写情书光靠有爱情还不够，还要有点儿绝的，会花样翻新，一鸣惊人。

写情书大都要装出被爱情热昏了头的样子，无耻吹捧，海誓山盟，以肉麻当浪漫，蠢话连篇。情人间的绵绵私语，固然是越蠢就越甜蜜，但过了头也容易被误解，或华而不实，或满纸都是空洞无物的“假、大、空”，让情人摸不着头脑，又如何向你托付终身?

——为音乐而生的贝多芬，在爱情上并不走运，他留下的三封情书也许能解开他在爱情上失败的原因。第一封：“我有满怀心事要向你申诉——唉，有时我觉得言语文字殊不足以表达感情——祝你愉快——愿你永远做我唯一忠实的宝贝，做我的一切，恰和我对于你一样。”第二封：“我哭起来了——你固然也有爱情，但我对你的爱情更加浓厚……哎，上帝呀——我们的爱情岂不是一种真正的空中楼阁——可是它也像天一样稳固。”第三封：“请你放安静些——你要爱我——今天——昨天——我因思念你，不觉涕泗滂沱了——你——是我的生命——是我的一切……”

满篇都是省略号和破折号，语无伦次，不知所云。用这种方式表达的爱情，自然会充满波折，或是不知所终。而有些人又因为太会说，花里胡哨，天花乱坠，反而坏了自己的好事。如本杰明·富兰克林，是美国独立战争时期声名仅次于华盛顿的伟大人物，曾参与起草了《独立宣言》和美国宪法，同时还发明了避雷针、富兰克林炉等，被誉为“万能博士”。其妻去世后他追求巴黎上流社会里的一位艾尔维修斯夫人，那女人还深爱着已经去世的丈夫，拒绝了他。他于是写了一封很长的情书，卖弄才情，像编造荒诞剧一样说他遭到拒绝后回家就躺倒了，以为自己已经死去，随后便进入天国并看见了那个寡妇艾尔维修斯太太的丈夫，岂知那个男人在天国又娶了新的太太，欢爱异常，把前妻忘得一干二净。富兰克林非常愤怒地替他正在追求的艾尔维修斯太太抱不平，最后还有一神来之笔，说那个寡妇的丈夫在天国娶的新老婆正是他富兰克林前不久死去的妻子……以期激起那女人的醋意和恨意，从而跟他结合。岂料游戏玩过了头，再一次被人家拒绝了。

现代年轻人写情书就轻松多了，嬉皮笑脸，贫嘴滑舌，搞一点儿脑筋急转弯就行了。这里不妨摘一点儿现代情书中的“经典”句子：“我要正式向你问路，怎么样才能走到你心里？”“我真想看看你领子上的标签，想知道你是不是天堂造的？”“今天的雨真大，是老天爷冲着你流口水！”“请相信我，我一定会让你成为世界上第二幸福的人。因为有了你，我才是第一幸福的人！”……

好啦，该打住了。别人的情书看得太多，就容易变得写不了自己的情书，眼高手低，如同赛场上的裁判，说起来头头是道，下到场子里却找不到北。

情绪污染

常组织会议的人都有这样一条经验：每逢需要讨论和表态的时候，第一个发言非常重要，起了为合唱定调子的作用，后边的人往往就跟着前边的调子哼哼，俗话叫“顺杆爬”。这就是情绪的感染力——把气氛造到那儿了，让与会者就得说会场气氛所能允许的话。

国庆长假期间，有几位工厂的朋友来看我，大家借着酒力痛痛快快地倾吐了一番下岗后的苦楚，此后许多天我的屋子里都弥漫着一股恶劣的“下岗情绪”。我又把他们的故事讲给别人听，将这股情绪传染给了更多的人——这就叫“情绪污染”。

眼下这种情绪的污染已经非常普遍了。比如骂街，有一个人开了头，大家就都跟着骂，好像不骂几句就不算是地道的中国人。外地人进市，坐上出租车听见司机一开骂，人家对这个城市就难有好印象了。人在外面易受坏情绪的污染，带着满肚子闷气、嘟噜着脸子回到家，摔摔打打，看什么都不顺眼，立刻便将坏情绪传染给全家，整个晚上甚至连续几天都不得安宁。同样，在家里怄了气，也会把坏情绪带到外面……

而人们在日常生活中会有许多外在的或内在的神秘因素搅扰心神，现代人的情绪反复无常比运气的反复无常还要来得古怪和不可理喻。情绪又极容易相互感染，闭塞人的心智，用心理学家的话说，情绪病毒就像瘟疫一样从这个人身上传播到另一个人身上，一传十，十传百，搞不清从哪儿开的头，也不知将到何处中止。其传播速度有时要比有形的病毒和细菌的传染还要快，被传染者常常一触即发，越来越严重，有时还会在传染者身上潜伏下来，到一定的时期重新爆发。这种坏情绪污染给人造成的身心损害，绝不亚于病毒和细菌引起的疾病危害。

现代人很容易就携带上各种各样的情绪病毒，现代商品社会也像依赖商品流通一样刺激和推动着情绪病毒的流传。因为人们在急于追求财富，追求享乐，追求感官的瞬间刺激，追求新潮，紧跟流行。可生活的潮流此起彼伏，扑朔迷离，于是生存竞争激烈，市场转换不定，弄得人们晕头转向，身心疲惫。

常见的一种情绪病叫“浮躁”——跟着前面的潮流跑，又被后面的潮流催赶得屁滚尿流。人的个性完全淹没在世俗的潮流之中，生活被日益浓烈的市场气氛所笼罩，人格和行为都趋于市场化，成天想的就是怎样把自己推销出去，看苗头，估行情，不断地顺着社会行情进行自我塑造、自我改变……

这样活着怎么能不累，怎么能不被异化？还有一种时代的情绪病叫“没意思”——活着没意思，死了也没意思，结婚没意思，不结婚也没意思，干活没意思，下岗也没意思……“既没有真正的欢畅，也没有刻骨的悲哀，好似六朝的骈体，虽然珠光宝气，内里却空空洞洞。”现代人只要表面的珠光宝气，谁还在乎内里的空空洞洞呢？

情绪病毒的产生是心理平衡机制失调所致，也就是心理防卫机制遭到破坏。高度市场化的发达国家，早就在治理环境污染的同时也开始下力气治理情绪污染，想出各种办法帮助人们清除情绪病毒。

欧洲喜欢“运动排毒”，法国人还发明了“精神排毒操”，他们一旦发现自己感染了情绪病毒，就去出一身臭汗，将郁结于胸的情绪病毒随着汗水排出体外。美国人发现了自己情绪带毒就去玩儿沙子，“将手指脚趾都深深地插进沙子里撩拨”，他们认为沙子细软柔滑，可散可聚，无孔不入，能过滤人的情绪病毒。日本人的排毒办法是照哈哈镜，看着自己扭曲变形的怪样纵情大笑，以嘲笑自己出气。或者在门框上挂一只皮球，用前额去撞，撞的力量越大，皮球反弹回来的力量就越大。让人从作用力和反作用力相等的原理中受到启发，以期达到平复情绪的目的。

那么中国呢？目前光是环境污染就够让人头痛的，似乎还顾不上情绪污染的事。人们只看到了环境的日益沙漠化，还没有意识到人的心灵也在日益的沙漠化。也许是先有心的沙化，后才有环境的沙化。或者说，环境沙化只不过是心灵沙化的映照。现代人自身的情绪污染日趋严重，又怎么能治理得好环境污染呢？

人身上有多少泥

《红楼梦》里有一句经常被引用的话：女儿是水做的骨肉，男人是泥做的骨肉。一清一浊，很容易混合在一起——男人们很喜欢这样说。

可，他们中又有谁真的愿意承认自己是一堆泥呢？

人的一生都在躲避泥，天天洗泥，直到洗死。死后还要通身擦洗一遍。擦洗干净以后却要入土为安，最终化为泥土。人都是土里刨食，最后被泥土所吃。人虽然厌恶泥，却注定要和泥为伴，难解难分，相互转化。

由此看来，无论男女都是泥做的。

摸摸身上的肉，用力掐会痛，用刀子割会流血，怎么会是泥呢？

当你接触水，认真观察水的时候，就由不得你不信。天津游泳中心有两个池子，大池五十米长，八个泳道，可举行正式的游泳比赛，平时有专业运动员在这里训练。还有一个浅水小池，供初学游泳者在里面练习水性。大池是循环水，永远清澈湛蓝，一碧到底。小池是死水，一周换一次水，换上新水后能清澈两天，第三天就有点儿像清汤的颜色，第七天就变成了广东的例汤。我一直在大池里游，只是对小池里的水的颜色感到奇怪，但没有想得太多。

有一次服务员放水清理小池，我走过去看，不禁大吃一惊，池底一层黄糊糊的黏泥。我问服务员这泥是哪来的？服务员对我的大惊小怪不以为然，说是人身上掉下来的。我仍不解：人身上哪有这么多泥？

答：人身上都是泥。

看了这一幕，谁还敢说自己“体面干净”呢？

此后再看社交场合那些红男绿女，会场的主席台上那些衣冠楚楚的人物，车站、码头、广场上那些拥挤的人群，觉得和自己一样都有一股泥腥味。下了水池没有一个人能保持神秘感。水真是一种伟大的液体，不仅一视同仁地接待所有裸体，还能测出裸体上的泥。

农民讲，出水才见两腿泥。永不沾水，就不显泥。文明人发明衣服就是为了遮泥，遮住泥就是遮住了羞。所以到处都只见衣服不见泥，人于是就变得大模大样了。

热了容易出泥，即便是刚洗完澡，再一出汗，仍是一搓一把泥。“四清”时有句名言：“让干部下楼洗个热水澡。”历届政治运动都运用热水下泥这一道理。不仅政治运动出泥，体育运动也出泥，如果人站在水池子里不动，池底就不会存那么多泥。谁若不承认自己有泥，一运动泥就出来了，运动洗泥。

大池子里游泳的人更多，池底反而看不到黄泥，因为是活水。活水冲泥，死水存泥。一个人也一样，不活动泥就往里长，久而久之，泥把内脏封死，离整个人变为泥土就不远了。

泥养人，泥埋人，人讨厌泥，人又沾泥、生泥。一部人类史，就是生命和泥土相互依赖又相互排斥的过程。

大自然设计的规律就是如此绝妙，没有任何生灵能够违背。人该躲泥的时候就得躲，该承认有泥的时候也得承认。顺其自然，抵制不自然，方能自自然然。

傻子当红

演艺界曾有过一段佳话：一位潜质不错的演员名叫姜武，出道多年演过不少神经正常的人物，却一直未能大红大紫。由于在电影《洗澡》中争取到一个无足轻重的角色——扮演一个傻子。想不到一炮打响，好评如潮，立即收获了一座分量不轻的奖杯。

谁都知道，这是沾了傻子的光。过去老听人讲“傻人有傻福”，现在似乎真的到了应验这句话的时候了。

一个经常抱怨电视节目低劣乏味的老先生，突然打电话来向我推荐一台他认为非常之好的电视连续剧——《傻子阿甘》。由祖国大陆、台湾和香港的影视界联合拍摄。我一听这名字就感到有些熟悉，不久前好莱坞曾拍过一部轰动一时的电影《阿甘正传》，也是讲一个傻子的故事，主演汤姆·汉克斯凭此获得了奥斯卡大奖。《傻子阿甘》的编导者们没有避嫌，用同一个名字公开打出傻子的旗号。

想不到这傻子的旗号还就是灵。只要你一想到傻子，立刻就会发觉现代影视已经进入了一个“傻子时代”，世界各地一窝蜂地推出一大堆傻子：香港的长篇电视连续剧《肥猫正传》，表现一个肥肥胖胖的诚实善良的傻子，比正常人还要可爱得多，重要得多，据说收视率也很高；奥斯卡影帝达斯汀·霍夫曼演过一部著名的傻子电影《雨人》，获得了极高的赞誉，他演的那个傻家伙，傻得极富哲理，深刻得让正常人有被穿刺的感觉；还有好莱坞当红的女星朱迪·福斯特，也不甘落后地演过一个人见人爱的女傻子，片名是《大地的女儿》……

一些影视剧中傻子当道，傻子走红，傻子成了获奖的保证和票房的救星，傻子让不傻的人傻了眼……

这是怎么回事？现实生活中哪有这么多多才多艺的傻子？中国的傻子阿甘是作曲家或者是活雷锋，美国的傻子阿甘是英雄、圣人……所有影视中的傻子个个都正直无私，忠诚坦荡，普施爱心，似乎凡傻子都有近乎完美的人性。

人们对傻子表现出来的异乎寻常的喜欢和崇拜，反衬了对正常人的厌恶和失望。

随着人类生存竞争的越来越激烈，某些正常人对正常人的越来越工于心计，越来越精于算计感到恐惧，感到沮丧。同时，物化使某些正常人越来越庸俗，越来越浮浅，相比之下，在一些人的感觉中，倒是傻子不会伤害同类，给人以安全感，并时有惊人之语和惊人之举。所以，敏感的艺术家们便拼命制造出许多关于傻子的童话。

歌颂傻子不等于自己想当傻子，某些现代人的理想好像就是除自己以外别人都是傻子，最好还是天才的傻子，只会创造不会争夺，心甘情愿地永远处于弱者的地位，不想害人也害不了人——你看看，周围都是傻子的世界多么美妙！

理想归理想，在现实生活中可爱的傻瓜毕竟是太少了，现代人往往是一个比一个精明。如果有人仔细研究一下傻子在荧屏上大受欢迎的原因，就知道聪明人是多么的讨厌聪明人了。唐代贤相张九龄早就说过：“高明逼神恶。”在现实生活中不妨经常当当傻子，有许多美妙的事情也并非不会发生。

去年春季的某一天，纽约各大报纸同时登出一则广告：一美元出售豪华汽车。成千上万的人都看了，看过也就放下了。因为他们都是正常人，或者叫太聪明，一看就认定这是愚人节的把戏，或是一个无聊的家伙在耍小幽默、讲笑话。现在这个充满尔虞我诈的社会上怎么会有一美元就能买到的豪华汽车的美事呢？除非你是个傻瓜才会相信这样的广告！

生活中偏偏就有这样的傻瓜，这是个男人，根据报纸上提供的地址找到登广告的人，对方竟然还是位彬彬有礼的中年女士，先带他去看汽车，果然是一辆很新的豪华型轿车，前来买车的傻瓜忽然也变得有些开窍，不敢相信了：“您确实是想要一美元就出售这辆车吗？”

“没错，是一美元。”女士的口气非常肯定。

那傻子赶紧掏出一美元交给那位女士，她果真就把车钥匙给了他，并说：“先生，这车是你的了。”

傻瓜接过钥匙兴奋至极，却又忍不住问：“我能知道这是为什么吗？”

那女子说：“我丈夫去世了，他在遗嘱中把这辆车留给他的情妇，但把折卖权交给了我，所卖的款项交给他的情妇，所以我就以一美元出售它。”

就这样，被认为是傻子的人办了件聪明事，许多自以为是正常而又聪明的人反而失去了好机会。这些人犯起傻来都是真“傻”，他们是把自己当傻子，结果非但不傻，反而大智。

有人也想找这样的便宜，而且中国有很多这种看似冒傻气的好事。诸如“一块钱的婚纱摄影”，有人就信以为真地找上门去，结果是最低先要交八百八十八元，或高至上万元加入一个“套系”，然后才能获得一张一块钱的照片。如果跟商家就广告词进行理论，很容易就被当成是被财迷转向的大傻瓜——这可不是影视剧中才华横溢的傻子，而是货真价实的遭人戏弄的傻子。

因为，这些老板真的把别人都当成了傻子。所以，他的买卖也就砸了。

可见，在银幕上欣赏可爱的傻子是一回事，在生活中实实在在地当傻子又是一回事。许多时候，我们把事情搞糟了，错过了一次又一次的好机会，不是因为太傻，而是因为太精。就因为老把别人当成傻子，才干了许多猫盖屎的事。坑蒙拐骗、弄虚作假也屡禁不止……

天堂在哪里

平时无论人们是否相信天堂，真有了那一天，恐怕就没有人不想进天堂而愿意下地狱了。那么，到底有没有天堂呢？如果有的话怎样才能找到人们心向往之的天堂呢？

我曾把当代作家分为兴趣的、职业的和精神的三类，活在精神层面上的作家当首推何士光。他在新著《烦恼与菩提——心在什么地方》中，晓畅透彻地解释了天堂的所在。

他先引证当今主流科学对死亡的研究成果——现代科学发现，人的死亡是心灵的剥离，可归纳为这样几个阶段：首先是散乱和昏迷，接着要穿过黑暗的甬道，然后看见光明，最后显现一生里经历过的事情……再往以后，目前的科学手段还没有证明出来。但在佛门宁玛派的重要经卷《中有教授听闻解脱秘法》中，却有让人醍醐灌顶的阐释。

佛家所说的“中有”，是指意识体。人在死后意识体飘浮着，“没有确切的依附，也没有达到一定位置的时候，佛家就把它称为‘中有’。”

人的意识应该有六种“中有”。

活着的时候有三种：处在母腹中的时候、梦中的存在和禅定出现的意生身。

死后也有三种：死地中有、法性中有和轮回中有。

弥留之际散乱昏迷的过程，便是丧失自我的过程，而后感到自己穿过黑暗的甬道，就是自我意识在隐隐约约地苏醒，跟着就看见了光明……这就是死地中有了，非常的要紧。

何士光说："这一片清净妙明的光明，其实就正是我们的心灵的本相，也正是宇宙世界的元初的本相。此时的人刚好脱离了身躯的凝结，也消解了意识的凝结，如果能与这一片光明融为一体，便能即身成佛，回归我们的本源，完成天人合一……天堂和地狱不在别的什么地方，就在我们的心里，不过是我们的意识所展现出来的意象而已。"

活得光明坦荡，死后才不会惧怕光明，有机会和那一片明亮融为一体。活得阴暗龌龊，死后必然被那一片突然出现的光明吓住，错过机会便堕入"轮回中有"，甚至入阿鼻地狱。何士光援引佛陀在《楞严经》里的话说："纯想即飞，必生天上；情少想多，轻举非远；情想均等，不飞不坠；情多想少，流入横生；纯情即沉，入阿鼻狱。"

这里的"想"——不是我们平常的胡思乱想，也不是指思想，而是澄心观想，心无挂碍，宁静宽广。

"情"——是指人心里凝结起来的一切块垒，一切贪、嗔、痴、慢、疑。

现代人最讲实惠，讲究眼见为实，死后固然都愿意升入天堂，却总觉得还不够实在，最好能在活着的时候见识一下天堂。这里就不能不提到幸运的或者说是

1986年与作家高晓声合影

勇敢的一对德国夫妇了，丈夫叫迪特尔，妻子叫格尔达。二十年前，他们驾着一条九米长的小船开始环球旅行，最终在太平洋里一个无人小岛上安顿下来，一过就是十几年。他们种植了柑橘、香蕉、鳄梨、杧果、菠萝等水果树，养了两只杂种牧羊犬和十八只羊，如今丈夫已经七十二岁，妻子也已六十二岁，他们把这个面积不足三公顷的荒岛就了自己的天堂。

或许就是受了这对德国夫妇的鼓励和启发，地球人便都纷纷开始寻找天堂。热闹了几年，国际旅游组织评选出十大“人间天堂”；中国的《羊城晚报》也选出了二十一个“梦想中的天堂”；美国的《国家地理》杂志根据美国人贪多嚼不烂又酷爱刺激的特点，在全球圈出了二十五个“人间最刺激的天堂”。

把这三个有关天堂的名单放在一起，就发现它们大同小异，且有个非常突出的共同点：现代人向往的“天堂”都是些地球上最后的秘境，人迹罕至或根本还没有人去过。

如：位于喜马拉雅西段北坡杰马央宗冰川的雅鲁藏布江大峡谷、西伯利亚的远古地域、横跨赤道线的科隆群岛、位于巴基斯坦和中国边境线上的世界最大的冰河系统、乘大象穿过非洲博茨瓦纳的卡拉哈迪大沙漠、在新几内亚热带森林里寻找失踪的部落、搭乘小船在秘鲁的亚马孙盆地探险……

原来现代人向往的“天堂”跟佛家所说的天堂大不一样。名为“人间天堂”，却又最忌讳有人，似乎人就是魔鬼，聚集多了能毁坏天堂，甚至把天堂变成地狱。只有没有人的地方才是天堂。

如此说来，地球原来就是天堂，是人类把它糟蹋成现在的样子。正所谓：“天堂有路你不走，地狱无门偏来投。”

名字的疯狂

古人云："黄帝正名百物。"世间凡是东西就都有自己的名儿，没有名儿的就不是东西。人是"万物之灵"，名字自然就尤为重要。

中国人历来对起名字非常讲究，名字是"名"和"字"的合称。如老子，姓李，名聃，字伯阳。韩非子说："夫立名号，所以为尊也。"当年秦始皇统一中国后，谋臣们先劝他给国家定名："今名号不更，无以称成功，传后世。"

可见名字对一个国家、一个朝代、一个家族乃至一个人是多么的重要。《说文解字》里解释：名，命也。现代顺口溜也说："不怕生坏命，就怕取坏名。"

所以，现代人为了给自己改个好名字，或者给子女起个好名字，真是穷尽脑汁，测八字，查生辰，翻词典，问先生……恨不得名字一诞生就万事大吉，功成名就，财源滚滚。

据报载，一对年轻的中国夫妇，出于一种复杂的心态给自己的儿子取名"万岁"。趁着现在没有人自称万岁也没有人喊万岁了，何不捷足先登把万岁这两个分量最重、意味无穷的字占住！但"万岁"没有喊多久，就遭到周围人和亲戚朋友的强烈嘲笑，后来简直就弄得无法让孩子见人，不得不重新给孩子改了个极其普通的名字。

心理学家的调查结果证实，父母在给孩子起名字的时候，会不期然显露出自己的本性，反映出他们自己的人生追求、价值判断、生命定位，以及许多性格特征。美国的《读者文摘》也讲了一个类似故事：巴西有个一直渴望当官却怎么也升不上去的小公务员，有了儿子后起名叫“部长”。他以为让儿子叫“部长”就真是部长了，想借儿子来补偿自己的官场失意。

孰料儿子长大后不仅没有沾上“部长”这个名字的光，反而到处找不到工作。因为谁也不想雇个部长，成天“部长、部长”地喊着，叫外人一听到底谁大啊？就这样，年轻人被耽误了前程，后来想改名字已经晚了。

他父亲到临死的时候安慰他说：“你没有什么可抱怨的，有那么多重要人物为当上部长争得汗流浃背，成天望着天空观察是否能福星高照。而你呢，却已经是部长了，你一直是部长，生下来就是！这是你的权力，你不必依赖任何政府，可以永远是部长，一直到死！”说完，父子俩抱头痛哭。

有人说名字就是符号，叫什么都行。符号就是标志，这个标志可非同一般，要伴随你的一生。你有什么符号就吸引什么信息，在信息时代你有什么信息就会有什么命运。你不是部长叫“部长”，不能万岁叫“万

马六甲古老的唐人街

岁”，以前叫“万岁”的人都死了，靠这个名字吸收到的不是长寿，而是一股腐朽和死亡的气息。再说既然是符号，名不符实，名实分离，生命永远处在分裂状态，这个人的生活能好得了吗?

起个普通的名字，通常反映了性格朴实、随和，容易融入社会。有人甚至还故意求俗，大俗大贵。如：叫“狗剩”，说不定更长寿；叫“铁蛋”，会结实、健康。

名字起得深奥，是追求超凡脱俗，自视甚高。

起个怪异的名字，体现了望子成龙的野心，希望子女将来能成为让人瞩目的焦点人物。

根据流行的时尚起名字，显示了赶时髦的癖好，通常会思想开通，善于交朋友……

总之，世界上没有人会对自己和子女的名字马大哈。外国人也一样，由于他们的名字更麻烦，写起来一长串，平时为了简便就把几个字头拉出来，以缩写代替。这一来不打紧，写一长串原名的时候是一种意思，缩写后容易变成另外一种意思。比如美国的前总统肯尼迪，全名是JOHN FITZGERALD KENNEDY，缩写后就只是JFK。

去年，美国行为医学会（其缩写是SBM）第十九届年会上，专门讨论了“姓名和寿命的关系”，详细研究了加州1969年至1995年死亡者的死亡证明书。得出的结论是：“姓名缩写含贬义的男性，如：PIG（猪），BUM（屁股），UGH（呸），DIE（死），SAD（悲伤）等，比姓名缩写毫无意义（不好不坏）者平均短命二点八岁。而姓名缩写是褒义的男性，如：JOY（欢乐），LOV（爱），WIN（赢），WEL（健康），WOW（巨大成功），LIV（生活）等，比姓名缩写无意义的男性平均寿命又增长四点四八岁。”

这就是说，姓名含褒义比姓名含贬义的男人平均要多活七点二八岁。

美国的行为医学专家们自然不是在搞迷信，他们把人的种族、性别、死亡之年，社会经济状况以及父母忽视等原因综合起来，仍然无法解释新研究的成果。报告说：“惊人的发现是，父母给孩子起的名字似乎可以改变孩子今后的死亡原因及时间。姓名缩写贬义者，不仅寿命较短，而且所患疾病的种类也更多，意外死亡发生率最高。”

这就是所谓“符号”的意义。一个人的“符号”就是这个人的社会存在，有什么样的存在自然就有什么样的生活。以前孩子多的家庭顾不过来，有时就马马虎虎地随便给孩子安上个名字。也有个别人出于某种原因不喜欢自己的孩子，故意给孩子起个下贱的或出洋相的名字。现在生存竞争十分激烈，要个孩子不容易，金贵还金贵不过来呢，哪肯在名字上马虎！倒是应该防备金贵得过了头，想一“名”惊人反弄巧成拙。

现代人不仅给孩子起名字要花样翻新，拼命拔高，在给自己的公司和业务项目命名时也要云山雾罩，胡乱标榜。如歌舞厅要叫“富豪王”“凤和凰”；洗浴房起名叫“梦里水乡”“重返伊甸园”；住宅小区的名字就更邪乎了，什么“动感之都”“情缘花园”“钻石广场”“金尊山庄”……甚至连饭馆的菜名都出现了“包二奶”——无非是用牛奶、羊奶烹制鲍鱼，“波黑战争”——菠菜炒黑木耳，“悄悄话”——就是凉拌猪腰子和猪耳朵……

——真是疯啦！如今疯狂也是时髦。所以，要了解现代人和现代社会时尚无须太费事，只要留意一下周围五花八门的名字，就能知道个大概其了。

吃　醋

在一个著名的化妆品广告中有这样一句话：“美丽的女孩儿有点儿酸！”原来，美离不开酸，美要有一点儿酸。酸——即娇媚、性感。凡女人，没有不希望自己美的。要想美，就要“有点儿酸”，能酸，会酸。

一点儿不酸不行，酸的太过也不行，太过就成了“酸溜溜”，会使人倒牙。做女人的技巧就在于把握这种酸的程度，如同制醋过程中把握发酵的火候一样——即行话说的“发好了做醋，发不好酿酒”。做醋需先把粮食做成酒，由酒再做成醋。所以，凡会做醋的都能酿酒，会酿酒的却不一定能做醋。

既然酸能酸出一种美来，在需要酸而自己又不酸的时候就要人为地制造一种酸——那便是吃醋。爱的特性是怀疑和轻信。连《犹太法典》里都说：“没有妒忌的爱情不是真正的爱情。”妒忌是什么？妒忌就是吃醋。如此看来，真正的爱情就要经常吃醋。

于是，吃醋就成了世界上最绝对的一种感情。花花世界，女人吃醋，男人也发酸，大家一同大吃其醋，醋海兴波，酸不溜丢，不亦乐乎！历史上曾由于吃醋杀人，乃至发动了一场战争的事例层出不穷……

人活得好好的，爱得热乎乎，为什么非要自找苦吃……不，是自找酸吃，大发醋劲呢？

这是生存的必须，是爱的必然。天地万物都存在于一种自然的平衡之中，即“阴阳协调，相生相克”。一年分为四季，就是大自然的一种调

游览长白山天池

和，正如《周礼》上所说："春多酸，夏多苦，秋多辛，冬多咸。"自然界需要平衡，生态需要平衡，生命也需要平衡。一旦平衡打乱，轻者受伤害，重者被毁灭。不然天下有那么多味道，为什么非要发明醋这种酸物质呢？

许多年来，注重保健的人就一直在醋上大做文章。20世纪80年代之初，全国从南到北兴起一阵大喝"一号饮料"的热潮，传说此饮料最早是由中央机关为保健而发明的，故称"一号饮料"——其实就是往雪碧里对醋。这毕竟有些麻烦，成本也较高，普通家庭难以长期坚持，于是就改成了"每饭一勺醋"。眼下最时髦的健身术是"每日三口：一口醋，一口芝麻油，一口葡萄酒"。现代人不管想出多少健身养生的绝招，总是离不开吃醋这个基本点。

但我长时间以来对醋都没有好印象，因为小时候的一次吃醋吃怕了。那是得了疟疾，怎么也治不好，人被折腾得走了形。后来母亲听来一个偏方，买来两根油条，倒了半碗醋，让我早晨起来倒坐在门槛上，吃一口油条喝一口醋。油条本来是我平时馋死也不能经常吃到嘴的好东西，没想到跟醋混着一块吃就不是味儿了，比任何药汤子都更难下咽！母亲手拿笤帚疙瘩站在眼前，使我不敢糊弄……奇怪的是受过那次罪之后，疟疾果真好了。

近几年是在一位老朋友的引导下，对醋渐渐有了好感，而且只钟情于独流老醋。出于职业习惯，总想对醋的大红大紫找到一种具有权威性的解释。劝我沾上醋瘾的那位老朋友是一个养生极有收获的智者——他的收获是任何人都看得出来的，七十多岁了还像五六十岁的样子。他对我不拿他的话当权威老大不高兴，有一天竟拉我跑到独流，找到老醋公司的总经理张殿瑛，然后对我说：这是权威了吧？就听他给你讲讲醋。

张殿瑛一张嘴都是术语和数据，我这个吃醋的面对他这样一个制醋的，不知不觉就把他奉为权威了。他说醋发明于春秋时期，最早是当药用，战国时代的名医扁鹊，就用醋“理诸药、消毒”。到明代医圣李时珍修撰《本草纲目》的时候，已经收录了二十多种用醋的药方。独流老醋成名于明代嘉靖年间，《河间府志》上记得清清楚楚。当时独流隶属于河间府，水系发达，盛产鱼虾，老醋就是烹调鱼虾不可或缺的作料。一时名扬四海，仅独流镇内就有醋酱坊十三家，老醋行销关里关外、七省八县，到清代顺理成章地就成了贡品。

但现代人不得不吃醋，是因为入口的食物中碱性物质增多了。比如许多人每天都离不开的茶，就属于碱性。而人的身体本身必须维持酸碱平衡，才能和谐融洽，所以醋就成了必不可少的。目前的科技手段能够检测出醋能杀菌、促进血液循环、提供人体所需的氨基酸。可做醋的人都相信，醋还有更大的功效……张殿瑛边说边引导我们走进制醋车间，立即有一股强烈的醋香直沁心脾。他说独流老醋公司可能是中国目前最具传统公有制特点的企业了，比如，职工的医药费全部报销，职工家属的医药费报销百分之五十，连职工子女入托儿所的费用也都按老规矩报销。可是，每年都有近一半的职工以及家属没有医药费可报，连一分钱的药单子都拿不出来。他们没有病，不看病，哪儿来的医药费呢？另外一半有医药费要报销的职工，也都是些小病小灾，很少有恶性的重病号。

说着话他领我们来到一片半人高的大醋缸跟前，见一老工人舞动着锃亮的铁锨，在大缸里翻动醋糟。张殿瑛介绍说这是公司返聘的老技师郝恩和，已经七十四岁，自十六岁做醋至今已五十八年，还没有请过一天病假！这可有点儿神了，我仔细端详老技师，用天津话说“面色有红似白”，身板挺直，双臂灵活有力。妙，张殿瑛原来是拉我们来看他独流老醋的金字招牌！

但，做醋的和吃醋的不一样。做醋的是天天泡在醋里，呼吸的是醋，眼睛看的是醋，鼻子闻的是醋，皮肤接触的也是醋。我想起冬天预防流行感冒的一个偏方：往铁锅里倒二两老醋，放在炉火上熬干，让空气中充满醋香，消毒灭菌。现在冬天又快要到了，难道注重养生的现代人，非要把自已泡在醋缸里？

情境领导

我意外地得到了一本关于“情境领导”的小册子，知道中国还有一所“终生领导艺术管理学院”。单是这名称就很特别，难道是专门培养“终生领导者”的？莫不是想复辟终身制？世界上真的有“终生领导”这样一种“艺术”？

其实，“终生领导”就是“职业经理人”。他们的终生职业就是当企业的领导者，或者说这是任何一个职业经理人的终生追求。目前全球已经有一千多万职业经理人，应该说这是一个职能概念，是一个不断变动之中的职业选择，并不是一种持久不变的职业状态。

那什么是“情境领导”呢？其定义为：“帮助人们改变他们的行为，可以解决他们被替换的问题。”请注意“被替换”这个词——说得非常准确，简直是触目惊心！

“被替换”——就是被淘汰！市场体制下的竞争中，谁不怕被淘汰？对“被替换”的恐惧就像一根鞭子，把现代商品社会驱赶得剑拔弩张、鸡飞狗跳，连喘息的工夫都没有。

在充满激烈竞争以及公司间频频并购重组的时代中，每个企业、每种产品以及每个人，都面临“被替换”的巨大压力和实际问题。所以，“情境领导”的模式就应运而生了。这种方法教会领导者可以在多种不同的情况下，正面对追随者施加影响力，从而提高他们的工作绩效和满意度。

“情境领导”的最大特点是关注追随者的行为，同时以具体任务为基

缅甸被誉为“千塔之国”，名不虚传

本要素，充分体现了组织行为学的特点。追随者的状态是动态的，随时可以改变。这种动态，一方面是指在不同的任务面前，追随者的状态是不同的；另一方面，采取何种领导风格，也会引起追随者的状态变化，或者往正面的方向发展，（例如从没有意愿的状态上升到有意愿的状态）或者向负面的方向衰退。（从有意愿的状态下滑到没有意愿的状态）还有一个因素，人是社会动物，其情绪会随着外在事件而波动，如股市下跌、配偶有了外遇、孩子没有考上重点学校……

因此，领导者是否使用了最合适的领导风格至关重要。正确的领导风格会促使追随者的状态提升，而不合适的领导风格则会造成追随者状态的下滑。可以说，“情境领导”的根本宗旨，就是有意识地变换领导风格来适应和激发追随者不同的准备状态，提醒领导者该何时介入，何时不介入，以及如何正确有效地介入。从而在管理过程中进退自如、游刃有余，从而进入崭新的领导境界，使追随者达到最好的工作状态：有能力，有信心和有意愿。并最终实现领导者与追随者的共同发展，提高组织的绩效，创造和谐人性的企业文化。

“情境领导”告诫企业领导者要善于挑选和组织那些赞成、支持、笃信他们所确定的方向而又能发挥作用的伙伴，具备那种赋予人们力量、鼓励人们实干的能力。世界五百强之一的强生集团董事会主席兼首席执行官拉尔夫·拉森说：“一个人所能行使的权力是有限度的，除非你能想方设法使人们做出最大限度的贡献，否则便算不上什么领导艺术。”

人的心理以及人性化的认知和表现都有许多共通之处。老子也说过：“欲上民，必以言之下；欲先民，必以身后之。”“善用人者，为之下”，如果你要成为领导者，首先你必须懂得如何追随。这与“情境领导”的内涵不谋而合。或者干脆说“情境领导”的倡导者抄袭了老子的思想，老子才是世界上第一个管理咨询大师！

简单一句话：“情境领导”就是为了提高领导力。而领导力，就是影响他人的能力，能够影响他人做本来可能不会做或做不好的事情。目前，领导力已经成为企业经营中最重要的因素——需求最高而供应最短缺的品质。

不信看看世界五百强就明白了，一个优秀的企业绝不是某个单一的因素造成的，但有一个相同的决定性因素——那就是都有一个远见卓识的领导者。近年来很受商界推崇的美国通用电气公司前首席执行官杰克·韦尔奇，就格外强调领导力的重要，他认为整个企业的工作是从最上层的领导开始的，是公司的最高领导为整个公司定下基调，他们工作的力度决定了他们所领导的企业的工作力度，他们工作的努力程度和与下级的沟通，能获得成百上千倍的效用。

尽管优秀的企业领导者在做人的风格上有着极大的差异，但在领导艺术上却有着本质相同之处。比如，为企业确定明智的方向——领导者最根本的创造力是精到的战略头脑，准确地预测和把握未来的趋势，给企业带来变革，“在真正的较量中做出重大决策”。创新就是生命，有人给企业家定义为“从事创造性破坏的创新者”。独霸世界电脑芯片市场十多年的英特尔公司首席执行官安迪·格鲁夫出过一本书《只有偏执狂才能生存》——“偏执狂”就是对市场极度敏感和执着，不断地开发新产品、新技术，走在别人前面。

平庸的企业家会认为，从他们登上总经理的位子起，就登上了人生的顶峰。卓越的总经理会认为，自己的事业才刚刚开始。像比尔·盖茨，许多年来一直毁誉参半，甚至官司缠身，他却从没有被这些杂事所困扰，继续领导公司不断开发更多更完善的软件，从网上热线服务到网络系统，设计自动防浪板的电脑程序……因此才使微软的效益不断翻升，直至最后赢得了官司。

优秀领导力的另一个体现是“坠入情网”。出色的总裁首先要热爱自己的企业，以恋人般的热情投入，不顾一切。现代社会变化纷繁，企业家只有审时度势，因势利导，不断培养和提升自己的领导力，才可以帮助公司提升整体竞争力，才有可能创造更多的价值。

乱套了

国人爱抱怨，前些年抱怨不健康的文学和影视作品把青少年教坏了：读了黄色小说就去乱爱，看了武打电影就乱抛飞刀，看了神偷的电视连续剧就去拧门撬锁，模拟跳楼，实验上吊，等等，不一而足。最近又开始埋怨国家回避了对青少年的性教育，以至于造成一代乃至几代人的性愚昧。越愚昧就越乱，八岁的小毛孩子就要"泡妞"，北京一个十三岁的女孩儿生下足月婴儿，而婴儿的父亲就是她的同班同学……看看人家国外，"瑞典从儿童时期就开始性教育，新加坡的孩子在幼儿园时期就知道是母亲的子宫孕育了新的生命……"

于是，我们也要进行性教育了。2000年第六期《天涯》杂志的扉页上发表了一幅照片，北京理工大学的男女学生在课堂上吹安全套，一个个眯缝着眼认认真真地把安全套吹得跟气球一般大。真是惊世骇俗，成了大学生才知道在课堂上玩儿气球，我们的性教育的确够晚的。

同年12月2日，广州英雄广场举办"艾滋病宣传咨询"活动，等着为人们解答问题的医学专家们冷冷清清地坐在一边，"无人问津"。而派送安全套的地方却是人山人海，人们高扬着手臂，向前拥着挤着，有男有女，有老有少，有单打独斗的，也有成双成对的，大家都挂着一副捡了便宜的神情。一位年轻女士不问自答地大声给自己做解释："领安全套没有什么不好意思的，现在时代不同了嘛！"

现在是啥时代？安全套时代？中国的性启蒙、性教育似乎就是从认识安全套开始。还有更能出点子的，一家颇有点儿名气的画报，竟然随刊附赠名牌安全套。这一带头不要紧，书商和出版商们也纷纷效仿，在今年秋天的武汉书市上，有些热销的名著和画集里都夹贴着安全套。据一位书市的老板讲：这种带“套”的书很受那些“特潇洒的人”的青睐。

真是怪事，这些想潇洒的人完全可以到药店去买套，或者找工会主席去白要，要不就等机会到广场上去抢去捡，为什么非得喜欢夹在书里的套呢？特别还把名著存放在安全套的盒子里，就不怕亵渎了圣人让他们都变成白痴吗？现在的书虽然不能说都是“圣贤书”，可也不能把它当成派送安全套的工具啊！要知道便宜是不能乱捡的，小心连人也被套住。

如果此风继续张扬下去，大家都举一反三，今后无论买什么东西都要搭配安全套，那不真的乱“套”了吗？这样乱“套”一气就算是性启蒙和性教育吗？那么，现在的青少年到底希望了解哪些性知识呢？据北京市初中生实施青春期性教育的基本现状显示，初中生最需要的性知识依次是：“青春期性生理知识”（占60.7%）、“性心理知识”（占15.1%）、“性健康保健知识”（占10.9%）、“性道德知识”（占9.2%）、“性病及预防”（占2.5%）、“避孕知识”（占0.8%）。要解决这些渴求，并不是在课堂上吹安全套或在广场上撒安全套就能奏效的。

笑的价格

今年国际说谎大赛的冠军是欧洲的一名医生，他讲的谎言是：为一个白痴移植了笑容，于是这个白痴便当上了国会议员。

笑，居然有如此大的魅力！

1986年的照片

这个谎言道出了一个事实：现代人也许真的到了需要移植笑容的地步了。科学家们早就发出警告：人类笑得越来越少，最终将退化为不会笑的动物。而人跟动物的最大区别就在于笑，人能笑，而动物不会。

所以，人为了表示自己高贵得不同于动物，就格外重视笑，越是笑得少就越想看到笑。于是就有了“笑”的交易，我出钱，你笑给我看。需要用钱买到的笑，自然也就不能要求是发自内心的笑。装出来的也行，甚至强笑、假笑、苦笑也能凑合。社会正越来越变得“千金难买一笑”了！

既然需要用钱买笑，笑就成了奇货可居的商品——可以设计，可以制造，可以批量生产。精明的日本商人角川吉彦，就创办了一家“微笑学校”，客户有大型汽车制造商、消费电子制造商、地方政府，以及一些社会团体，为他带来了丰厚的收入。其实，角川吉彦训练笑的办法很简单，“用牙齿咬住一根筷子，让嘴角高出筷子”。这时，人的面部表情看上去就像是在笑。

只要能让人看着像笑就足够了。这个窍门的确很绝，咬牙切齿是恨，是狠，心里想的是像咬筷子一样咬住对方，脸上露出的却是笑！这太适用于现代人了，难怪会有那么多人去学这种咬牙切齿发笑法。

笑成了一种技巧，一种皮和肉的机械运动，可以与人的心情和感觉毫无关系。这跟戴一个面具又有什么区别呢？以现代科技制造出一种跟人皮一样的微笑面具，应该不成问题。每个人一出门就戴上它，也省得再对着镜子咬筷子，嘴角上抽。

当人人都是假脸假笑，这个世界又比人人都龇牙咧嘴的地狱好多少呢？

下卷　人生追求

精神是什么？是火、是水、是活力、是生气、是百炼刚、是绕指柔，总之是人身上的神气。为她开辟了通向四面八方的道路，才得以游遍世界。但，人的精神常常是需要在小事情上培养，而精神的渴求和丰富，又让她觉得自己的生命像一棵嫩芽，在阅读中获得了巨大的成长空间，灵魂自由呼吸，精神饱满芳香，全身释射着一种爱的活力，宁静端庄，鲜活光亮，蓬蓬勃勃，激情洋溢。像她这样的阅读最是投入，投入使人单纯，单纯使人快活，快活使人漂亮。这漂亮的标准就是：像一个恋爱中的女人一样富有生机。

也说“工匠”

“工匠精神”正在成为一句政治热语。而主流媒体所宣传的“大国工匠”，却让许多人甚至连工人也觉得跟自己没有多少关系。那是些像明星一样的幸运者，是商品时代盛行的成功故事里的主角。这就不能不问一声，什么叫“工匠”？其实，工匠就是手艺工人，从前叫手艺人。有手艺多半被认为是“能人”，现在大都叫技术工人。比如铁匠，现在叫锻工，木匠也就木工，还诸如泥瓦匠、鞋匠、皮匠、画匠、油漆匠、小炉匠等等。

所以，“工匠”首先都是劳动者。“工匠精神”不是口号，不是贵族范儿、精英派儿，也不是少数工艺大师和技术尖子的特殊追求，它就是技术工人的守则，是尊重劳动的态度。

以前在我工作的工厂，七级工以上被称为大工匠。如今在工匠前面加上“大国”两个字，强调了他们工作的重要性，还有一层意思也很好，“大国”需要有大工匠。“工欲善其事，必先利其器”，说的就是工匠。至今我国能看家的那几大件，哪一件也不能没有工匠的参与。其实“大国工匠”跟过去的劳动模范、先进生产工作者差不多，除去技术要能过硬，还有一层政治和品德的含义。

大国需要工匠，但国大不一定就工匠多、工匠大。瑞士是大国吗？区区只有六百多万人口，相当于中国一个中等城市，就是靠世界闻名的工匠支撑着一百八十多年来辉煌不衰的全球顶级钟表帝国；面积只相当于我们中等省份山东四分之一的荷兰，也算不上大国吧？有二百年以上的名牌企业二百二十二家。而我们常常自诩为泱泱大国，够上一百五十年寿命的企业也只有张小泉、六必居、陈李济、同仁堂等屈指可数的几家，维持这几家牌子不倒的法宝，似也不是靠“大国”的牌子，而是一代代牢靠的工匠。虚虚乎乎的话老往大里说，无助于认识目前工匠的现实。按照当下流行话语的表述习惯，现实中缺什么就提倡什么，就像社会烦乱多事，就提倡稳定和谐一样。“工匠精神”被千呼万唤，那就是全社会都感觉到中国缺少工匠精神了。

有大钱的到国外抢购名牌奢侈品，有小钱的到国外抢购马桶盖、电饭煲、抹布—对——就是普通的德国抹布。“五片一包，每片二十厘米见方，正反两面各压出菱形和条形纹路，很像带气孔的蛋糕，柔软耐用，洁净力极强。”各种挂羊头卖狗肉的汽车塞满大街小巷，飞机也排着队升空，多得常常需要“航空管制”，然而如心脏般重要的发动机却至今造不出来……有一年我接到通知，到市政府去拿修建文艺大楼的批件，走到市长办公室的外厅，听到市长正在里面骂街：“你们说这是人干的活吗？”

2018年夏，在鄂尔多斯广场上

我只好停住脚步在外厅等候，心里只觉得市长骂得好，现在不像“是人干的活”太多了。

凡此种种，我们竟常常自况为“制造大国”，然而在国际分工上却一直处于低端。连所谓“工业化”，都被国内的权威经济学家说成是“一锅夹生饭”，又如何“后工业化”“后现代化”？整个经济是粗放型的，增长快而不强、大而不优。这份尴尬似乎让所有中国人都脸上发烧，浑身不自在。姑且将这份责任算在中国工匠身上，那么中国的工匠怎么就没了“精神”？这是什么时候发生的、又是怎样发生的呢？

以我个人的记忆，在20世纪50年代初学校里流行“学好数理化，走遍天下都不怕”“一招鲜，吃遍天”。学数理化是工科，是实业；“一招鲜”是技术绝活儿，是好工匠的特长。后来批判“白专道路”，提倡“又红又专”，“红”排在前面，却还没有丢了“专”。进工厂以后更是亲身体会到无论什么出身、什么学历，只要干好自己那一行就有前途，即所谓“行行出状元”。当时流行的口号是“工人阶级当家做主”，尽管除去在理论层面上没有几个工人真想“当家做主”，但捧得工人们干活认真倒是真格的。那时候的先进生产工作者、劳动模范在社会上的的确确会受到尊重。也有些大工匠因“一招鲜”而成为社会名人乃至国家级领导人，如“孟泰炼钢法”及“倪志福钻头”的发明者、优秀的纺织女工、出色的售货员等。这不仅具有象征意义，实际上当时的工人或其他普通劳动者，也绝不会被社会文化所鄙视。工厂相当一部分管理干部，也是由工人中选拔的。而工人的来源主要有两个渠道：一是技工学校毕业，当时天津市有近百家各种各样的技校，归劳动局管，培养各种行业的一级工，进厂实习一年后转为二级工；二是工厂直接招收学徒工。无论是技校毕业，还是跟师傅学徒，绝大多数都把学好技术当作安身立命的本钱。

我认真回想，那个时代有当官的野心、拼命向上爬的人还真是不多，在钻研技术上玩儿命的倒不少。因为在工厂里最简捷、最牢靠的出路就是干好自己的活，各道工序上最风光的总是技术好手。与这种敬业精神相称的是严密的生产技术管理制度，比如《鞍钢宪法》，被麻省理工学院管理学教授誉为“全面质量管理和团队合作理论的精髓”。希腊哲学家修昔底德有句名言："历史是重复的。"我们似乎老在重复"狗熊掰棒子"以及"泼脏水连孩子一块泼掉"的毛病。这可能是文化的缘故。我们的文化喜欢"矫枉过正"。

直至对中国社会破坏极端严重的"文革"期间，已经颠覆了"劳动光荣"，并广泛将劳动作为惩罚人的手段，但在基本能维持生产的企业里，技术工人乃至技术性劳动，还是受到重视。特别是在老工人中间，仍然讲究"手艺道"——这是手艺人或好工匠的律条，是自己所从事的那一行祖师爷传下来的圣训。技术是有"道"的，要手艺必须尊道、重道，干出的活要对得起自己的手艺。那时老工人教训技术欠佳或干活不着调的青年工人，最常说的话就是"对不起手艺道""不讲手艺道"。

"文革"的第一个高潮，厂长成了走资派被打倒，"造反派"掌权，我这个厂长秘书、大毒草炮制者成了"反革命修正主义黑笔杆子"，被送到锻工车间"监督劳动"。车间是生产单位，不论谁掌权都得干活，"促生产"终究要比"抓革命"的时候多。我发现"造反派"夺了厂部的权，却没有夺车间生产骨干的权，他们无论是"逍遥派"还是"保皇派"，照样是生产第一线的班组长。不管"造反派"怎么折腾，工厂还能照常运转，全靠他们。我的组长吕云集就是"逍遥派"，且个性很强，敢于不买"造反"头头的账，在车间的人缘却非常好。三十岁刚出头，已经是四级工，脑瓜好，手底下利索，干出的活真是漂亮。还有资本家王义礼，最早是开铁匠铺的，因手艺好越干越大，后来铁匠铺发展成一家铁工厂，公私合营后被合并到我们厂。他本人被评为八级锻工，是车间里工资最高的技术权威，谁有干不了的活都请教他，他似乎也从来没有被难倒过，技术上没有没招的时候。在有些刚进厂的徒工眼里，他是神一样的人物，反倒没有多少人在意他是资本家。过去连厂部的大人物到车间来，都会客客气气跟他打招呼，说上几句话。现在的"造反派"头头也不招惹他，身为资本家竟没挨过批判，没进过牛棚，只是在召开大批判会或有其他"造反派"活动时，他不能参加，一个人守着汽锤，乐不得独享清静。而厂部的总工程师，却被打成"反动技术权威"，从身体到心灵反复承受了各种"造反派"所能想出来的折磨和羞辱。这大约是因为"文化大革命"是大革文化的命、贬斥知识分子的缘故。

我的遭遇也很有戏剧性，从厂部被贬到特殊重体力车间“监督劳动”，听起来是很大的坏事，除去完成正常的生产任务，还要负责打扫更衣室、打开水、准备工具。但我毕竟中技校毕业，虽然学的是金属热处理，却都属于热加工，隔行不隔理，用了一年多的时间，我就能掌钳子在一吨锤上独当一面了。技术上一顶戗，其他杂活我再想干，组长都不让我插手了，总是支派手笨、干活不行的人去打杂。大部分时间我这个被监督对象和普通工人几乎没有两样。在生产第一线就是这样，技术一过关日子就变得好过了，甚至享受到了一种纯粹的淳厚的快乐。这种快乐是干活带来的，只有手艺人在从事技术劳动时，才会有的快乐。无论春夏秋冬，干活时我们都穿着厚帆布工作服，锻打时通红的钢屑四溅，不至于烧伤皮肤，一火（拿钳子从炉子里夹出烧好的钢坯，放到锻锤上锤打到锻件发硬，必须再回炉内加热，此谓“一火”）下来通身湿透，只要锻件漂亮合格，便痛快无比。

我至今还清楚记得，工人们从心里不再把我当作“监督”对象的那次干活。锻造一种方套，外面正方，中间圆孔，精度要求很高，重八十二公斤，从下料、冲孔到成活儿，一共四火，组里的技术骨干一人一个。就是那天我开始感受到劳动，乃至特重体力劳动，不是惩罚，是享受，是快乐。我的钳子夹着烧红的钢块，随着汽锤的节奏在砧子上翻转，跳跃，变形，渐渐我的钳子尖像魔术师的手指一样灵巧，钢块随着我的心意在变化，锤头欢快地击打声如音乐在伴奏。我聚精会神，沉醉在自己的劳作里，一时忘了被打入另类的身份，心变得充实。若说我那时的生存状态，哪谈得上什么“精神”。看不到希望，如果有企盼就是别再上批判会，别再有新的灾难。却实实在在地在这种“被监督”的劳动中获得了身心的愉悦。劳动，特别是技术性的劳动，可以慰藉受伤心灵，是精神的营养。那情景非常奇特，身上在出大汗，心却获得了安宁。

被“监督劳动”让我真正喜欢上了劳动，其中或许是我极特殊的体会，但学手艺确是会上瘾的。好工匠都是干活上瘾，且精益求精。性格养精神，越是难干的活，越是废寝忘食，处于痴迷状态，几乎是大工匠的共性。在工厂二十多年，结识了不少各个工种的大工匠，他们几乎都是干活凿死卯子，执拗，狠钻，挑剔，傲慢，不给差错留一丝缝隙。因此显得不近人情，脾气不好。但干活的时候人和活都格外漂亮，一表人才。就像奥运会的领奖台上没有丑的，个个神采焕发。神情专注再加上一技之长达到一定的境界，会让人变得很美。

连“文革”也没有完全摧垮工人最基本的劳动态度，怎么进入经济腾飞的商品社会，反而缺失了“工匠精神”？今年初，中国企业界曾有过一场争论，起因是盖洛普公司公布了“2011—2012年全球雇员对工作投入程度的调查，结果显示，敬业员工比例最高的国家为巴拿马、哥斯达黎加和美国。东亚地区敬业率最低，低于世界水平一半多。而调查的东亚四个地区中，中国（包括香港）最低，为百分之六”。中国人曾举世公认是最勤劳的，历史上哪个地方没有过“华工”。当然，干得苦不等于敬业。但金山岭长城的每一块砖上，都刻着当初制作者的姓名，当时是为出了质量事故便于追责，经数百年日月侵蚀，风吹雨打，这些砖还方方正正，屹立不倒。中国现代工人也曾经是最讲“精神”的，“三老（当老实人、说老实话、办老实事）四严（严格要求、严密组织、严肃态度、严明纪律）”“四个一样（黑天白天一个样、坏天气好天气一个样、领导在不在场一个样、有没有人检查一个样）”等等，难道不是体现了一种敬业的精神吗？精神来自信仰，一个好工匠，或者说一个真正有所成的人，心里是不可能没有信仰的。而信仰都是具体的。

如果说整个中国雇员群体不敬业，最大的可能是“雇主”有问题。“雇主”若用人朝前不用人朝后，甚或“卸磨杀驴”，还指望雇员会忠心耿耿，不遗余力？纵使中国员工缺少敬业精神，也是近二三十年的事，我以为自企业“断奶”“转轨”开始。以我所在的工厂为例，大批产业工人，其中不乏好工匠，堪为国家的宝贝，一夜之间下岗，空有一身好手艺，却窝在家里度日如年。许多人一连几个月，甚至两三年拿不到一分钱的生活费。有些人还只有四五十岁，迫于生计有的随着下海经商的大潮试着做小买卖，也有的到乡镇企业打工……你还要他们有“工匠精神”？我没有能力在这里论是非，这篇小文也承担不了那样的内容，我只想讲一点

1961年，海军图员

儿事实。工人下岗大潮之后，社会上开始流行两个逐渐深入人心的口号："让一部分人先富起来"，这"一部分人"显然不是工匠阶层；"摸着石头过河"，又把广大的产业工人撂在河这边了。随着经济的发展，又从农村吸收大量农民当工人，盖大楼或者经过短促的培训上了生产流水线……近三十多年的工匠史不就是这样一个脉络吗？寻根问源我无非想说明，"工匠精神"不是一朝一夕突然丢失的，也不是现在的工匠阶层想有就能有的。只要反问一句便可了然，难道当下我们缺少的只是"工匠精神"吗？请问现在哪个领域、哪个阶层有精神？农民有精神？为什么如今没有干净的让人吃着放心的农产品了？"舌尖上的中国"食客们，常常是在无奈的情况下进食，不吃怎么办，总不能饿死？失节事小，饿死事大，因为已无节可失。教育界有精神吗？"学术作假"怎么解释？只要有孩子的家庭心里都有数。

如果缺"精神"的不只是工匠，而又想重树工匠精神，须先尊重工匠，尊重工匠的劳动。是制度的文化的重视。自许多年前当官、就职只认学历以来，城市里的年轻人还有愿意当工人的吗？今春全国两会期间，媒体公开报道了行业工会对17个省市、41家企业、2577名职工的调查："认为当产业工人在当下有较高社会地位的，仅占6．07%，认为地位不高的占61．62%，认为没有地位的占32．31%，只有1%的人不介意当工人。"另据上海市总工会的调查，“有55.1%的人明确表示不愿意自己的子女当工人”。

据说人跟人不一样就像世界上没有两片相同的树叶，有的人不喜欢读书却不一定就当不好的一个工匠，读书好的人或许手笨，不是有所谓“五谷不分，四体不勤”吗？有些体育天才，在竞技场上风光无限，当初念书时却成绩平平。各有所长，人尽其才，才是一个健康健全的社会。现在无论什么禀赋，一律都往大学里挤，挤得大学恶性膨胀，竟然分出一本、二本、三本，每个“本”里还有不少花样，收费多少不等。即便是“一本”里又分出“211”，而一般用人单位都只要“211”的一本毕业生。从其他“本”里出来等于失业，这些人又应着大学生的名，当普通劳动者已放不下身段，高不成，低不就，于是“宅男”有了，“啃老”的居然多到成“族”……形成了现代社会的种种怪象：干活粗糙，活得精致，钱理群先生有个著名的概括，“精致的利己主义者”；口口声声抱怨生存竞争激烈，却培养了一大批废物蛋……这还关乎工匠的来源，技工学校急剧萎缩，学徒制度逐渐消失，还有什么人去当工匠呢？如果没有一个正规渠道为庞大的工匠阶层源源不断地输送后备力量，做工匠成了“输在起跑线的人”以及各种社会竞争失意者无奈的选择，或骑着马找马的临时饭碗，还指望这样的工匠们学“绝活”、有“精神”？能撑得起“工匠精神”这四个字的，需要全国八亿劳动者，其中农民工一亿六千万，制造业工人五千万，以及煤炭、冶金等诸多行业千千万万的工人，不只是极少数有幸从事国家重点工程而受到格外关注的“大国工匠”。

许多年来我从未中断跟工厂的联系，也看过许多新的工厂，认识了一些年轻的好工匠，一面为他们高兴，却又不敢以他们为荣，心里有些复杂的酸意。因为他们不是我们自己的企业培养的。比如，2013年11月8日的德国主流报纸，用醒目字体标出了一个中国青年工人的名字：“张磊”。他获得了德国大众集团从分布在全球十五个国家的企业里遴选出的“最佳学徒工奖”。表彰他“改进刀具材料控制油封孔和压装装置”，使自己那道工序的加工“零缺陷”。他其实就是过去我们所熟悉的“技术革新能手”。令我惊异的是，大众公司竟然多年保留了这么个奖，每年举办如此隆重的发奖会，大众王国的总裁亲自授奖，而德国的媒体和社会竟然也这么重视一个企业的学徒工奖。难怪他们的工业产品能享誉全球、“隐形冠军企业”（在全球的本行业中处于领先位置，年营业额二十亿美元左右，在行业内鼎鼎大名却不为普通公众所知，是为“隐形”）一千四百多家，占全球的一半。

其实，世界上的哪一个发达国家或经济强国，没有坚实的制造业作依托？制造业在国家生产总值中所占的比重不一定最高，但它“所蕴含的生产能力和知识积累，是国家经济发展的关键”。就像一辆汽车的发动机，经济总量不过是外壳。发动机不行，外壳再大，也跑不快，跑不久，更经不住磕碰。什么时候尊重工匠不再是一句宣传口号，而变成全社会切实的理念和行动，中国的制造业也就不愁会缺少“工匠精神”了。

她终于挑了个“好瓜”

三十年前，因站在同一个领奖台上，结识了张慧萍。人很安静，需要开口时却才智逼人。遂习惯性的以为文坛又出了一位才女。后来知道，她虽年纪轻轻却已是山东省“发改委”的处长，正前途无量。以我的经验，公开暴露了文学才华，对走仕途未必是好事。不知该为她高兴，还是发杞人之忧？

孰料，两年后她创办《东方讯报》。正值20世纪90年代初，许多杂志停刊，报纸处于低谷，她却逆风而上，小女子成大妖。读《贡院墙根街二号》才知道，当时她的家庭生活正陷于近乎绝境般的苦撑苦熬之中：丈夫酗酒，女儿幼小，照顾近似植物人的公公，接受婆婆的种种挑剔……

当年，他们相识于在鲁北一个小城。他刚从艺术学院作曲系毕业，一表人才，一副迷人的男中音，一双在钢琴上如行云流水般滑动的手，迷住了这位能倾倒那座小城的美人。经攀谈又知道他们都是被各自的姨母养大的，有着大致相同的人生遭际，也算是“奇缘”，便满怀憧憬地走进了婚姻。原本可以成就一段佳话，至少也能做对平常夫妻，孰料几年后两人的婚姻陷于绝境。

原因竟是“男中音”酗酒。台湾才女陈文茜，在陈水扁当政时期曾发名言：“女人要离开不适合的男人，对我来说台湾的政治就是一个酗酒的男人。”看来酗酒为天下女人所不能容忍，其肮脏、丑陋竟跟“阿扁搞政治”一样不堪。有人甚至相信，克林顿的母亲如果不与酒鬼丈夫离婚，他们的儿子未必能成为美国总统。奥巴马也一样，其父是“非洲浪子”，多次离婚。一桩婚姻的破裂，必然会造就一串带“前”字的人：前妻、前夫、前婆婆、前岳父、前姐夫……一般“前”字当头便成路人，甚或老死不相往来。而本书的作者，根据发生在自己身上的故事，切肤锥心对“前”字做了更深透的注释。

“男中音”离异后很快再婚，第二任妻子似乎觉得男人喝酒不算事，喝着喝着人喝酒变成酒喝人，便觉难以忍受，不久也离他而去。他继续走进第三次婚姻，没有维持多久便分居，女方私改房本，想吞占原属于他女儿的房子……经历这样一番番折腾，他对酒精益发的依赖了，曾发脑溢血开颅，虽捡回了一条命，身体却大虚，奇怪的是酒量不减反增。他的“前前妻”的闺蜜们，见了她的第一句话经常是：“看见前姐夫了，在小酒馆喝上了”“看见前妹夫又在酒馆干上了”……这个“前什么什么”的称呼真是让她烦透了，不得不严令禁止姐妹们不得在她面前提这个“前”字。可以不提，但想抹掉这个“前”字却是不可能的。

她以切身之痛说婚姻如同隔皮挑瓜，“咔嚓一刀切开，是个生瓜。”

婚姻没选好，工作一定要遵从心曲选自己之所爱。哪怕放弃大机关公务员的阳关大道，去走一座独木桥。这本书，实际是一个并不多见的独立媒体人的自传。如库切所言：“所有的自传都在讲故事，所有的创作都是自传。”慧萍胸次包罗，逸气横生，以坦直通脱、清丽刚劲的笔触讲了三类故事：周刊传奇、自己的人生际遇以及别人的故事。

其中，最是意气自豪、文辞峭拔的，属创办《齐鲁周刊》的故事。

她本可以成为一个能干的官员或出色的作家，却始终以“媒体人”自持，这其实是个巨大的挑战。当然也是自励，当社会进入传媒时代，无论文坛或媒介，无不是才子才女当道。她办《东方讯报》不过是自我测试，是即将投身“媒体大潮”前的一场实战演练，亮明旗帜，吸引同道，培训队伍。其识见的刚断英特就在于，她设定的“讯报”宗旨并未脱离“发改委”的本业，关注社会经济的现实与大势。然后文以化之，注入很强的文学性，版式疏朗，文章简洁明快，并常有刁钻不俗的议论令人耳目一新。有才气必多锋芒，其办报风格相当犀利，五年后，水到渠成，她移步换形，横空出世般将“讯报”升级为《齐鲁周刊》。蓄之既久，其发必速，沉郁顿挫、被传诵一时的创刊词一挥而就。同事赞她：“你是在写诗吗？”她说：“不，是诗在写我们。”果然，创刊号竟一再加印，当即发行三十万份。后来“周刊”发行量上升到五十万份，改变了齐鲁大地的媒体格局，创造了传媒界的一个盛景。

正当社会上“段子满天飞”，各类文化期刊的读者急剧下降的大情势下，为什么会发生《齐鲁周刊》这样的奇迹？

说来还是通透平实的智慧和文学才华，帮助了张慧萍，方能将“政经文化周刊”的优势发挥得淋漓尽致。转型社会剧烈变化的现实生活，比任何单纯的文学作品更令人不可思议，更使人感到惊奇和无所适从。再加上信息爆炸，大道小道，烟尘滚滚，令人莫衷一是。办周刊是个冒险的活儿，须勇毅过人，还要智虑绝人，稍一不慎就会惹麻烦、捅娄子。过于谨小慎微，办得平庸无奇，是自找的失败，羞辱自己。而《齐鲁周刊》，严格囿于特定的政经事件和特定的历史及现实的环境之内，忠于事实，以昭大信。再赋予相应的文化品位，表达的强烈，直接的揭示，透彻的思想，无畏的论析，知时论世，纸上烟云，既满足了读者对事实的渴求，又能获得阅读的享受。洛阳纸贵，何足为奇。

“贡院墙根街二号”是《齐鲁周刊》的发祥地。

《齐鲁周刊》是张慧萍自己选择的一个“好瓜”。

但，她人生中最丰硕的收获，是功利社会极少见的一种“真性情”。有位朋友形容她的家里经常摆着“流水席”，少则三五人，多了十几位，太讲究谈不上，干的、稀的、热的、凉的，管保让人吃舒服。七姑八姨、三婶子六舅母、她家的亲戚，以及亲戚的亲戚，统统找上门来，这个找工作，那个打官司，还有到城里办事、做生意的……做媒体已经没黑没白，再经常扮演“亲友接待办主任”，她也累，她也烦，但还得管。

书中最能体现她叙述才华、文字最精妙传神的，就是她写的这些自己的故事。

慧萍离婚后，其前夫又结过两次婚，待他病重时却将他遗弃，将他的老母赶出家门。她闻讯立即赶过去，将已成陌路的人送到医院抢救，劳神费力不说，还要几万几万的往里搭钱。直到女儿回来她才得以喘口大气。她自已都无法解释为什么要这样做？只有用调侃、自嘲说服自己，以一个“前”字，将已经跟自己没有关系的人联系起来。

她写道：“前妻是什么？就是你上辈子欠的账和你后会有期”“前妻是曾经的口水战拉开的序幕下锅碗瓢盆齐飞、电视机遥控器水瓶杯子遍地乱滚的不堪回首，前妻是家庭伦理下的孩子老人七大姑八大姨纠缠在一起的斩不断理还乱，前妻是一纸婚书撕成两半时的前不着村后不着店的无奈，前妻是因孩子的存在生发出的现实和关乎着活着的有理无理有过无过，前妻是当岁月猛然回首时上天安排的再次相遇……”

其实，她可以不“相遇”，完全有理由拒绝或回避。还是天性使然，她存心仁恕，气度豁如。难得女子有丈夫气，真率而疏放，复杂又纯厚。

且看她如何为“前婆婆”定义：“她是你生命中的一棵大树，即使砍去枝杈也是你的年轮，她是一片衰叶，落在地上是你的营养，飘在空中是你的苍凉。”难怪她的“前婆婆”，在读到这篇《所谓前婆婆》的散文后大哭一场。大约是悛悔当初，感恩当下，以前没有将这么好的儿媳妇留住，到晚年还是得救于她。

慧萍的亲戚多，朋友更多。西方人类学家做过统计，一个称得上是社会精英的人，一生能结识四千个人，其中有四十人经常保持联系。慧萍或许能达到这个标准。有真性情，方能交下真朋友，灵气磁场强大，朋友间也可展切偲之诚。此书中有相当的分量，是她的批评文章，慧目灼灼，或含冷锋，或露笑意，议论风生，明晓透辟。

她的评论常常在一个宏阔的规模下展开，直言其事，用词准确简质，读之提神、得气，令人悦服。

包括她的一些关于媒体与艺术的对话，清言妙语，一心独运，闪烁诗性智慧。唯独她笔下的人物画廊，是另一副笔墨，朗润清华，多姿多彩。加上她感情浓郁，娓娓道来，风致迷人。

世上有才华的人很多，有才华又有好性情，便将她带入一个人生的高境界。于是在生命途中收获一个个“好瓜”，就成了一种必然。

在潜江读曹禺

近年来随着“文化热”的升温，名人的故乡也多了起来。目前已有三个省的三处地方均自称是老子故里，曹雪芹故乡则是三省四地，而李白故里竟增至两国四地……“人挪活”，谁不是从居无定所的原始状态进化而来？但故乡是生命之根。曹禺出生于天津，其远祖也是从江西南昌宦游到湖北潜江，并定居于此。待年深日久，其故乡何处说不定也会成谜。曹禺之幸，在于离世前七年，便亲笔写下了：“我是潜江人！”

1989年11月5日，趁潜江“曹禺著作陈列馆”开馆，他派夫人李玉茹到场献上了自己的题词：“悠悠白云，故乡情切。”让女儿万方临场宣读了《我是潜江人》的亲笔长信：“多少年来，我像一个没有故乡的人。我走过不少地方，没有一处使我感到这是我的故乡，是我的父母之邦……我从来没有到过潜江，但是近八十年了，我认为我是潜江人，这种贴心的情感……像是其中有血与肉的联系。”

潜江，楚文化的发祥地，北枕汉水，南接长江，东临仙桃通武汉，西靠荆州达宜昌，正是江汉平原腹地。此地有曹禺也是一幸。近几十年来，潜江又陆续建起了曹禺公园、曹禺广场、曹禺陵园、曹禺戏楼、曹禺纪念馆……城市的文化面貌正因曹禺而发生变化，而曹禺在家乡也有了最完整、真实地展现。令许多曾不止一次看过他的几部经典大戏、自觉对他有兴趣且绝不陌生的人，也感到惊异，会情不自禁地举一反三，深长思之。曹禺的个人生活很马虎，戏剧学校搬到四川江安后，他晚上写作，白天给学生上课，有时课正讲到兴头上，老鼠从他的脖子里爬出来。其实老鼠早就钻进他的棉衣里，穿衣服的时候他竟全然不知。当时他家里的地上全是手稿，老鼠没有把《原野》吃掉，已属万幸。一次在公众场合他忽然觉得自己的胳膊很凉，那时候穿衣服，里面会有一件厚点儿的，外面罩件大褂，原来他出门穿衣服时没有把里面厚衣服的袖子穿上。为此他毁了自己才子佳人型的因戏结缘的第一次婚姻，太太爱干净，管他又不听，就连让他洗澡这样的小事都别别扭扭，他用脚把水搅得哗哗响，从外面听声音像在洗澡，其实他在里面捧着本书看入了迷。

就是这样一个自己不修边幅的人，却能指导专业演员化出精致的戏妆："你知道搽粉应该从哪儿开始？脸的最高点——鼻子。"一个在生活中看似糊里糊涂的人，对待创作的态度却极端严谨、勤奋、精细，大到结构、人物、情节，小到每一句台词，每一件道具，无不潜心设计，所以《雷雨》的问世成了"中国话剧成熟的标志"。有的导演在排练时想删掉某个部分，他的感觉就像是自己的心脏被拿掉了！他常说，戏剧效果不是现场的热闹，而是观众离开剧场后的思索。"戏演完了，人散了，我甚

做报告

至爱那空空的舞台……戏比天大，院比人大！”在创作选材上更是决不马虎、决不迁就，20世纪80年代初，社会问题剧非常受欢迎，有人劝正处于“创作苦闷期”的曹禺不妨一试。他却断然拒绝：“戏不能这样写，要写人，写人生，写人类。我的戏绝不是社会问题剧，是一首诗。”“我的作品是用感情写出来的，我是一堆感情。”他是一个为戏而生，自己也一身是戏的人。追求生活简单，是不想让任何享受成为自己的负担，所有那些生活中的邋遢趣事，都是对创作的一种成全。

曹禺性格中的“两极”特点，还体现在对别人随和，对自己苛刻。在戏剧界他是出名的“三好先生”，别人演他的作品总是说赞扬的话：导演好，演员好，舞美好。碰上实在不满意的顶多就是叹叹气：“你讲的比我写的好”——还是绕着弯子说句好话。钱谷融评价他：“人太好，总是说好话，善良人。”他的基本做人态度就是“诚恳、歉疚、自责”。1942年用一个夏天改编巴金的《家》，是非常成功的，巴金在桂林读完手稿极为赞赏他的才华，称其是“真正的艺术家！”然而曹禺在提到巴金时常挂在嘴边的是“我不如老巴”。20世纪80年代初有人要写他的传，他却说“你要写我的传，就把我的苦闷写出来。”

新中国成立后为写不出“大东西”而苦闷的大家，不止他一个，究其实又有哪个作家能心想事成，下笔就能达到自己向往的境界？但最是他为此痛心疾首，公开说出自己的苦闷乃至绝望：“我要写个大东西才死，不然情愿不活下去。”什么是“大东西”？他二十三岁写出《雷雨》，二十五岁发表《日出》，二十七岁创作《原野》……两年一部经典，这就是大手笔、大东西。1945年重庆谈判期间，毛泽东在曾家岩50号对曹禺说过一句话：“足下春秋鼎盛，好自为之。”他能不一生掂量此言？那时文艺界的精英们常在张瑞芳家里聚会，曹禺穿长袍噔噔地跑来了，见到周恩来便将就着斜坐在椅子边上，周恩来就说：“你好好坐着，别这样坐。”这句话到后来就演变成“要这样，别那样”的警语，也让他掂量了一生。“文革”前，已经贵为国务院总理周恩来曾交给他一个任务，他却总是不能拿出让自己满意的东西，一天偶尔照镜子，从镜中竟看到了两个自己。这是精神分裂症的前兆，周总理知道后嘱托大家再不要和他谈创作、论艺术，为分散他的注意力，轮流请他出去吃饭。吴祖光去看望他，说他太听话了。他立刻站起来："你说得太对了，我总是听领导的，领导一说什么，我马上去干，有时候还揣摩领导意图……可是，写作怎么能听领导的呢！"他还将黄永玉批评他的信挂在墙上……如此这般本来是一种司空见惯、心照不宣的现象，因曹禺的自责和不甘，成了著名的"世纪苦闷"，整个"文艺界的苦闷"。

曹禺的"苦闷"，像"钱学森之问"一样，是很难有答案的，他却至终都在寻找原因，企图冲破这个困局。他说外因是社会活动太多，开会，开会，总是开会就写不出东西来啦。内因是沉不下去，"那种深重的绝望，把人箍得有多么紧！"他甚至公开承认："我读过几章《资本论》，可是没看懂。"半个多世纪来，经常可看到文化人精心引用《资本论》里的话语，或大讲读此书的心得感悟，或许只读了几章还没有读懂，甚至连一章都没读过的也大有人在，但敢于说出来的恐怕就是这位曹公了。

"悲剧有滋味，人生不是滋味。"这是曹禺表达苦闷的名句。荣格说"性格即命运"，人们普遍将曹禺的特别苦闷归结于他的性格。然而性格哪儿来？又焉知不是命运造成的？他出生三天丧母，母亲的胞妹随即成为他的继母，此大不幸却使他一来到这个世界上便与戏剧结缘，并剧烈影响乃至决定了他生命的色彩和走向。因为继母是戏迷，常怀抱着他去看各种戏，于是他才能自襁褓中就开始接受戏剧的哺育和熏陶。祖母为他取名万家宝，在戏迷圈里他很快就得了个"小宝贝"的雅号。他五岁进私塾，读经背诗之余最热衷的游戏，就是与小伙伴们编戏演戏。十岁结束私塾，进入天津银号"汉英译学馆"学英文。十五岁正式加入南开中学文学会及创建于1909年的南开新剧团。十六岁将繁写的"萬（万）"拆开，演化为"曹禺"这个名字，开始在报纸上连载小说……

所以他说自己是"童年苦闷，少年苦闷，中年苦闷，老年苦闷（只将处于创作巅峰的青年期除外）"，苦闷的缘由就是母亲的死，还有姐姐的死、父亲的死，他们活着的时候门庭若市，死后又是另一种眼神，看到了世人的嘴脸……这是他苦闷的源头，或许也是他创作的动力。

正因为他的苦闷如此真实、如此深刻，在这个时代特别具典型意义，当人们有机会重读曹禺时，就觉得格外感天动地。2004年纪念《雷雨》发表七十周年，南北演艺界的“大腕”，组成“明星版”强大演出阵容，在全国巡演《雷雨》一百场，每场历时三个多小时，连一百元的站票也一抢而空。而且“演到哪，雷雨下到哪，在北京保利剧院一开门便雷雨大作”，曹禺女儿万方不禁一次次呼喊父亲的名字。演员和观众都说是曹公“显灵”。若曹禺果真泉下有知，当是积郁近半个世纪之久的大苦闷的终极爆发，得到了天地万物的呼应和同情。

曹禺晚年泪多，潜江花鼓剧团进京，演出结束后他激动地走上舞台，放开嗓子大喊：“老乡见老乡，两眼泪汪汪！”见老乡是可以堂皇放开泪闸的机会。话剧舞台上有口皆碑的传奇人物于是之过六十寿诞，曹禺即兴题词：“初望殿堂，但求平正。既知平正，务追险绝。既能险绝，复归平正。往复追寻，渐悟妙境。思虑通审，志气和平。风归自远，才见天心。求艺无垠，可胜言哉。”这何尝不是他想要的境界？自况中不无钦羡。

其实，曹禺有一部《雷雨》就足以不朽，何况《雷雨》之后还有两三部好戏！在中国文化史上，有些巨匠就是以一部、甚或半部经典传世。看看潜江修建的七个纪念曹禺的建筑物，是当地最有品位，也是最吸引人的景观，就可证明这一点。曹禺最终能魂归故里，何况是这样一个丰富而深刻的灵魂，被故乡如此隆重地敬奉着、纪念着，是个巨大的福报。利用第二次世界大战的机会，印度的民族解放运动高涨，想摆脱英国长达近二百年的殖民统治，有记者问当时的英国首相丘吉尔：“莎士比亚与印度哪个更重要？”丘吉尔随口说出了那句著名的话：“宁可失去五十个印度，也不能失去一个莎士比亚！”

这不是对印度的蔑视，而是对可遇不可求的文化巨星的崇敬。没有这样的巨星，人类便不能进步，他们的光芒照耀和滋养着一个民族乃至全人类的精神。正是潜江，将曹禺和楚风汉韵连接起来，实乃文化之福，潜江之福！

母道与书道

社会转型，裂变之期，生活复杂，人更复杂，想法千奇百怪，做法形形色色，但有一点却出奇地一致，无论处于社会哪个层面的人都在“拼孩子”。说什么“决不能输在起跑线上”！殊不知“拼孩子”只是表面现象，不过为转嫁父母自身的压力而已。真正逃不脱、躲不过的是“拼父母”。

这就不能不想起千百年来中国传统的父母之道。《礼记·大传》有云：“其夫属乎父道者，妻皆母道也。”

近几年来，行父道者奇招迭出，有著名的“狼爸”“鹰爸”……对子女读书上学管教极严，违规必惩，动辄打骂，或凶如虎狼，或像驯鹰一样驯孩子……据称效果都不错，孩子们很有出息。

相对而言，当下的“母道”却较弱。前不久媒体公开报道，南方一刘氏，被上高中的儿子用榔头砸死，事后儿子轻松地说，从此再也不写作业、不读书了。有教育学家评论道，这位母亲只督促儿子读书，自己却没有跟着儿子一起读书。

现任南开大学校长，在一次讲演中提到自己小时候的家庭常态，是四口人各自捧着一本书在读。日前《齐鲁周刊》载文，婴贝儿集团董事长刘长燕，只有初中毕业，但学历不等于学习力，学习力比学历更重要，是阅读让她这个没有高学历的人却有了超强的能力。随文配有一张照片，去年“十一”，她和丈夫一起读《群书治要》，儿子读《尚书》，女儿在读

《孝经》。

《广雅》曰："母，牧也。言育养子也。"育养重于生产，母亲应是天生伟大的教育家。英国著名的妇女问题权威霭理士曾谈到怎样担负起做母亲的责任："这种母道的任务，若是做得好，也等于一个必须维持上许多年的职业。而其所需要的惨淡经营，全神贯注，也许还在一般专业之上。"

2008年，接受采访

当母亲也要"敬业"。套用波伏娃的名句："女人不是生了孩子就是母亲，而是后来将孩子培养成人才称得上是母亲。"

之所以说现在的母道较弱，一是既为人母竟不读书；二是即使读书，阅读范围也太过狭窄，只顾及自己的兴趣，不关心孩子的阅读。"三八节"权威调查显示："不管是职业妇女还是家庭主妇，在对阅读内容的诸多选题中，选择最多是生活/时尚（71．3%），其次是休闲/娱乐（58．9%）……亲子/教育类图书排在11名之后，只占27．6%"。被调查的妇女从30岁至50岁，如果有孩子，正是做母亲责任最重的阶段。一个人的阅读习惯，大多是在青少年时期开始培养，这个阶段的阅读，常常是饥不择食，狼吞虎咽。到中年以后，就会有选择地阅读，细嚼慢咽，辨别力增强，体味也更深。

世界上读书最多的民族是犹太人，这跟他们为世人所推崇的母道不无关系。犹太妇女当了母亲后有一条必须做的事情，孩子到了该读书认字的年龄，将《圣经》滴上蜂蜜，让孩子去亲吻，有的干脆将蜂蜜涂在书上，使孩子对书的第一感觉是甜的、香的。

有个经典概念，“人是社会关系的总和”。人生的成败往往取决于各种各样的关系，人跟人的关系，人跟社会环境的关系，人跟物的关系，人跟自然的关系，人身跟自己灵魂的关系，等等。但还有一个非常重要的关系：即人跟书的关系！一本书就像一根绳子，只有当它跟捆着的东西发生关系时，它才有意义。

跟书有了一种亲密的关系，兴趣就有了，会养成读书的习惯。阅读的兴趣决定品味，品味决定读什么书，读什么书决定境界，境界决定有什么样的人生。先哲曾有高论：一个人的精神发育史，应该就是一个人的阅读史。尤其身处竞争激烈的喧嚣之中，躲进书房就能找回自己的灵魂，守护住自己的心智。

扩而大之，一个民族的精神状态，在很大程度上也取决于全民阅读的水平。社会文化是向上提升，还是向下沉沦，也要看全民的阅读能植根多深。一个国家哪些人在看书，都看哪些书，同样也决定了这个国家的未来。

——这正是近年来全社会开始重视读书的原因。北京似乎是想做出首都的表率，刚修改了“五好家庭”的标准：第一条藏书三百册以上；第二条订阅报刊不少于一份……家中有书籍，就像房子有窗户一样敞亮。不读书的家庭，也容易精神有残缺，唯家中的书香，可使精神健朗。

辣笔判官

不管人们对现时的文化圈有着怎样的认知，一个不争的事实是：当代文坛才子当道。

只要看看网络、影视、戏剧、批评及所谓纯文学写作的领潮人物，莫不如此。而享乐时代的第一大文化景观，便是娱乐圈，或称演艺圈。

中国娱乐圈的第一辣笔批评家，当数林如敏。

既是娱乐圈，深看世相，解析新闻，论事读人，评判作品……第一要素便是文字要能娱人。当今社会正处于精变期，个个是人精，文章自娱容易，若要娱人何其难！非有惊人的文笔不可。想让人心悦，先要让人心服，然后才有会心、欢心、养心、醒心。林如敏却能四两拨千斤，或直捣黄龙，或剑走偏锋，神仙老虎狗，生旦净末丑，统统摄于笔下，智言慧语，妙趣横生。不但能举重若轻、化险为夷，还常常化腐朽为神奇。

如评《甄嬛传》："用一句话就可以概括这部七十六集电视剧的内容：一群女人抢一只鸟玩，并为此而不择手段。当然，此鸟非比寻常，不是赵传唱的小小鸟，也不是决起而飞、抢榆枋而止之蜩与学鸠，而是其翼若垂天之云之鲲鹏，遮蔽了紫禁城的天空。天子之怒，流血千里；一鸟在手，一切拥有。这决定了这群女人们在争抢该鸟的过程中，战战兢兢，汗不敢出，稍有不慎，立招杀身之祸……皇权体制下，紫禁城千山鸟飞绝，万茎都剪灭，独剩皇帝老儿这一只威而刚老鸟，不抢，连根鸟毛都沾不上。哪像现在，林子大了，什么鸟都有，树上鸟儿成双对，成双对后还不

2018年秋，在洞兴国际作家之家揭牌仪式上讲话

时要偷吃一下，爽大发了。”

类似这样的意象和智趣篇篇都有，随处可见。妙笔定有曲笔，方能引人入胜，令人莞尔。

但别具深意和新意的妙笔，还必须是刀笔。有时是刮骨疗毒、切除病灶的柳叶刀，有时是苦口婆心、循循善诱的“温柔一刀”，有时是实验师手里的解剖刀，有时是斩乱麻的快刀，有时路见不平挺身拔刀，有时难免也要“笑里藏刀”……无论使用哪一种刀，都能得心应手，嬉笑怒骂皆成妙文。

他在评述“道德感和羞耻心一丝不挂”的现象时说：“感情比皮肤更容易变老，因了名利的因素，娱乐圈有着强烈的‘不正派’的内需，‘不正派’的把‘不正派’付诸实践，‘正派’的出于对‘正派’的厌倦，时不时来一把关于自己‘不正派’的炒作，于是娱乐圈的空气，便这样日益浑浊。”

针对“女星争演潘金莲”的风气，林如敏写道：“女星们有认为自己足够美的自信，较少会有认为自己足够丑的自觉。”大部分傻瓜以为他们只是无知而已，因之同在演艺圈这个锅里吃饭，“会有艺术家和明星两个不同的概念，前者是有深度的，而后者更多的是七彩泡泡，一戳就破”。

对以故弄玄虚掩饰创作力空虚的花拳绣腿式作品，林如敏索性用简单奏效的直拳：“陆川使尽了吃奶的劲，折腾出了一部《王的盛宴》。小脸憋得通红，但是很遗憾，那不是高潮的红晕，那只是便秘的表情。便秘的陆川试图告诉人们，他在抒情写意，但实际上，他不畅的痛苦，写满了整张银幕。什么解读历史的新角度、探索历史黑暗深处的真相、崭新的历史观，得了，别用这些宏大的观念来标榜自己、吓唬观众。最烦观众一说哪部电影不好看，主创就说那是因为你看不懂。自己打飞机还要别人跟着你一块叫床，蒙谁呢，这年头，谁比谁有文化啊，网络上有的是各路高手，微博热传的一篇《〈王的盛宴〉——精神病讲鬼故事》已足以秒杀陆川、秒杀所谓专业影评人。”

林氏批评从来都是点名道姓，直奔要害。诸如《易中天的嘴林志玲的腿》《杨函林无知后面傻站着娱乐圈》……

能在娱乐圈里制造“轰动效应”者，有几个是省油的灯，且不说时下的风气就是是非混乱、聚讼纷纭，动辄对簿公堂，输赢倒在其次，重要的是吸引眼球，赚取票房，丑闻也比不闻强。许多年下来，娱乐圈里著名的“林一刀”，却依然能干干净净、完完整整地保持着自己的风格，甚至有些被他“骂”过的人反而跟他成为朋友。这只有一个解释：他的文章不仅“狠”和“深”，更是“准”与“稳”，间或字里行间还有丝丝缕缕的美意存焉。不惧是非，是非反而怕他。

林如敏的批评是当今文坛的奇景。或许因为有他的存在，娱乐圈才有所顾忌，有助于提升或维持这个圈子的文化品位。他的几大部作品，堪称当今娱乐圈的“三言两拍”。

我因喜欢而跟踪他的文字、享受他带来的阅读快感已有许多年，所憾至今还无缘结识这位娱乐圈的“妙笔判官”。最近读了他的妙文《有了快感你就喊》，忍俊不禁，便想扩散这种快感。为了不失真，只好大段抄录他的原话，抱歉，抱歉！

字如其人

人文情怀的流淌，总是精彩纷呈、意蕴深长。打开此书，古今名人便列队来到你的面前，见字见人，见情见心，其性格、学养、风貌、命运跃然纸上，至情至性，人文俱妙，真切而动人。

这里揭示了一个问题：“名人”未必都有“人文情怀”，但凡有“人文情怀”者，才是真名人。其学识修为与字迹往往成正比，学养深厚者，大都写一笔好字。顾颉刚、范文澜、饶宗颐、赵清阁、钱钟书、沈从文等等，随便写的便笺、手札都是书法妙品。盯着吴荣光信笔写下的诗札，你的眼睛就不想挪开，不能不惊叹汉字竟然可以写得这么漂亮！那份清雅，那份风神，那份书卷气，令人赏心悦目，又陡然起敬。

他身世坎坷，二十七岁中进士，曾捐款组织团练抗击英军入侵广州，后官至内阁军机。其书法被康有为誉为“清朝广东之冠”。我怀疑，清朝时的广东第一，若放到现在恐怕就是全国第一了。过去“读书”和“写字”是连在一起的，做学问必须用笔，学者也是书家。无论治文治理，越是大家，字也越有味道。如今越是有本事的人，越类似“机器人”，以电脑、手机等现代高科技通信设备，取代了传统的书写工具，在生活中基本远离了书法。即便是喜欢书法的人，也常常还没有把汉字写好看，就抄近路开始求变，出奇，出新，凸显个性，作丑作怪，歪七横八，使汉字失去了美感，像丢了魂儿。

你看梅兰芳的楷书，像极了他本人在舞台上最出彩的时候，端庄大气，又清秀娟丽。那是下过真功夫的，力道工整，风格高古。现在不少专职书法家也未必能够能写得出这样一手楷书，更绝非现代一些明星靠聪明劲的龙飞凤舞或鬼画符可比。因此他才敢在抗日战争爆发后，蓄须明志，决定以卖字画为生。尤令人称道的是他的厚道和谦恭，送给马连良的楷书条幅抄录了北宋贺铸的词，里面有这样的话："临风慨想斩蛟灵，长桥千载犹横跨……元龙非复少时豪，耳根清尽功名话。"

"四大名旦"之冠与"四大须生"之首间，能有这般恭敬和友情，是留于青史的佳话，也是一切想成为大家的艺人必须追慕的境界。

多才多艺的张伯驹，独创"鸟羽体"，看他的字，果然是满树小鸟，花枝乱颤。不禁让人想起他的命运：曾与袁克文、张学良、溥侗并称"民国四公子"，诗词歌赋、琴棋书画，无不精通，还是独一无二的收藏大家。说他"独一无二"，是指在1956年就将他收藏的陆机《平复帖》、李白《张好好诗帖》、黄庭坚《草书卷》、展子虔《游春图》等八件国宝级的珍品献给了国家。至今《平复帖》和《游春图》还是故宫博物院的"镇院之宝"。

挥毫泼墨

然而，他1956年献宝，1957年便被打成“右派”，衣食无着，连陈毅都愤愤不平：“乱弹琴，张伯驹把那样的珍宝捐给国家，就是砍了我的脑壳，也不会相信他反党、反社会主义！”也正是由陈老总向自己老部下打招呼，张伯驹夫妇才去吉林博物馆讨得了一份生计。“文革”爆发后被遣送到一个偏远的乡村，险被整死，在一个好人的帮助下夫妇俩又逃回北京，却失去了工作和户口。直到陈毅去世，他送了一幅后来被广为传抄的挽联：“仗剑如云，作干城，忠心不易，军声在淮海，遗爱在江南，万庶尽衔哀，回望大好山河，永离赤县；挥戈挽日接樽俎，豪气犹存，无愧于平生，有功于天下，九泉应含笑，伫看重新世界，遍树红旗。”

这联在追悼会现场格外引起毛泽东的注意，遂向陈毅夫人打听问张伯驹与陈老总的关系，方知陈毅一直尊张为老师，临死前还给他写信称：“你是我的好老师，使我学到很多东西……”张茜也借机向国家最高领导讲了张伯驹夫妇的窘境。毛泽东于当场嘱托周恩来解决张伯驹夫妇的工作和户口问题。

谁料许多年后，临到他要告别这个世界时，竟还有奇闻发生。1982年2月初，张伯驹患感冒，高烧不退，被送进北大医院挤在一间住有八个危重病人的房间抢救……几天后他不幸病逝，便有抱不平者站在医院大门口高声叫骂：“你们知道张伯驹是谁吗？他是国宝！你们说他不够级别住高干病房，呸！他随便哪一件捐献给国家的东西，都足够买下你们这座医院……”

在当时举国一统的“官本位”现实中，他能享受到这样的送行方式，也算是别具一格，实属难得。

张伯驹匠心独运、自成一家的“鸟羽”字，弯多，拐多，多姿多彩，幽雅灵动，难道真就成了张伯驹命运的写照？都说“字如其人”，或许不谬。至少可激励人们要努力将字写好。

墨迹如同人生轨迹，字写得好，有益于争取好的命运。一幅墨迹，就是一种人生，一段传奇。

沧海大和尚

好一个沉静的大和尚！硕大而浑圆的光头，重眉敛目，神定气清，一袭青衫，束身长坐。窗外月光如水，泻进禅房，深秋的辽宁千山，已寒意刺肤，凌晨待裹被而眠的同伴被冻醒后，看见沧海依然在打坐，双目微闭，面色红润，大汗淋漓……

在《沧海速写》中还记载了这样一段佳话，己丑八月吉日，沧海在陕西终南别院巧遇本如法师，是夜随法师登终南山，凭虚御风，聆听天籁，抵达净业寺后，沧海连画十幅小品以奉法师，并依次题跋。其中一幅有这样的句子："日落月高，灵犀一点儿，闲唤神雕去来，一人终南万虑空。"应寺内僧人所请，与法师月下一同泼墨，挥毫直指，尽去墨碍，乘兴合作了几帧大画。翌日，沧海与法师同往净业寺前殿礼佛，佛事毕行至半山，法师道：神雕来也。沧海举目上望，林梢空阔处果有二雕盘旋，经久不去，犹有相送之意。

写到此，你道沧海是僧？是俗？其大名尹沧海，相貌很像世人心目中的大和尚，甚至比和尚还更像和尚。舒朗平阔，峻崎恬淡，骨子里散发出一种出家人的气息，凝重少语，性净空明。但目前他的真实身份还是南开大学教授兼书画艺术中心主任、清华大学国画名家工作室导师……甚至还挂着一堆诸如"博导""院长"之类的头衔，却经常往来于各大丛林，与诸多高僧大德相交甚厚，有个阶段他甚至真想出家，多次上九华山，每次上去都不想下来，最后又总是被各种力量拉下山。

沧海仿佛是带着绘画的使命来到尘世，每时每刻都在竭力吸纳与绘画有关的一切。他在六七岁时从野外拣到一具骷髅，用河水洗净后就天天画它，等到闭着眼也能从各种角度将骷髅画得滚瓜流熟了，就试着给它添上血肉和五官，分出性别、职业和年龄。那个骷髅一直陪伴了他许多年，睡觉时就放在枕头边。后来果然从安徽乡下考进天津美院，然后就一路读完博士。原本一个身材修长的翩翩青年，清癯内敛，笔墨清华，不知从什么时候开始动了出家的念头，常常将自己灌醉，认为调和各种紧张关系的最好办法就是上山当和尚。但他不仅自己作画，还要教书带学生，终于未能如愿。待度过那个“激烈期”，恰如长江闯出了三峡，沧海变得澹荡深厚、朗阔温润，同样心怀炽烈，却变得庄重自强，骨子里反倒具备了一个真和尚的学养，“心地上无波涛，性天中有化育”。

奇怪的是经历那个阶段之后的他，外形也博大起来，超重的肉身与内心一同向纵深开掘，身材变得蓬勃、壮硕，内里变得古拙、沉实，他又恢复了过去的静默，歙气于骨。落到笔下，有时墨色沉沉，莽莽苍苍，气势夺人；有时简洁苍劲，意趣横飞，以率直入画，却气足神畅；有时笔墨

1991年，身后是“千塔之国”部分白塔

奇崛，沉潜着一股清冷幽静之气，洞心骇目，绝俗惊世。有时作大画没有空墙，沧海便将画纸铺在地上，赤脚踩着宣纸躬身作画。以他那庞大的体量，竟能轻盈自如，绝不会踏坏薄薄的画纸，作画时厚实的脚掌也绝不出汗。有天晚上我闯进他的像仓库一样的画室，坐在后面静悄悄领略他的才华。前面一堵大墙上挂着一张巨大的宣纸，或许是许多张纸拼在了一起，他已经进入一种半痴狂的状态，忽而对着画纸默默出神，忽而这儿一片山、那儿几棵树，运笔放逸，纵横突兀。我感到“他身上的所有细胞都打开了”，兴奋时一手抓两支笔，在纸上勾抹。但始终不吭一声，头上冒着热气。

我明明是眼看着他作画，待大画成形后还是吃了一惊，怎么也想象不出他是如何有了这样的妙想佳构？是动笔前已成竹在胸，还是完全靠临场的即兴发挥？他见我如此喜欢这幅画竟当场就要送给我，他的豪爽令我悚然一震，当即谢绝：“这幅画可以换一幢楼，你敢送，我不敢要！”后来在他的画展上，我看到这幅取名《自有天机贯胸臆》的大画，挂在展厅迎面的大墙上。他的画里充盈着禅机，所以我说，沧海骨子里还是个大和尚。

国凯师兄

我一向称呼陈国凯先生为大师兄。1980年，我到北京文学讲习所进修，秦兆阳先生只带两个学员，选中了陈国凯和我，他比我年长两岁，自然是师兄。其时他已经是广东省作家协会主席，我仍在工厂里卖大力气。他进工厂的时间也比我早，只不过他干的是令人艳羡的电工，我干的是“特重体”锻工。1978年他以《我应该怎么办？》摘得全国优秀短篇小说奖，到第二年这个奖才落到我的头上……无论从哪个角度说，他都是我的大师兄。

从文讲所毕业后，国凯师兄的创作进入井喷状态。《代价》《文坛志异》《好人阿通》《大风起兮》等长篇小说相继问世，还有数十本中短篇小说集，获奖无数。就在他正处于人生和创作的高峰时期，于上个世纪末突发脑溢血。这是大病，十分凶险，但师兄福大命大，硬是挺了过来，我得到消息便立刻启程去看他。以往我们每次见面，都有不少话题要谈，交换各种信息，询问或讨论一些两个人都关心的事情……我只要南下广东，一个必不可少的程序就是看望国凯，有时纯粹是为了看望他才寻机南下的。他经历过生死挣扎，终于大难不死，师兄弟再次重逢，自然都装着一肚子的话要说。他表达的欲望也很强烈，但每次张口都急半天才能吐出一两个字……我为他难受，从包里翻出纸和笔递给他，他吭哧瘪肚地又说又画，却仍旧不能将自己要说的话表达清楚，便愤怒地丢掉笔，闭上眼睛，不再出声。

我在旁边更着急，不敢再向他提任何问题，也不知该怎样自话自说，只能默默地看着，心里难过，百感交集。想想国凯师兄的语言智慧，以前在文坛上是有一号的。在一般情况下他决不会主动说话，总是一副心不在焉的样子，正是这副沉默的样子，反而让人感到亲切，觉得他离你很近。当他必须开口讲话的时候，却突然会令人感到一种陌生，一种神秘，明明是近在眼前的他反而离你很遥远了。有很多时候他的话令北方人听不懂，也可以让南方人听不懂，口若悬河，滔滔乎其来，却没有人能知道他在说什么。只听到从他的嘴里发出一串串的音调、音节，以及富有节奏感的抑扬顿挫……有人说他讲的是古汉语，有人说他讲的是正宗客家话。这也正是国凯的大幽默。

1980年和作家康濯、陈国凯（左一）合影

我跟他相交几十年，却从来没有语言交流上的困难。我们一起去过许多地方，记不得和当地的作家以及文学爱好者们举行过多少座谈会，也从没有发生过语言交流上的困难，即便有个别的词语别人听不清，我在旁边还可以做翻译。他在国外也曾一本正经地讲演过几次，莫非是依仗上帝的帮助才博得了理解和喝彩？那么奥妙在哪里呢？他想叫人听懂，别人就能听得懂。他若不在意别人是否听得懂，便会自然发挥，随自己的方便把客家话、广州话、普通话混成一团，似说似吟，半吞半吐，时而如水声潺

潺，时而若拔丝山药……不要说别人听不懂他在说什么，就是他本人那一刻也未必真正闹得清自己在讲些什么。这可以说是国凯师兄的绝活，朋友们都格外喜欢他这个特长，一碰到会场上沉闷难挨的时候就鼓动他讲话。

一个有着这般出神入化的语言能力的人，真的从此就不再发言了？不久，国凯师兄由家人陪同来到北京，住进一家很不错的康复医院。此院有一科，专门训练失语病人恢复说话能力，医生对他做了全面检查后很有信心，认为他的失语状态并不严重，经过训练是可以恢复正常的语言交流功能。然而谁都没有想到，国凯兄不配合，拒绝接受任何训练。家人劝不动他就求助于我，起初我也相信自己有这个面子。许多年来我们彼此尊重，遇事都是先替对方想，何况这是好事，我想他对这种训练比我们任何人都更迫切，绝没有理由驳我的面子。

但真正一谈到这件事，才知并不如我想象得那般容易。任我磨破了嘴皮子，他始终一声不吭，我把能想到的关于语言对于一个作家的重要性，重复了一遍又一遍，最后归结到要开始训练时，他却毫不犹豫地摇头拒绝。最后逼得我不得不央求他："国凯呀，我可以想象你心里一定经历了别人没法理解的创痛，或者叫悲苦，甚至是绝望。可吉人自有天相，大灾大难不是都被你挺过来了吗？现在只不过是学学说话，医生都打了包票，你又何必不配合？即使你不想说话，别人还想跟你说话、听你说话呢，你也要替家人、替朋友们想想啊！你我兄弟几十年，从来都客客气气，不驳对方的面子，就算我求你了行不行？为了我们老哥俩今后还能像过去那样海阔天空地瞎聊，还能一起去参加活动，开会发言，说说笑笑……"我越说越急，不知怎么声调中竟有了哭音儿。国凯猛地站了起来，嘴唇动了动却没有出声，反倒闭上了眼睛，有泪珠从眼角溢出，并坚决地冲我摆了摆手。我起身抱住了他。从那以后，就再也没有劝过一句让国凯师兄接受训练的话，并经常用一句"顺其自然"的话，解劝国凯夫人。既然不接受语言训练，国凯在北京康复医院再住下去就意义不大了，没过多久他们便回到广州。

一晃又是几年过去了，国凯师兄如今"自然"到了什么程度呢？我很想念他，这种想念是被一个人的魅力所吸引。人的谜一样的魅力取决于精神世界的丰富。师兄陈国凯正是具备这种魅力的人，有一个现象或许能说明这一点。他身材比我矮小，体格比我瘦弱，眼睛又高度近视，总给人以迷迷瞪瞪的感觉。可我们两个人下饭馆，服务员总是把他当老板，把我当成他的部下或保镖一类的人物。足见他骨子里有一种东西，或者可以叫作气质，天生就是我大师兄。去年初冬，我借去珠海公干的机会，专门绕道广州看望了他，可用四个字形容我刚见到他时的惊讶："焕然一新"。

过去他有两样标志性的东西，一是满头蓬乱的浓发，因其身材瘦弱，总给人以头重脚轻之感。如今剃掉了满头的"烦恼丝"，以光头招摇，透出一种短平快的飒利劲儿，整个人都显得匀称而精干了。他的另一个标志，是两个厚瓶子底般的黑框眼镜，把脸也衬得又黑又窄，棱角嶙峋，显得过于老气的脸。现在摘掉了那个大眼镜，脸被突显出来，变得白净、圆润了许多，看上去倒年轻了。以前那个邋邋遢遢、迷迷糊糊的大师兄，今天变得干干净净、清清爽爽，脸上洋溢着喜悦。我由衷地为师兄高兴，心里却不无惊诧，总觉得这不再是过去的那个陈国凯。我们之间表达相见的喜悦，不再需要语言，有音乐就足够了。国凯走过去，熟练地打开一道道开关，房间里立刻弥漫开美妙的乐声，从四面八方、从脑后向你的心里钻，向你的灵魂里渗透……

家人说他在听音乐上花的钱，足可以买辆宝马汽车。一排复杂而气派的音响设备占据了大半个客厅，后面垂挂着各种型号、各种颜色的电线，粗粗细细，结成发辫，扭成一团。国凯夫人告诉我，这都是他自己到商店里选购的，大件东西商店里管送，小件就自己拎回来，然后自己组装、调试。我甚是好奇："他不说话又怎么能做到这一点呢？"他的夫人含笑摇头："我也不知道他是怎么办到的，因为他从来不运动，所以我就不干涉他逛商店，就权当锻炼呗。他现在奉行三不主义，第一是不运动；第二是不忌口，想吃什么就吃什么，以前不爱吃肉，现在却专爱吃肥肉；第三是不听话，不管好话坏话全不听，只听音乐。"

如此说来国凯师兄倒是活出味道来了，这未尝不是一种强大。音乐和旋律既能把生命引向深奥，又可以让人的感觉和理解力变得奇妙而迅捷，我忽然觉得国凯师兄仍然有一个豪华的精神世界。听着曼妙的西方古典音乐，我走进他的书房，见写字台上摊着一堆稿子，原来他正在校改十卷本《陈国凯文集》的书稿。地板上铺着一幅大字：“人书俱老”，运笔流畅，苍劲有致，上款题字是“子龙弟一笑”。这是提前就为我写好了，我果真笑了。对他说：“能写出这句的人至少智慧不老，你到底是我的大师兄呀！”

2010年底在《南方日报》头版看到消息，广东省人民政府授予陈国凯先生终身成就奖。真为他高兴，为他祝福！

医德与医寿

前两年老伴颈椎出毛病，试过各种各样的偏方，也去过大医院，还两次住院治疗，症状不轻反重。后来到人民医院排队挂上了天津脊柱科创始人田成瑞的号，老先生八十多岁了脊背挺直，好似在为自己的专业做广告。脸上一团善意，眼有精光，这回算是碰上真神了：查得清，断得准，说得明，治得妙，好得彻底。

竹林畅游

中国有一批这样的寿星医学权威，北京只中医界就有著名的“四老”，上海肝胆第一把刀吴孟超，八十九岁了还做得了七个多小时的大手术，去年亲自主刀做肝胆手术一百九十例。湖南一百〇八岁的老中医王昌松，每天上午都要应诊三个多小时……仁者寿，治病救人，积德行善，怎会不长寿！

可是，有这么多老寿星给背着，中国医务界的平均寿命

（六十八点三岁）却比国民寿命的平均值（七十一点四岁）低三岁。这是为什么呢？一青年伤了手臂，皮开肉绽的被送到医院，医生缝合好伤口后索要一千五百元治疗费。青年人以及护送他的工友当时只能凑得出一千元，并许诺第二天一定缴齐欠款。不想现在的医院不赊账，医生二话不说将刚缝好的手臂又拆了个皮开肉绽。不管有多少理由，将积德的职业干缺德了，焉能不折寿？

社会上普遍抱怨的“看病难”难在哪里？除去医药费高得离谱、疗效却低得出奇之外，更多的是难在医德、医风上。首先是医生的脸难看，用口罩捂着半个脸都能让病人感到一种不耐烦、不屑乃至厌恶；人难近，挂了他的号，就坐在他对面，仍觉得被拒于千里之外，很难接近，你花了钱还得不到友善的对待，像在接受他居高临下地施舍；话难听，开始会例行公事或心不在焉地发问，病人则唯恐说的不准确、不详细，病人若问他几句则爱搭不理，或模棱两可地应付几句，或莫测高深地吓唬一番，病人若想听到肯定的、明白的话，不托人是不可能的……据《社会学研究》公布的调查数据，中国医生的职业声望排在二十九位，排在政府官员和警察的后面。

而美、德等国家的医生，在诸多职业中其社会形象、职业信誉排在第一位。不要忘了，“看病难”可不光是难了老百姓，让别人别扭的人自己也痛快不了，你对人不耐烦自己也必烦躁，你老端着、绷着自己也会压抑、失衡。老百姓“看病难”难一时，医生难可是天天难、年年难，长此以往还想长寿？

看看吴孟超老先生是怎么做的，见了病人先主动握手，不管是村妇还是民工，有的肝病正在严重的传染期，老先生也全不在意。他说这一握手可得到很多信息，病人是不是在发烧，身上有没有劲，皮肤有没有弹性，更重要的将医生的责任传导给病人，增加病人的信任和信心。就是这么神奇，老先生近距离接触过成千上万肝病病人，却从未被传染过。有这样的仁心妙术、医德广布，必然收获尊敬和亲和，天天接受大量正面信息，恐怕想不长寿都不行。

红豆树下

名重一时并引得文徵明、郑成功、顾炎武、袁枚、曹寅、翁同龢、章太炎等历代众多名流显贵前来瞻拜的“红豆山庄”，如今只剩下一棵红豆树了。大树四周高墙维护，墙门紧锁。近五百年来，山庄毁了建，建了毁，然而这棵红豆树，却始终森然挺立，繁阴浓重。

谁说“相思”最脆弱、最绵软、最不可靠？一棵树撑起了一个村庄，一个村庄因一棵树而成为一种文化符号、成为古代才子佳人向往的一块圣土……给人以无限怀想和遐思。只要有红豆树在，山庄的名就在，魂就在。至于楼堂瓦舍、横街竖巷，迟早还会在红豆树下铺展开来。红豆山庄从建立的那天起，似乎就秉负了主人的性格和修为，红豆树要撑起的还不只是一个村庄，而是一段重要的历史文化。

宋末元初，以“古今多少兴亡恨，都在声声晚寺钟”等佳句传世的顾细二，为杭州、上虞一带的名士，向与书画大家赵孟頫交厚。忽必烈入主中原，赵官拜翰林学士，遂向元主推荐顾细二，欲招之入朝为官。顾却坚辞不受，携老小弃家远避，行于虞山左侧，见水土不错，便在补溪畔立户开庄。这才叫“自由”和“清高”，不高兴当官，便拉家带口拔腿就走，走到哪儿觉得风水不错就安顿下来，开荒种地，晨耕晚读，补溪岸边逐渐形成村落。

到明代嘉靖年间，顾家后人又从海南移来两株红豆树，红豆珍稀，人见人喜，于是便有了“红豆山庄”的名号。但真正成就了山庄巨大声名的，是奇冷的崇祯十三年深冬，发生了一件奇事："艳过六朝，情深班蔡"的奇女子柳如是，一身男装打扮，青布束发，蓝缎儒巾，突然造访虞山，扣响了钱谦益家冷寂多时的门环。一个有故事的人的到来，让红豆山庄也有了故事。而故事就是魅力。她一下子给红豆树注入了灵气，成为天下有情人爱恋的象征物，并见证了一段传奇姻缘。

在官场屡屡失意并已丧偶的钱谦益，正心神寂寥、满腹郁悒，柳如是从天而降，令其大喜过望，感动莫名，遂邀柳在自己的"半野堂"住上一段时间，柳欣然应允。他们一同踏雪赏梅、寒舟垂钓，相处和谐，心神大畅。为答谢柳如是相慰之情，钱谦益亲自督工，仅以十天工夫便在红豆山庄为柳如是特建一楼，依据《金刚经》中"如是我闻"之句，钱谦益将小楼命名"我闻室"，以应合"如是"的名字。柳深为感动，她历尽坎坷，成名后虽结交过诸多风流才子，常有千万人捧着，但多是逢场作戏，难托终身。倒是这位花甲老者，知疼着热，有情有趣，反能相知相感，给她一种长久以来便渴望的安适与恬静。敢作敢为的柳如是几次露出以身相托之意，而钱谦益一遇到这种场面总是先感激动容，随后却匆匆将话题避开。或是他心存顾虑，两人年龄悬殊，自己整整大了柳如是三十六岁。且为罪臣，前程无望，岂不牵累了这位风华绝代的才女！或许这正是钱的高明之处，欲擒先纵。但面对美人的一片痴情，男子的矜拒又能维持多久？何况在他心里一刻也舍不下她。俗云："男追女隔座山，女追男隔层纸。"拖到来年夏天，钱谦益决定要将柳如是娶进家门。

一旦真要办大事了，钱谦益就想哄得娇妻高兴，将婚礼办得别致而张扬。他租了一只富丽堂皇的芙蓉舫，在舫中摆下酒宴，邀来十几位好友，随舫划入虞山脚下的松江之中，在碧波之上，在箫管鼓乐声中，两人一个高冠博带，一个凤冠霞帔，双双拜了天地，喝了交杯酒。这场婚礼引人艳羡，甚至在士大夫中招来物议："亵朝廷之名器，伤士人大夫之体统。"钱谦益能有这份勇气，也恰恰证实了他对柳如是的珍视和真情。可惜，红豆香风留美人，却不一定留得住男人的野心。或因怀才不遇，心有不甘；或越是仕途坎坷，钱谦益越是觉得当官还没有当够。官瘾如毒瘾，正当他费尽心机甚至不惜借助柳如是的关系谋到一个官位时，旋即明亡，作为明臣他们想以死殉国，来到两相识的西湖，决定投水以洗辱全节。到真要付诸行动时，钱谦益借口水凉退却了。“烈女怕缠郎”，何况是“才高八斗，学富五车”的缠郎，永远都有他的道理。任柳如是再刚烈，既为人妇，就得遵妇道，随夫意，只好再退一步，劝诫丈夫隐居世外，不事清廷，也算对得起故朝了。钱谦益慨然允诺，但没过多久借口头皮发痒剃光额发，留起清人的辫子，公开降清并在清廷谋得一个闲差。但他确是命蹇事乖，很快又因一门生犯案被逮，锒铛北上，押往刑部大牢。柳如是扶病随行，上书陈情，请托斡旋，誓愿代死或从死……柳氏的义行不仅最终把他搭救出来，还冲淡了世人们对他降清的诟病。至此钱谦益在官场旋进旋退，三起三落，不免怀念红豆山庄。

山庄照旧接纳了他们，红豆树宽慰了他们。但，原先并株的两棵红豆树，却只剩下了一株。世道变了，人也变了，怎么能要树不变呢？相思树、相思树，成日在一起还用相思吗？不相思，相思树还能有活力吗？令人讶异的是，在留下来的这株高大的红豆树旁，又长出一棵朴树，与红豆相依相靠、相扶相助，蔚成奇观。由此钱谦益和柳如是过了十年安定的日

与上海大学原校长钟伟长交谈

子，他们还有了个女儿，可谓锦上添花。1661年5月，正当钱谦益八十岁生日，十二年未开花的红豆树，一夜间含苞吐蕊、异香浓郁，二人大喜，相拥而泣。到9月，霜降叶落，柳如是遣人在树下细细搜寻，终于收获了一枚晶莹饱满的红豆，山庄沸腾……世上恐怕也只有红豆，开花结果才会如此轰轰烈烈。见到它开花已属不易，能得到它的果实就更难。确是“红豆生南国，秋声传一籽”。

在四百六十年里，这棵红豆树只开花二十三次。距今天最近的一次开花是1932年。或许是因为现代人已经不会相思了，现代人讲究“闪婚”“一步到位”，无须相思，不知相思为何物，更用不着一波三折、好事多磨，“空见相思树，不见相思人”，红豆树还为谁开花结果呢？幸好，在柳如是捡到红豆三百年后，陈寅恪意外地也得到了一枚红豆山庄的红豆。这枚红豆向他传导了什么信息，致使老先生受到电光石火般的启发和感动，“不顾年老体衰、指僵目盲，穷十年心血”，完成了皇皇八十万字的《柳如是别传》？

三十多年后，上海一位蒋家才女丽萍，再写《柳如是传》。后人只要谈到柳如是或钱谦益，就绕不开这株红豆树。于是，在红豆山庄俨然形成了一派“红豆文化”，那棵红豆树也成为爱情的吉祥物。或许当人们重新学会相思、珍惜相思的时候，就会发生感天动地的爱情故事，到那时红豆树还会开花结果的吧？

红旗与渠

国旗、军旗、党旗、队旗，以及各式各样的奖旗，都是红的。但人们一提到红旗，首先想到的是革命的象征、党的标志。所以革命要有红旗引领，出征要在旗下宣誓："生是旗下一个兵，死做旗上一点红！"做出了优异的成绩要感谢红旗，贡献卓著者到盖棺论定时会红旗加身……因此，过去的动摇分子最爱提出的疑问是："红旗还能打多久？"心怀叵测者最狠毒的诅咒是："红旗落地，革命变色。"今天已经没有人能说得清楚，当初是谁、又是在怎样的情势下，将"红旗"与"渠"联系在一起，把"引漳（河）入林（县）工程"改成了"红旗渠"。半个世纪来，无数以红旗命名的事业或单位，只剩下了一个普通的名号，如红旗化工厂、红旗百货商店、红旗大街等等。甚至以红旗为象征的许多典型也已成为过去，如合作化时的穷棒子精神、工业化时的《鞍钢宪法》、"大跃进"时的高产卫星、"文革"中的大寨梯田、开放之初的大邱庄暴富……唯"红旗渠"，是个惊人的例外，至今仍被人们由衷地喜爱和尊敬着。

创造了当今流行文化一个热点的百家讲坛，向来以翻新历史经典吸引人。2010年却高调宣讲红旗渠，听众踊跃。近几年拍摄的有关红旗渠的电视剧，如《红旗渠的儿女们》，获得"金鹰奖"电视剧奖的提名；《红旗渠的故事》，获中国长篇电视剧的最高奖"飞天奖"一等奖……凡跟红旗渠有关的文化产品似乎都有不菲的"票房"，乃至带动了以红旗渠为商标的物质产品也同样畅销。据报载中国第一人口大省河南的烟民，数十年一贯制地喜欢红旗渠牌香烟。举一反三，中国红旗渠集团应运而生，目前在全国打着红旗渠旗号的产品有二十五大类二百三十种之多：红旗渠酒、红旗渠水泥、红旗渠汽车配件、红旗渠型材等等。文化在选择适合自己的经济，而不是相反。

红旗渠已经形成了一种庞大的文化景象，这也正是它的魅力所在。每年都要吸引近百万自费参观者，其中包括许多外国游客，他们中甚至有人说："不看红旗渠，等于没有到过中国。"为什么偏偏是一条水渠能代表中国？自新中国建立后，改天换地，移山填海，搞了多少大会战，干了多少惊天动地的大工程，为什么只有红旗渠被当作"除长城之外的第二个伟大工程"，在国际上被誉为"世界第八大奇迹"？更为奇妙的是，红旗渠明明还是一渠日夜流淌的活水，却已经被评为"全国重点保护文物"。其人工天河般的构筑，作为现代重要史迹，成了新中国建设史上和中国治水史上的经典。

经典并非是"可遇不可求"。或许正相反，是有所"求"的结果。只不过要看是谁在求，为谁求，求什么，怎样求？当初决意要修建红旗渠，并不是当地官员急着要出"政绩"，也不是奉上级之命，非修此渠不可，相反还要承担违背中央指示的后果。当时中国正处于"三年自然灾害"时期最困难的阶段，于1960年11月，中央发出通知，为了休养生息在全国实行"百日休整"，凡基本建设项目一律下马，上级还特别督促红旗渠工程也必须马上停工。当时红旗渠工程正是较劲的时候，气一泄就半途而废了！可中央的指示也不能不执行，于是林县县委做出决定：大多数民工回生产队休整，留下三百名青年开凿狼牙山隧洞——那是一座出壮士的雄峰，山势险峻，石质坚硬，而隧洞却要洞穿太行山腰。此洞后来被命名为"青年洞"，是现在到红旗渠的旅游者必看的景观之一。

在中国历史上有个传统，好官大多都关心治水。红旗渠工程是官为民求，官求和民求完全统一，其动力、意志和气势，就非同小可，足以排山倒海。他们求什么呢？死地求活，绝处求生。人无水，必死无疑，一个县的几十万生民严重缺水，就等于陷入绝境。土薄石厚、水源奇缺的林县《县志》，记录了旱魔猖獗、十年九不收的惨状，上面写满"绝收""禾枯”“悬釜待炊”“十室九空”“人相食”等触目惊心的字眼。三个男人与一头狼争抢从石头缝里滴下的水珠，结果竟都被狼咬死。大年三十的晚上，桑耳庄村桑林茂老汉的儿媳妇，因天黑路陡弄洒了老公公用一整天时间来去走了十四里山路才挑回的一担水，愧悔难当，当夜悬梁自尽……是1959年一场历史不遇的“卡脖子”大旱，逼得林县上上下下都不能不做个决断：与其继续苦撑苦熬下去，不如拼死一战，或许还能拼出一条生路。

于是，酝酿了许多年，也勘查、规划了许多年，翻山越岭将漳河水引过来的工程上马了。前后共有数十万名民工上阵，他们推着小车，自带口粮、代食品、炊具、锹、镐、镢、铁锤、钢钎……浩浩荡荡地奔赴太行山。这是一项大禹治水式的开山导河工程，总干渠的七十多公里要全部在峰峦叠嶂的太行山腰上开凿，农民们用长绳把自己吊在悬崖峭壁上施工，头上巨石嶙峋，身下万丈深涧。负责打眼放炮的人，一锤下去一个白点，常常打坏十根钢钎还凿不成一个炮眼。一旦炮响，乱石滚滚，血汗交迸，是人与大自然的肉搏，悲壮激烈，惊天地而泣鬼神。前五年，他们中就有一百八十九名民工牺牲，二百五十六名民工重伤致残。他们住山洞，睡石崖，每个人每天的口粮标准只有六两，几乎把山上所有能进口的东西全填进肚子里充饥，先后竟开凿了二百一十一个隧洞，削平了一千二百五十座山头，架设了一百五十一座渡槽。红旗渠人，真是拼了！

2018年夏初，在黄河壶口

“天下事或激或逼而成者，居其半。”历史有时需要一个工程或一个事件，才能看出人的品质。红旗渠体现了林县人最优秀的精神品质，张扬了他们共同的理想。正是这统一的理想，让他们变得无比单纯而坚毅。鲁迅仿佛早就给林县人写好了评语："我们自古以来，就有埋头苦干的人，就有拼命硬干的人，就有为民请命的人，就有舍身求法的人，这就是中国的脊梁。"

林县人耗时十年，经历了共和国历史上最特殊的两个时期：三年困难时期和"文革"动乱时期，在三十万农民工的参与下，终于修建了总长一千五百多公里的红旗渠，解决了五十七万人和三十七万头家畜的吃水问题，在通水后的前二十年里，粮食亩产就提高了五倍。它不仅仅是一渠水，还是一渠粮，一渠油，一渠蜜……是林县的大动脉，是百姓的生命线。

奇迹就是这样创造的，经典就是这样诞生的。它不是虚夸的精神膨胀，是自然与人的命运的契合，让历史和群众真正从心里叹服，才会成为经典。许多年来，人们习惯了面对红旗说些感谢的豪言壮语，而红旗渠，经历了半个世纪的辉煌，真正让人们体会到了，红旗以"渠"为荣，红旗应该感谢"渠"。正由于此，才有了一个叫"红旗渠"的具有经典意义的先进典型。

创作笔记

1.《蛇神》是我的第一部长篇小说，像“长房长子”，自然格外重视。

由1986年第一期《当代》长篇专号发表，然后由我一向非常推崇的人民文学出版社成书。不想它生不逢时，也遗传了我“多灾多难”的文学命运，在本该是像过生日一样只说“好话”的《蛇神》讨论会上，就有人发难，随后升级到中央一级的大报上。河北省一“爱嚼舌根的人”，竟将北京的种种闲话传播到天津，我为了不破坏跟心目中“皇家出版社”的关系，只有写信给当时的社领导，取消出书的计划，采用“肉烂在锅里”的策略，将书稿给了天津百花社。天津不是批我吗？反正臭就臭在天津了！许多年以后，天津的版权一到期，应相识多年的编辑包兰英君所约，就又将此书拿到人民文学出版社重出版修订本，算是了却心愿。

这是一部纯虚构的小说，我有意把故事的大背景放在南方的山区，不想竟引得四面八方来对号入座。那是一个对文学神经过敏、多疑多虑的时期，人人都喜欢对号入座，又极端恐惧和厌恶被对号入座。天津人民艺术剧院把《蛇神》改编成大型话剧，由当时的院长孔祥玉演男一号，公演后几乎每个有名有姓的角色都有人对号。有些掌握一定权力的人，想借小说中对“文化大革命”的描写制造一场政治事件，以期阻挠话剧的演出……过了很久，我才偷偷地买票去看了一场。在所有被牵连到《蛇神》风波的人中，有两个人的态度让我感动和崇敬。一位是河北省河北梆子剧院被吴

2008年写完《农民帝国》

祖光先生誉为“国宝”的演员裴艳玲，有人风传《蛇神》中的女主角写的是她，她听了只是微微一笑，不置一词。为此我又专门写了一部关于她的纪实小说《长发男儿》，在整个采访过程中她也只字不提《蛇神》的事。我之所以写后面这部纪实小说，就想告诉读者一句话：《蛇神》中的花露婵不是裴艳玲。裴艳玲身上那种吸引我的、独特的东西，一旦变成花露婵就不复存在了。如果按裴艳玲的气质来写花露婵，《蛇神》将是另外一个样子。许多年之后，在2013年初冬的一次公众聚会上，八十二岁的原副市长陆焕生先生张口就讲出《蛇神》中男女主人公的名字，以及他们的故事，令我惊讶和感动。有人记住自己作品中人物的名字，似乎比记住自己的名字更让作家高兴。另一位是张贤亮。在当年的中国作家协会主席团开会的时候，副主席陆文夫当着我的面问张贤亮：“看了子龙的《蛇神》吗？里面的邵南孙写的就是你。”张贤亮哈哈一笑：“邵南孙是子龙心目中的男子汉。”何等智慧，何等气度，不愧是见过大阵势、境界不俗的名家。但那天晚上我还是请他们到招待所外面的小餐馆喝了一顿酒。

写一篇小说引起一番争论，甚至酿成一场风波、一个事件，也许有人认为这是一种幸运，我却感到烦了，累了。我希望人们忘记我和我的作品，让我安静而从容地生活、写作、休息，好好调整一下自己的步伐。想不到总有人要拿我磨牙，或许作家可以算作“感情上的运动员”，要经受各种感情运动的锻炼，全面提高感情素质，才有可能在某个项目中取得好成绩。创作就是一种激情，作家的全部技巧还不就是打开闸板、疏导感情的激流、让自己顺水而下吗？幽雅和精心雕琢往往会成为真实和诚恳的障碍，而诚恳对作家来说是至关重要的。别的不敢说，《蛇神》是诚恳的。在当代“心理小说”中已经没有理想的地盘了，理想人物更是声名扫地，甚至会受到责难。作者在感情上钟爱备至的人物，在艺术上却常常会给这个人物帮倒忙，下不了绝笔，这就是由于我格外珍惜花露婵，反而局限了对这个人物的刻画一样。看来创作不仅是一种激情的宣泄，作家还要有一种超感觉的能力，有时要超越自己的情感，服从艺术的规则。

文学信奉“在所有批评家中，最伟大的、最正确的、最天才的是时间”的论断。倘若命中注定在创作道路上不会有安宁，那么我就高高兴兴地接受这个现实：人们可以咒骂它或颂扬它，厌恶它或喜欢它，只要不轻视它，不无动于衷，不是不屑一顾，作家还有何求？我喜欢就作品论作品，没有人规定谁应该写什么，不应该写什么，我不想以简单的格式和各种习惯性的规范把自己的小说束缚住。否定自己的昨天来肯定今天，同肯定自己的昨天来否定今天一样愚蠢。创造的本质就是要变，要动，不可能死抱住一种模式不放，作家也和生活一样是不断发展变化的。文学的概念同世界的概念、人的概念一样变得无比复杂了，社会对艺术的选择越来越多样化，艺术对生活的选择也应多样化。那么多元是这个时代的理想呢？还是标志着失去了理想？当下的文坛也依然如此，如“二八月乱穿衣”！《蛇神》是我这条蛇正在蜕皮时的产物，不管读者认为我是有毒蛇还是无毒蛇，蛇蜕却是无毒的，可以入药。当然不能排除我一辈子也许都蜕不下这张皮的可能性。我不想丢掉自己，只想认识自己。《蛇神》如果引起议论，最不安定的因素大概就是邵南孙了。他独有的荒诞命运不是我有意安排的，一切荒诞都来自现实，邵南孙行为中那种种出人意料的落差，并不比这几十年我们生活中的反复无常更令人惊奇。想想我们所经历的一切，觉得中国人无论做出什么举动都是可以理解的。我以为用荒诞的手法写荒诞已不足为奇，用现实手法写荒诞则使荒诞更烈、更深、更真。我就想通过对邵南孙命运的感受来体验和理解历史带给我们的思索。“现实就像梦和雾一样捉摸不透”，小说中有梦的生活，花露婵则是一个生活的梦。把梦的生活和生活的梦纠葛在一起，或者说把“文化大革命”中疯狂的正常和正常的疯狂融为一体，就有可能使小说达到应有的真实和深度。

鬼知道每个活人的心灵的内在辩证关系有多么微妙，邵南孙的性格始终处于变化和矛盾之中，在他身上有许多相对立的因素，嘴上说的不一定是心里想的，外在行为不一定都标明他的内在品质，性格和行为总是有矛盾，当然也有统一的时候。我想写出一个复杂、充满矛盾的真实生命，故小心翼翼但又渴望能揭示当代知识分子复杂的心理活动、复杂的性格，包括毫不隐瞒地解析自己的灵魂。人们已经厌恶了压抑、虚伪和贫乏无知。我想邵南孙身上那股压抑不住的报复心理会让一些人难于接受，不知从什么时候开始中国人推崇宽宏大量，认为报仇是奴隶的感情，是弱者的表现。宁肯在底下暗争暗斗、阳奉阴违，唯唯诺诺，没有个性。这是消磨民族精神的一种瘟疫，一百多年来给我们酿成了多少灾难！创造阿Q形象的鲁迅先生却是极端鄙视“阿Q精神胜利法”的。但愿不会有人误解我是在宣扬报复主义吧！我不推崇复仇主义，只想分析生活的质量、人的质量，艺术应该具备现实的真正的品格。邵南孙的报复情绪来自对生活的恐惧，当他经受了一系列的精神摧残之后，十几年来禁锢得很紧的感情，突然像炸弹一样爆炸了，强烈得连他也不能自控，我更无法左右他的行动。其实世界上到处都有报复的言论和行动，发生在邵南孙身上真的那么不可理解吗？何况他又是个狭隘、自私的家伙……

文学作品应该深入到民族的心理层次，作家有权选择文学自身的时代意识，我塑造邵南孙这样一个知识分子形象的目的就在于此。不要把知识分子都看作是“受难的圣者”，当代社会心理潮流不是强调认识自我、强化自我吗？只有敢于剖析自己才谈得上“认识”和“强化”，才有可能提高人的质量和生活的质量。我找不到一个好的形式来表达自己心里想要表达的一切，就采用两个时间层次，这是最省事的办法。“过去的故事”不单指“文化大革命”，“现在的故事”也不只是眼前发生的事情，历史和现实互相映照，互为因果。这样写跟小说的内容相符，一幕一幕的，戏剧舞台就是社会大舞台的缩小。我写不了史诗，也不想把小说写得很长。即便如此，我也是前半部写得从容，到后面就有点儿急躁，也许是邵南孙把我折磨得不耐烦了。我追求紧凑、集中，把所有别人能够猜到、能够想到的东西全部省去，作家跳跃再快也没有读者的想象更快。马拉美曾说，一个作品里本质的东西正在于不能表达里。重要的是内容，无论如何不能让形式束缚内容。但形式选择不好就会妨碍内容。只要有助于艺术思维的深化，能加强故事的哲理性，能从新的角度展现人的性格、挖掘新的情节纠葛，能给人一种新鲜的艺术感染，管它是老套子还是新花招，统统可以拿来为我所用。要么不写，要写就应该有一点儿新东西，或人物，或故事，或思想，即使失败也不要躺在别人的尸体上。只要有生命、有变化、有不加美化的真实就行。

记不得是哪个外国人提过这样一句口号：“作家不应该有什么理论！”脑袋要长在自己肩膀上，不能长在别人的胳膊上。否则人家一抡胳膊你就得发晕。我的本分就是按照自己所看到的那样认识世界，而不是按照别人能够理解的那样去描写世界。“美只有一种”，而包围它的有一千种丑。幸好小说结尾的时候邵南孙又回到大自然中去了，大自然养育他，保护他，抚慰他，也许还会净化他的灵魂，他舍此别无更好的出路。至于他能

在创+大讲坛上演讲

否在铁弓岭长期待下去，能否跟柳眉幸福地生活在一起，只有天知道。

2.谨以《子午流注》这部书献给我的朋友王志田医生。

他首先是一位哲人。跟他对话永远都是一种精神享受，多有惊人之语，常令我有“听君一席话胜读十年书”之感。他似乎对世间万事万物都有自己独到的见解，新奇而深邃。比如我早就见过吃过人参，只有听他谈过人参后才真正认识了此物。人参的谐音即“人神”，人形者神。参是二十八星宿之一，《说文解字》认为星落地成参。他曾顺手拿起一根桌上的人参，问我像什么？我未假思索，说它像妙龄女子，婀娜多姿形若飞仙。他又拿起一根，我说像老头儿……他依次让我把桌上的人参都分出性别和年龄，然后说：可见区别人参的阴阳并不困难，世界上没有重样的人，人参也一样，在刚挖出来的时候，每一棵人参都像一个人，形态逼真，活灵活现，晒参场如同一个浓缩的人类社会，男女老中青，生旦净末丑，应有尽有。这不奇怪，天地万物皆分阴阳，人在吃鸡的时候要区分公鸡母鸡，男人对牛鞭、鹿鞭之类的东西总是格外珍贵，吃鱼、蟹之类的水产品也要分出公母，甚至连水果，如梨，也分公母。为什么吃人参反而不讲究公母，胡吃、滥吃？以为它是有益无害的东西，不分阴阳一锅煮，这样没吃出毛病就算是侥幸。有人则吃得鼻孔出血、牙疼难挨、浑身刺痒、亢奋失眠……

他详细地介绍了阳性参和阴性参的成分及功能的差别，并当场为我做了个小试验，把一棵阳性参和一棵阴性参同时放在自然水中煮沸，二十八分钟时阴性参就漂浮于水面，而阳性参到五十八分钟时才浮上水面。当时有一熟人的鼻侧长了个红包，牙床红肿疼痛，一般人都说他是内热，胃火太大，而王志田大夫断定他的毛病在肺经，并随手选了一棵与他年龄相仿的阳性人参，取其中段，煮后吃掉。两个小时后他即有感觉，第二天红包以及牙床肿疼均消失。人参被誉为“百草之王，群药之首”，是好药，而不是什么人都可以乱吃的好东西。好药用对了可以治病活命，用错了也可以害人。他真是位“神仙一把抓”式的医生。有一年，七十多岁的波兰老作家胡佩方来北京参加一个活动得了重感冒，看了医生也吃了许多药，症状没有减轻反而加重了，但还是坚持让中国作协送她来天津看我。我立刻带她来到王医生诊所，王医生先为她诊脉，开出中药就在他诊所的电炉子上煎着，然后为她针灸，针灸后喝了汤药，才开始为她按摩，直到她沉沉睡去……第二天症状全消。胡佩方回波兰后，在《华沙日报》上配王医生的照片发表了大半版关于中国“神仙一把抓”的故事。

古往今来，中医队伍里不乏高人、奇人，王志田就算得是这样一位奇人。1983年9月，在世界针灸大会上，王志田的金、银针，使中外针灸专家感到惊奇。美国医生戴维特，只身从北京追到天津，闯到王志田大夫的诊室，见他正给一心脏渗血的女病人施针。戴维特亲自检查了那个病人的病情，确定是严重的二尖瓣关闭不全，便问王志田，针灸能治这种病？王志田反问，在美国怎么治？马上做手术。否则便活不了几个月。戴维特的口气非常肯定。几年后戴维特再一次来中国，又只身闯到王大夫的家，先问那个二尖瓣关闭不全的病人还活着吗？王大夫找了辆车，拉他来到市郊，那个女病人正在喂猪，她养了七头猪。几年过去了，似乎越活越好。王志田制造了许多这种活着的神话。就是这个戴维特，在美国为王志田安排好了行医和讲学的条件，两次请他携夫人赴美，每次都希望他能长期留在美国。可每次一过三五个月，王志田心里就长草，一是国内的病人千呼万唤；二是他的医术来自祖宗，若抛弃祖宗便是不孝，心永远都会不安。最终他还是谢绝了美国朋友的好意，来几个月给人治病是可以的，但他的根必须留在中国。

治病，有时直路不如弯路近。知变化之道，与四时合其序。爱因斯坦说过：“最美丽最奥妙的情绪是神秘感，所有的真知灼见都是这种感觉赋予的。体验不到，人便不能探奇钩玄，虽生犹死。”王志田大夫形成了自己的医术系列。对不同的人不同的病在不同的时间和地点用不同的方法治。辨症施治，辨症准确，施治有足够的有效的手段。王大夫治病，精致得如同是一种艺术。医生治病需用神，气定神足，自己通灵治病才灵，他取得了一个又一个成功，享誉杏林。这成功也没有给他减轻一分痛苦或给他增加一分快乐，他仍是那么忙碌，那么充满探索的渴望。

一个成功的医生，随时随地都会受到一些崇敬者的包围，王志田的难能可贵之处，在于清醒地知道：一个人表扬自己容易，责备自己难；责备自己容易，认识自己难。生活是美好的，人类没有理由悲观。当今世界上有数不清的奇人奇事，也许这正预示着人类会进入一个新的境界。——这就是我要写这本书的原因，而且特意放在唐山大地震之后的背景下。但《子午流注》这部小说，还是以虚构为主。王大夫为我的虚构提供了启示和根据。

3.20世纪50年代初，我从农村考到天津来上中学。住在哥哥借来的一间“篱笆灯”式的小平房里，那间小屋给我的感觉是除了能挡风和遮露水，没有任何安全感可言。惹急了一脚就能踹个窟窿，甚至连声音都挡不住，或许还能从里向外扩音。无论我在屋子里做什么，比如说了什么话，哼了什么歌，哪个同学来找过我，乃至夜里起来几次……左邻右舍无不一清二楚。旁边就是我一个同学的家，他经常拿我夜里的活动取笑：昨天晚上你又说梦话了不是？白天你就不能少喝点儿水，昨儿个夜里起来一趟又一趟，搅得我妈妈一宿没怎么睡！原来我那位同学的母亲神经衰弱，晚上关了灯就专听着我的动静。当时我正是生龙活虎的年龄，一间小屋子哪够我折腾的，于是就成了她老人家的“好莱坞”。

从那时起，我就体会到在城市里没有安全感，随时都有“小打听”“小报告”……当时我的许多同学都住在这样的平房里，分布在天津西站附近：西域庄、邵公庄、同福庄、西北角……我刚到天津的时候还好生奇怪，这大都市里的地名怎么跟农村一个样，不是这个“庄”，就是那个“角”？其实这些地方并不是市郊，而在市区内。我对城市的同情也是从那个时候开始的。城市里有着繁华的大街、堂皇的商店和大电影院，然而城里人却住在与他们说话的神态和穿着打扮很不相称的地方，说实话还不如他们鄙视的农村人的牲口棚宽敞。刚开学的时候，天津市的学生往往都瞧不起从农村来的学生，他们根据我说话的口音给我起外号，“小侉子”“小沧州”等。我在他们面前却有自己的骄傲，一是入学的考分比他们高，这是老师在开学第一天指派班干部时讲的，因为我的考分最高才让我当班长。另外就是我在老家住的房子比他们好，这就是农村的优势，他们城里的学生又怎么会知道。就说我们家，有前后两个院子，光是正房就有十几间，高房大炕，随你怎么折腾都耍把得开。即便是放粮食、堆柴火、养牲口以及磨面的南房，都比我现在住的这间小破屋强多了。难怪农村学生的考分普遍都比城里的学生高，城里人住在这样的破房子里，你听我的墙根儿，我扒你的窗户眼儿，心里能清净得了吗？心里不清净又哪来的健康心理？难怪城里人的心眼儿都曲里拐弯的花活那么多，是是非非也特别多。听说谦德庄有条胡同，住着不足百户人家，却有二十多个在精神和智力上有缺陷的人：疯子、傻子、抽羊角风的、得撞客的……人的变异，在一定程度上跟居住条件有关系。

当我正年轻、敏感、记忆力最强的时候，却在那间小平房里一住就是三年，给我留下的记忆太深刻了。只有在放寒暑假的时候才能回到农村老家，于是每学期从一开学就盼着放假，放假了则希望永不开学。经常想家就会经常在梦中回家，久而久之竟养成了一个做梦还乡的习惯。不想这个习惯一直陪伴了我大半生，至今我做梦最容易梦到的还是家乡的事情，极

2017年，过台湾海峡

少会梦见城里的景象。除非是做噩梦，故事才会发生在城市里。我想这就是当年住“篱笆灯”的后遗症。但，对个中的缘由却想不透彻。因此，关于那段住平房的生活，我一直封存着没有使用。一晃四十多年过去了，我看到了城市里大面积的平房改造，要拆掉的大片大片的棚户区，正是当年我住过的那种“篱笆灯”。想不到我的感受竟是那么强烈，外部刺激和内心积存的东西相呼应，勾起了对过去住平房的回忆，结合长期以来对城市和城市人的思考，找到了一个使自己迷恋的故事——这就是《人气》。

居住着近百万城市最底层居民的一个个平房区，像一贴贴膏药贴在城市的各个部位上。你不揭它，虽然难看，有时还会难受，由于时间太长了大家就都能忍受，见怪不怪的也都能看得下去。一旦揭下这一贴贴的老膏药，便露出了发炎、发黑、肿胀变形、甚至还在流脓流血的地方。一片片几万、几十万平方米的平房，住着人的时候再难看也还是房子，一旦人搬走，偌大的一片住宅区立刻就不再像房子了……这让我无比惊奇：到底是房子护着人，还是人护着房子？明明是人需要遮风避雨才搭建了这些“篱笆灯”，可是人气一散，房子不拆自毁，变成一个个巨大而阴森的垃圾场。这似乎是在证明，人需要房子，但房子更需要人。人气，人气。我们在生活中，能一场场地度过许多灾难，原来是靠磅礴的人气在支撑。恰恰正是棚户区这些人的生存状态、生存勇气和韧劲儿让我感动，让我看到了最普通人的生命的壮阔和悲怆。就在那一刻，我获得了一种内在的激情，给自己的小说定名为《人气》。

《人气》，是一种生命的旋律。我想写一部属于现实、属于生活的小说。实实在在地写点儿实实在在的东西，有真切可感的情节，有别于当下流行的“软性小说”。倘若虚虚乎乎地编织一些男人和女人的流行故事，恐怕撑不起这样的题材。这就需以诚恳的态度进入生活，我自己首先要被说服。写作需要想象力，也需要判断力，先要能看得见自己的思想。假如你有思想，并能赋予思想以血肉。我希望自己的小说能有这样的厚重：有底层群众的至苦至乐，也有各类官员和商人的命运冲撞。他们都有自己的弱点和强大之处，像普通人一样会想些只属于自己的奇奇怪怪的事情，同时还有相当多的人相当困难地干着自己应该干的事情。现代人并非如民谣中所挖苦的那般消极和不可救药。然而，现实又有其飘忽不定和难以捉摸的一面，从不同的角度和不同的人眼里会看到不同的现实，得出相反的结论。有时还很容易被迷惑，把事实看歪了，看浅了，甚或看不懂。因此我也写了一些自己不理解和不能接受的人物，就像现实生活本身。你既然生活其中，就很难回避一些问题，看明白了要活着，一时看不明白也还得要活着。现实不像历史那么善恶分明，却有一份切己的意蕴。

于是在小说完成后我郑重声明：《人气》是一部纯虚构小说。我写的是“人物”，而不是生活中的某个人。无论小说中的人物身上有着怎样的缺点乃至罪过，无论他们比生活中的人更坏或更好，他们都是我的创造，骨血和肌肉都是我给的。小说中的空间是主观的，尽管看起来很像现实的世界，其实它只是作家想象的舞台。我一向是同情现实的，从不推卸自己对现实的责任。很高兴现实的包容性也在增大，没有腰斩《人气》，让对它有兴趣的人读到了它。我也由衷地对现实生活说声谢谢，谢谢它赐给我创作长篇小说的缘分。我一直认为，长篇小说不是想写就能写得出来的，是不能靠硬憋而写长篇的。一个作家能否写出长篇小说，能写出几部长篇小说，是命中注定的，要靠命运或者说是生活的恩赐，向他提供了这种缘分。

《人气》是如此，我的另外几部长篇也莫不如此。从触发灵感得到创作启示，直至最后小说完稿，仿佛都得自于一种命运般的机缘。所以，我写长篇从来不强迫自己，有这份缘，写起来顺畅自如，整个过程是一种享受。没有这份缘，便不强求。

4.写完《空洞》在跟编辑交谈时，忽然意识到这是我第二部关于医生题材的长篇小说，再加上《蛇神》里的男主人公也有从医的背景，可算是不经意间完成了“医生三部曲”。

在长篇创作中，我为什么会对医生题材情有独钟呢？这或许跟我童年的经历有关。历来人们将少小丧母视为人生最大的悲哀，我的童年记忆里最为紧张害怕的就是母亲犯病，我拿着医生开出的药方，不论早晚都要到七里地之外的姜庄抓药，中途还必须要经过一个阴森可怕的巨大坟圈子。当听人说在旧历大年三十晚上正半夜的时候，神鬼下界，敢到村外爬一百个菜畦，就能治好母亲的病。我也试过了，却都没有能留住母亲。可一直到最后母亲走了，也没有谁能告诉我，母亲到底患的是什么病，因为什么而舍下我走了。人生最大的玄秘就是生死，而医生是离这个玄秘最近，也是最有可能破解生死大关的人。当时我家的旧书大体分三类，一类就是医书，我学会查字典以后还读过《汤头歌》。中国的传统医学富有神奇色彩，神农氏尝百草，李时珍以身试药，华佗神乎其术，孙思邈成"药王"……好医生很容易被冠以"神医"。我对医生一直充满好奇和敬重，这恐怕是我对医生题材感兴趣的主要原因。写《空洞》时最下力气的是人物和故事的质地，以及叙述气质和氛围。肺结核是传染病，我的小说却不能让人感到脏，照样要给人一种洁净的美感。让那些医治人们灵魂和肺部空洞的医生亲切可爱。现在心灵和肺部有空洞的人太多了，这也给了我写作的动力。

另外两类藏书是神秘难解的书籍（如《奇门遁甲》）和小说、演义等好读的东西。《空洞》里的每一章前面都有一篇《尚德堂随笔》，"尚德堂"就是我们家的字号。在我们家装粮食的麻袋和帆布大口袋上、大车和一些重要农具上，都印有"尚德堂"三个大字。在我刚认字的时候，父亲曾仔细为我讲解过这三个字的含义。我在小说中加随笔是想扩大小说容量，突破小说模式对我的束缚，调整故事进展节奏。

5.《农民帝国》是迄今最让我耗神的一部小说。岂止是富裕起来的农民容易怀有"帝国"的梦想，写作长篇，也可以视为是作家在建构自己的"小说帝国"。无论这个"帝国"的规模如何，成败如何，都包含着构成一个"帝国"的全部因素和梦想。而现实世界充满事件，突如其来，层出不穷，几乎是霸占了人们的想象力。现实比任何小说都更令人不可思议，更使人有陌生感，这就越发增加了作家构建"小说帝国"的难度。是现实生活中的戏剧性，又帮了小说家的忙。喜事和丧事同在，盛世和末路并存，现实变得无法预测，无法把握……然而在小说的虚构中，却可以做到这一切。

2019年1月，《农民帝国》线装版兰州首发式

因此，《农民帝国》就这样成了一部我命中注定、非写不可的作品。我在城市里生活了半个多世纪，也确实写了不少工业及城市题材的小说，长期以来约定俗成，便把我划在“写工业题材”的行列内。我始终认为一个成熟的作家不该受题材的局限，何况我对农村历来怀有一份很深的感情。我的童年是在农村度过的，那是一种天堂般美好的生活，在生命中永久地留下了一片生机勃发的翠绿，富有神奇的诱惑力和征服性，为我的一生打上底色，培育了命运的根基。是童年养育了一个人的性情和性格，童年生活对人的一生有着重大影响。至今我对农村的情感依然很深，平时关心着有关农村的消息，甚至每天看气象预报，首先想到的是气候变化对农作物的影响……因此我一直觉得自己骨子里是个农民。而眼下要反映中国现实，似乎没有比选择农民题材更合适的了。

这还因为，怀有“农民情结”的不光是我，还有我们这个国家。历史上的每一次大的变革都与土地有关，如商鞅、王安石的“变法”，张居正的“新政”等，而每一次农村的变革，又都推动了历史的发展。同样还应该承认，是农民革命造就了共和国，至今农民仍是社会的主体，像以往一样是推动社会历史前进的原动力。被邓小平称作是“第二次革命”的改革是从农村开始，有人说，孙中山的民生主义让中国农民醒了，毛泽东让农民站起来了，邓小平让农民富了。农民是怎么富的？富到了什么程度？富了后又怎么样？这些问题想想都很有意思，我的文学触角一直关注着现实，不可能不为其所动。如果能写一部关于农村的小说，描写蕴含着农业文明形态下的乡村和农民，在面对几十年纷繁变幻的现代化进程时，他们都做出了哪些反应……这对我来说这是一种情结，对我的小说园地来说也是一种责任。

毛泽东说过，中国什么问题最大？农民问题最大。不懂农民就不懂中国。农民的问题贯穿于中国数千年历史发展的全部过程之中，其社会结构、政治制度、观念形态以及运作方式，无不是农民意志动向的直接或间接反映。这就是《农民帝国》的意蕴，我甚至觉得从意识形态上讲，或者从文学意义上讲，目前中国还没有真正意义上的城市，倒有类似城市的大农村。现代农村在害城市病，模仿着城市，大量建造跟城市相同的房屋；城市又在害农村病，大兴土木，到处是农民工在支撑着城市的建设和运转。

这部小说断断续续地磨蹭了很长时间，但这不是“十年磨一剑”的“磨”，是“磨洋工”的“磨”。准确地说是放下、拾起，再放下、再拾起。我虽然很看重这个构思，但开篇后常常感到驾驭不了这个主题，对现代农民的命运把握不准，不能完全参透他们灵魂的脉络，以及现代农村变革的得失……便几次知难而退。当放弃写作后，心又有所不甘，过一段时间手又发痒，便再把书稿拾起来。就这么拖拖拉拉地磨蹭着，后来我想明白一个道理，对农民的命运和近三十年农村生活的变革，参不透就不参，把握不了就不去把握，我只写小说，能让自己小说里的人物顺其自然地发展就行。世界为空，人乃一切。世界不过是人的灵魂的影像，人的自身就潜藏着支配万事万物的规律。作家要信赖自我，不为外物所累。只有自己才是主体，并有责任了解一切，也敢于面对一切。作家的全部才华就是感觉的新颖，感觉就是思想，艺术的核心秘密是活的灵魂，而不是变化万端的现实事故。

——这就要把握住小说的人物。社会的转型和进步格外需要有勇气、有胆识和有创见的人物。几十年来这样的人物我接触的太多了，有成功的，有失败的……我之所以在生活中特别关注这样一个群体，或许跟我对文学理解有关。在《农民帝国》里的主人公郭存先身上，中国农民的优点和缺点都异常明显。现代农民的“脱贫致富”，不是从前的“痞子运动”，都是一些很优秀的农民。

当环境宽松，给了他们能够施展才智的空间，发财致富似乎还不是最难的，更难的是有了钱以后。这个“帝国”更像是一个自我膨胀的梦幻，看似庞然大物，称王称霸，有君王般的权势和奢华，骨子里却虚弱得很，被钱烧得无极六受。商品社会没有钱不行，光有钱也不行，农民活不下去会出事，钱太多如果压不住钱，也会被钱烧的难受。当今世界不是钱很多、大富翁也很多吗？于是钱就在闹事，金融居然也形成大的“风暴”，而且比自然界的大风暴对现代人类的摧毁力更大。

“农民帝国”确实不只在郭家店，身份不是农民，骨子里比农民更农民，而且还瞧不起农民的人，更容易闹出“帝国”的悲剧。在小说的后部分我借一个重要人物封厚的嘴说了一番话，郭存先的悲剧反而救了郭家店，以后的郭家店不会再称王称霸，却会发展得更健康，生活总是有希望的。现实也确是如此，有些曾辉煌一时的单位，当第一代创业的霸主下台后，有的垮了，有的获得了再生，郭家店应属于后一种。

于是，“帝国”从构建到覆亡的悲剧，在一片兴旺的繁华中显得十分奇特。正是这种奇特构成了它的差异性和典型性。在一个大变革时期，要破除旧有的束缚，建立新的秩序，人的因素极端重要。而人的概念在悄悄地发生着改变。人的概念的宽泛，带来了文学概念的无限宽泛。这时候，对文学来说最重要的就是寻找差异。差异是最珍贵的，因为有差异才有存在的必要。作家发现了与他人不一样的东西，就发现了自己创作的价值。这部书之所以耗费精力最多，说明它值得我下这么大的力气，它凝铸了我的一种情结和责任，我自然就很看重这部小说。写这样一部书，我必须具有最起码的自信：觉得自己的故事和人物不同于别人，自己对农村的感觉也是别人所没有的，将这个“农民帝国”的故事写出来是一件有意思、也是有意义的事。

一个好的故事可以涵盖一切，它可以成全一部好小说。如果故事不能成立，立意蹩脚而陈旧，情节漏洞百出，人物就成了累赘，小说也必将成为灾难。所以，我以为一个好故事，就是一部好小说，甚至就是一个好作家。对于作家来说，文学的才能大家都具备，只有讲述故事的才能才是罕见的，它考验着作家的成熟度、观察力和叙事技巧。而支撑故事需要两样东西：一是属于自己的称得上是思想的东西；二是一些实实在在的文学意义上的细节。思想通过人物和故事表达，细节就是小说的血肉，好的细节对一部小说的成败至关紧要。而细节是“虚”不出来的，光靠花里胡哨不行，必须是些实实在在的东西。写这部小说之所以耗费了这么长时间，很多功夫都下在“实”处了。我对这部小说的期待也是这样，无论写得好坏，能让人觉得是个实实在在的东西就行。

中国文坛近三十年来异常活跃的文学景观，足以证实这种追寻差异的必要。当代文学最突出的特征就是不断涌现新潮流。随着社会的逐渐成熟，当代文学也成熟起来，个性强烈，色彩纷呈，形成了庞大的各具特点的作家群落。也只有这样，当代文学才有可能具备一定的自信，和现实对话，乃至和历史对话。中国的文学史极其辉煌，巨人如林。但概括为一句话：就是记录了文学和现实的关系。我的全部创作都在力图实践这个原则。《农民帝国》所体现的也是这样一种社会意识形态：中国目前正处于社会急剧变化的现代性转换期，有张力也有矛盾，有机会也有困难。这种变革本身就有着巨大的社会批判功能，必然也会营影响到文学进程的推进。

现实对人一直都在进行着雕刻乃至扭曲，因此现实主义文学也不是简单地复制现实。作家对现实生活的探索和发现，应该符合现实生活本身的规律，又折射出作家对现实的人文关怀和深邃的理性思考，表达人性的要求与灵魂的渴望。我心目中的文学主体，就该以这种现实主义的魄力和勇气，敏锐的忠实的多方位的表现当代社会的生活真实，呈现出一种开阔、凝重的品格。然而，现实的本性是变化。世界在变，生活在变，人在变，文学在变，其实文学就从来没有停止过变：魏晋辞赋有别于先秦诸子，韩愈能“文起八代之衰”，就是一次大变。欧阳修的丰赡，三袁张岱的自然，龚定庵的峭拔，直至鲁迅的犀利，林雨堂的泼俏……文学也从未因内容与形式的变化而停滞……过去的文学给人类提供的是出类拔萃的精神和情感。

任何时代能够流传下去的，也只能是精神和情感。在今天这个物欲极度膨胀的商品时代，人们最缺乏的恰恰就是精神和情感。因此，文学的命运不是将被取代，而是变得更加为人们所必需。

6.若想说我的中篇小说，比较复杂，写作手法变化较大，题材多种多样，小说中的人物有科学家、演员、犯人、农民、商人、医生、企业家、中国式的美国人等等，五花八门。中篇的数量也较大，是我视野里的现代生活大展，更是对各种人性特征的揭示。

《开拓者》是作者的第一部中篇小说，其中有个很不重要的人物叫副总理，引来一些责难。但在全国第一届优秀中篇小说评选中仍然获胜了。时隔十二年，到1992年《中篇小说选刊》重新转载此作，令人感动。

《弧光》写得单纯可爱，连作者自己也喜欢这里面的人物，作者看重的自己作品的选本中都选了它。

《赤橙黄绿青蓝紫》和《锅碗瓢盆交响曲》两部小说写得热热闹闹，发表后的反响也颇热闹。《赤》获得全国第二届优秀中篇小说奖，被改编成同名的电影和电视剧后，成为中央电视台播放的第一部“电视连续剧”。那时我家里还没有电视。《锅》获得天津鲁迅文艺奖，由滕文骥导演拍成的电影我比较喜欢。

《收审记》在我的作品中占着很重要的位置，由此我创作了一系列关于“精神饥饿”的小说，后来编了一本《精神饥饿综合征》的小说集。一位管政法的高级干部对《收审记》大为光火，曾打报告想把我抓进监狱，并直接让《天津文学》的一位编辑给我捎话：“你告诉蒋子龙，再犯到我手里会让他这一辈子都翻不了身！”

这话确实让我的精神被“收审”了很长一段时间。

《螺旋》是我特别下功夫的一部作品，由于涉及“文化大革命”，在

1980年这还是个敏感的题材，批评界对它的反应比较谨慎，责任编辑为此耿耿于怀，多次向我表示舆论对这部小说不公。我说批评跟表扬一样，哪有绝对的公正，不是过头，就是不足。

7.我还在部分中篇小说中增加了纪实性，同是工业题材，《冬绮之奇》与《开拓者》的味道大不一样了。1984年创作的《燕赵悲歌》受到了当时一些高级领导人物的关注和批评。同年秋天在北京参加第二届中美作家会议，胡乔木同志在人民大会堂云南厅接见与会代表，在团长冯牧先生介绍到我的时候，胡说：“刚读完大作，你们的市委第一书记给我写了七页的长信批判你。”他所说的“大作”就指《燕赵悲歌》。此后不久，这部小说又获得第三届全国优秀中篇小说奖。

这已经是我连续第三次获得全国中篇小说奖了，反使我不安，顿生危机之感。获奖不是文学的唯一标准，更不是作家的永远保证。有多少人为奖所累，获奖之时便是创作生涯开始滑坡乃至结束之时。我没有去参加发奖大会，悄悄地躲开了热闹，沉下了心，第二年写出了第一部长篇小说。

我不再看中获奖，第一部长篇的问世倒使我更自信了。

《寻父大流水》的故事比较新奇，为不少人津津乐道。

在这一卷里最寂寞的就是《九大行星的流光》。我原想借武侠小说的样式写一部中国工业历史小说，由于准备不充分，又不能真的写成像武侠小说，实验便有些不伦不类。

8.从短篇小说可以看出我创作的变化过程：底座大，沉重牢固，越往上越细，中间有一组轻松的微型小说，再往上就出现了塔的葫芦状顶尖。底部的小说主要是生活，是思想，其次才是文学技巧。上部的短篇小说里的真诚和责任已不再让人感到沉重，更多的是追求一种智慧和意蕴，短篇小说的数量明显地减少了。没有前面的“重”，就没有后面的“灵”。

《乔厂长上任记》获得全国优秀短篇小说奖第一名，第二年的《一个工厂秘书的日记》再次获奖，到1983年评选前一年全国优秀短篇小说奖时，《拜年》又被评为第一名。使作者不得不暂时离开了工业生活，意识

2018年夏，与老伴合影

到再按老路走下去势必要重复自己，这才逼迫自己有了以后的变化。

又经过几年，写出了《大周天》《净火》那一组小说。于是也就有了后来的变化，并不等于我想否定自己前面的创作。恰恰相反，作者非常尊重自己前期的创作态度和成果。其中有一篇还是在“文化大革命”时期写的小说。当时是怎样反映现实的，看看这篇作品才知道什么叫“时代的印迹”，才知道生活已进步了多少。

9.我完全不记得是怎样开始写散文的，仿佛是一件自然而然、水到渠成般必定会发生的事情。远没有初写小说时那么引人注意和记忆深刻，但我感谢散文。在整理文集书稿的过程中，对散文、随笔比对小说更有自信，这类文字对生活、对自己具有一种更直接的真实意义，从中可清晰地看出我思想脉络的走向。

“天地者万物之逆旅，光阴者百代之过客。”生命从诞生的那一刻直至终结，不过就是一场旅行。既然每个人都是天生的旅行者，不写游记岂不是对不起自己？旅行是人生经历，更是文学不可少的经历。作家在精神上永远是个“行者”，当他真正有了“家”，并舒服地躺了下来，那就是他的全部旅行都结束了。

我的视野、境界、文字，似乎就是随着写游记一点点地打开、扩充。1979年出访南斯拉夫，是第一次写游记。那时出国还是新鲜事，临行前《天津文学》主编叮嘱我，到了外边要好好看，好好记，回来给大家讲一讲。我努力记下一些印象深刻的东西，并陆续整理成篇，发表后有的篇目反响不错，如《生的艺术》就被多次转载、编进中学课本和各种各样的散文选本。这对第一次写游记的我来说，自然是“莫大的鼓舞”。但后来看那些文字，其拘谨和稚拙却令自己汗颜。

1982年应美国新闻署之邀，从东到西在美国走了一遍，历时一个多月，入乡随俗不可能不放开，所见所闻均放胆说出。有时检点自己似又觉得还不够成熟，回国后写成《过海日记》，自然也难免青涩。后来去日本，看俄罗斯，游历东南亚一些国家，所获得的感悟及形成的文字，加上在国内旅行所得到的文章，构成了我文学活动举足轻重的一部分。

我的散文大致可分为三个板块：第一板块是一组不太规范的散文作品，说景致、论“风水”，为现代城市招魂，可视为游记的“前序”；第二板块是“国内游记”；第三板块是“旅外游记”。

整理好了散文书稿，我忽然对自己的写作生涯有了一种少有的欣慰感。命运待我不薄，让我走过了那么多地方，见识了那么多风物。散文也没有给我惹过太大的麻烦，尽管里面有许多锋芒，而且用更直接的文字体现我的思想。

10.已经整理好了厚厚的一大本随笔书稿，又发现一堆使用电脑前发表的短文章，散文、随笔、杂文和评论都有。若想编进文集还需新录入、排序，太麻烦、太琐碎，索性放弃了。即便如此，凭现在整理出的这些，也大体能反映出我随笔的面目。

自己也没有想到竟写下了这么多短文章。有那么十多年，精神似乎处于一种“过敏期”，正如我一篇随笔的题目：《有“感”就“动”》。天地君亲师，神仙老虎狗，看得多，想得多，感触也多，最多的时候一天写三篇。只可惜当初发表时没有篇篇都标出写作日期，只好凭记忆分四辑排出个大概的顺序。

后来发觉，自从大量写短文章以来，中短篇小说就写得少了，或根本不再写了。这一发现令自己也很吃惊，甚至有愧悔之感。我原本更看重小说，认为写小说才是自己的“正业”，却不理解这种“此消彼长”的现象是怎么发生的，为什么会发生在我身上。为此我读了相当数量的其他作家的传记，也未能找出答案，只能老老实实地承认自己的写作还是一种“业余爱好”，没有长期规划，没有为自己设计“终生主题”。完全顺其自然，用一句当时的话说叫“跟着感觉走”。

1992年我出版了第一本随笔集《秋窗三语》，一位文艺界的领导人读过之后对我说，你的随笔比小说写得好，一个好作家至少要有两副笔墨，而散文随笔最能看出一个作家的文字功力。而我们的作家有不少吃亏在文字不过关。当时我对他的话甚不以为然，因我的小说惹起过太多风波，他曾参与处理过一些风波，认为他是用我的左手打倒我的右手，借我的散文、随笔否定我的小说。

但事已至此，我倒也并不后悔。现在重读这些随笔，甚至生出一种充实感。我没有错过这个繁杂多变的时期，以一种最直接最真实的文学方式，记录下了社会象、众生相，以及自己的心路境象。

随笔没有负我。我也不负自己的文学观。

11.大约是快三十年前了，《文汇报》自“文革”结束后率先恢复副刊，主编向我约稿。我写了《小人效应》一文，主编怕出事，把它放在报纸最不起眼的一个下角。然而还是被《光明日报》的一位大记者看到了，他立即复印了二十六份，到各个办公室散发……

今天我翻阅自己在用电脑前写的一堆杂文剪报，最强烈的感受是惊叹社会已经由惧怕杂文变得无比之“杂”了！正如我以前在一篇谈杂文的文章里所说过的：当今世界似乎进入了一个杂文时代，这并不是说现代世界要捧杂文了，而是指世界本身变成了杂文。到处都有“投枪和匕首”，经常发生让人惊醒和刺痛的事件。层出不穷的灾祸和事端，算不算是送给这个时代的一篇篇杂文？有些人或组织的所作所为，也是天天在世界各地写杂文。

没钱的杂，有钱的杂得更邪乎，世界杂，社会杂，政治杂，官场杂，生活杂，男女杂，人杂，事杂，心杂，情杂……现在的杂文即便累吐了血，也杂不过现实生活。任谁都有满肚子的杂感，杂文技法被大普及，谁都可以讲段子、做杂文，到处都是杂文化。

我其实并不能真正分清随笔和杂文的区别，因此杂文卷里某些文章可能像随笔，而随笔卷里有些文章像杂文。比如我自小喜欢体育，在观看世界大型体育赛事时，随看随写了一些文章发表，像杂感，“杂”味儿于是多些，便收进了杂文卷。

12.我一直信服这样一句话：在世间一切活动中，唯有人的故事最引人。

这一卷里的人物没有虚构。他们有古人、今人、圣人、凡人、能人、奇人，他们之所以打动我、并与文学连接在一起，是他们的生命中那不同寻常的特质，以及他们人生轨迹的传奇性。

经典作家称：“人是造物主的杰作。”“杰作”中的佼佼者，才称得上是传奇。他们能告诉我们，“什么是最好的”“什么是最合适的”。

我们不可能也无法追寻他们的足迹，但可以追求他们所追求的目标。

巴尔扎克有言：“一代人就是一出有着四五千名优秀角色的戏剧。”我们所处的这个时代最基本的特点，体现为他们的品质。了解他们，有助于更深切地理解这个时代。

于是我尽最大的努力，真诚而温暖的记住了他们。

13.世上没有光闷头干活不说话的人，作家写一些评论的文字，差不多就等同于“说话”。

创作是一种“劳作”，评论才叫“文章”。

但作家的评论终究与真正批评家的文章有所不同，靠的依然是感觉，辅以理性和识见。有些评论不过是借题发挥，阐述和求证自己的创作理念，回应自己不赞同的观点。我写评论其实还是创作的需要，评说别人的作品，可知道自己该怎么做得更好。

为别人的书写序，也是评论。凡向我求序，一般不会拒绝，我欣赏威廉·詹姆斯的话："人类天性中最根深蒂固的本性就是渴望被人赏识。"因此这一部分文章我写得比较清醒、理智，注意章法。

我为人作序有几条规矩：一、只说自己感觉到的东西，不说假话；二、只说真话中属于优点的部分，不谈缺点，倘缺点很明显就给作者另写一信，讲明这些缺点，既答应作序就要知趣，不扫人家兴；三、倘若对求序者的著作实在无话可说，就"顾左右而言他"，写上一点儿自己的文学主张去"旁敲侧击"。随着年龄的增大，我越来越认同詹姆斯的名言："真正的文化以同情和赞美为生，而不是以憎厌和轻蔑为生。"

创作以丰饶为美。而评论，沉重容易，轻盈难得。我自忖，到六十岁前后，才找到了些许"轻盈"的感觉。幸好这也是我为别人作序和写"文人素描"最多的时候，因此才专门编了一卷"评与论"。

14.人的一生都在尽力发现并了解自己的"偶然局限"和"必然局限"。对一个作家来说更是如此，这也是"自述"类的文字所存在的意义。

《人生笔记》可以理解为我的"创作揭秘"。

每一部作品是怎样写出来的，作者的人生经历、每个时期的思想感情以及文学主张，全收在这部书里了。如果读者有耐性读完这一卷，对我和我的作品的了解，很可能比我本人对自己的了解更全面、更透彻。

这是几十年来我在各种情况下袒露自己心境的积累。也许写得太坦诚了，没有修饰，如同写日记，如同对朋友谈心。

15.此生让我付出心血和精力最多的，就是建构了属于自己的"文学家族"。感谢人民文学出版社提供机会，能将这个"家族"召集起来、编成队列。

——这就是整理《蒋子龙文集》。

整理文集确实像召开家族大会。将我亲手创作的各色人物，聚集到一起，大大小小，林林总总，他们的风貌、灵魂、故事……（即便是散文随笔中也有人物、事件和思想）一下子勾起我许多回忆，感慨万端。有的令我欣慰，有的曾给我惹过大麻烦。如今竟都让我感到了一种“亲情”，不仅不后悔、甚至庆幸当初创造了他们。将他们收拾停当，排出先后次序，送到人文社这个“大广场”上，像所有等待检阅的人一样，有兴奋，有期待，还有紧张。

首先将检阅我这个“家族方阵”的是责任编辑包兰英，然后是人文社的老总。“文革”结束后，我头一次住在出版社的招待所里改稿子，就是在人民文学出版社。我在文学讲习所读书时，导师是人文社的秦兆阳先生，他看了《赤橙黄绿青蓝紫》后给我写过一封长信，那是我收藏中的珍品。由人文社出版我的文集，足见人文社确是我的文学福地。

书和市

1

正当春风化雨之际，盛大的全国书市在天津开幕。“书”也竟然可以成“市”，世界上还有什么东西能够像书这样，最具精神性，却又是物质的。商品社会，现代人送礼是一大难题，因什么事向什么人送什么礼才最合适，礼送不好会帮倒忙。近年来，社会上的送礼大军忽然发现好礼远在天边，近在眼前，这就是书。无论因什么事向什么人什么时候送，都不会显得冒昧、寒酸或不得体。能够看重书，无论如何不是坏事。

2

作家的职业是写书，每当我写作疲惫的时候就去逛书店，各种各样的书名，五花八门的装帧设计，令你目不暇接，精神亢奋。就像农民走进庄稼地，能激发想象力，调动起想塌下身子干活的冲动。当我创作状态有些癫狂的时候，还是去逛书店，里边五彩缤纷，充满诱惑，什么书都有，精的、妙的、绝的、狠的、黄的、黑的、丑的、恶的，天下文章好像都让人写尽了，你还能写出什么书，丢进这浩如烟海的书堆中能引起别人注意？保你一下子就可静下来。

3

现代人格外注重养生，都想健康长寿。有一种可延长寿命的方法，既简单可行，又无须求医问药。这就是读书。“书是印刷出来的人类”，读一本书就是经历一次别样的人生，书读得多就可以拥有多种经历，选择多种人生。你看，不打麻药便可移植生命，将自己的一生衔接上前人和古人，这岂不等于丰富和延长了自己的寿命？书实现了人类最大的愿望，使他们短暂的一生得以永恒。

4

现代人喜欢旅游，岂不知读书是最好的精神探险。书是人类进步的阶梯，人类思想的发展就是一种神奇的探险，甚至可以说是世界上最神奇的探险。这种探险的特征就是将一个人和一个时代的生气勃勃的思想和经历，传授给另一个人和另一个时代。当然，书不能代替实际的经验，正如实际的经验也不能代替书一样。

鹰保护着我的一堆创作素材

只要人类还崇尚思想，书就有地位。现代人不是经常抱怨，物质过剩而思想贫弱，因竞争激烈致使生活失衡……书有益于点燃思想的火花，甚至能引起争论，接受挑战，被人引用。好书能引发必需的思想和行动。同时，读书又是现代人通往心理平衡、让生活感到充实的一条途径。

5

每个人在现实生活中不可避免地要碰到一些愚蠢的人，或许还要跟他们打交道乃至被纠缠。只有读书是结交智者，还可以畅快地与其倾谈。我们之所以能够理解人生，不是因为跟人接触得多，而是因为接触的好书多。

6

历史上最严峻的时刻往往产生伟大的作品，是这些作品对时代承担着特别的责任。衡量一个社会，不仅要看它所体现的力量，也要看它是否关注有利于创作的条件，是否视人本身为最高价值。所以，一个民族如果没有伟大的书籍，它本身的伟大就无法体现。

7

书市是一个巨大的花园，百花齐放，争奇斗艳，身陷其中必然会眼花缭乱，发现什么花都爱，却不能把所有的花都买回家。这就是读书的第一道程序：选择。人的生命短暂，时间和精力都有限，读书有益的条件之一，就是不读坏书和废书，甚至光是好书你一生也读不完。这需要借鉴古人的智慧：存书容易，能读为难；能读容易，记住为难；记住容易，能用为难……

“草根”何以能热起来？

几年前，有感于打工者的生活太过艰难和单调，质朴而又执着的“打工仔”孙恒，创建了“打工者青年艺术团”（今为“新工人艺术团”），并创作了一首打工者的歌：《团结一心讨工钱》。

歌中唱道：

辛辛苦苦干一年
到头来不给结工钱
…………
全家老小把我盼
空手而归没法办
…………

不想大受欢迎，艺术团受邀到处去演出。碰上一些做贼心虚的老板还会百般阻挠，甚至将艺术团赶走。这让人想起战争年代的“前线剧团”“战士文艺演出小分队”等。

艺术是人性的影子，再现人类的天性。打工者艺术团受到打工者的欢迎和支持是理所当然的，令人惊奇的是也受到了北京大学生的喜欢，一次次把他们请到高等学府里去演出。后来孙恒和北京师范大学的一名女研究生结婚，两个人共同维护和坚持着这个打工者艺术团。当今社会便把他们

在这个别墅里，晚上与自然融为一体

以及类似他们的演出定为“草根”艺术。

与“草根”艺术相对应的是“庙堂”艺术。顾名思义是堂皇的、官办的、公认的艺术，如中央电视台的春节联欢晚会、“同一首歌”以及各种重大节日的晚会等。春节晚会就不用再饶舌了，本来是面向年轻人的“同一首歌”，给人的感觉也越来越像整个晚上就唱一首歌，所有歌的曲调差不多，唱法差不多，内容差不多，歌手形态动作差不多，唱了一晚上也让人记不住，大部分歌都是有歌无调，有音无律，叫歌不像歌。

郭德纲在成名前自称“非著名相声演员”，就是以“草根”自居，以示区别于高居“庙堂”之上的那些“著名相声演员”。而郭德纲的“钢丝”，也大多是在校的大学生。大学生原本是未来“庙堂”中的人才，为什么偏偏喜欢“草根”艺术呢？

这里有两方面的原因。一是“庙堂”艺术令人失望，浮华、空洞、傲慢，陈词滥调太多，脱离生活，脱离群众。因为“庙堂”上太热闹了，明星拥挤，大腕云集，名和利挂钩，幕前和幕后较劲，新闻和绯闻结合……而艺术却是“黑夜和沉默的产物”。它常常是可遇不可求的，不会因你是平民百姓便对你视若无睹，也不会因你是明星权贵就对你青眼有加。

另一方面是“草根”艺术里确有真东西、好东西，让人耳目一新，甚至是石破天惊。如杨丽萍，原是“草根”中的佼佼者，后被选拔到“庙堂”中，偶尔现一下身。谁知她“天生有福不会享”，非要把自己献给艺术不可，毅然放弃了北京户口、工资指标，以及种种头衔、职称、荣誉等“庙堂”里的特权和优势，选择了逃离“庙堂”，重返“草根”。两年后便创作出大型“原生态”歌舞“云南映象”，红遍国内外。

她也使“原生态”这个词汇大红大紫起来。其实，“原生态”也应该算在“草根”的范畴之内。2006年中央电视台举办的青年歌手大赛，本是“庙堂”盛会，为了更多地吸引听众，特意增加了“原生态唱法”，这是“庙堂”艺术向“草根”艺术示好。但不想示弱，所以还是要按“庙堂”的规矩对“原生态”歌手当众进行知识考试，将有些“原生态”歌手难为得够呛。这令人想起诺贝尔的妙论，他说最早的艺术家使傻瓜变得聪明，现代的艺术家努力使聪明人变得愚蠢。比如参加晚会一定要拿个小旗子或荧光棒，整个晚上舞动不停，嘴里伴以狂吼乱叫，或根据导演的示意疯狂鼓掌……

人间最美的是女孩儿的羞涩，最让人难以忍受的是得意之色。“庙堂”里的“台柱子”们一成名便难掩得意之色，卖弄、夸张，快意时快语，失意时乱语。这是“庙堂”艺术渐渐失去人缘的一个重要原因。“庙堂”艺术难有惊人之作的另一个原因，是高高在上，条件太过优越，讲究高投入、高产出，动不动就要大阵容、大制作，一切都寄希望于炒作和审查。

而艺术恰恰是不能命令的，在获得权力的同时也会失去了生命力。

有些“庙堂”艺术创作灵感往往靠“侃”，几个人住在宾馆里，吃着、喝着、侃着，一部大作品的框架就搭出来了。而“草根”艺术的宗旨只有一个，让观众喜欢。只有观众认可了才会掏钱买票，“草根”艺术也才有生存的余地。所以当代有建树的艺术家，常常身居“庙堂”心向“草根”。再比如赵本山，成立“刘老根艺术团”，使东北的“草根”艺术二人转，悄无声息地就占领了北方的大城市。还有数不清的“二人转小分队”，也被人称为“草台班子”，典型的“草根”了，也活跃在城市的各种小剧场、大浴池和火爆餐厅里。里面有无数个郭德纲，只是尚未大红大紫罢了。

甚至连文学创作也是如此，人们厌烦了远离真实生活和真实体验的虚华浮饰，渴盼能读到有真货色、真分量的作品。文连平因吸毒曾连累家里四口人丧命，后来到新疆用了十三年时间成功戒掉毒瘾，并根据自己的经历写成一部长篇传记《地狱天堂》，感动了大量读过这本书的人，其中有话剧表演艺术家朱琳，亲自将其改编成大型话剧，由北京人艺搬上舞台。北京大学毕业的陆步轩，百般无奈当了屠夫，生活得以温饱后想起了自己曾学过的中文专业，在卖肉之余写成了自述人生的纪实文学《屠夫看世界》，也很受欢迎。

经历就是财富，感觉就是才华，差别就是优势。在市场上充斥着假冒伪劣的时候，真实便最有魅力。“草根”艺术发端于现实，为民间所需要，所以有强韧的生命力。福楼拜说，在一切谎言中，艺术是最真实的。当“庙堂”艺术让人感到不真实时，“草根”艺术想不热都不行了。

领略“大话”文化

向自己提一个问题：自2005年入冬以来，禽流感闹得异常邪乎，你心里紧张吗？

回答是：不太紧张，不光自己不紧张，看周围的人也没有多少紧张的迹象。

为什么？你看看每天的报纸和互联网上的大标题：《流感大流行，势所难免》《在危险迫近之际》……仿佛大流感已经到来，死亡就在身边，会死多少？《国际先驱论坛报》11月7日有文：“世界银行宣称，禽流感引发的人类大规模流行病，可能让世界经济损失八千亿美元。”真不愧是银行家，立刻就能将病毒转换成美元。只是人们很难破解这道题的换算公式，要死多少人才相当于八千亿美元？还有，“亚洲开发银行估计，流感将影响亚洲百分之二十的人口，导致百分之零点五的人口死亡……”（《参考消息》2005年11月9日）亚洲现有人口三十多亿，这就是说要有六亿多人染病，会死掉一千五百多万！

于是，出什么好主意的都出来了，见得最多的就是《吃八角焖牛杂，能对抗禽流感》……“八角”就是北方人所说的大料，炖一大锅肉放讲两三瓣儿，那味道就够串了。倘是用1∶1的比例炖牛杂，那还能吃吗？互联网上有报道说，日本有人服用一种叫“达菲”的抗禽流感药，其成分里就有“八角”，结果导致六十四人精神失常，十二人自杀。比禽流感造成的死亡人数还多，这不是没病找病吗？

从各类专家及各种媒体，一沾上禽流感的边儿，就拼命把话往大里说。可人们为什么依然皮松肉紧，从心里并没有紧张起来呢？市场上的禽类食品，无论生的熟的，购买者依旧踊跃。我曾就此请教一位“左手一只鸡，右手一只鸭”的老者：您就不怕染上禽流感？他大大咧咧地说：“现在才正是吃鸡炖鸭的好时候，禽流感闹腾得越厉害，国家查得就越严，鸡鸭食品反而更安全！”妙！天津爷们儿想问题就是不一般。这跟两年前闹“非典”的时候大不一样了，那个时候人们是真害怕，人人自危，全力防范。

信息爆炸的时代，爆炸连连。人们第一次挨炸，心惊胆战，蒙头转向；第二次挨炸，仍能享受刺激带来的痛感或快感，却已稳住了神；第三次挨炸，就能穿皮不入肉，抱着听新鲜、看热闹的态度……久而久之便生出了“抗炸性”，说不说在你，信不信由我，甚至你越说得天花乱坠，我心里就越要打个问号。

信息为了能继续引起“爆炸”效应，便不得不加大当量，倘本身的“药力”不足，就只能在烟雾和声音上做文章，虚饰、夸张，以期引得人

与“不许悔棋”雕塑合影

们注意。长此以往，就形成了一个“大话文化”：话往大里说，一个比一个敢说，谁发布个什么信息，都想追求“爆炸”效应，恨不得扔颗炸弹，不炸你一通，不吓你一跳，不算本事。

比如由国际知名的科学家和学者评选出来的《2004十大科学预言》中宣布：“由于全球气候变暖，海平面上升，到2020年，东京、伦敦、纽约等世界名城都将被海水淹没，从地球上消失……”真敢说呀，这可不是说说就完事了，大家都在看着呢。还有十五年的时间，转眼就到，可上述城市里的人都活得好好的，纽约正在着手重建世贸大厦，伦敦争得了2012年的奥运会举办权，都不见有丝毫准备撤离的迹象。

至于在当今商品社会里，“大话文化”更是俯拾即是。市场叫“超市”，明明是业余歌手却叫“超级女声”，稍微出色一点儿就是“超一流”，强壮一点儿的男孩儿叫“猛男”，白净一点儿的就是“帅哥”，到处都是“超级”。热水器叫“热霸”，做鞋的称“鞋王”，似乎谁都敢“称王称霸”。有两三把理发的椅子，就敢叫“美容中心”，大小是个公司就挂个带“集团”的牌子，可谓遍地集团，处处中心。放七天假叫“黄金周”，大有遍地黄金、日进斗金之势。即便是在人们的日常生活中，也充斥着卡通、戏说……满眼满耳都是大呀，绝呀，变形呀，魔幻呀，等等。

“大话文化”，是消费时代无孔不入的广告意识的滥觞，更有媒体的推波助澜，一切都是商品，一切皆可推销。广告做过头，会适得其反，“大话”说过头，也能引来实祸。“萨达姆拥有大规模杀伤性武器”——就是美国中央情报局的一句大话，却引发了实实在在的灾难频频的伊拉克战争。人们天天在满天飞的“大话”轰炸之下，心理上不可能不受影响，一惊一乍，忽上忽下，完全相信，容易神经崩溃或精神抑郁，被吓出个好歹来还真不新鲜。不信吧，又怕被这些“大话”不幸而言中。

这样吓唬来吓唬去，神经脆弱的就染上了精神疾患，据世界卫生组织最新发布的消息，全球有一点二亿人患抑郁症，中国则超过二千六百万人，自建国至2003年，每年有二百四十万人自杀，其中的百分之十自杀成功。专家们总结其原因，排在第一位的是“文化和社会背景造成的”。

（见2005年11月25日《人民日报》）这岂不是说跟“大话文化”也有点儿关系？而神经粗硬者，久而久之反被大话吓唬皮实了，大话那么多，信是死，不信也是死，索性就随他去吧。老被吓唬，恐惧变成家常饭，也就不再恐惧了。不怕还关系不大，这只耳朵进，那只耳朵出，你说你的，我做我的……

这就是“大话文化”所造成的“信任危机”“神经麻痹”。从另一个角度看，也可以说是现代人的“定力”增强了，民间反应竟跟“大话文化”的风行形成强烈的反差，构成对“大话文化”的反讽。可见，大话并不培养行动的巨人，甚至相反，爱说大话者常常做小人。

“大话文化”能得以盛行，腐蚀的是社会精神和公众道德。过去有句俗话：“说大话不上税。”如今却未必，眼见当今世界正在为“大话文化”付出代价，这代价有经济方面的，更有甚者使社会的凝聚力、媒体的诚信度以及公众的信任感，都大打了折扣。

女人的精神

韩春旭给人的印象是一个幸福得流汁的女人。这种洋溢的幸福感成了她的盔甲，用心不良的人很难伤害她，喜欢她的人不忍伤害她。许久以来，认识韩春旭的人都以为她的幸福是源自物质方面的原因。

她曾说：“我一生最大的奢望，就是能走遍世界，如果我有钱。人只有一世，没有来世，我渴望了解我居住的世界。”她似乎已经做到了，虽然还不敢说“走遍世界”了，知名的国家大都去过了，而且是由丈夫陪着。当下在中国能做到这一点的人并不是很多。此外，她还有个和谐的家，有让自己满意的丈夫和儿子……

人真有满足的时候吗？韩春旭只是报社的普通编辑，许多比她更富有的人并没有她的这种幸福感，活得没有她这般快乐和圆满，这是为什么？智慧，驾驭生活的智慧。物质的东西无论多么繁复，生活的内质始终是单纯的，自己要很清楚，追求到哪里该止步。

读韩春旭的新著《我的精神》，可以了解一个幸福女人的幸福秘诀：“高雅而不自负，温顺而不乏个性，活泼而不轻浮，开朗而不粗俗，天真而不幼稚，热情而不放荡，成熟而不世故，富于同情心而不懦弱，自尊而宽容……”这岂不是追求一种完美？不，只是一种和谐。现代人最渴望的就是和谐，能够跟男人一起创造出和谐的女人，就是一个圆满的女人。

女人本身就是一个奇迹，一种力量，只有女人和男人一起才能创造一个更为公平合理，更为井然有序的世界。韩春旭的精神就是来自这样的真实和自然：累了就往路边的草地上一躺，请求自己的心静下来，哪怕是瞬间的静下来，忘掉汽车、房子、钞票，还有那各式各样的杂事，让疲劳追逐的心支起一堆篝火，顺着缕缕青烟，寻一寻生命的源头，我们从哪里来，这么紧忙地赶路又是要往哪里去?

这有点儿像犯傻。然而你不觉得正因为这样的傻子越来越少，生活才因赤裸裸的竞争而愈加紧张激烈。女人不会因野心快乐，倒可以因满足而快乐。韩春旭的智慧就是活得很实际，非常容易满足："作为一个女人能爱上一个也爱自己的男人，有喜欢读的书，有喜欢听的音乐，有炒菜的油香，有吃饭时相互的说笑，有睡觉时甜美的鼾声，就可以像孔子一样骄傲地发问：何陋之有？"所以她满足，她快乐。

满足是一种心态，是来自心理上的感觉。韩春旭没有像许多有点儿钱的女人那样物质到底，而是守住了一个编辑、作家的精神，过着自己喜欢的精神生活。要长年滋养这份精神，除了写作之外就是阅读，她的阅读有时真如遭遇一场恋爱。

读苏格拉底，她感到了一种踉跄，一种窒息，一种焦灼。于是就更加渴望，更加需要，忘情地扑向对方的怀里。喃喃自语：我的身，我的心都需要你的拥抱，我也紧紧地拥抱你，没有羞涩，没有胆怯，没有邪恶。如果天性里有一个东倒西歪，那就收获一个东倒西歪的快乐吧。读托尔斯泰，觉得自己的精神辉煌富丽，像一个容光焕发的贵妇，携带着生命中全部明丽耀眼的财富，在爱与欢乐的沐浴中，灵魂因饱满而跳荡，散发出甜蜜的芬芳：人类的上帝就是生命着的自己，生命的原本不是让你去报答上帝，而是要成为上帝。

读尼采，感到每句话都是烈性炸药，尖锐地呼啸着，抛给她一个又一个的黑棺，人的生命空间原本是在死神的灵魂中。这让她震颤，有恐怖的启悟，在精神仿佛被炸毁、被掏空的同时，却分明又感到身体内部有种强烈的抑制不住的灼热的燃烧，那是一双从未感触过的横溢生命的手，没有任何规则的浸染，将她别开生面的抚摸。她惊愕，生命还有这么多膨胀敏感的部位，使生命里所有的感觉都耸立起来，感受到从未有过的颤乐。

她还喜爱老子，就像喜爱养育了自己的父亲，脸上漫溢着生命的紫气，一生都不可分离。她称梵高是亲爱的小弟弟，阅读这位小弟弟唤起了她浓浓的柔情，想用姐姐般温软的手心抚平梵高身上和心上的所有伤口。一位幽雅、智慧，在任何场合说话处事都非常得体的女人，在阅读的时候竟会这般狂放热烈、真实自然，完全展开自己的身心，无所顾忌。这是一种幸福的阅读，让精神飞翔起来，精骛八极，心游万仞，从渴望到渴望，从快乐到快乐。

精神是什么？是火、是水、是活力、是生气、是百炼刚、是绕指柔，总之是人身上的神气。为她开辟了通向四面八方的道路，才得以游遍世界。但，人的精神常常是需要在小事情上培养，而精神的渴求和丰富，又让她觉得自己的生命像一棵嫩芽，在阅读中获得了巨大的成长空间，灵魂自由呼吸，精神饱满芳香，全身释射着一种爱的活力，宁静端庄，鲜活光亮，蓬蓬勃勃，激情洋溢。像她这样的阅读最是投入，投入使人单纯，单纯使人快活，快活使人漂亮。这漂亮的标准就是：像一个恋爱中的女人一样富有生机。

当然，这只是精神恋爱。可许多年来，“柏拉图式的精神恋爱”就成了贬词，世界进入物质时代，甚至连阅读也更具功利性了：为学位、为求职、为升官、为发财、为寻求刺激……因此不必投入感情，对书读而不爱，甚至相反，冷漠而排拒。不投入感情就不会读出感情，没有智慧就无法吸纳智慧，冷落了书籍也必荒废了思想。现代人经常抱怨的贪婪困惑，萎靡不振，多因缺乏精神，而不是没有饭吃。

让自己的精神偶尔能处于恋爱状态，灵魂便会开出花朵，骨子里有种善。在强调硬心肠的竞争社会，能保持心的柔软，柔软的心才会滋润生命，能迅速修复不可避免的创伤。骨子有善，才会尊重生命本身的原则：自己生活，让别人也生活。

精神从容，家有余裕。爱人生的人也会对生活经常产生恋爱般的感受，自然就容易满足，带着流油的幸福感。而精神丰富，心底就有了一片阳光，站在阳光里，心与阳光共同升腾，使人生变成一个朝圣的旅程。所以周围的人都那么羡慕韩春旭，感觉她的状态老是那么好。状态是什么？不是物质状态，是精神状态。

闲聊“顺口溜”

无须否认，现代社会流行顺口溜，而且已经“溜”成了一种奇特的世俗文化景观。

你说吧，近年来，中国人谁没有听过或传过顺口溜？一提这三个字，人们的脑子里立刻就会蹦出几个精彩的段子……现在还有什么现象、什么领域、什么人，是顺口溜不能编排的？只要是老百姓关注的东西，准会有顺口溜编出来。

它无处不在，无孔不入，通俗上口，广为传播。

顺口溜竟然这么受欢迎，自然是有原因的。装作没听到或没看见，不如正视这一事实，研究一下顺口溜是怎么“溜”起来并“溜”成气候的？

别看谁听到新的顺口溜时都会哈哈一笑，但人人心里又都很清楚，顺口溜现象的产生并不像表面的逗笑那么单纯，有着更为复杂的社会原因和现代人的心理因素。听起来简单，深咂滋味却不简单，别有意趣存焉。

当然也不可否认，顺口溜作为群众的口头创作，有着大量粗俗不堪的内容。那么作为眼下最红火的网络文学，以及很正规地印成铅字的流行文学，不也有许多低级庸俗的东西吗？又何必苛责不能登大雅之堂的顺口溜呢？

当然也有许多报刊会经常正式摘发一些当下正流行的顺口溜，还有人每隔一段时间就把流行的顺口溜收集整理，编辑成册，正式出版。我至少见过四种版本的《顺口溜汇编》，每一本都很厚，定价不低，销路却还不

涂 鸦

错。

但是，眼睛阅读印到纸面上的顺口溜，跟用耳朵第一次听到这首顺口溜的味道比，可要大打折扣，效果差远了，有些根本就让人笑不起来了。你说怪不怪？世间有许多东西靠耳朵听不行，需用眼睛看才过瘾。而顺口溜为什么看不如听呢？

顺口溜、顺口溜，顺口溜出是为了让你顺耳进去，你听就听，不听就随风而散，查无此据，概不负责。它的魅力，或者它的杀伤力，就在于它的生猛鲜活，以直对隐，以粗对雅，以下犯上。一旦印成文字，必然要加以修饰，让它合文法，不刺眼，太直了要绕一下，太粗的要弄细点儿……这样一来顺口溜就变成了“顺眼溜”，味道自然也大不一样了。

怪也就怪在这里，正是这样“来无影去无踪”的东西，却以一种无法阻挡、防不胜防的强势，加入到当前的社会流行文化当中。不能不承认，这种顺口溜出来的东西，却对社会时事和权力阶层多多少少起到了一点儿监测作用。当然是民间的测试，民心的度量。无论是谁，成了顺口溜嘲讽的对象，就离倒霉不远了。俗云：“千夫所指，无病而死！”

在某种程度上可以将顺口溜视为群众的一种呼声，口无遮拦，荤素全有，出其不意，以逗笑为目的。其中所有的寓意，包括调侃、规劝、嘲讽、鞭挞，都是通过笑来完成。这是民风所致，国情所致，中国人特有的机敏和幽默所致。老百姓以顺口溜的形式发言，是民意的宣泄，也使社会有了通气孔，不至于闷得发酵而酿成沼气。让生活健康明朗，阴阳调和，平安少事。

故此，真还要感谢顺口溜。

但我翻遍了手边的工具书，却查不到关于“顺口溜”这三个字的出处。或许就是过去人们所说的民谣？《诗经·魏风》有云：“心之忧矣，我歌且谣。”《毛传》解释说：“曲和乐曰歌，徒歌曰谣。”可以称顺口溜就是不配曲的流行歌谣，它的传播广度，绝不亚于现代流行歌曲。

袁中郎《答李子髯诗》称：“当代无文字，闾巷有真诗。却沽一壶酒，携君听竹枝。”竹枝词也是一种民间歌谣，竟被袁宏道评价这么高。顺口溜来自民间，百姓因心之忧，心之忿，“情动于中而形于言，言之不足，故嗟叹之，嗟叹之不足，故咏歌之。”

所以，顺口溜最爽直快捷地表达了群众的情绪，直出肺腑，平实质朴，幽默鲜活，辛辣刺激。无论在什么场合，无论在场的有多少人，无论是些什么身份的人，每听到一首新的顺口溜，都会拊掌称快。

请问，当下还有什么作品，能有这样的社会效应？如《四大闲》中先把“大款的老婆”和“贪官的钱”摆在了前面，是大款们制造了“现代多妻制”，养二奶、包情人、带小蜜，“家里红旗不倒，外面彩旗飘飘。办公室有好看的，身边有发贱的，远方有思念的”。据报载，广州等一些发达大城市的郊区都出现了“情妇村”，其四周挤满美容院、健身房、歌舞厅、酒吧等娱乐消闲场所。

贪官的钱“含金量”最高，“工资基本不用，老婆基本不碰”。有些贪官出了事，家里犄角旮旯儿都藏着钱，闲着没有用。他们贪，不是因为缺钱，而是一种心穷的病态反映。

顺口溜最令人感到奇怪的是谁也无法知道作者是谁。这些年社会上流传了那么多顺口溜，简直可以车载船装，特别是在盗版盛行、版权纷争不断的今天，竟没有一个人站出来抢哪一首顺口溜的版权。

顺口溜的创作讲究切中时弊，又要自然流畅，好的顺口溜甚至很严密，漏掉一句或改动一句味道就变了。有时你在向朋友们转述一首新顺口溜时忽然忘了一两句，自己若想临时现编几句补上去，那可就难了，怎么编都不是原来的味道。哪怕是请在场的人一起帮着编，大家当场可以凑出许多句子，却每个人都觉得不怎么顺，不如人家原汁原味的顺口。

而顺口溜首先就要“顺”，要有一种自然的流畅感和诙谐感。可见，能够流传开来的顺口溜，创作时是经人下过功夫的，或集多人智慧反复推敲和锤炼而得。

那么，这都是些什么样的人呢？这才叫创作不为名利，“万人如海一身藏”。

笑谈“黄段子”

伴随顺口溜一同兴盛起来的还有各式各样的笑话，以黄色笑话为最多，又称“荤段子”。或三言两语，或百八十字，不必像顺口溜那么押韵，却保证能让听者一笑。有些还久传不衰，堪称“经典之作”。

民间的各类笑话很多，为什么唯黄段子独领风骚，几成铺天盖地之势？

全国几千万个手机，无时无刻不在储存和发送着各种带色儿的笑话，在各地奔跑着的成千上万辆旅游车上，不厌其烦地、绘声绘色地讲着一个又一个的荤段子，还有数不清的饭桌上、茶话会上也在复述着这类笑话……

几年前我参加一个“边塞笔会”，大家分乘三辆车，到后来男女老少拼命要挤到一辆中级面包车上去。原来那辆车上有位北京的老记者，擅讲黄色故事，一个一个又一个，一黄一黄又一黄，连讲几天不重复，可谓此中高手。凡是这样的高手，在任何笔会上都是最受欢迎的人。去年，一位老相识是正部级的在职领导干部，平时一贯不苟言笑，勉强被拉到山西参加一个活动，说好第二天一早就得赶回来。不想一到山西，每饭必有荤段子拌着荤菜下酒，外出视察一坐进汽车就听黄笑话，晚上更是听得“黄天黄地”、昏头昏脑。此兄竟一连听了三天，还跟我大谈民间文学多么了不起，应该大力开掘，等等。

荤段子——就是性故事。而性，是一种强大的力量，弗洛伊德说它是其他许多行为的驱动力。各种各样的人都会对它感兴趣，而且这种兴趣可以持续很长时间，直至晚年。

人类的任何一种活动，都没有像性那样在生活中起到这么特殊的作用。而现代时尚又给人们提供了一种更为自由的性态度，在这个已经为消费欲望所主宰的世界里，性也成了一种消费品，花钱可以购买。

但，五花八门的性病，特别是染上就会要命的艾滋病，又给现代人带来前所未有的恐惧、焦虑和孤独，真实的性快乐变得让人沮丧和惊惧。那么谈性就成了时尚，既省钱又安全，性饥渴和性压抑，却可以通过嘴的大谈特谈得到某种程度的释放。于是，荤段子便应运而生。这确实是由文化所决定的，不同的文化形态，决定了人们的性观念和性行为会迥然不同。在这个光怪陆离的现代世界上，并没有统一的性行为标准，一个民族的文化会限制这个民族的性行为模式。

中国虽然也在实行商品经济，社会也在大开放，但中国的文化背景决定不会制造出西方真杀实砍的“性解放运动”，倒能够造出一个“谈性的运动”——中国文化中的含蓄和智慧，让人们绕着弯子编出了无穷无尽的性故事。

在中国这是有传统的，哪个年代都有黄笑话，不过是于今为烈罢了。以前讲黄色笑话似乎是男人的专利，现在黄段子大普及，不能不承认跟女人们的加入有关。中国的导游小姐擅讲荤段子已经很出名了，还有一批年轻的女明星、女强人、女白领，也乐此不疲，甚至大大方方地专喜欢讲给男人们听。一群一伙的大老爷们儿，听着一个女人讲荤笑话，那自然就更刺激，兴头也会越发的浓烈。

这就是中国特有的文化特点。既然是讲笑话，男人可以讲，女人也可以讲，男人可以享受，女人也可以享受。现代科学研究积累的大量证据表明，男女之间的相似之处大大超过了差异之处，而且男女之间的绝大部分差别，并不是由于生物因素造成的，而是社会和文化塑造出来的。

正是现代社会的开放，文化的活跃和自由，使人们对现实生活中的许多禁锢觉得难以忍受，讲黄色笑话能够获得犯禁的刺激和快感。却又不犯大忌，正好借以消除旅途中的疲劳和寂寞，打发掉无聊应酬中的尴尬，和等待时的无奈以及烦躁。

现代人平时被套话、官话、假话弄得外壳都比较僵硬，装模作样，假眉三道，有时甚至被会场上的气氛压得喘不上气来。一个黄故事讲下来，大家都彼此彼此了，谁也甭想再严肃正经、装腔作势。导游小姐之所以开场先讲荤段子，就是上来先把每个人的陌生面具和包装全部撕去，这实际上等同于“下马威”，在最短的时间获得组织和管理大家的便利。

另外，在旅途中如果大家都瘸子脚面——绷着，那也太累了。

人们却也不必为此忧虑，这股“黄风”是会刮过去的，连美国20世纪60年代的“性革命”和我们的“文革”都有个结束的时候，何况讲荤段子只不过是逞口舌之快，讲来讲去就没劲了。

社会的进步和成熟就在于容忍了顺口溜和黄段子的存在，我们也才得以用轻松的心态关注它，并借此从另一个角度理解当前的社会情势和文化形态，要说也不无裨益。

杨丽萍“映象”

我好久没有被舞蹈感动过了。前不久看大型原生态歌舞“云南映象”，出乎想象的被震撼、被征服了。被歌舞本身所感动，更被这场歌舞的灵魂——杨丽萍所感动。

关于杨丽萍的舞蹈我想无须饶舌，她恍若飞仙，妙舞绝世，早已为世人所公认是当今舞坛上的一个奇迹，一个精灵。而“云南映象”令人惊诧的，还有她的精神、智慧和勇气。这精神像一种火，一种自由，一种神般的气息。

毋庸讳言，许多年来舞蹈被一种叫作歌曲的东西给搅坏了。每歌必有伴舞，一个人唱需几个乃至十几个人伴舞，几个人唱就得有几十个人伴舞。唱的意不在唱，舞的更是稀松平常，就如同到市场上买一条蔫黄瓜，再搭上一个瘪茄子，不是得了便宜，而是得了两个坏的。就在舞蹈已经严重败坏了自己形象的时候，杨丽萍堪称是“拨乱反正”，自编自导自领衔，起用少数民族当地的青年男女，不惜倾其所有石破天惊地创作了大型原生态歌舞“云南映象”。

何谓“原生态”歌舞?

我想这种形式以及这个舞蹈语汇，是杨丽萍创造的。因此她的解释应该是最权威的：原生态的内涵是最人性化的，原生态歌舞就是出于人的一种自然状态，是纯粹的、质朴的，和生命的本质相吻合，没有任何杂念的。“云南映象”就是表达了这种自然和生命的关系。人最初为什么要跳舞？跳舞就是人和天地对话，和自然沟通，是一种自发的状态，没有什么功利目的在里面。

这样的立意本身就惊世骇俗，极富震撼力。人们见惯了平庸和浮躁，突然被点亮了希望，值得有所期待。大幕一拉开便怒吼一声如击铁欲碎，生猛鲜活，感天动地，其感染力无法抵抗，不觉魂魄激荡。舞台上的一人一物、角角落落，无不弥漫着原始的沉郁气质和生机勃勃的原生野质。场面恢宏，气势雄阔，意境悠远，魂魄里流淌着浓烈的原生精神，一次次将原始生命的形态推向极致。

混沌初开，重鼓催生。我数不清，也来不及数清，估计舞台上要有一百多面或许是几百面形态各异大小不等的皮鼓，从不同的方位不同的高度以不同的姿势敲响，错落有致地组成了原始的大千世界。大鼓如一堵墙，小的似麦斗，鼓声或急或缓，或轻或重，急时如悬瀑，缓时似琢玉，轻如风摇莲花，重如精钢迸裂，“来如雷霆收震怒，罢如江海凝清光”。

后来看到杨丽萍的说明，才知鼓在那个民族的理解中代表女人，鼓

结婚三十年后，入乡随俗在刘三姐的家乡送给妻子一个绣球，照完相才知弄颠倒了，应该是她把绣球抛给我

槌代表男人，打鼓表示男女交合，生命诞生。但，这种内涵可意会却很难言传，因此才构成了舞蹈的核心内容，寄托了歌舞的灵魂。山苍苍，水泓澄，人呈现出本然的原始色调，盈盈立于天地之间。迷云弄月，繁衍生息，挥臂生旋风，顿足有激情，这成了他们生命的一种需要，跳舞就是为了满足自己。所以，他们每舞必跳得尽兴，跳得过瘾。而观众也就看得尽兴，看得过瘾。

“云南映象”里，舞好，歌也好。舞，是为强烈地呈现原生态的大景观，并非为舞而舞；歌，也非为歌而歌，是舞的补充和伸延，必不可少，又恰到好处。杨丽萍在《女人国》一场中唱道：“太阳歇歇嘛，歇得呢。月亮歇歇嘛，歇得呢。女人歇歇嘛，歇不得。女人歇下来嘛，火塘会熄掉呢。冷风吹着老人的头嘛，女人拿着脊背去门缝顶着，刺棵子戳着娃娃的脚嘛，女人拿心肝去山路上垫着……”

低回、沉厚、真率。人们对舞蹈家杨丽萍的歌唱，自然充满好奇。她是用灵魂在唱，而不是她的嗓子。歌声里有沧桑，有追问，更有无尽的意味……

杨丽萍的歌舞无不带着她的强烈个性，这样的创作自然饱含着灵感和激情。当“云南映象”获得了巨大的成功，短短几个月就演出一百三十多场，且一票难求，并将应邀远赴海外做全球巡回演出。许多年来，还有哪台节目真正能这般为世界所瞩目？面对媒体的火爆，杨丽萍却异乎寻常的低调，这越发显示了她不同常人的才情和心智。

大家可能早有感觉，当下的电视节目主持人，大多是主持自己、突出自己，随意抢话插话，卖弄自己的见识和机敏，经常咄咄逼人，一逞口舌之快。而杨丽萍无论面对什么样的主持人，无论对方提出多么尖锐的问题，跟她在舞台上“舞不惊人誓不休”的态度正相反，始终保持着一种特有的沉静、柔和与自然，有问必答，答必不凡。比如：有位主持人明显的只对私人生活感兴趣，三番两次的话里话外的提到她婚姻失败的问题，喋喋不休，使谈话变得琐细而沉闷。杨丽萍只正面回答问题，不理睬影射来满足主持人的好奇心。主持人终于忍不住正面提出来了：“你怎么看待自己失败的婚姻？”

杨丽萍说："我不觉得自己的婚姻是失败的，婚姻有各种各样，凡经历的都是曾经存在过，都是有理由的，应该发生的。别人不了解当事人的感觉，怎么就能断定哪是失败的，哪是成功的？"我当时坐在电视机前，明显地感到主持人根本无法跟杨丽萍交流，尽管两个人面对面地坐着，杨丽萍的眼睛也在看着主持人，却已神游物外。两个人的精神品位根本不在一个层面上，无法对话。

后来在报纸上见到有些记者围绕着艺术创作提出了一些很巧的问题，杨丽萍的回答也极为精彩。如有人问："'云南映象'里有四分之三的演员是当地人，你怎么这样有把握相信他们能演好？这是不是对舞蹈以及舞蹈教育的一种挑战？"

杨丽萍说："不是挑战，是还原。他们是在跳自己的舞蹈，其独特就在于演员和生活、和原生态贴近。这不是为了展示技艺，而是为了展示生命，这些东西不是能学来的，而是他们与生俱有的。"

有人问："你的舞蹈出神入化，这里面有什么诀窍吗？"她说："我没有诀窍，只是一种认知。舞蹈其实是我们祖先在劳动中对自己精神的一种供养，通过这种供养达到精神上的满足。只要你的舞蹈真正满足了这种人性化的要求，它必然蕴含着很多的能量。原生态的歌舞本来就是很人性的，本来就可以和人的心灵产生共鸣，它本来就不缺乏艺术品位，也不会缺少观众。"

"大家都认为你是为舞蹈而生的，自己怎样评价这样的认识？"杨丽萍答："舞蹈只是我生命的一部分，是我最佳的一种表达语言。我不会为舞蹈而死，那太极端，偏激是一种很弱的表现。生命有很多部分，我从来不去想舞蹈占有多大成分，什么都想清楚就太累了。如果我能讲清楚，就没有办法用舞蹈来表现了。就因为说不清楚才跳舞。"

说得多好，真实，随意，不假思索便脱口而出。不是刻意地追求一种深邃，却有惊人的见解。她有自己的舞蹈，也有自己独到的思想，舞惊人，见识也惊人，其智能谋，其力能任。所以，她能创作出惊人耳目的"云南映象"，并借这场大歌舞形成了自己的舞蹈创作体系。有大气象，大智慧，自是不同凡响。

作家，你为什么不自杀？

去年秋天，我应广西理工大学之请做关于当代文学的讲演。在讲演的后半段请听讲者提问时，有个人传递上来这样一张纸条："现在的作家为什么不自杀、不发疯？这是不是没有大师的一个原因？"

当着两千多人的面，我老老实实地承认不能马上回答这个问题，因为手里没有资料，待回去后写成文章，并寄给广西理工大学作为回答。

天才与精神病之间是否存在着某种联系？这是世界上许多人都感兴趣的问题。

英国心理学家菲利克斯·波斯特博士积十年心血研究出了结果：精神病是心理活动和行为的异常表现，是一种需要治疗的病态。然而，创造性才华和病态心理这两个人类心理活动上的极端，竟有着某种联系。天才中多有精神疯狂症，而精神疯狂症又时常能激发灵感和创造性。因此，许多高智商的人患有精神病，高智商和精神病在遗传上有着双基因的可能性。

用艾森克人格问卷（EPQ）对艺术家、作家进行测试，发现作家在概念过度包含，怪异思想上和精神病人极其相似。

菲利克斯·波斯特博士按现代精神病理学的分析方法，研究了人类历史上三百名具有重要影响的人物，得出的结论是：

政治家中有百分之十七的人患有严重的精神病理毛病，如希特勒、林肯、拿破仑等，他们中有嗜杀如狂的恶魔，也有美国历史上出类拔萃的总统。

科学家中有百分之十八，如高尔登、门德耳、安培、牛顿、哥白尼、法拉第等。

思想家中有百分之二十六，如尼采、罗素、卢梭、叔本华等。

作曲家中有百分之三十一，如瓦格纳、柴可夫斯基、普契尼、舒曼、贝多芬、莫扎特等。

画家中有百分之三十七，如梵高、毕加索等。

小说家中有百分之四十六，如陀思妥耶夫斯基、福克纳、海明威、普鲁斯特、劳伦斯、卡夫卡、司汤达、福楼拜、莫里哀、托马斯·曼等等，不胜枚举。艺术家是波斯特研究中的“重灾区”，他解剖了五十名文人，除莫泊桑以外都有轻重不同的精神病！

惨啦，文人为什么这么倒霉呢？这与所从事的创作职业有关，敏感易冲动，或雷霆震怒，或极度狂喜，或愤世嫉俗，或精神分裂，容易发作，也容易压抑，容易狂傲，也容易绝望。所以世界著名作家自杀的特别多：芥川龙之介、川端康成、三岛由纪夫、茨威格、法捷耶夫、叶赛宁、杰克·伦敦……几乎可以列出一个近百人的大名单！

难怪大学生感到奇怪，现在的作家为什么没有自杀的？也许他们心里真正想说的是现在的作家没有写出惊世之作，不具备发疯和自杀的资格。

其实，许多后来患有精神病的天才，恰恰是在一生中最健康的时期创作出他们最好的作品，他们是在完成了伟大的事业之后才得精神病的。真正在疯癫中走上创作巅峰的似乎只有梵高，他自小就有些神经质，从1888年开始，以每三天一幅的速度创作了一千三百幅画后突然发疯，住进圣保罗精神病院。曾手持剃刀想割断他的朋友、同是印象派大师的高更的喉管。后来在狂怒中只把自己的耳朵齐根切下，寄给了他钟情的妓女。也就是在他疯得最厉害的时候创作出了传世杰作——幽蓝的《鸢尾花》。

那么，现在的文人为什么自杀和发疯的少了呢？

波斯特是这样解释的：“现代社会里文人艺术家们精神不健康者明显

减少，原因是他们都变得很现实，不再像19世纪或20世纪上半叶的同行们那样为理想而奋斗，因此就少了许多苦闷和烦恼。”又岂止是文人，政治家、科学家、思想家也同样变得很实际了，难得再有发神经病的。他们现在比较普遍的病是因养尊处优而过于肥胖。

天才的疯子或疯狂的天才越来越少，对于人类社会不知是幸耶？悲耶？

有“感”就“动”

1995年6月27日，台湾的“作家协会”理事长程国强先生，为从大陆来的作家访问团举行欢迎酒会。主人先致辞，几句热诚友好的礼节性的又必不可少的开场白讲完了，话锋一转，今年是反法西斯胜利五十周年，再过几天就是“七七事变”纪念日，今晚我们要大唱抗战歌曲。

紧跟着一位小姐离座，大厅里立刻激荡起高亢、悲怆的《我的家在东北松花江上》的歌声。

众人情绪为之一振，心底升起一股诚恳的激情。相互间的隔膜、拘谨和生疏感渐渐消失了，找到了一种心契和神会。

大家都熟悉的抗战歌曲继续唱下去，大厅里的气氛变得热烈、火爆。共同的民族情感，共同的记忆，使大家亲近了。

按照老套路，这种欢迎宴会很可能会变成一种客客气气的应酬，从礼节上说大家不能不见面，同时每个人心里又都明白，见面后有许多话题要回避。不敏感、不用回避的话题只剩下一个：谈文学。在这种时候文学往往是做作的，莫非一见面就谈文学，一握手就抓创作，把艺术当下酒菜？使作家们处于一种卡夫卡所说的违反自然的状态，“像变了质的动物”。感谢那抗战歌声，使大家一下子有了生气，有了豪气，精神上也放松了——艺术原本就有一条妙用，让人放松。

只有放松了，作家们的相聚才变得真诚而有意味。

在另一次酒会上，酒过三巡，菜过五味，司马中原端着酒杯站起来了，一身中式蓝布裤褂，一排紧密的疙瘩襻系得严严整整，精神矍铄：日本是什么东西我难道还不知道吗？分裂了还不是得认日本做干妈，李登辉如果把台湾大卸八块，我们不管就不是人……

西装挺括，风度优雅的萧飒接过话头，一个叫麦金得的英国人，曾把西藏比喻成中国的后门，把台湾比喻成中国的前门。我们一个门都不能丢，更不能让它成了别人的门！

他们激昂充沛的民族意识，受到众人的击节赞赏，杯中的酒一饮而尽。

有人这样挖苦（也许是恭维）艺术家："他们经常是激烈的(偏激的)或具有破坏性的轻率的和急躁的。"我却以为，现在的有些艺术家正因为失去了这样的"激烈"，哪怕是"偏激"，而变得太过聪明、讲究实惠、工于心计、八面玲珑，表面上四平八稳谁也不得罪，暗地里拨弄是非、拉帮结伙。鲁迅不"激烈"吗？不"偏激"吗？然而那是多么冷静的"激烈"，多么深刻的"偏激"！

艺术不是被公认为"医治精神疾病的药剂"吗？当今的艺术自身是不是得了萎缩病、软骨病？不能医治精神，反给人们添病。没有胆气，没

从右至左分别为作家周大新、蒋子龙、徐小斌、迟子建、钱保国

有激情，没有义愤，没有热忱和力量，软骨人写软骨作品，不能让小人惧怕，或许艺术本身也变成了小人。难怪有人忧虑，文学正在变成一个没有希望的世界。

司马中原和萧飒二位先生都是六十多岁的老者，平素心性平和，气度从容。但有爆发，有兴之所至畅所欲言的时候，这才是真性情，才是真实的作家。

有时敢于大笑大骂、坦荡无私，反而体现了一种人格的成熟。当代文学不也正需要这种成熟的人格气韵吗？

内地的作家访问团6月30日中午到达香港，当晚参加了香港作家协会举办的庆祝抗日战争胜利五十周年的大型酒会。酒会历时近三小时，作家、诗人们轮流上台，读一首抗战的诗，唱一首抗战的歌。我所熟悉的著名的抗战诗和抗战歌都听到了，还有一些是不太熟悉的，一次真正的抗战文学的大餐。酒会自始至终，格调昂扬，壮怀激烈。文人们动情动容地喊出、唱出了抗战文学的一种精神：反对侵略战争。这是一种精神反抗，是文学的崇高使命，也是文学的人性使命。

在座的有许多是五十岁以下的人，以现代人的视角和情感感受了五十年前的那场战争。经历过那场战争的人，感受自然更强烈。既然精神还能碰出电光石火，该碰的时候为什么不碰？生命既然还有内在的激情，该燃烧就燃烧。

我为作家们这份情怀所感动。我也欣赏别人的这份“感动”，珍惜自己的“感动”。中国文化里从来都不缺少民族意识和天下意识，虽然当今天下一切都是商品经济，但不等于一切都是在做买卖，一切都可以用金钱意识来取代。

事实是金钱意识正日益被强化，它不仅意味着名利双收，还安全可靠。当代文化中的民族意识、天下意识正人为地被淡化，似乎这样就离“政治”远了，躲开了敏感的问题。于是，历史变成了一堆堆与国家、民族关系不大的香艳故事，现实变成了一出出为了金钱争斗不休的闹剧。

人为地躲避什么，是文学不成熟的表现。不能对生活变得“感”而不“动”，“感”而不会“动”，“感”而不敢“动”，“感”而不愿

"动"。甚至是不"感"不"动"。

然而当今的文化环境又极其圆熟地保护了这种不成熟，这就是为什么文学精神的委顿和环境的疲软正好配套，互为因果。我为港台作家的民族情怀所动，想记下一点儿感想，孰料愈扯愈言不及义，还是赶紧停住为妙。

做母亲的压力

在我的收藏品中有一幅画，题为《女妖的舞会》。那是1996年夏天，在湖南省作家协会的一次聚会上，一位朋友的女儿送给我的，她名叫胡岸子，当时是初中二年级的学生。她把画裱糊在一块蜡染的蓝布上，新奇而别致。画面初看像一片树林，还有累累果实，仔细端详竟看出了女人躲躲闪闪的面孔，或只有一张阔嘴，或只露一双媚眼，或只见飘散的长发，还有蛇样的腰身，丰美而诡怪的腿脚……老实说我觉得自己一时并不真正能读懂这幅画，为女孩儿奇异的想象力所震撼。

她就是骆晓戈的《家有女生》一文中的“女生”。这样一个“女生”是不是有点儿特别？这个特别的“女生”有一个怎样的“家”呢？她的特别跟她的“家”有哪些关系呢？一个健全的家庭里不是有女生就是有男生，一个健康的女人，只要愿意就可以组织起家庭成为母亲，这是个很自然的过程。不知从什么时候开始，这件自然的事情变得不那么自然了，母亲成了一种职业，母亲的心灵是孩子的最好课堂，家也就随着成了第一学校。这是因为剧烈的社会竞争所致，现代人没有孩子的自己拼，有了孩子的拼孩子，让孩子拼。过去是“龙生龙凤生凤，老鼠生儿会打洞”，如今龙还想生龙，凤还想生凤，连老鼠也都想生个“龙凤胎”！

世风如此，孩子们的感觉又如何呢？这些女生男生身上的压力并不比父母轻，他们的竞争从幼儿园就开始了，或许还可以说从在娘胎里就开始了。孩子们不但要承受自身竞争的全部压力，还要承受父母转嫁过来的压

我喜欢田野

力，而父母的期望值又总是过高……在这种情势下，承担一个“家”不容易，在家里当个“生”同样也不容易。因此人们格外需要一种智慧，化解父母及孩子身上的诸多压力和烦恼，让生活变得自然和轻松些，多获得些有“家”和有“生”的快乐。

我以为，骆晓戈的《家有女生》就体现了这样的智慧。她以做母亲的切实体验，并把这种体验放到现代社会的大背景下考量，分析现代生活条件下的家、女人和女生，从而提炼自己的思想，培育做母亲和做女生的自信。读来清新质朴，见解独到，且令人信服。这或许跟作者的经历不无关系。骆晓戈是一位坦诚而富有勇气的诗人，做过“妇女热线”的主持人，故能对现代妇女的境遇感同身受，尤其对楚文化背景下的女性，有许多颇为精辟的论述。她还曾长期担任儿童文学刊物《小溪流》的主编，并把刊物办成了少年畅销读物，也因此得以广泛地接触和了解当代少年和他们的种种心态。举一反三，这对她理解和保护女儿的悟性，不能说没有启发。

女人生下孩子，自己也便成了母亲。当女人和当母亲不完全是一回事，分娩其实也是女人的第二次降生。之后母性就应该随着孩子一同成长、成熟。生下是恩缘，养成是情智。孩子在五六岁的时候都有一个喜欢模仿的阶段，或喜欢拆卸玩具，或喜欢唱唱跳跳，许多家长都容易忽略孩子的喜好，甚至误认为是孩子胡闹，借嫌烦怕乱而予以限制。胡岸子在那个阶段则喜欢在纸上涂涂抹抹，骆晓戈成全女儿的天性，鼓励她乱画，画了就给她挂起来，她们的家里天天都在举办女儿的画展。这样做并不是让她将来一定要成为画家，只是开发孩子的智力。

懂得启发，才是教育最神奇的魅力。教给孩子观察和思考的方法，不是逼孩子活受罪，让她享受把物体变成线条的奥妙和趣味，这就不是痛苦，而成了一种快乐。好了，胡岸子还真的就画下来了，性之所至，信笔涂来，简练而充满活趣，想象活泼而怪诞，且有一种天真而奇特的幽默感。她渐渐地竟有了点儿名气，在国内获得过诸多奖励，也多次参加国际儿童画展，并获得过大奖和荣誉市民金钥匙之类的东西……这对骆晓戈的“家”和“女生”来说，似乎是机会来了。眼下是个“速成时代”，许多家长恨不得自己的孩子一出世就成名人。不是有人让孩子四岁写日记，六岁出书吗？现在小作家、小画家、小大人、小人精太多了，经媒体一炒就可发一笔财。骆晓戈和她在部队做技术工作的丈夫，都没有逼迫女儿非要当画家出大名不可，他们明显不赞成以激素喂养和催熟的教育方式，熟得早，掉得快，人生被夺走一个阶段，生活还能健全得了吗？让孩子尤其是女孩子早早失去童真，失去发展童年想象力和创造力的空间，会给今后的生活埋下人工隐患。而让孩子保持童真和孩提时代完整的记忆，对其一生都受用无穷。对一个人的一生，影响最大的常常是童年的经历，许多伟人都把自己的成就和对儿时的记忆联系起来。

骆晓戈小心翼翼地保护着女儿的感觉和想象力，培养她的自立能力。教育的主要职责就是“引导意志力”。孩子有什么样的意志力，将来就会有什么样的人生。2001年的夏天，胡岸子以六百二十多分的成绩考入浙江大学物理系，入学第一年就在大学生辩论赛中获“最佳辩手奖”，并被选为理学院的学生会副主席……同那些悟性遭到压制和破坏的孩子大不一样，她兴趣广泛，富于创造性，快乐而自信。因此，她的可塑性很大，对未来的选择余地也很大。

说来也巧，就在女儿成了大学生之后，骆晓戈也调入湖南商学院，当了中文系的教授。像她这样的人当教授是再合适不过了，她们这一对母女也真是一对绝佳搭档，一同成长，一同变化，相互总能处在最便于理解和交流的职位上。作为她们前十几年“家和女生”的总结，就是诞生了这部书——母亲曾经是女儿的家。以后慢慢地，女儿将成为母亲的家。

灵感和性感

前不久刚谢世的美国大牌剧作家阿瑟·米勒，在最近出版的自传中介绍了创作《推销员之死》的经过：“一天黄昏，步行通过布鲁克林大桥去曼哈顿，我站在大桥的拱顶上，面对海洋的风，去拥抱那个至今为止我尚不熟悉的更大的世界。如果我尚没有主题，我却有一种不能形容的新形式的感觉。这个新剧本将是无限的紧缩的，又是无限的广阔而从容的；故事将是又奇特又平凡；它将是一个从未在任何舞台出现过的戏剧。我一想到它就感到性欲冲动，就感到我对妻子的爱。而且，不可思议的，同时感到对所有女子的爱。我开始觉得，真正的艺术必定是一阵爱欲的充溢。”（董鼎山《纽约客书林漫步》）

米勒的这条“创作经验”有些奇特，不知真有这样的感觉，还是故弄玄虚？或许是有意无意地要往弗洛伊德的“性驱动”上靠？作家平常是压抑的，创作激情的高涨就是性的释放。这显然在解释创作灵感的产生是由下意识的性冲动来决定的，刺激不是来自外界，而是人体内部，人最深刻的本质在于自然发生的本能动机。

也就是说，性才是创作的真正动力。有了灵感便先要燃烧起性欲，或者说是性欲产生灵感。才女莎乐美，曾是弗洛伊德的学生，做过尼采和里尔克的情侣，被誉为“伟大男人的女神”。在最近刚译成中文的她的自传《在性与爱之间挣扎：莎乐美回忆录》中，有这样的话：“对我来说，最强烈的快感就是接受男人的精子。”

去年在巴黎举行的“性爱毕加索”的展览上，展出了毕加索从未发表过的以性爱为题材的画作，巴黎毕加索博物馆主任雷尼耶解释说：“毕加索的色情作品一直被隐藏，从某种意义来理解，他的所有作品都是色情的，创作永远源于性冲动。”

——说得多么直截了当。

于是我开始查找资料，想知道中国有哪些作家其创作灵感也是直接来自性冲动，或能间接的引发强烈性欲。但我手边的资料有限，又加上只是一时兴起，并不想多费功夫，得出的印象恰恰和西方作家的经验相反。有些作家创作灵感来了反而性欲减退，创作一紧张，性能力便低下。20世纪的80年代初，一家出版社的负责人为了约到一位著名作家的稿子，曾费劲搞到了壮阳药送去。此事曾在文艺圈子里传诵一时。

如果说这种“性无能的创作现象”是极个别的，没有代表性，那创作灵感的产生并不源于性欲，却是极其普遍。一般作家不提，还是以大作家的创作体验为例。

老舍在介绍《骆驼祥子》的创作起因时说：“1936年春天，一位朋友跟我闲谈，谈到他在北平用过一个车夫，这个车夫自己买了车，又卖掉，

享受山顶的清风

如此三起三落，到末了还是受穷。我当时就说这似乎可以写一篇小说。朋友又说，有个车夫被军队抓了去，哪知转祸为福，乘军队移动之际，偷偷牵回来三匹骆驼。这便是骆驼祥子的故事的核心。”

茅盾决定创作《子夜》的情况也差不多，当时他害眼疾，医生嘱咐一年不能看书，他便到处去会朋友，聊天，听到了许多平时没有听到过的情况，于是受大形势的启发构思出这部长篇小说。鲁迅说灵感的爆发“像鼻子发痒的人，只要打出喷嚏来就浑身舒服”。

郭沫若说，长诗《凤凰涅槃》的诗意袭来的时候，“全身都有点儿作寒作冷，连牙关都在打战。”巴金在写《家》的时候是：“每天每夜热情在我的身体内燃烧起来，好像一根鞭子在抽我的心，眼前是无数惨痛的图画，大多数人的受苦和我自己的受苦，它们使我的手颤动。”等等，等等，似乎都跟性冲动没有什么关系。（以上均引自《创作与灵感》一书。）

这算不算东西方艺术家的一个差异呢？

每个作家都有自己的写作习惯和感受，中国作家在介绍创作经验时很少跟自己的性联系起来。尽管艺术的本质是一样的，中国的文学作品中也无法逃避性，但掩藏得越巧妙越好，表达得越含蓄越是高手。向来以为创作的最高境界是“意境两忘，物我一体”，又哪能光想着性呢？

即便是一些赤裸裸的色情读物，也是侧重于性能力、性技巧的渲染，不太重视性欲。西方则是张扬性，以性欲的强烈为荣。且不太在意性能力和性技巧，更看重性的感觉，就像阿瑟·米勒所标榜的那样。艺术家是如此，普通人也是如此，美国卫生杂志根据其进行的一项调查，开列出典型美国男人的几大特点：身高一点七三米，白天做梦大都与性有关，每周性生活平均二点五五次，最喜欢白色内裤，洗澡时喜欢淋浴……

创作中最神秘最难以捉摸的就是灵感的产生，专于意，意于心，欲速则不达，可遇而不可求，仿佛是一种自然灵气，恍惚而来，倏忽而至，怪怪奇奇，莫可名状。也许有人得益于性，若把它完全归结于“性驱动”，绝对是唬人。

所以，要想真正了解一个作家，最可靠的办法就是去看他的作品，“创作谈”之类的东西容易故弄玄虚，越看越让人摸不着大门。